aufbau taschenbuch

AUFBAU VERLAGSGRUPPE

BERNHARD JAUMANN wurde 1957 in Augsburg geboren. Er studierte in München und hat u. a. Italienisch in Bad Aibling unterrichtet. Nach längeren Aufenthalten in Italien, Australien und Mexiko-Stadt lebt er in Namibia sowie einem Bergdorf in den italienischen Marken. Bisher erschienen von ihm die Kriminalromane »Hörsturz«, »Handstreich«, »Duftfallen« und »Saltimbocca«, für den er 2003 den Friedrich-Glauser-Krimipreis erhielt. Im Gustav Kiepenheuer Verlag erschien 2005 der Roman »Die Vipern von Montesecco«.
»Ein wunderbares Buch.« DIE ZEIT

Sydney, Australien. Daß ein nackter Rollschuhläufer an der Hafenpromenade Fotoapparate stiehlt, ist ungewöhnlich, aber kein Kapitalverbrechen. Ein Fall wird für *chief detective* Sam Cicchetta aber erst daraus, als der fliehende Dieb von den Trümmern eines explodierenden Hauses getötet wird und der ihn verfolgende Polizist sein Augenlicht verliert. Die Spuren führen ins Rotlichtmilieu Sydneys. Abgründe von Gewalt und Voyeurismus tun sich vor Cicchettas Augen auf, und langsam wird ihm klar, daß Blicke auf sehr unterschiedliche Art töten können. – Ein spannend erzählter, psychologisch genauer Krimi rund um das Sehen, der die Atmosphäre der australischen Metropole in fast filmischen Szenen einfängt.

Bernhard Jaumann

Sehschlachten

Roman

Aufbau Taschenbuch Verlag

ISBN-10: 3-7466-1505-4
ISBN-13: 978-3-7466-1505-9

2. Auflage 2006

Umschlaggestaltung gold, Anke Fesel und Kai Dieterich
unter Verwendung eines Fotos von getty images
Druck und Binden GGP Media GmbH, Pößneck
Printed in Germany

www.aufbau-taschenbuch.de

Für Barbara

1

Lachlan O'Neill schaute übers Wasser

Lachlan O'Neill schaute übers Wasser von Sydney Cove. Es war hellgrün, nur die Bugwellen der ein- und ausfahrenden Fährschiffe wurden von der Vormittagssonne in glänzendes Weiß getaucht. Von Wharf 3 legte gerade die »Freshwater« ab. Sie würde sich gleich vorbeischieben, einige Wellen gegen die Kaimauer schwappen lassen und nach Steuerbord drehen, um hinter den Dachmuscheln des Opera House zu verschwinden. Sie würde Kurs auf Manly nehmen, vorbei an Fort Denison, und Taronga Zoo am Nordufer links liegen lassen, Nielsen Park rechts. Vor Middle Head würde der Seegang rauher werden, wenn der Pazifik seine Wellen in den Hafen hereinschickte. Ein paar Spritzer würden aufs Vorderdeck schlagen, ein paar Touristinnen würden einen schnellen Schritt zurück tun und angesichts der Gischtspritzer auf ihren T-Shirts einen verhalten erschrockenen Gesichtsausdruck aufsetzen. Die Surfer auf dem Weg zu Manlys Ocean Beach würden einen Mundwinkel geringschätzig hochziehen, einander wissende Blicke zuwerfen und ihr Brett unter den anderen Arm klemmen. So weit war alles in Ordnung.

Einen Moment lang sah sich O'Neill selbst auf dem Surfbrett liegen, weit draußen, bevor die Wellen ins Weiße umkippten, sah sich, wie er den Kopf hob und in den Ozean hinaus spähte, um die Welle rechtzeitig zu sehen, die große Welle, die Jahrhundertwelle, auf die sie alle immer warteten und hofften. Vielleicht könnte er am Abend noch schnell hinausfahren, nach Dienstschluß. Wenn er pünktlich Schluß machen konnte. Wenn nichts Unvorhergesehenes passierte. Es konnte immer etwas Unvorhergesehenes passieren. O'Neill war Kriminalpolizist. Er lehnte sich ans Geländer des Kais und sah an sich hinab. Er trug ein weißes T-Shirt der Größe XL, Shorts und seine Joggingschuhe. Über der rechten Schulter hing die Kamera, eine Hasselblad, in der kein Film war.

O'Neill war ein Detective, der hoffte, wie ein Tourist auszusehen. Zumindest für die anderen. Sich selbst könnte er nicht täuschen. Er würde sofort erkennen, wenn sich jemand als Tourist nur herausgeputzt hätte. Denn ein echter, ein authentischer Tourist sieht nicht nur wie ein solcher aus, er bewegt sich auch in einer ganz unverwechselbaren Weise. Langsamer als Geschäftsleute, doch nicht so gemächlich wie die einheimischen Rentner, die nur im Sonnenschein spazierengehen wollen. Sein Kurs ist weniger zielstrebig als der von Hausfrauen beim Einkaufen, doch beileibe nicht beliebig. Nie geht er lange geradeaus, nie promeniert er auf und ab. Wie durch Magneten wird der Tourist von Aussichtspunkt zu Aussichtspunkt gezogen, entlang einer Zickzacklinie, die aufs Pflaster zu zeichnen sich O'Neill ohne weiteres zutrauen würde. Am deutlichsten erkennt man einen Touristen jedoch an seiner Art zu schauen, an seinen Foto- und Panoramablicken, an seiner Vorliebe für das Ferne und die oberen Etagen der Stadt, an seinem zufriedenen passiven Schauen, das nicht durch prüfende Gedanken getrübt wird.

Zumindest war das hier so, in O'Neills Revier, am Circular Quay, mitten in Sydney, dem Gateway Australiens, am schönsten Hafen der Welt, der sich heute in der klaren Morgensonne von seiner besten Seite zeigte: gelassen, jung, sportlich, selbstbewußt, lebenslustig. Einfach schön.

Es war O'Neills Revier. Er hatte dafür zu sorgen, daß die Touristen hier unbehelligt promenieren und den schönsten Hafen der Welt bewundern konnten. Daß sie stehen konnten, wo er jetzt stand, und in Ruhe den Blick schweifen lassen konnten über den riesigen Bogen der Harbour Bridge, über das Hin und Her der Fähren und Sightseeing-Boote, über Akrobaten und Musiker an der Uferpromenade, die mit ihren Vorführungen ein paar Dollar zu machen versuchten, und über die Skyline Sydneys, die hinter den Kaianlagen aufragte. Jeder sollte sich in Ruhe und Frieden satt sehen können, sollte das Leben mit seinen Augen einsaugen können, einschlürfen wie Austern, denn es war schön hier, es war der schönste Fleck, den O'Neill kannte. Er würde dafür sorgen, daß das so blieb. Er war für Sicherheit und Ordnung zuständig. Es gab keine Schönheit ohne Harmonie, und keine Harmonie ohne Sicherheit und Ordnung. Dessen war sich Lachlan O'Neill sicher. Das war der Sinn seines Jobs. Und sein Job bestand im Moment darin, als angeblicher Tourist am Circular Quay East zu stehen und seine Augen offenzuhalten. Er war im Dienst. So weit war alles in Ordnung.

Detective O'Neill ließ seinen Blick über die dicht gedrängten Häuser der Rocks am gegenüberliegenden Ufer wandern, Sandstein und Ziegel, von denen das Sonnenlicht warm zurückflutete, über die Rasenflächen vor dem Museum, aus deren Grün schon die ersten Gruppen von Picknick-Enthusiasten hervorstachen. Seitwärts schmiegten sich die Anlegestellen der Fähren ans Wasser, und weiter links kam die Promenade ins Bild, auf der Touristen und Schulklassen in seine Richtung und an ihm vorbei zur Oper pilgerten. O'Neill brauchte gar nicht bewußt hinzusehen, er kannte alles zu genau, er würde spüren, wenn etwas anders als sonst wäre, anders, als es sein sollte. Er nahm keine Einzelheiten wahr, keine Umrisse, keine Fassaden, keine Schiffe, keine Menschen, keine Gesichter, er nahm eine Stimmung auf, den Zusammenklang all dessen, und maß ihn unwillkürlich daran, wie es zu sein hatte. Vielleicht nahm er ganz ähnlich wahr wie die Touristen. Vielleicht könnte er sich doch nicht von einem echten Touristen unterscheiden. Er war ein ziemlich authentischer Tourist. Er war vielleicht der beste falsche Tourist, der sich je am Circular Quay herumgetrieben hatte. Er war ein guter Polizist.

O'Neill nahm die Hasselblad, in der kein Film war, von der Schulter, visierte das Stahlskelett der Harbour Bridge an und drückte auf den Auslöser. Es klickte. O'Neill hängte die Kamera wieder um. Fünf Touristen war in den vergangenen fünf Tagen die Kamera gestohlen worden. Eine pro Tag. Die Methoden waren unterschiedlich gewesen, konnten jedoch alle unter den Tatbestand des Trickdiebstahls gefaßt werden. Mal hatten die Opfer von zwei Tätern gesprochen, mal von einem. Mit den Täterbeschreibungen war nicht viel anzufangen, wenn man davon absah, daß die Betroffenen übereinstimmend von Jugendlichen gesprochen hatten. Fünf Tage, fünf Diebstähle. Heute war der sechste Tag. Nicht, daß O'Neill den Diebstahl von Fotoapparaten für den Kulminationspunkt zeitgenössischen Verbrechens hielt, aber daß ein paar Jugendliche Circular Quay, sein Revier, ungeniert zu ihren Jagdgründen erklärten, das ging dann doch zu weit.

O'Neill wandte sich um und drehte dem Hafenbecken von Sydney Cove seinen Rücken zu. Eine Gruppe von Japanern, die alle die gleichen dunkelblauen Jacken trugen, spazierte in Zweierreihen vorbei. Ein paar Leute standen um eine junge Frau, die vor einem großen Bogen Papier auf dem Boden kniete und knallbunte, unwirklich anmutende Raumwelten aufs Weiß sprühte. Die Künstlerin trug eine Gasmaske. Sie schüttelte jede Sprühdose sorgfältig, bevor sie sie gebrauchte. Von der Oper kam eine Schulklasse zurückgestürmt, fünfundzwanzig, dreißig kleine Jungen in olivfarbenen Schuluniformen: Hemd, Shorts und Kniestrümpfe. Nur wenige Tische der Oyster Bar waren besetzt. Eine ältere Dame schrieb Postkarten. Ein circa Fünfzehnjähriger rollte auf dem Skateboard vorbei. Das Schild seiner Baseballkappe hatte er in den Nacken gedreht. Ein alter Mann – griechischer oder italienischer Einwanderer wahrscheinlich – angelte vom Kai aus.

Es gab niemanden, der zu schnell oder zu langsam lief, keinen, dessen Blick nicht zu seinem Aussehen paßte, es gab keine unmotivierten Zusammenrottungen, keine Aufläufe, kein Umschleichen, Umlauern, kein überbetontes Einhalten eines Sicherheitsabstands zu anderen. Da war nicht die geringste, nicht die unmerklichste Störung. O'Neill begann zu gehen. Mit dem typischen Touristenschlendern schlenderte er auf Wharf 2 zu. So weit war alles in Ordnung.

Es war dunkel. Stockdunkel. Dunkler als die Nacht.

»Sträfling John?« fragte Sträfling Maggie.

Es war dunkler als dunkel. Es war so dunkel, daß man die eigene Hand nicht vor den Augen sah.

»Kannst du etwas sehen, Sträfling John?« fragte Sträfling Maggie.

Sie wußte, daß das eine überflüssige Frage war. Wie sollte Sträfling John etwas sehen können, wenn es so dunkel war?

»Man sagt, daß sich die Augen mit der Zeit an die Dunkelheit gewöhnen«, sagte Sträfling Maggie.

Die Frage war, was ›mit der Zeit‹ bedeutete. Sträfling John und sie selbst waren schon sehr lange Zeit hier im Dunkeln. Eine Ewigkeit waren sie schon da, und ihre Augen hatten sich noch immer nicht an die Schwärze gewöhnt. Das heißt, an die Schwärze hatten sie sich schon gewöhnt, nur sehen konnten sie nichts. Außer Schwarz.

»Vielleicht ist eine Ewigkeit noch nicht lange genug«, mutmaßte Sträfling Maggie.

»Denkst du, daß die Ewigkeit, die wir hier sind, noch nicht lange genug ist, Sträfling John?« fragte Sträfling Maggie.

Es könnte natürlich auch sein, daß es besser war, nichts zu sehen. Daß Sträfling Maggie sich gar nicht fragen durfte, warum sie nichts sah. Sie sollte vielleicht froh sein, daß es nichts als Schwarz um sie herum gab, nur dieses unglaubliche Dunkel, das nirgends begann und nirgends aufhörte. Vielleicht sollte sie dankbar sein. Vielleicht war es sogar ein Verbrechen, etwas sehen zu wollen, wenn man in solch einer schwarzen Suppe saß.

»Glaubst du, daß es ein Verbrechen ist, etwas sehen zu wollen, Sträfling John?« fragte Sträfling Maggie.

Oder sie konnte nichts sehen, weil gar nichts da war. Das

wäre ebenfalls eine Möglichkeit. Vielleicht sah sie nichts als das Schwarz, weil es nur das Schwarz gab. Dann wäre alles ganz normal. Sie sähe so gut und klar, wie sie es früher vermocht hatte, bevor die Ewigkeit begonnen hatte. Nur, daß es nichts mehr zu sehen gab, weil alles verschwunden war, außer dem Schwarz. Vielleicht war die Welt untergegangen. Nuklearkrieg oder so.

»Hast du irgendwann Blitze gesehen, wie von Atombomben, Sträfling John?« erkundigte sich Sträfling Maggie.

Und wenn Sträfling John auch tot war? Wenn sie ganz allein auf der Welt war? Auf einer Welt, die es gar nicht mehr gab, die nur noch ein Meer von tiefstem, dunkelstem Nichts war?

»Sträfling John?« fragte Sträfling Maggie.

Da war nichts als Schwarz.

»Ich sehe dich, Sträfling John«, sagte Sträfling Maggie, »ich sehe dich ganz genau.«

Es stimmte nicht. Sie sah nichts. Sie schloß die Augen. Vielleicht konnte sie besser sehen, wenn sie nicht dauernd in dieses Schwarz stierte.

»Du sitzt da drüben an der Wand und lehnst dich mit dem Rücken an und hast die Beine angewinkelt. Deine Arme liegen auf den Knien. Ich kann jede Einzelheit genau erkennen, Sträfling John!«

Ob sie die Augen öffnete oder schloß, das spielte überhaupt keine Rolle. Das machte keinen Unterschied.

»Du hast den Kopf auf die Arme gelegt. Du siehst heute etwas müde aus, Sträfling John. Abgespannt.«

Wahrscheinlich sah sie selbst genauso aus. Abgespannt. Das war nicht weiter schlimm, da es ja niemanden gab, der sie sehen konnte. Alles hatte eben seine Vorteile. Sogar diese ewige Nacht.

»Meine Beine sind ausgestreckt«, sagte eine Stimme aus dem Dunkel heraus. Es hatte kein Nuklearkrieg stattgefunden. Sträfling John war noch da.

»Unmöglich, Sträfling John«, sagte Sträfling Maggie, »du täuschst dich. Ich sehe dich doch ganz genau.«

»Vielleicht habe ich das linke Bein ein bißchen angezogen«, sagte Sträfling John.

Sträfling Maggie lachte.

»Ich sehe sowieso viel besser als du«, sagte Sträfling John, »ich sehe alles hell und klar.«

Sträfling Maggie lachte wieder.

»All die Farben«, sagte Sträfling John, »rot und grün, lila, braun und gelb. Die bunten Blumen auf dem Rasen und die blinkenden Sterne und die Leuchtreklame von Coca Cola. Die Sonne scheint hell auf die Tiere im Zoo, der weiße Tiger ist weiß und der Orang-Utan orange, und der Kamm des Kakadus ist gelb. Wie immer. Die Fahrräder der Kinder sind …«

»Du kannst nicht gleichzeitig die blinkenden Sterne und die Sonne sehen«, unterbrach ihn Sträfling Maggie.

»Doch«, sagte Sträfling John, »kann ich!«

»Du kannst auch nicht die Tiere im Zoo sehen, weil wir nicht im Zoo sind.«

»Und ob ich kann!« sagte Sträfling John.

»Du kannst gar nichts sehen, weil es hier absolut dunkel ist. Keiner kann hier etwas sehen.«

»Ich schon«, sagte Sträfling John.

»Nein«, sagte Sträfling Maggie.

Da war nur tiefstes Dunkel. Sträfling John saß drüben an die Wand gelehnt. Sicher hatte er die Arme auf die Knie und den Kopf darauf gelegt.

»Und den Drachen?« fragte Sträfling John. »Hast du etwa den Drachen hier noch nie gesehen? Den mit dem blutroten Schweif und den Warzen und Beulen. Den Drachen, der Feuer spuckt, das dir in den Augen brennt?«

»Doch«, sagte Sträfling Maggie.

»Es ist eigentlich kein böser Drache, obwohl er Feuer spuckt und häßlich ist. Es ist eigentlich ein guter Drache.«

»Ja«, sagte Sträfling Maggie.

»Es gibt gar keine Drachen«, sagte Sträfling John, »vielleicht ist es eine gute Fee, die nur aussieht wie ein Drache.«

Sträfling Maggie sagte nichts.

»Feen können ihr Aussehen verändern. Es ist eine Kleinigkeit für eine Fee, wie ein häßlicher Drache auszusehen. Feen haben einen Zauberstab, mit dem sie dreimal in die Luft tippen. Dann leuchten kleine bunte Sternchen auf, und wenn die Fee den richtigen Zauberspruch aufsagt, kann sie jede Gestalt annehmen, die sie will.«

Sträfling Maggie sagte nichts. Sie schaute in das Dunkel hinein, in die Richtung, in der Sträfling John sitzen mußte. Sie sah einen Klumpen, der noch schwärzer war als das Schwarz um ihn herum.

»Wenn sie den richtigen Zauberspruch weiß, kann sich eine Fee zum Beispiel in ein Kaninchen verwandeln«, sagte Sträfling John.

Sträfling Maggie starrte zu dem Klumpen hinüber. Man könnte sich vorstellen, daß der Klumpen ein Mensch wäre, der an der Wand hockt und den Kopf auf den angewinkelten Beinen liegen hat.

»Oder eben in einen feuerspeienden Drachen«, sagte Sträfling John.

Sträfling Maggie starrte zu dem Klumpen hinüber. Der Klumpen könnte Sträfling John sein.

»Sie muß nur die richtigen Zaubersprüche wissen«, sagte Sträfling John.

Sträfling Maggie konnte Sträfling John sehen. Er saß ein paar Meter weiter drüben an der Wand. Sträfling Maggie sah ihn. Sie sah etwas. Sie sah wieder.

»Sicher«, sagte Sträfling John, »eine Fee muß ein gutes Gedächtnis haben, bei all den vielen verschiedenen Zaubersprüchen.«

»Still!« sagte Sträfling Maggie. Sie hob ihre linke Hand. Sie konnte ihre linke Hand im Umriß erkennen. Es war nicht mehr völlig dunkel.

»Vielleicht gibt es einen Zauberspruch, mit dessen Hilfe man sich alle anderen Zaubersprüche merken kann«, sagte Sträfling John.

»Schau!« sagte Sträfling Maggie. Sie konnte jetzt auch die untersten Stufen der Treppe erkennen.

»Das wäre praktisch!« sagte Sträfling John.

»Es ist jemand gekommen«, sagte Sträfling Maggie.

Der Klumpen, der Sträfling John war, bewegte sich.

»Nein«, stöhnte er.

»Es ist nicht mehr ganz schwarz«, sagte Sträfling Maggie.

»Der Drache!« sagte Sträfling John voll Entsetzen.

»Die Fee«, verbesserte er sich.

Es war jemand gekommen. Sträfling Maggie wußte, daß ER wieder gekommen war. ER würde Sträfling John und sie holen.

»Nein«, flüsterte Sträfling John.

ER kam immer nur, um sie zu holen. Das war der einzige Grund, weshalb ER kam. ER würde sie ein Stockwerk höher bringen und nachher wieder nach unten führen. Dann würde ER sie wieder einschließen. Das war immer so gewesen.

»Ich kann gar nichts sehen«, flüsterte Sträfling John. »ER ist gar nicht gekommen.«

Vielleicht würde ER ihnen etwas zu essen geben. Sträfling Maggie wollte nichts zu essen. Sie hatte überhaupt keinen Hunger. Sie wünschte sich das Schwarz zurück, in dem man die eigene Hand nicht vor den Augen sah.

»Nein, nein«, flüsterte es von drüben.

Gleich würde ER außen das Licht einschalten, und dann gäbe es hier nicht mehr nur unterschiedliche Grade von Schwarz. Dann würde alles hell sein. Sie wäre erst geblendet und könnte dann alles erkennen, Sträfling John zum Beispiel und seine Haare, und ob er rote Backen hatte oder abgespannt aussah. Dann würde die Kellertür aufgesperrt werden, und ER würde herunterkommen und sie holen.

»Liebe Fee…«, flüsterte Sträfling John.

Der Riegel vor der Kellertür schnappte zurück. Die Tür schwang auf. Es wurde grau, dämmrig. Das Schwarz wurde grau. ER hatte diesmal das Licht nicht eingeschaltet. Sträfling Maggie drückte sich enger gegen die Wand. Sie brauchte nicht hinüberzusehen, um zu wissen, daß Sträfling John das gleiche tat. ER war ein dunkler Umriß im Grau über der Kellertreppe. ER tappte langsam die Stufen hinab. Wahrscheinlich sah ER nichts. Wahrscheinlich mußten sich seine Augen erst an die Dunkelheit gewöhnen. Vielleicht war das Licht kaputt. ER hielt auf der dritten Stufe an. ER bückte sich und stellte etwas ab.

Sträfling Maggie wußte, daß ER keine Fee war. Feen verwandelten sich vielleicht in Kaninchen oder Drachen, aber nicht in Männer, die die Kellertreppe herabkamen, um Sträfling John und sie zu holen. Den Zauberspruch, der das bewirkte, den gab es nicht. Solch eine Fee gab es nicht. Sträfling Maggie saß da und wartete.

ER, der keine Fee sein konnte, kauerte immer noch auf der dritten Stufe. ER war nichts als ein grauer Schatten vor einer grauen Kellerwand. Sträfling Maggie schaute auf den Schatten, rührte sich nicht und dachte über die verschiedenen Arten von Feen nach, die es gab. Dann dachte sie über die Feen nach, die es nicht gab. ER richtete sich auf. Jetzt würde ER sie holen und nach oben führen. Nachher würde ER sie wieder herabbringen und einsperren. Sträfling Maggie dachte an die Feen, die es vielleicht gab.

ER stieg die Stufen wieder langsam hinauf. ER holte sie nicht, diesmal nicht. ER tastete sich nach oben. Wahrscheinlich hatten sich seine Augen noch immer nicht an die Dunkelheit gewöhnt. Dann war ER verschwunden. Das Grau war noch da. ER hatte sie nicht geholt. Diesmal nicht. Sträfling Maggie wagte noch nicht, sich zu rühren. Vielleicht kam ER wieder. Vielleicht wollte ER nur Werkzeug holen, um das Licht zu reparieren.

»ER ist eine gute Fee«, sagte Sträfling John.

Plötzlich wußte Sträfling Maggie, daß etwas anders war als sonst. Nicht nur, daß ER sie nicht geholt hatte.

»Sträfling John!« sagte Sträfling Maggie.

Etwas war anders. Das Grau. Das Grau war noch da. Überall war es grau. Da war keine schwarze Nacht, in der man die eigene Hand nicht vor den Augen sah.

»Sträfling John!« sagte Sträfling Maggie.

ER war weg, und es war nicht schwarz geworden.

»ER hat die Tür nicht verriegelt, Sträfling John«, sagte Sträfling Maggie.

Sträfling John bewegte sich nicht. Wenn die Tür nicht verriegelt war, dann konnte man vielleicht hinaus. Sträfling Maggie stand auf.

»ER hat die Tür nur angelehnt. Sie ist nicht versperrt, Sträfling John. Komm hoch!« sagte Sträfling Maggie.

Es war noch nie vorgekommen, daß ER die Tür nicht wieder verriegelt hatte. Vielleicht würde ER sein Versäumnis noch bemerken. Sie mußten schnell machen.

»Wir hauen ab, Sträfling John!«

Wenn sie abhauten, könnte ER sie nie mehr holen. Sie wären einfach verschwunden, und wenn ER wiederkäme und die Glühbirne auswechselte und das Licht einschaltete, dann sähe ER nur einen leeren Kellerraum. ER würde unter den beiden Pritschen nachsehen, aber da wäre auch niemand. Erst dann würde ER langsam begreifen, daß sie abgehauen waren.

»Los, Sträfling John!« sagte Sträfling Maggie. »Wir hauen ab, bevor ER wiederkommt.«

ER würde sie nicht mehr finden, wenn ER wiederkam, um sie zu holen. Sie wären längst weg, draußen, wo es Blumen gab und blinkende Sterne und die Leuchtreklamen von Coca Cola.

»Nein«, sagte Sträfling John, »das dürfen wir nicht.«

Sie würden die Farben sehen, alle Farben, die es gab, nicht nur Schwarz und Grau.

»Abhauen ist verboten!« sagte Sträfling John.

»Wir können in den Zoo gehen, wenn wir abhauen«, sagte Sträfling Maggie, »wir können den weißen Tiger und den Orang-Utan anschauen!«

»Es ist verboten!« sagte Sträfling John.

»Es war die gute Fee«, sagte Sträfling Maggie, »die gute Fee hat die Tür aufgesperrt, damit wir abhauen können. Es war gar nicht ER, es war die gute Fee, die seine Gestalt angenommen hat.«

Sträfling John sagte nichts.

»Wie kann es verboten sein abzuhauen, wenn extra die gute Fee kommt, um uns die Tür aufzusperren?«

»Bist du sicher, daß es die gute Fee war, Sträfling Maggie?« fragte Sträfling John mißtrauisch.

»Aber ja«, sagte Sträfling Maggie.

»Du meinst, die Fee wollte, daß wir abhauen und uns die Tiere und die Farben anschauen?«

»Los, komm!« sagte Sträfling Maggie. Sie war schon an den untersten Stufen der Treppe, über der das Grau heller war als im Rest des Raumes. Sträfling John hielt sich hinter ihrem Rücken. Sie stiegen die Stufen empor, vorbei an dem Kasten, den die Fee abgestellt hatte.

»Der Zauberkasten der guten Fee?« fragte Sträfling John.

»Komm, schnell!« sagte Sträfling Maggie und zog ihn weiter.

Die Kellertür stand zwei Handbreit offen. Rechts führte eine weitere Treppe nach oben. Sträfling Maggie und Sträfling John schlichen an geschlossenen Zimmertüren vorbei, auf den Eingang zu. Auf dem Steinboden lagen blaue und rote Schatten, die vom Licht aus den bunten Glasscheiben gezaubert wurden, die in die Tür eingesetzt waren. Der Knopf ließ sich drehen, die Tür sprang auf, und das Sonnenlicht flutete herein. Es war viel zu hell. Selbst die Schatten waren zu hell. Die Hofeinfahrt war asphaltiert. Die Wurzeln eines Baumes hatten den Asphalt aufgeworfen und ein paar Sprünge gerissen. Das Einfahrtstor bestand aus hellblau gestrichenen Latten. Es stand offen. Auf dem kleinen Platz vor dem Haus war niemand zu sehen. Drei Autos waren am Straßenrand geparkt. Im Schatten der Bäume führte eine Fußgängertreppe nach oben. In die andere Richtung öffnete sich der Blick weit. Vor der Silhouette der Stadt lag eine Bai, in der Kriegsschiffe festgemacht hatten. Auf dem Deck des vordersten waren Matrosen zu erkennen, die sich unterhielten oder ins Wasser starrten. Das Wasser war tiefblau. Es war ein schöner, sonniger Morgen.

»Soll ich dir etwas verraten, Sträfling Maggie?« fragte Sträfling John.

»Hm?«

»Es gibt gar keine guten Feen. Nur im Märchen. In Wirklichkeit gibt es überhaupt keine Feen.«

Bevor sie sich auf den Weg machten, warf Sträfling Maggie einen Blick zurück. Das Haus, das innen schwarz und grau war, war außen rosa gestrichen. Es war ein ganz zartes, schon etwas verwaschenes Rosa. Ein Rosa, das nach ein paar Regenfällen wahrscheinlich gar nicht mehr zu erkennen sein würde.

Zwei Mädchen gingen vorüber. Beide hatten lange blonde Haare und trugen Kleider, die oben hauteng anlagen, so daß man alles sehen konnte. Die Umrisse. Die beiden Mädchen gingen schnell. Sie hatten wohl keine Zeit. Sie waren sehr jung und sehr groß. Sie waren viel größer als San Phra, mindestens einen Kopf größer. San Phra sah auch nicht richtig hin, nur so ein bißchen. Aus den Augenwinkeln. Es gehörte sich nicht, daß man fremden Mädchen nachsah und auf ihre Umrisse starrte. Die Umrisse waren auch groß. San Phra wußte nicht, ob die Tatsache, daß die großen blonden Mädchen so enge Kleider trugen, bedeutete, daß man auf die Umrisse schauen sollte. Ob auch er, der einen Kopf kleiner war, hinschauen sollte. San Phra warf einen Seitenblick auf seine Frau, die sich neben ihm hielt. Kim war etwas kleiner als er selbst. Da ihr Rükken krumm war, wirkte sie noch kleiner, als sie tatsächlich war. Kim hatte schwarze Haare, war ein bißchen dick und hatte kurze Beine. Sie könnte nie so schnell wie die beiden Mädchen gehen, selbst, wenn sie es sehr eilig hätte. San Phra liebte seine Frau. Sie war die schönste Frau der Welt. Da konnten die jungen weißen Mädchen ihre Umrisse herzeigen, soviel sie wollten!

»Schön, nicht?« sagte San Phra.

Um nicht den Verdacht aufkommen zu lassen, daß er von den Umrissen irgendwelcher Mädchen spreche, zeigte er auf das Eukalyptusgrün der Hügel am Nordufer des Hafens und nahm seinen Fotoapparat zur Hand. Kim lächelte. Sie konnte wunderbar lächeln. San Phra liebte seine Frau über alles in der Welt. Er machte eine Aufnahme von Kim auf der Uferpromenade. Er war froh, daß er mit ihr hier sein konnte, mit ihr zusammen. Es war ihr erster Urlaub im Ausland. Ihr erster Urlaub zu zweit. Jetzt, nachdem ihre Tochter Sun geheiratet hatte.

San Phra und Kim gingen langsam am Kai entlang. Die Luft war klar, viel klarer als in Bangkok, wo die Sonne oft nur fahl durch Dunst- und Abgaswolken schimmerte. Es gab keine Tuk-Tuks in Sydney und, zumindest hier im Zentrum, nicht den Bruchteil des Verkehrschaos, das Busse, Taxis, Motorräder und Autos in Bangkok schon am frühen Morgen produzierten. Sydney war eine saubere Stadt, das mußte San Phra zugeben. Keine leeren Dosen, keine alten Zeitungen lagen in den Rinnsteinen, keine stinkenden Abfallsäcke lehnten an den Hauswänden. San Phra hatte in den drei Tagen, die er hier war, noch nicht eine Katze gesehen, die in Mülltonnen stöberte. Selbst das Hafenbecken wirkte, als ob es zweimal täglich gereinigt würde. Keine Ölschlieren glätteten das Wasser, keine Plastikbehälter tanzten auf den Wellen. San Phra nickte. Sauberkeit war wichtig. Ordnung war auch wichtig. Sauberkeit und Ordnung, das gehörte zusammen. Der Rasen zum Beispiel war ordentlich gemäht, ein streichholzkurzes, sattes Grün, das sich vor dem Museum ausstreckte. Kein Halm wuchs über die Einfassung auf den Gehweg hinaus. Sauber abgestochen.

Die beiden blonden Mädchen waren längst außer Sichtweite, die schönste Frau der Welt ging an seiner Seite, und San Phra bekam plötzlich Lust, Unsinn anzustellen. Ins Wasser zu springen, eine Runde zu schwimmen und sich nach dem Herausklettern zu schütteln wie ein nasser Hund. Oder sich auf eine Parkbank zu stellen, ein Bein anzuziehen, mit den Armen zu schlagen und »Kikeriki« zu krähen. Irgend etwas, das Kim zum Lachen brächte. Er würde natürlich nichts dergleichen tun; es war nur, weil er glücklich war, weil alles so freundlich war. Die Sonne schien, die Luft war klar, die Stadt war sauber und ordentlich. Auch die Gesichter der Leute, die ihnen entgegenkamen, waren freundlich. Manche strahlten sogar. Ein älterer Mann nickte San Phra zu. San Phra nickte zurück. Es war schön. San Phra griff nach der Hand seiner Frau. Das tat er sonst nie in der Öffentlichkeit.

»Ich muß dich etwas fragen, Kim«, sagte er, so feierlich er nur konnte.

»Ja?«

»Willst du mich heiraten?« fragte San Phra.

Kim sah ihn verblüfft an.

»Wenn du dich nicht sofort entscheiden willst, frage ich dich morgen wieder, und übermorgen, und so weiter, bis du ›ja‹ sagst.«

»Aber wir sind doch seit achtundzwanzig Jahren …!« sagte Kim.

»Ich bin nur Bankangestellter«, sagte San Phra, »ich verdiene nicht viel, aber wenn wir sparsam leben, genügt es für uns beide.«

»Ach du …«, lachte Kim.

»Erhöre mich!« flehte San Phra. »Bitte!«

»Kindskopf!« Kim schüttelte den Kopf.

»Ich verspreche dir, dich immer zu lieben, dich gut zu behandeln und nur ganz selten anderen Mädchen nachzusehen.«

»So?« sagte Kim streng. »Ich werde es mir überlegen.«

»Sei nicht so grausam!« rief San Phra und ergriff auch ihre andere Hand.

»Was sollen die Leute denken?« flüsterte Kim.

»Das ist mir egal«, sagte San Phra, und in diesem Moment war das tatsächlich so. »Erst mußt du ›ja‹ sagen!«

»Na gut«, sagte Kim, »ja!«

San Phra war glücklich. Er hätte seine Frau gern geküßt, nein, seine zukünftige Frau natürlich, seine Braut. Er war so glücklich, daß er sie vielleicht sogar hier vor Hunderten von Passanten hätte küssen können, aber ihr wäre das sicher peinlich gewesen.

»Ich könnte dich küssen«, sagte er.

Kim lächelte.

»Alter Kindskopf«, sagte sie, und für San Phra klang das wie die schönste Liebeserklärung. Er sah Kim an, ihre glatten schwarzen Haare, ihren leicht gekrümmten Rücken, ihre schon etwas faltigen Hände.

»Ja«, sagte er.

Kims Augen wurden groß. San Phra sah es und spürte im gleichen Moment, wie ihm jemand von hinten auf die Schulter tippte. War er zu weit gegangen? Fühlte sich jemand gestört? Er hatte doch nur ein bißchen Theater gespielt, weil er glücklich war. Davon konnte sich doch niemand belästigt fühlen! Das konnte doch kaum jemand bemerkt haben!

San Phra wandte sich um. Es war gar kein Polizist, der ihm auf die Schulter geklopft hatte. Es war ein junger Mann. Ein Weißer. Auch er war einen Kopf größer als San Phra. Er hatte lockige blonde Haare und trug eine Sonnenbrille. Er grinste von einem Ohr bis zum anderen.

»Hi«, sagte er.

San Phra lächelte höflich.

»Sehr angenehm, Sie kennenzulernen«, sagte er im besten Englisch, über das er verfügte.

Der junge Mann nickte und ließ einen Schwall von Worten los. San Phra lächelte. Er hatte nichts verstanden. Der junge Mann schob seine Sonnenbrille in die Stirn und wiederholte. Dabei wies er mit dem Finger abwechselnd auf San Phra, Kim, das Opera House jenseits des Wassers und San Phras Fotoapparat. San Phra begriff, daß der junge Mann sich anbot, ein Foto von ihm und seiner Frau vor dem Hintergrund der Oper zu schießen. San Phra blickte zum lachenden Gesicht des jungen Mannes hinauf. Seine Augen blitzten, und die Locken fielen ihm in die Stirn. Er hatte ein offenes Gesicht. Er sah eigentlich wie ein guter Mensch aus.

»Sehr freundlich von Ihnen«, sagte San Phra, »aber vielleicht doch lieber nicht.«

»No worries, mate«, sagte der junge Mann, »ich dachte nur …«

San Phra lächelte ihm zu. Dann sah er Kim an. Kim lächelte auch. Hinter ihr glitzerten die weißen Dächer der Oper. Wie riesige Segel, die sich vor dem Nordwind blähten, sahen sie von hier aus. Oder wie Drachenzähne, die am Rande des Meeres aus dem Boden wachsen und Fruchtbarkeit verkünden. Oder wie gigantische Schmetterlinge, die im Begriff stehen, aus ihrer Verpuppung auszubrechen. Man ahnte ihre wundervollen Farben unter der glänzenden weißen Hülle.

»Viel Spaß noch in Australien«, wünschte der junge Mann und wandte sich ab.

»Herzlichen Dank!« sagte San Phra, und er wußte, daß er noch etwas sagen sollte, da er nur höflich gewesen war, nicht aber freundlich. Vielleicht, weil er Angst hatte. Immer hatte er Angst, daß ihn jemand bedrohte, daß er jemanden belästigte, daß er beschimpft, beleidigt, bestohlen und verhaftet würde. Vor Hunden hatte er Angst und vor Flugzeugen, vor der Polizei genauso wie vor Dieben. Selbst vor jungen Mädchen in engen Kleidern hatte er Angst. Und jetzt?

San Phra wußte nicht, ob es daher kam, daß er gerade in diesem Moment keine Angst haben wollte, oder weil die Oper in der Sonne glitzerte wie ein achtlos hingeworfener Haufen Edelsteine, er wußte nicht, warum er es tat, doch er sagte:

»Einen Moment, bitte.«

Kim sah ihn verwundert an, er sah sie an, er wollte keine Angst haben, weil er in Kim die schönste Frau der Welt sah und weil er mit ihr glücklich war.

»Wenn Sie vielleicht doch ein Foto von uns machen könnten?«

»Klar!« grinste der junge Mann.

»Wir haben uns nämlich verlobt. Wir wollen heiraten«,

sagte San Phra, während er den Gurt der Nikon über seinen Kopf hob. Kim schaute ihn strafend an.

»Glückwunsch!« rief der junge Mann und schüttelte beiden die Hand. Das tat man bei Fremden nicht, aber San Phra wußte, daß es freundlich gemeint war.

»Danke«, sagte er, »wir werden glücklich sein.«

Er spannte die Kamera, stellte die Blende auf 11 und zeigte dem jungen Mann den Auslöser.

»Nur hier drücken, bitte!«

»Schöner Apparat«, sagte der junge Mann, als er die Nikon in die Hand bekam. Er war einen Kopf größer als San Phra und hatte viel längere Beine. San Phra würde ihn nie einholen, wenn er mit dem Fotoapparat wegliefe. Und selbst wenn er ihn einholte, wäre er nicht stark genug, um ihn zu zwingen, den Apparat wieder herauszugeben. San Phra hatte Angst, aber nun war es zu spät. Er konnte jetzt nicht mehr nein sagen, ohne den jungen Mann zu beleidigen. Er mußte jetzt gute Miene zum bösen Spiel machen. San Phra lächelte Kim zu und zog sie die paar Meter zum Metallgeländer, das die Uferpromenade zum Hafenbecken hin abgrenzte. Es war grün gestrichen, und die vertikalen Pfosten liefen in Spitzen aus, die an die Wats Bangkoks erinnerten. Kim und er stellten sich nebeneinander vor das Geländer, ohne sich anzulehnen. Kim lächelte. Sie war klein und hatte einen krummen Rücken, aber sie war eine starke Frau.

Der junge Mann hatte die Nikon wie eine Maske vor den Augen liegen. San Phra war sich sicher, daß der junge Mann seine Kamera stehlen würde. Er sah ihn schon weglaufen, sah seine langen Beine wirbeln. Schnell wie der Wind.

»Cheese«, sagte der junge Mann.

Er stand noch da, ein paar Meter entfernt. San Phra schaute aufs Objektiv und versuchte, das Auge des jungen Mannes zu erkennen, das auf der anderen Seite in den Sucher starrte. Natürlich gelang es ihm nicht, doch er wußte, daß der junge Mann blaue Augen hatte. San Phras

Blick glitt über die Locken des Mannes nach oben, gewann Tiefe und blieb an den vertikalen Linien des Gebäudes im Hintergrund hängen. Zwei Stoffbahnen hingen senkrecht an der Fassade nach unten. Eine zeigte nichts als schreiend bunte Farben, auf der anderen stand ›Museum of Contemporary Art‹ zu lesen.

»So«, sagte der junge Mann und ließ die Nikon sinken. San Phra hatte nicht bemerkt, daß er den Auslöser gedrückt hatte.

»Vielen herzlichen Dank!« sagte San Phra.

Vielleicht würde der junge Mann mit den blonden Locken seine Kamera doch nicht stehlen. San Phra ging auf den jungen Mann zu und streckte die Hand aus.

»Sehr nett von Ihnen!« sagte er noch, und da kam von rechts das Geschoß herangebraust, wie Blitz und Donner gemeinsam kam es herangerollt, aus Richtung des Ocean Terminal, doch eigentlich aus dem Nichts entsprungen, aus einer anderen Dimension plötzlich materialisiert, dessen war sich San Phra sicher. Ein Geist, der sich in Zeit und Raum geirrt hatte, der davon unbeirrt seine Bahn zog, funkensprühend, und die Passanten zur Seite spritzen ließ. Riesig war das Geschoß, übermenschengroß, knapp über dem Boden schwebte, zischte es entlang, ganz dicht über den Platten. Auf San Phra zu. Genau auf ihn raste der Geist zu, ihn würde er holen, ihn würde er durchstoßen, vernichten, so daß nur ein Häufchen rauchender Asche bliebe.

»Ojojojoi«, schrie der Geist.

Schnell kam er näher, beschleunigte noch, indem er sich in der Luft knapp über dem Boden zweimal abstieß. Die Füße des Geistes steckten in Stiefeln. Schnell wie der Wind schoß der Geist in Stiefeln auf San Phra zu, der starr stand, die Hand noch ausgestreckt, der sich nicht zu rühren vermochte, nur entsetzt schauen konnte, zuschauen mußte, wie ihn der Geist gleich vernichten würde.

»Ajajajai«, schrie der Geist in Stiefeln mit sich überschlagender Stimme. Immer schneller wurde er, immer näher kam er, und er schwang die Arme wie Sicheln, die alles abzumähen drohten, was ihnen in den Weg kam. Die Haut des Geistes mit den sichelnden Armen war weiß und ockerbraun gestreift. Vom Kopf bis dorthin, wo die Knöchel in den Stiefeln verschwanden, war nichts zu sehen als weiße und ockerfarbene Haut. Der Geist war nackt. Bis auf die Stiefel. Das Ding zwischen seinen Beinen schwang im Rhythmus der sichelnden Arme mit. Es war weiß.

»Ujujujui«, heulte der nackte Geist und wackelte mit dem Kopf. San Phra sah, daß der Geist nicht direkt auf ihn zukam. Vielleicht war er gar nicht das erwählte Opfer. Vielleicht war der Geist …

San Phra sah plötzlich alles genau. Der Geist schwebte nicht über dem Boden. San Phra sah die Rollen unter den Stiefeln des Geistes. Phosphorgrüne Rollen. Der Geist war gar kein Geist. Der Geist war ein nackter, weiß und ocker geschminkter, brüllender Rollschuhläufer. Ein Verrückter, ein Spinner, ein Exhibitionist. Ein Weißer, ein Westler, einer von denen, die einer wie San Phra nie verstehen würde.

San Phra sah aus den Augenwinkeln, daß der junge Mann, der seine Nikon in der Hand hielt, den nackten Rollschuhläufer nicht beachtete. Der junge Mann musterte ihn, San Phra. San Phra machte einen Schritt auf den jungen Mann zu. Er sah, daß der Rollschuhläufer auf der anderen Seite neben ihm vorbeischießen würde. Drei, vier Meter vorbei, nahe am Hafenbecken, nahe am Geländer, dort, wo Kim stand.

»Ejejejei«, brüllte der Rollschuhläufer. Er hatte nur Augen für Kim, und sein weiß bemaltes Ding schwang zwischen seinen Beinen. San Phra sah es genau. Er wußte Bescheid. Er wußte, daß der junge Mann und der verrückte Rollschuhläufer unter einer Decke steckten, er wußte, daß sie sich gegen ihn verschworen hatten. Daß es um Kim ging, um seine Frau, die schönste Frau der Welt. Daß sie sie entführen wollten, verletzen, irgend etwas Entsetzliches wollten sie ihr antun. Und er hatte sich weglocken lassen, nur ein paar Meter, aber das war schon zuviel. Weil er Angst um seinen Fotoapparat gehabt hatte! Wegen dieser lächerlichen Kamera hatte er seine Frau verlassen, im Stich gelassen. Deswegen war er dem jungen Mann auf den Leim gegangen, deswegen stand er nun ein paar Meter von seiner Frau entfernt, nur vier, fünf Meter, aber er würde nicht mehr rechtzeitig bei ihr sein können, um sie zu schützen. Nie mehr könnte er bei ihr sein.

»Ijijijii«, kreischte der Rollschuhläufer, als er Kim erreichte. Ohne zu bremsen, nahm er sie hoch. Er bückte sich nur, seine Hand tauchte hinab, knickte Kims Kniekehlen, und schon stand er wieder aufrecht, hatte er sie hochgewirbelt, wie eine Feder schwebte sie einen Augenblick in der Luft, dann hatte er sie auch mit der anderen Hand umklammert. Wie ein kleines Kind lag sie in seinen Armen.

»Yep!« rief der Rollschuhläufer.

Seine Arme, die nicht mehr wie Sicheln schwangen, hielten Kim umklammert. Mit den Füßen stieß er sich ab, um wieder schnellere Fahrt zu gewinnen, und endlich gelang es San Phra, loszulaufen. Er lief hinterher, lief dem gebückten Oberkörper des Rollschuhläufers nach, dem herausgereckten, weiß und rotbraun gestreiften Hintern, lief seiner Frau hinterher, die der Verrückte vor seiner Brust wiegte. San Phra ließ seine Beine wirbeln, er lief, so schnell er konnte, dem rot-weißen Blitz nach, der schon fast die Biegung des Kais erreicht hatte. Er lief, so schnell er laufen konnte, aber er hatte keine Chance. Er wußte nicht, ob er schrie. Vielleicht schrie er um Hilfe, vielleicht nicht. Es spielte keine Rolle. Die Blicke der Leute, die er zur Seite stieß, waren verständnislos, empört. Für sie war er ein Verrückter, der einem Verrückten nachlief, der eine kleine Frau spazierenfuhr. Oder es war bloß Spaß für sie, ein Heidenspaß, eine Mordsgaudi, just fun. Für San Phra war es kein Spaß. Er lief um das Leben seiner Frau, um die Frau seines Lebens.

Er lief schneller, als er laufen konnte. Bilder tanzten vor seinen Augen, Dinge sprangen ihm entgegen, Sonnenbrillen, Rucksäcke, Einkaufstüten. Er stieß sie zur Seite, er kurvte um sie herum, er rannte und rannte, und endlich hatte er die Biegung erreicht, sah er wieder den rot-weißen Hintern, der schon in den Schatten des überdachten Zugangs zu Wharf 6 eintauchte. Den Hintern, über dem sich ein gestreifter Rücken nach vorne beugte. San Phra rannte und sah, wie sich der Rollschuhläufer in eine enge Kurve legte, so daß das Bündel vor seiner Brust sichtbar wurde, das Bündel, das Kim war, seine Frau, sein ein und alles. Er sah, wie das rot-weiße Monster elegant abschwang, wie es zum Stehen kam und das Bündel sachte absetzte. Ganz sanft stellte es das Etwas, das Kim war, auf die Füße, stützte es noch einen Moment lang an den Oberarmen, so lange, bis es sicher war, daß sich Kim aufrecht halten konnte, daß ihr die Beine nicht wegsackten, daß sie nicht zusammenbrach. Zart, fast zärtlich hielt das rot-weiße Monster San Phras kleine Frau, nur einen Augenblick lang, und San Phra rannte immer noch und glaubte, gleich wahnsinnig werden zu müssen.

Dann, endlich, ließ der Verrückte Kim los, nahm seine Hände von ihren Oberarmen und gewann mit ein paar kurzen Schritten wieder Fahrt. Seine Arme schwangen mit, im Nu hatte er seinen Rhythmus gefunden und ging zu langen, gleitenden Bewegungen über. Er schwebte am Kai entlang, hatte schon Wharf 5 passiert, umkurvte die Passanten, näherte sich Wharf 4. Nur gelegentlich blitzten noch rot-weiße Streifen durch die Menge, dann verschwand der Verrückte aus San Phras Augen, rollte aus seinem Leben.

San Phra hatte Kim erreicht. Er keuchte. Er japste. Er war es nicht gewohnt, so schnell zu laufen. Seine Frau stand dort, wo sie der Rollschuhläufer abgesetzt hatte. Sie stand unverändert da und sah aus, wie eine Frau aussieht, die von einem nackten, ocker und weiß geschminkten, laut brüllenden Rollschuhläufer in voller Fahrt aufgegriffen und fünfzig Meter weiter wieder abgesetzt wird. Sie sah gut aus. Schön. Sie war die schönste Frau der Welt. San Phra keuchte.

»Kim!« stieß er hervor.

»Es ist gar nichts passiert«, sagte Kim, »es ist nur …«

Sie griff seine Hand und zog ihn in die Richtung zurück, aus der sie gekommen waren, den Weg entlang des Kaigeländers, den San Phra so schnell gelaufen war, wie er noch nie in seinem Leben gelaufen war. Entlang der Hafeneinfassung, an die müde die Wellen von Sydney Cove schlugen. Entlang des Wassers, von dem die Sonne blendend widerschien.

»Es war nur wegen des Fotoapparats«, sagte Kim.

Da war das Museum, davor der Rasen. Der junge Mann vor dem Museum war verschwunden. Das Dach der Oper auf der anderen Seite sah aus wie zerbrochene Hühnereischalen. San Phras Nikon war auch verschwunden.

»Sie wollten nur die Kamera stehlen«, sagte Kim.

San Phra nickte. Sie hatten nur die Kamera stehlen wollen. Das war alles.

O'Neill sah dem Straßenkünstler zu. Der Künstler trug einen schwarzen Frack, einen Zylinder, ein weißes Rüschenhemd, weite Hosen, die auf den Schuhen aufstanden, und schwarze Handschuhe. Sein Gesicht war weiß geschminkt. In der einen Hand hielt er eine Sense. Sein Oberkörper war zur Seite gebeugt, und der rechte Arm war so weit hinter den Rücken gedreht, daß die gespreizten Finger auf der gegenüberliegenden Seite seines Rumpfs hervorsahen. So stand der Künstler da und bewegte keinen Muskel. Nicht einmal seine Augenlider zuckten.

O'Neill sah dem Künstler nicht eigentlich zu, denn es geschah nichts, bei dem man hätte zuschauen können. Man konnte ihn höchstens ansehen. Er stand stocksteif und still. Er wirkte wie eine etwas eigenwillig gestaltete Statue. Wie eine sehr lebensecht geformte Gliederpuppe. O'Neill dachte, daß das ein ausgezeichneter Künstler sein müsse, denn es gab sicher wenige Künstler, denen man dabei zusah, wie sie gar nichts taten.

Vor dem Künstler stand ein Koffer, auf dessen Boden Münzen lagen und in dessen aufgeklapptem Deckel ein Schild lehnte, das die Zuschauer aufforderte, Körper oder Glieder des Künstlers zu bewegen. Niemand bewegte Körper oder Glieder des Künstlers. Es gab auch nur wenige Zuschauer. Und die meisten schauten nur einen Moment hin, bis sie erkannten, daß nichts geschah, dann lachten sie oder schüttelten den Kopf und setzten ihren Weg entlang des Kais fort, zu ihrer Fähre oder durch die Schranken und über die Rolltreppe hinauf zur Haltestelle der City Rail, über der die Autos auf dem Cahill Expressway dahindonnerten.

Vielleicht stand der Künstler schon seit Stunden in dieser verdrehten Stellung, in die ihn ein sadistischer Tourist gezwungen hatte. Vielleicht hatte ein Junge am frühen Morgen Polizist gespielt, den Künstler mit einer Wasserpistole bedroht, ihm – durch ausbleibenden Widerstand ermutigt – den Arm auf den Rücken gedreht, um dann nach kurzer Zeit die Lust zu verlieren und sich neuen Opfern zuzuwenden. Lachlan O'Neill hätte nicht mit dem Künstler tauschen wollen. Er war einer, der sich bewegen mußte, er war ein Läufer, ein Sportler, ein Jäger. O'Neill spannte versuchsweise seine Muskeln an, linker Oberschenkel, rechter Oberschenkel, Bizeps eins, Bizeps zwei. Alles funktionierte.

O'Neill schaute den Künstler an. Nichts rührte sich. Kein Zittern, nichts. Wenn es sich nicht um eine so künstliche Stellung gehandelt hätte, hätte O'Neill vermutet, daß der Mann tot wäre. Dazu die Sense. Das gefiel O'Neill nicht. Diese Verhöhnung des Todes. Mit dem Tod scherzte man nicht. Den Tod sollte man nicht darstellen. Den Tod sollte man auch nicht begaffen. O'Neill hatte genug Tote gesehen. Er wußte, wovon die Rede war. Er konnte den Tod ums Verrecken nicht ausstehen.

O'Neill sah den Künstler unbeweglich stehen und entschloß sich trotz allem, ihm ein paar Münzen in den Koffer zu werfen. Als er in seiner Geldbörse nach 50 Cents kramte, sah er plötzlich, daß etwas nicht stimmte. Er spürte es. Er nahm zwei Bewegungen wahr, die signalisierten, daß nicht mehr alles in Ordnung war. Die eine war nur ein Wimpernschlag, nicht mehr als ein winziges Zucken im weiß geschminkten Gesicht des Künstlers, aber O'Neill war es nicht entgangen. Die andere war eine Art Welle, die vom westlichen Ende des Kais heranflutete, eine Welle aus Stimmen und Augendrehen, aus Verblüffung und Verständnislosigkeit. Eine Welle, die nichts Gutes verhieß. O'Neill sah die Welle auf sich zukommen, und schon an ihrem Aussehen erkannte er, daß nichts Gutes sie ausgelöst hatte, daß es etwas war, womit er sich dienstlich befassen mußte, wogegen er einzuschreiten hatte. Das war Erfahrung. Es gab solche Wellen und solche. Mit ein bißchen Erfahrung wußte man Bescheid. Vielleicht war es auch Instinkt. O'Neill hätte schwören können, daß die Jugendgang wieder tätig geworden war, daß weitere Fotoapparate unrechtmäßig den Besitzer gewechselt hatten.

Diebstahl oder Raub? dachte er.

Als Lachlan O'Neill einen von oben bis unten geschminkten Rollschuhläufer von Wharf 5 her rollen sah, als er begriff, daß dieser die Welle ausgelöst hatte, war er sich nicht mehr ganz sicher. Auf jeden Fall hatte der Rollschuhläufer keine Kamera umhängen. Er hatte gar nichts umhängen. Er war nackt.

Erregung öffentlichen Ärgernisses, dachte O'Neill.

Oder es war ein Ablenkungsmanöver. Sicher war der nackte Rollschuhläufer ein Ablenkungsmanöver, das die Aufmerksamkeit der Opfer auf sich zog, so daß die Komplizen gefahrlos zuschlagen konnten. Der Rollschuhläufer hatte die Arme auf den Rücken gelegt und glitt in ruhigen Bewegungen vorwärts. Wenn er für ein Ablenkungsmanöver sorgen sollte, dann war das schon geschehen. Dann war schon alles vorbei. Dann waren seine Komplizen schon lange verschwunden. Dann würde O'Neill dort hinten niemanden mehr finden als einen verstörten Touristen, der vielleicht noch nicht einmal bemerkt hatte, daß ihm die Kamera gestohlen worden war. Der keinerlei Beschreibung eines Täters liefern könnte. Der ihn, O'Neill, nur Zeit verlieren ließe.

O'Neill tat zwei Schritte auf die Promenade hinaus und baute sich dort mit ausgebreiteten Armen aus. Er sah aus wie ein Tourist, der beschlossen hat, Verkehrspolizist zu spielen. Der Rollschuhläufer war etwa sieben Meter entfernt.

»Stop!« rief O'Neill. Er brauchte die Täter selbst nicht zu erwischen. Der Rollschuhläufer genügte ihm. Der würde schon plaudern. Er würde das gern tun. Lieber zumindest, als eine Anzeige wegen Beihilfe und Erregung öffentlichen Ärgernisses zu erhalten. Und wenn er den Märtyrer spielen wollte, bekämen O'Neill und seine Kollegen die Namen der anderen trotzdem heraus. Da gab es Freunde, Nachbarn, Kollegen. Wenn man einen hatte, kam man auch auf die anderen. Das war Routine.

»Stop!« sagte O'Neill noch einmal.

»Ojoi?« fragte der Rollschuhläufer und nahm die Arme hinter dem Rücken hervor. O'Neill spannte die Muskeln an. Linker Oberschenkel, rechter Oberschenkel, Bizeps eins, Bizeps zwei. Alles funktionierte. O'Neill trainierte jeden Tag, er war in ausgezeichneter Form, wie immer. O'Neill war ein Sportler, ein Jäger. Aus Instinkt. Sein Körper brannte auf seinen Einsatz.

Der Rollschuhläufer legte zwei kurze, schnelle Schritte ein. Er verlagerte sein Gewicht auf den rechten Fuß und zog in einer vorsichtigen Kurve nach außen. Den linken Fuß setzte er korrigierend nach.

»Einen Moment«, sagte O'Neill und duckte sich.

Der Rollschuhläufer weitete seinen Bogen mißtrauisch aus, ohne O'Neill aus den Augen zu lassen. O'Neill sprintete los. Er schoß nach links vorne, auf den Punkt zu, den der Rollschuhläufer menschlichem Ermessen nach gleich erreichen würde.

»Ijii«, kreischte der Rollschuhläufer, als O'Neill nach vorne schoß wie der Kopf einer Tiger Snake, wie der Taipan, die Death Adder, wie der unumschränkte Meister aller Klassen an tödlichen Schlangen Australiens, bereit, seine Fangzähne in die nackte, ocker-weiß bemalte Haut seines Opfers zu schlagen.

»Ijii«, kreischte der Rollschuhläufer und sprang senkrecht in die Luft, sprang entsetzt dem Himmel entgegen, der Sonne, deren Strahlen an den Betonschalen des Expressways entlangschnitten und einen harten Schatten auf das Ziegelpflaster zeichneten. Wie ein gestreifter Gummiball sprang er hoch, wirbelte durch die Schattengrenze und senkte sich wieder. Klack, klack, setzten die Rollen kurz nacheinander auf den Boden auf, zwei Meter von dem vorberechneten Zugriffspunkt entfernt, an dem O'Neills erster, tödlich gedachter Stoß soeben ins Leere ging. O'Neill warf sich noch in der Bewegung nach links und setzte über den aufgeklappten Koffer, aus dem silberne Münzen emporblinkten. Der Rollschuhläufer raste tief vornübergebeugt hinter dem Künstler vorbei, der unbeweglich in seiner verdrehten Haltung verharrte, der in seinem lächerlichen schwarzen Anzug Statue spielte. Der absolut dämlich dort stand, der – verflucht noch mal – im Weg stand, zwischen O'Neill und seinem Opfer, zwischen Willen und Tat, zwischen Aufgabe und Pflichterfüllung. Der Künstler war kein Künstler mehr, sondern ein Etwas, das stumm, starr und unbeschreiblich blöd in O'Neills Stoßrichtung stand. Der Künstler war nichts als ein Hindernis. O'Neill warf die Schulter nach vorne, machte sich schmal, bog sich zur Seite, wand den Oberkörper schlangengleich, während seine Beinmuskeln ihn weiter katapultierten.

Fast hätte er es geschafft. Fast wäre er vorbeigekommen. Fast hätte er zum Sprung ansetzen können, hätte er den Rollschuhläufer von seinen Rollen geholt, eisern gepackt, überwältigt, verhaftet, verhört, aktenmäßig erfaßt, dem Richter zugeführt und den ganzen Rest. Fast. Es war nur die Sense. Es war nur der Holzstiel der Sensenattrappe, in den er einfädelte. Der Stiel, der ihm zwischen die Beine geriet und ihn abblockte, der ihm den Sprung, seinen entschiedenen, entscheidenden Sprung, abwürgte und in einen stolpernden Fall verwandelte. O'Neill tauchte nach unten ab und sah aus den Augenwinkeln, daß das schwarz gekleidete Etwas, das offensichtlich an der Sense festgewachsen war, um die eigene Achse gewirbelt wurde und ihm nachsegelte. Dann setzte O'Neill bäuchlings auf und schürfte ein kleines Stück den Rollen nach, die den Nackten davontrugen. Die Rollen waren phosphorgrün. Voller Haß sah O'Neill dem Rollschuhläufer nach, der durch die Eingangshalle der City Rail Station auf den gegenüberliegenden Eingang zuglitt. Dann krachte der Sensenmann auf O'Neill nieder. Wie ein Sack Kohlen. Wie ein schwarzes, schweres Etwas fiel der Künstler auf ihn nieder und begrub ihn unter sich. Das Sensenblatt schrammte an O'Neills Hals entlang nach unten. Es bog sich durch, als es auf die Bodenziegel traf. Es war aus Hartgummi. O'Neill lag da, mit dem unbeweglichen Etwas über sich, und spürte etwas Hartes in seiner zur Faust geballten Hand. Es war die 50-Cent-Münze, die er dem Künstler vorher hatte geben wollen.

Der Rollschuhläufer kurvte drüben auf die Alfred Street hinaus. Nach links. O'Neill wälzte den schwarzen Sack, den er für einen Künstler gehalten hatte, von sich ab.

»Idiot!« sagte O'Neill, als er sich aufrappelte. Er blutete an Knien und Ellbogen. Alles brannte. Ein schwarzer Schatten zog vor seinen Augen auf und verschwand wieder. O'Neill probierte seine Muskeln aus, linker Oberschenkel, rechter Oberschenkel, Bizeps eins, Bizeps zwei. Obwohl er zerschlagen und zerschunden war, begann O'Neill zu laufen. Ohne recht bei Sinnen zu sein, ohne zu wissen, was los war, lief er durch die Halle, nach links in die Alfred Street. O'Neill war ein harter Hund. Er war fit. Er war ein guter Polizist. Ein geborener Jäger. Er folgte seinem Weg aus Instinkt.

Die der Stadt zugewandte Seite der City Rail Station »Circular Quay« gehörte nicht den Touristen, sondern den Sydneysidern, die hier auf die Busse in die Eastern Suburbs warteten. Sekretärinnen standen auf dem Square vor dem Customs House und rauchten ihre letzte Mittagspausenzigarette, während die in untadelige dunkle Anzüge gekleideten Geschäftsleute sich schon wieder Richtung George Street, zu Börse und World Trade Center, aufmachten. Vor dem McDonalds lungerten junge Schulschwänzer herum. Alles war wie sonst und doch ganz anders. Fremd, wie mit einem schwarzen Schleier verhangen. Der Sturz.

O'Neill zögerte einen Augenblick, als er ins Sonnenlicht eintauchte. Er zwinkerte mit den Augen. Dann erblickte er den Rollschuhläufer am Scout Place. Er war nicht in die Young Street abgebogen, hatte sich nicht schnellstmöglich in die City abgesetzt, um dort in den unterirdischen Passagen und Shopping Centres der Wolkenkratzer für immer zu verschwinden. O'Neill flog die Straße entlang, er spurtete, er spürte seine Beine nicht, doch sie gehorchten willig. Er war schnell, und er hatte eine Chance, denn er sah, wie der Rollschuhläufer der Albert Street Richtung Macquarie Street folgte. Es ging dort steil bergauf, nicht sehr weit, aber steil. O'Neill kannte hier jeden Zentimeter, es war sein Revier, auch wenn plötzlich ein unwirklicher Schatten über allem lag. Oder lag etwas vor seinen Augen? Ihm war, als ob er durch die geschlossenen Lider wahrnehmen müßte.

Der Anstieg zur Macquarie Street war kein Gelände für einen Rollschuhläufer, eher schon für einen Sprinter wie O'Neill. Er würde aufholen. Er sah, wie sein Opfer die Schrittlänge verkürzte, schon war er selbst am Scout Place und setzte in ungeheuren Sätzen über die Straße, ohne auf den Verkehr zu achten. Als ob ihm die Autos gar nichts anhaben könnten. An der Ecke lag das Justice and Police Museum, ein alter Steinhaufen mit einer breiten Veranda, an deren Pfeilern uniformierte Polizisten aus Pappe hochkletterten, um Einbrecher aus Pappe zu verfolgen, die übers Dach flüchteten. Pappkameraden, dachte O'Neill, als er in die Steigung hineinhastete, Schattengestalten, dämlichste Silhouetten, Kinderphantasien. Kein Bezug zur Wirklichkeit.

Ich bin auf jeden Fall noch nie Einbrechern auf irgendein Dach nachgeklettert, dachte O'Neill, während der Rollschuhläufer oben nach links in die Macquarie Street einbog.

Gut, dachte O'Neill. Prächtig, dachte O'Neill. Das war das Ende, da war es aus und vorbei, da würde der Nackte nicht weiterkommen, da ging es nur zur Oper hinaus, und dann war da nur noch Wasser. Rundum Wasser, Meer, nichts anderes. Schluß, aus, das Ende der Welt, das Ende der Jagd. Wenn er nicht die Schwimmflügel auspackt, dachte O'Neill, während er an Mellony's Pasta-Restaurant vorbeikeuchte.

Er keuchte, aber er hatte aufgeholt. Er war wieder dran, er war in übermenschlicher Form, er würde ihn erwischen. Zwei lange Schritte noch, um die Ecke des Blocks, und der weite Blick die Macquarie Street entlang öffnete sich. Vor O'Neill gähnte der Tunnel unter der zweistöckigen Expressway-Überführung, und dahinter gleißte das Sonnenlicht bis zum Opera House Forecourt und dem grünen Wasser neben dem Broad Walk. Kein nackter, rot-weiß geschminkter Rollschuhläufer war zu sehen. O'Neill stoppte nicht. O'Neill lief immer weiter. Auch auf der anderen Straßenseite, entlang des Botanischen Gartens, war kaum jemand unterwegs. Vor allem kein Rollschuhläufer.

O'Neill erreichte die Unterführung. Über ihm ließ ein Zug die Stahlträger zittern, und O'Neill lief unbeirrt weiter. Er glaubte nicht daran, daß sich nackte Rollschuhläufer in Luft auflösen können. Vielleicht lag es an ihm selbst. Vielleicht hatte er tatsächlich etwas an den Augen. Er kniff sie zu, Blitze zuckten, er riß sie wieder weit auf, und alles war wie vorher.

Kein Rollschuhläufer? dachte O'Neill, als er aus dem Schatten der hochgelegten Trasse herausstürmte. Kein nackter Krimineller? Kein geschminktes Opfer? Nichts?

O'Neill rannte an der Treppe vorbei, die zum Expressway hinaufführte.

Die Treppe! dachte er, und schon war er zurück, sah er das rot-weiße Etwas, das soeben das obere Ende erreichte, schon schoß er hinauf, immer vier der Metallstufen nahm er auf einmal, riesige Sätze machte er, bei denen die Knie fast gegen das Kinn schlugen, bei denen er die roten Streifen der Schürfwunden sah, die sich an seinen Schenkeln hinabzogen. Nur schnell, nur hinauf, er war nur noch zehn Meter hinterher, eher weniger. Es war sowieso ein Wunder, daß der Kerl die Treppe mit seinen Rollschuhen geschafft hatte. Es war auch ein Wunder, wie schnell O'Neill war. Er rannte ja nicht um sein Leben, er jagte nur einen lächerlichen Kleinkriminellen. O'Neill brauchte bloß ein paar Sätze, ein paar seiner gewaltigen Tigersätze, und er war oben, vor sich die hüfthohe Brüstung, die den Expressway vom Gehweg abtrennte, rechts der Weg, der hoch über dem Kai zu den Rocks hinüberführte, zur Auffahrt der Harbour Bridge. Quer über dem Gehweg stand ein gelbschwarzer Absperrungsreiter. Bauarbeiten, die hundert Meter weiter zu erahnen waren. Säcke, Maschinen. Links endete der Gehweg nach ein paar Metern in einer Mauer.

O'Neill flankte über die Brüstung auf die äußere Fahrspur des Cahill Expressway hinaus. Der Rollschuhläufer hatte sich in den Verkehr eingereiht, war auf die zweite Spur gewechselt und bog auf dieser in die Kurve ein, die zum Straßentunnel unter dem Botanischen Garten hinabführte. Der Vorsprung des Rollschuhläufers betrug etwa fünfzehn Meter. O'Neill japste nach Luft und blieb stehen.

Er war in ausgezeichneter Form, doch nun ging es bergab, nicht sehr steil, aber ziemlich lange. Er war ein Sprinter. Seine Muskeln waren nicht für lange Strecken trainiert, außerdem war er verletzt. Der Rollschuhläufer würde sich kaum anstrengen müssen, um doppelt so schnell wie O'Neill vorwärtszukommen. Er würde kaum die Beine bewegen müssen. Er war so gut wie weg. O'Neill wirbelte um 180 Grad herum und wischte mit seinen Armen durch die Luft. Ein Taxi fuhr dicht an ihm vorbei. Das Licht auf dem Autodach brannte nicht. Das Taxi war besetzt. Der Fahrer tippte sich an die Stirn.

»Idiot«, knirschte O'Neill. Er winkte wild mit seinen Armen und hoffte, daß seine Schürfwunden ihn als Notfall erscheinen ließen. Als Unfallopfer, das auf dem schnellsten Weg ins Krankenhaus mußte. Als Opfer eines Raubüberfalls, das umgehend die nächste Polizeistation erreichen mußte. Als einer, bei dem es um Leben und Tod ging. Um Sekunden und Bruchteile von Sekunden.

Ein Lastwagen mit glänzender roter Schnauze fuhr vorbei, ohne auch nur einen Deut langsamer zu werden. Der Fahrtwind und die Sirene, die der Fahrer aufheulen ließ, wischten O'Neill fast von der Fahrbahn. Wahrscheinlich sah er nicht wie ein Unfallopfer aus, sondern wie ein Verrückter, der sich im Vollrausch die Knie aufgeschlagen hat und sich nun wild herumhampelnd darüber aufregt, daß plötzlich Autos durch seine Stammkneipe fahren. Oder wie ein außerirdischer Tramper. Der nächste Wagen, ein Holden, fuhr ebenfalls vorbei. O'Neill brauchte eine Idee. Sollte er sich auf die Straße werfen, quer über die Fahrspur? Er zögerte. Er war ein guter Polizist. Ein guter Polizist kalkulierte ein Risiko, bevor er es einging. Heutzutage konnte man nie wissen, was geschah. Ob einer am Steuer pennte, ob einer durchdrehte und Gas gab. Als O'Neill noch Verkehrspolizist war, hatte er ein paar Unfallopfer gesehen. Einen Mann zum Beispiel, der überfahren worden war, nicht einmal, ein dutzendmal. Es hatte dichter Verkehr geherrscht, und alle waren über ihn hinweggefahren, einer nach dem anderen. O'Neill war ein zu guter Polizist, um zu riskieren, in ein paar Sekunden vielleicht ein toter Polizist zu sein.

»Es gibt immer eine Möglichkeit, O'Neill!« sagte er zu sich selbst.

»Augen auf, O'Neill!« sagte er.

O'Neill schaute um sich. Da tat sich eine Lücke zum

nächsten Wagen auf. O'Neill beugte sich über die Brüstung, griff sich den Absperrungsreiter vom Gehweg, wuchtete ihn auf die Fahrspur und stellte ihn quer. Es war keine vorschriftsmäßige Straßensperre, aber sie erfüllte ihren Zweck. Ein Toyota Landcruiser, an den ein Anhänger mit aufgeladenem Boot angekuppelt war, schaffte es nicht mehr, die Spur zu wechseln, und hielt mit leise quietschenden Bremsen. O'Neill fingerte seinen Dienstausweis hervor. Ob man ihn auf dem Photo wiedererkannte, das einen sonnig lächelnden O'Neill aus früheren Zeiten zeigte?

»Ganz ruhig«, sagte er zu sich, lief um das Auto und klatschte den Ausweis gegen das Seitenfenster auf der Fahrerseite. Langsam kurbelte der Fahrer das Fenster nach unten.

»Polizei«, sagte O'Neill, »Detective O'Neill, ich verfolge einen Tatverdächtigen. Ich möchte Sie dringlichst bitten, mich mitzunehmen.«

»Ja, so«, sagte der Fahrer. Auf dem Beifahrersitz saß eine Frau, und von der Rückbank schauten fünf kleine Kinder O'Neill mit großen Augen an. Sie hielten ihn wohl für E. T.

»Ich muß den Verrückten festnehmen, bevor er weiteres Unheil stiftet«, sagte O'Neill.

»Aber ...«, sagte der Fahrer. Trotz der Hitze trug er einen langen Mantel. Unter den emporgeschobenen Ärmeln sah das blasse Blau einer Tätowierung hervor. Ein Totenkopf. Der Mann hatte keine Hände, sondern Pranken. Seemann, schätzte O'Neill.

»Und zwar schnell«, sagte O'Neill laut.

Der Fahrer sah zu seiner Frau hinüber. Die rückte an ihrer Sonnenbrille.

»Es geht um Leben und Tod!« sagte O'Neill.

»Aber wir haben eigentlich keine Zeit«, sagte der Fahrer. Er sah O'Neill gar nicht an. Er sah irgendwo anders hin. Weit weg.

»Herrgottverdammtnochmal«, sagte O'Neill.

»Und keinen Platz«, sagte der Mann und wies mit dem Daumen nach hinten, wo die fünf Kinder auf den Polstern lümmelten. Wenn es nach O'Neill gegangen wäre, hätte man die Rotznasen ruhig für eine halbe Stunde am Straßenrand abstellen können. Sie hätten Olympiafahnen zählen können oder so etwas. O'Neill war sich ziemlich sicher, daß ein solcher Vorschlag nicht gut angekommen wäre.

»Er ist auf Rollschuhen den Expressway hinunter, er kann noch nicht weit sein«, bettelte O'Neill.

»Na gut«, sagte der Mann. Er schaute immer noch stur geradeaus.

O'Neill hastete um die Nase des Wagens, schob den Reiter beiseite und baute sich erwartungsvoll vor der Beifahrertür auf. Der Fahrer wies mit dem Daumen nach hinten. Ja, da saßen fünf Gören, das wußte O'Neill schon. Und? Was ging ihn das an? Er hatte andere Sorgen.

Die Frau kurbelte das Fenster hinab. Ihre Sonnenbrille hatte Spiegelgläser, aus denen O'Neill sein eigenes Gesicht zweifach entgegenstarrte. In die Länge gezogen, verzerrt, fast unkenntlich.

»Ins Boot«, sagte sie.

»Ins Boot?« fragte O'Neill.

»Ins Boot«, nickte die Frau.

Ins Boot! dachte O'Neill. Laut sagte er: »Den Tunnel hinunter! Wie es weitergeht, zeige ich durch Handzeichen.«

Es ist die Familie, dachte O'Neill, während er nach hinten stürzte und auf den Anhänger kletterte. Papi, Mami, fünf Kinder, ein Boot. Es ist ein beschissener Familienausflug, bei dem sie keinen Fremden unter sich haben wollen, dachte er, während er an Bord der »Lethe 2« ging. Keinen Eindringling, der sie in ihrem Ritual störte, aus ihrer selbstgenügsamen Totenstarre wecken könnte. O'Neill ließ sich in den Sitz hinter dem Steuerrad fallen und starrte düster durch die Plexiglasscheibe nach vorne. Er merkte, daß er die Hasselblad irgendwo verloren hatte. Dafür hielt er immer noch die 50-Cent-Münze in der Hand. Er schnippte sie mit dem Daumen auf die Bank längs der Reling. Sein kleiner Unkostenbeitrag für die bezaubernde Bootsfahrt!

Das Boot war frisch geputzt und strahlte in unwirklichem Weiß. Nur der nach innen geklappte Außenbordmotor war schwarz. »Mercury« stand auf ihm zu lesen. Langsam hatte sich der Toyota in Bewegung gesetzt. Nun wechselte er auf die rechte Spur und beschleunigte. Der Fahrtwind strich über die Frontscheibe hinweg und an O'Neills Schläfen vorbei. Er war angenehm kühl, eine leichte Massage durch eiskalte Finger. Der Toyota rollte die Tunnelzufahrt hinab. Hinter den Betonwänden, die seitwärts schnell in die Höhe wuchsen, verschwanden die Wolkenkratzer der Stadt. Dann tauchte O'Neill auf dem Bootsführersitz der »Lethe 2« in das Dunkel der Tunneleinfahrt ein.

Einen Augenblick lang konnte er nichts erkennen, spürte er nur den Wind durch seine Haare streichen, wie ihm sein Vater durch die Haare gestrichen hatte, damals, als er noch klein war, der winzige Lachlan, ein Stops, der zum erstenmal allein Kohlen aus dem dunklen Keller geholt hatte. Das war noch in Dublin gewesen, im irischen Winter, und O'Neills Vater hatte ihm übers Haar gestrichen, weil Lachlan Mut bewiesen hatte und zu Recht den Namen O'Neill trug. Und weil der kleine Lachlan stolz gewesen war, daß sein Vater seines Muts wegen stolz auf ihn gewesen war, fand er damals nicht den Mut, zu sagen, daß er im Kohlenkeller Todesangst ausgestanden hatte, daß er vor Angst fast krepiert wäre, während er die Kohlen in den Eimer schippte, daß er bei jedem Schaufelstich sicher gewesen war, den Klauen eines Untiers unter dem Kohlenhaufen einen Weg freizulegen, daß trotz seines Pfeifens Gespenster durch die Kellerwände gesprungen waren und daß er, schon auf dem Weg nach oben, ganz deutlich die Glocken gehört hatte und wußte, so sicher wußte, wie er nur je etwas gewußt hatte, daß es seine Totenglöckchen waren, die da geläutet hatten, und daß er eigentlich tot war, mausetot, und nur noch in seinen Gedanken den Kohleneimer nach oben schleppte.

Nur ein bißchen, hatte der kleine Lachlan auf die Frage geantwortet, ob er Angst gehabt habe, und sein Vater hatte gelacht und gesagt, daß er wirklich ein tapferer Junge sei.

Daran erinnerte sich O'Neill jetzt, er sah alles genau vor sich. Nicht den Keller, sondern die Küche mit den gelben Fliesen über der Spüle und dem Eßtisch in der Ecke. Der Vater war an der Stirnseite auf der Eckbank gesessen und hatte gelacht und hatte ihm übers Haar gestrichen, aber das war vorbei. Sein Vater war tot, der kleine Lachlan war in Sydney ein großer Polizist geworden, der auf dem Führersitz eines Bootes auf einem Anhänger durch den Tunnel unter der Domain dahinfuhr und einen verrückten, rot-weiß gestreiften Rollschuhläufer jagte.

Es war auch nur ein Moment, in dem er nichts sehen konnte, dann leuchteten die Bremslichter des Wagens vor dem Toyota auf. O'Neill konnte den Wagen erkennen, es war ein heller Daihatsu Charade, und dann ging es schon wieder auf das Licht zu. Siebzig, achtzig Meter, länger war der Tunnel nicht, gleich waren sie durch, kamen sie auf der anderen Seite an, drüben heraus, hervor, und vorn teilte sich die Straße. Wohin? Rechts ging es Richtung Darlinghurst, links an der Wooloomooloo Bay entlang Richtung Potts Point. Der Rollschuhläufer war nicht zu sehen. Durch die Rückscheibe des Landcruisers sah O'Neill, wie sich die Frau mit der spiegelnden Sonnenbrille umdrehte. O'Neill stand auf und deutete mit der Hand nach rechts. Er wußte nicht, warum, aber er war sich sicher, daß der Kerl Richtung City verschwunden war. Todsicher war er sich. Die Frau mit der Sonnenbrille sah vom Beifahrersitz aus nach hinten und nickte.

O'Neill sah, daß sie etwas zum Fahrer sagte, nur ein einziges Wort sagte sie, und O'Neill wußte plötzlich, daß es das falsche Wort gewesen war. Daß sie »links« gesagt hatte. Er hatte nach rechts gezeigt, und sie hatte von vorne auf ihn zurückgeblickt und hatte gesagt, was sie gesehen hatte. Daß er nach links gezeigt hatte. Von ihr aus gesehen.

»Rechts!« schrie O'Neill über die Plexiglasscheibe hinweg, gegen den Fahrtwind, dem Toyota hinterher. Sie hörten ihn nicht.

»Rechts!« schrie O'Neill, aber es war schon zu spät. Schon war der Toyota auf der Abfahrt vom Expressway, schon zog er den Bootsanhänger auf die Fahrspur hinaus, die in den Cowper Wharf Roadway mündete. Links tauchten die langen Hallen der Wharf auf, die sich weit in die Wooloomooloo Bay hinaus erstreckten und auf den Stelzen, die sie über das Wasser erhoben, wie erstarrte Tausendfüßler aussahen. Hinter ihnen, über ihnen drohten grau die Oberdecks zweier Kriegsschiffe, die an den Wharfs 2 und 3 festgemacht hatten und die Wohnblocks zu belagern schienen, die sich auf der Kuppe von Potts Point nach oben türmten.

»Nach rechts«, sagte O'Neill noch einmal, obwohl es schon viel zu spät war, obwohl sie schon am Hotel »The Bells« vorbeigefahren waren, obwohl sie schon das Tor vor der Zufahrt zur Wooloomooloo Finger Wharf passierten. Sie hätten rechts fahren müssen, aber sie waren links gefahren, und nun war es endgültig vorbei. O'Neill stand aufrecht im Boot, stand blöde da und fühlte sich leer, ausgebrannt, verraten und verkauft. Kraftlos stand er da und wartete, bis der Toyotafahrer anhalten würde, bis er irgendwo stoppen und ihn ausladen würde, bis O'Neill von diesem Boot heruntersteigen könnte und wieder festen Boden unter den Füßen hätte, auf dem er dann genauso verlassen herumstehen würde wie jetzt auch. Wie ein Hundertmeterläufer, der sich auf einem schnurgeraden Stück Aschenbahn verirrt hatte, wie ein Polizist, der seinen Beruf knapp verfehlt hatte, wie ein Kind, das in der Wildnis eines fremden, unheimlichen Kontinents ausgesetzt wird. Es war aber kein fremder Kontinent, es war Australien, Sydney, Wooloomooloo, es war fast O'Neills Revier. Er brauchte gar nicht hinzusehen, er wußte, daß gleich die Linkskurve käme und dahinter das Wachhäuschen der Royal Australian Navy. Er wußte, daß vor dem Straßenknie zwei Tankstellen unmittelbar hintereinander lagen, erst Shell, dann BP. Tankstellen!

O'Neill war müde, erschöpfter als nach drei Stunden Krafttraining, kaputter als nach dem City-to-Surf-Rennen, an dem er letzten Juli teilgenommen hatte. Bei dem er fast krepiert wäre, weil er es zu schnell angegangen war.

Der Landcruiser vor ihm bog nach links, das war die Kurve. O'Neill sah zurück. Das Heck der »Lethe 2« wies einen Augenblick lang idiotisch auf die Zapfsäulen der BP-Tankstelle hin, und dann kam der Stoß. Als ob eine Mauer im Weg stünde. Als ob quer über die Cowper Wharf Road eine Felswand gewachsen wäre, gegen die der Toyota prallte. O'Neill wurde nach rechts vorne geschleudert, sah noch aus den Augenwinkeln, daß keine Felswand aufragte, wußte, daß der Toyotafahrer nur mit all seiner gestiefelten Seemannskraft auf die Bremse getreten hatte, daß der Bremskraftverstärker einwandfrei funktionierte, und schon knallte O'Neill an die getönte Scheibe des Boots, schlitterte an ihr entlang, warf die Arme nach vorne, griff nur Luft, schlug mit der Hüfte gegen die Reling, und endlich hatte er etwas in der Hand, bekam er etwas zu fassen, ein Stück Seil, Tauwerk, das Ankertau vielleicht. Er griff fest zu, es gab nach, und O'Neill kippte über die Reling, sah den Asphalt auf sich zustürzen. Von hoch oben schien die Straße über ihn hereinzubrechen, und O'Neill quetschte seine Hand um das Ankertau, das ihm getreulich folgte in den grauen Abgrund, der von oben kam, oder von unten, das war nicht so genau zu entscheiden, das spielte keine Rolle. Der Abgrund, in den O'Neill stürzte, an dessen Ende der Asphalt wartete. Der linke Unterarm, den O'Neill irgendwie vor sich gebracht hatte, schlug zuerst auf und schickte ihm einen stechenden Schmerz ins Gehirn. Dann kamen Kopf und Schulter, die den brennenden Stich im Arm dumpf nachäfften. Der Rest folgte. Das war es dann.

Als O'Neill wieder zu sich kam, stand ein Paar Gummistiefel vor seinen Augen, und von irgendwoher heulte eine

Sirene, deren Töne rhythmisch an- und abschwollen. O'Neill nahm seine ganze Kraft zusammen, um seinen Kopf zu heben. Die Sirene war eine menschliche Stimme, die ihn durch einen rauschenden Wasserfall hindurch fragte, ob er in Ordnung sei. O'Neill überlegte scharf, aber er kam nicht darauf, ob er in Ordnung war oder nicht. Er war sich nicht ganz sicher, ob er noch lebte. Er hatte das Gefühl, daß etwas nicht stimmte. O'Neill richtete den Oberkörper langsam auf. Der Asphalt unter ihm blutete. Das T-Shirt und die Shorts waren zerfetzt, grau und blutig. Überall war Schmutz, war Blut.

O'Neill fragte sich, wem der Körper gehörte, der unter den Fetzen hervorschien. Es gab eigentlich nur zwei Möglichkeiten. Entweder er selbst war Lachlan O'Neill, geboren in Dublin am 6.1.1957, wohnhaft in 4, Bell Street, Glebe, Sydney, australischer Staatsbürger, von Beruf Police Detective, seit zwei Jahren dem Revier in den Rocks, Ecke George – Argyle Street, zugeteilt. Wenn das so war, dann gehörte dieser dreckige, blutverschmierte Rumpf jemand anderem. Oder es war Lachlan O'Neills Körper, dann war er aber jemand anderer. Nur wer? Auf jeden Fall hatte er mit diesem Klumpen aus aufgeschürfter Haut, gerissenen Adern und gebrochenen Knochen nichts zu schaffen.

Die Stimme fragte ein zweites Mal, ob er in Ordnung sei. O'Neill blickte hoch und sah einen bärtigen Seemann im langen Mantel, der an der Reling seines weißen Bootes lehnte. Der Seemann kam ihm bekannt vor. O'Neill nickte. Er war in Ordnung. Der kaputte Körper gehörte ihm nicht. Ihm ging es ausgezeichnet. Er war Lachlan O'Neill.

»Da drüben!« sagte der Seemann.

O'Neill sah nach da drüben. Dreißig Meter weiter waren die McElhone Stairs, die zum Hügel von Potts Point hinaufführten. Zur Victoria Street. Auf der zweituntersten Treppenstufe saß ein rot-weiß geschminkter Nackter, der sich die Rollschuhe abschnallte. O'Neill sah ihn und wußte, daß er ihn verhaften mußte. Aus irgendwelchen Gründen, die ihm im Moment nicht einfielen. Wenn er nur wüßte, wo sein Körper abgeblieben war. Den könnte er jetzt brauchen, seinen durchtrainierten, zähen, geschmeidigen, jagdlüsternen Körper. Linker Oberschenkel, rechter Oberschenkel, Bizeps eins, Bizeps zwei. Bei seinem Körper hatte das immer prächtig funktioniert.

»Na, dann ...«, sagte der Seemann, machte ein paar Schritte in seinem wiegenden Seemannsgang und verschwand im Nebel, der plötzlich aufgekommen war, der gar nicht aufgekommen sein konnte, weil es ein strahlend schöner Tag war und weil die Mittagssonne vom Himmel brannte. Der Nebel, in dem der Seemann aufging, mußte vor O'Neills Augen liegen. O'Neill starrte zur Treppe hinüber. Dort war kein Nebel. Der geschminkte Nackte war klar zu erkennen. Er stand auf, nahm die Rollschuhe in die Hand und stieg barfuß die Treppen hinauf. Eine junge Frau schob einen Kinderwagen vorbei und sah ihm kopfschüttelnd nach.

O'Neill befahl dem fremden Körperwrack unter sich, aufzustehen. Der Körper weigerte sich. Er blutete vor sich hin und sandte stechende Protestnoten aus. O'Neill versuchte, nicht hinzuhören.

»Los jetzt!« sagte er. Mit seinem eigenen Körper wäre so etwas nicht passiert.

»Hopp!« sagte O'Neill aufmunternd zu den Beinen, die auf dem Asphalt lagen.

»Augen zu und durch!« sagte O'Neill. Zu achtzig Prozent war es Willenssache. Das war immer so. Das würde letztlich auch der fremde Körper begreifen.

Der Nackte stieg die Treppe ruhig und langsam nach oben. Er sah sich nicht um. Er hatte O'Neill wohl noch nicht bemerkt. Oder seinen neuen, fremden Körper nicht erkannt. Ein Vorteil, immerhin.

»Steht auf und geht!« sagte O'Neill, und plötzlich gehorchten die Beine, spannten sich die Muskeln, zogen die Sehnen. Plötzlich stand O'Neill. Irgendwie funktionierte das Spiel von Kontraktion und Zug, von Beugung und Streckung. Irgendwie bewegten sich die Beine, wie sie sollten. O'Neill sah nach unten, sah zu, wie sich die Füße hoben und senkten, wie sie über die Sohlen abrollten, wie sie ihn vorwärts trugen. O'Neill ging! Reine Willenssache.

O'Neill ließ sich von den Beinen langsam bis zur Treppe tragen, stand vor der untersten Stufe und überlegte, wie es nun weiterging, welche Befehle jetzt nötig waren. Aber schon hob sich der Oberschenkel, setzte der Fuß auf der Treppenstufe auf. Schon spannten sich die Muskeln, hoben den Körper hinauf, zogen das zweite Bein nach, höher, auf die nächste Stufe. O'Neill stieg.

O'Neill stieg die McElhone Stairs zur Höhe von Potts Point hinauf. O'Neill war wieder da. Er verfolgte einen Nackten, der Rollschuhe in der Hand trug. Er benutzte einen fremden Körper, aber er war er, O'Neill, Police Detective O'Neill, er war nicht tot, er war nicht verrückt, und er konnte den Nackten genau erkennen, der am oberen Ende der Treppe angekommen war und unschlüssig nach links und rechts schaute, als ob er nicht wüßte, welche Richtung er einschlagen sollte. Links ging es zur Spitze von Potts Point hinaus, zu Garden Island, wo die Navy ihre Docks betrieb. Nach rechts führte die Victoria Street an den Backpackerhotels und Budget Accomodations vorbei, in denen die ausgeflipptesten der Traveller aus aller Welt Tag für Tag herumsaßen, Dope rauchten und Tips austauschten, welche Backpackers in Cairns oder Perth am abgefucktesten seien. Dann kam Kings Cross, der Rotlichtbezirk, wo die Huren im Tagesdienst wohl gerade das Mittagspausenzwischenhoch der Geschäftsleute abgefertigt hatten und nun gelangweilt auf Matrosen auf Freigang und auf die ersten Busladungen von Touristen warteten, während die Transvestiten vom »Les Girls« langsam zum Frühstück im »Fountain Café« eintrudelten. O'Neill wußte Bescheid. Er war völlig in Ordnung.

Der Nackte stand oben und ließ seinen Hintern die Treppe herabscheinen wie einen geschminkten Vollmond. Die Beine unter O'Neill stiegen die Stufen langsam empor, aber ohne Pause, unerbittlich, eine Maschine, ein Motor, der, einmal angeworfen, immer die gleiche Drehzahl beibehält. Tapfer stiegen die Beine die Stufen hinauf, noch 10, 9, und O'Neill keuchte.

Noch 8, 7, und der Nackte drehte seinen Hintern nach rechts, sah aus den Augenwinkeln O'Neill kommen.

Noch 6, 5, der Nackte stutzte, schaute genau, erkannte O'Neill trotz des fremden Körpers.

Noch 4 Stufen.

»Ojoi«, sagte der Nackte und begann zu laufen.

3, 2.

»Nein«, japste O'Neill, doch auch die Beine unter ihm begannen zu laufen, als ob sie von dem Nackten angesteckt wären. Als ob sie keine Wahl hätten. O'Neill versuchte, sich über den Beinen zu halten. Er konnte sie jetzt nicht im Stich lassen. Schließlich hatte er ihnen befohlen, sich in Bewegung zu setzen. Jetzt liefen sie, jetzt konnte er nicht gut aussteigen. O'Neill stieg nicht aus. Er lief mit. Er lief an den kleinen Vorgärten der Terraced Houses entlang, Richtung Potts Point, er bemühte sich, mit den Beinen unter ihm Schritt zu halten, er lief dem Nackten hinterher, der die Rollschuhe in der linken Hand schwang, der barfuß auf dem Gehweg entlangstürmte, der immer deutlicher außer Reichweite gelangte, der dort, wo sich die Victoria Street zum Fußgängerweg verengte, schon fünf Meter Vorsprung hatte, der schon viel weiter war, als O'Neill zwischen den Pfosten durchlief, die die Straße für den Durchgangsverkehr sperrten, als O'Neills fremde Beine ihn an dem langen Zaun vorbeizutragen begannen, zwischen dessen Stäben das Wasser der Wooloomooloo Bay von unten hochschimmerte, grünes Wasser zwischen grün gestrichenen Stäben, und dahinter die Rasenflächen und Baumgruppen des Botanischen Gartens, alles grün, grün, grün, grün, selbst der graue Bogen der Harbour Bridge und die Hochhäuser von North Sydney dahinter hatten einen Stich ins Grüne, und zehn Meter vor O'Neill lief ein rot-weißer Nackter, den er nie einholen würde, mochten die Beine unter ihm machen, was sie wollten. Mochten sie noch eine Ewigkeit weiterlaufen und seine Kraft verbrauchen, das letzte bißchen Kraft, das ihm verblieben war und das er dringend zum Keuchen brauchte, es würde nichts nützen, er würde den Nackten nicht einholen.

Nur ein Wunder konnte O'Neill helfen, ein Blitz vom Himmel, ein gnädiger Gott, der sich auf seine Seite stellte. Ein Gott, der sich dem Nackten in den Weg stellte, der ihn bremste, auflaufen ließ, stoppte, ein guter Gott, ein göttlich guter Gott mit einem weiten Herzen, in dem Platz für den kleinen Polizisten O'Neill war, der über einem fremden Körper an einem grünen Zaun entlangschnaufte.

Hilf, lieber Polizistengott! dachte O'Neill und stieß die Luft aus, die ihn zu ersticken drohte.

Hilf jetzt, dachte O'Neill, denn sonst ist es zu spät.

So dachte O'Neill, während der Nackte an der von wildem Wein überwachsenen Gartenmauer des letzten Hauses in der Victoria Street entlang stürmte und gleich um die Ecke in der Grantham Street verschwinden würde.

»Hilf!« keuchte O'Neill, während die Beine liefen.

Und der Gott half. Ein Gott half. Ein unsichtbarer, mächtiger Gott, ein Gott mit Tarnkappe, mit Zauberhelm, ein Gott, der tief unten wohnte, der es nicht nötig hatte, selbst zu erscheinen. Der warten konnte, bis man bei ihm war. Ein guter Gott, der nur einmal kurz aus der Erde heraus hustete und das Haus an der Ecke aufblähte wie einen Luftballon. Der es rund und prall werden ließ und es hochblies, bis es zuviel war. Bis der rosafarbene Verputz platzte, bis die Betonsäulen unter dem gedeckten Balkon knickten, bis Stuhllehnen und Tischbeine durch die Fliegengitter schossen, Fensterflügel in die Luft flatterten, Ziegelkaskaden in die Höhe schwirrten. Die Druckwelle kam endlich frei und legte die Gartenmauer nach außen flach. Die Gartenmauer, die von Schlingpflanzen überwuchert war wie eine längst geschleifte Burg. Und während sich vorn rötlicher Staub in Wolken ballte und irgendwelche Holzteile prasselnd zur Erde zurückfielen, schwankte die Seitenwand des Hauses unschlüssig, kippte ganz langsam nach außen, knickte diagonal und krachte donnernd zu Boden. Der Stucksims unter dem Dach bröckelte vorsichtig mit, und das Dach senkte sich durch die Staubwolken, zischte nach unten, schlug zu wie ein Sargdeckel und schickte neue Wolken und seltsam verkrümmte Blechstücke nach oben.

Mein Gott! dachte O'Neill, ein Erdbeben, ein Vulkanausbruch!

Eine Explosion, eine Sprengung, dachte O'Neill, während seine Beine immer noch weiterliefen, auf die Staubwolke zu, die ein Gott an die Stelle eines Hauses gehustet hatte. Sie liefen den Ziegeln, Scherben und Blechgeschossen entgegen, allen möglichen Gegenständen, die aus der Luft auf O'Neill einhagelten, die er nicht identifizieren konnte, die einfach nur um ihn herum, auf ihn ein prasselten. Gegenstände, die er nicht kannte, nicht kennen wollte, die es gar nicht gab. Gegenstände, die hier nichts verloren hatten, die auf keinen Fall durch die Luft segeln sollten. Wie zum Beispiel ein Rollschuh.

Herr Gott, was ist das für eine Welt, in der ein schwarzer Stiefel mit vier phosphorgrünen Rollen auf einen zuschießt! dachte O'Neill. In der man von einem Rollschuh erschlagen werden konnte. O'Neill warf sich nach vorn, der Rollschuh zischte über ihn hinweg, und O'Neill lag bäuchlings auf dem Asphalt.

Was für eine Welt! dachte er noch, bevor sich ein Schatten über ihn legte, der viel zu groß war, um von einem Rollschuh stammen zu können. Näher kam der Schatten, schwärzer wurde er, es war der für O'Neill bestimmte Schatten, und O'Neill lag da und versuchte gar nicht, fortzukrabbeln. Es war das für ihn bestimmte Stück Welt, das gleich über ihn einbrechen, ihn begraben würde.

Dann stürzte die Welt über O'Neill ein.

Der Mann mit der Olympus blickte auf den kleinen Platz hinunter, an dessen gegenüberliegendem Ende das Haus in die Luft ging. Der Mann mit der Olympus hatte eine Olympus OM-101 mit Power Focus und automatischem

Filmtransport, der die nächste Aufnahme in weniger als einer halben Sekunde ermöglichte. Der Mann mit der Olympus beherrschte seine Kamera und reagierte schnell, so daß er von der Endphase der Explosion noch drei Aufnahmen schaffte.

Dann ging er die Stufen hinunter, um sich das Ganze aus der Nähe anzusehen. Die Olympus hängte er um. Die Staubwolken hatten sich noch nicht gelegt, so daß er im Moment sowieso keine vernünftige Aufnahme zustande brächte. Also stakste der Mann mit der Olympus durch die Trümmer und schaute mal hier und mal dort hin. Von dem Haus war nicht mehr viel übrig. Selbst den Jacaranda-Baum im Vorgarten hatte die Druckwelle umgelegt. Der Stamm lag über einer flachgelegten, mit wildem Wein überwachsenen Betonmauer, unter der etwas rot-weiß Gestreiftes hervorsah. Der Mann mit der Olympus näherte sich. Es handelte sich um einen geschminkten menschlichen Körper, der zu zwei Dritteln unter der Mauer begraben war. Nur Kopf, Brust und ein Arm schauten hervor. Der Mann mit der Olympus vermutete, daß der Rest übel zerquetscht worden war.

Er nahm die Kamera zur Hand und klickte das 35–105 mm Zoom ein. Die Hell-Dunkel-Kontraste in der Mittagssonne waren hart, aber der Mann mit der Olympus konnte schließlich nicht gut bis abends warten, nur um weiches Licht zu bekommen. Gleich würde hier die Hölle los sein. Der Mann mit der Olympus knipste einmal und ging um den nackten Oberkörper herum, um das zur Seite gedrehte Gesicht in den Sucher zu bekommen. Er zoomte. Das Gesicht war ebenfalls dick geschminkt, und die Augen waren offen. Aufgerissen. Starr. Klick. Die Augen zuckten kein bißchen. Weit offen starrten sie der Kamera entgegen. Es waren die Augen eines Toten.

Der Mann mit der Olympus knipste und holte dann die Augen so nahe heran, wie es mit seinem Zoom möglich war. Die Iris war grün mit braunen Einsprengseln, und im Weiß außen herum zeugten rote Flecken davon, daß kleine

Adern geplatzt waren. Der Mann mit der Olympus drückte den Auslöser. Die Augen hatten einen ganz bestimmten Ausdruck.

Entsetzen? fragte sich der Mann mit der Olympus, aber es war nicht Entsetzen. Auch kein Schmerz. Die Augen waren groß und starr und voller Verwunderung. Überraschung. Unverständnis für all das, was passiert war. Diese Augen hatten keine Ahnung gehabt, daß die Beine, der Unterleib des Mannes, dem sie gehörten, zerquetscht worden waren. Völlig blauäugig waren diese grünen Augen mit ihrem Besitzer in den Tod gegangen. Der Mann mit der Olympus mußte lachen. Blauäugig, ja. Und doch! Da war auch Wissen in den Augen, ein kleines, nacktes, ungeheures Wissen, eine Spur von Erkenntnis, ein schwacher Widerschein der Erkenntnis, daß es gleich aus sein würde mit dem Sehen und Schauen und Zwinkern und Blinken. Ein für allemal vorbei. Das Wissen, daß der Tod da war. Der Mann mit der Olympus klickte noch einmal.

»Schau nie auf die Toten!« sagte er zu sich, und da er ein gebildeter Mann war, dachte er daran, daß die Römer in der Antike die Lemuren exorziert hatten, ohne einen Blick in die Richtung zu werfen, in der sie herumgeistern mußten.

Der Mann mit der Olympus steckte die Kamera in seine Tasche und sah sich um. Überall waren Menschen. Hinter den Resten zersprungener Fensterscheiben schauten sie hervor, aus Hauseingängen liefen sie, zwei Frauen knieten weiter vorn neben einem Klumpen, der vielleicht ein zweiter Toter war. Der Mann mit der Olympus hätte ihn sich gerne noch angesehen, zu Vergleichszwecken, doch er wußte, daß es an der Zeit war, sich davonzumachen. Bald würde die Polizei eintreffen. Das hieß, stundenlange Verhöre, Scherereien. Dabei wußte er doch von nichts. Er hatte nichts gesehen. Nur, daß ein Haus explodiert war, aber das war ja offensichtlich. Um das festzustellen, brauchten sie ihn nun wirklich nicht.

Sonst hatte er nichts gesehen. Nur ein paar Aufnahmen gemacht. War das vielleicht verboten?

2

Rotblaues Licht fiel vom Dach

Rotblaues Licht fiel vom Dach des Einsatzwagens, der auf der Victoria Street querstand. Der Uniformierte, der die Schaulustigen weiterscheuchte, blickte kurz auf den Ausweis, den ihm Sam Cicchetta durchs Autofenster entgegenhielt. Er bestätigte, daß weiträumig abgesperrt war. Die Kollegen hatten die Grantham Street und die St. Neot Avenue dichtgemacht. Ryan stellte den Holden hinter dem Einsatzwagen ab. Die fünfzig Meter zur Explosionsstelle gingen Ryan, Li und Chief Detective Cicchetta zu Fuß. An den Terraced Houses auf der rechten Straßenseite entlang. Die Vorgärten waren mit Scherben übersät. Im ganzen Viertel hatte wohl kein Fenster den Knall unbeschadet überstanden.

Es wimmelte von Uniformierten. Ein paar von ihnen kannte Cicchetta, die meisten nicht. Spurensicherung und Technik waren benachrichtigt. Sie waren unterwegs. Vom Haus Victoria Street 30 war kein Mauerrest mehr übrig, der höher als eineinhalb Meter aus dem Schutt ragte. Ein Kollege, der mit den Nerven wohl ziemlich fertig war, schrie eine alte Frau in den Hauseingang St. Neot Avenue 2 zurück. Ein paar andere waren dabei, eine Gartenbadewanne und einen Dachbalken, die das Desaster irgendwie überstanden hatten, zu einem Hebel umzufunktionieren, um den nackten Toten unter der umgestürzten Mauer hervorziehen zu können.

»Li, Ryan, die Nachbarn!« sagte Cicchetta. »Zeugen der Explosion, Beobachtungen vorher, alles, was es über die Bewohner des Hauses zu erfahren gibt. Das Übliche.«

Li und Ryan verständigten sich mit einem Kopfnicken. Ryan nahm sich die Nachbarhäuser in der Victoria Street vor, Li begann in der Grantham Street. Cicchetta sah den jungen Donahue, der ihn benachrichtigt hatte, am Fuß der Steps zur St. Neot Avenue stehen und winkte ihn her. Donahue war bleich und grinste blöde.

»Sir?« fragte er.

»Wo ist O'Neill?« fragte Cicchetta.

»St. Vincents Hospital, Sir. Die Sanitäter sind vor ein paar Minuten weg.«

»Und?«

»Kein heiler Fleck Haut, Sir. Und er sieht nichts mehr.«

Ein Ende des Balkens steckte nun unter der Mauerkante. Zwei Polizisten schoben die umgedrehte Badewanne so weit wie möglich unter den Stamm. Das andere Ende ragte schräg in die Luft.

»Von oben bis unten voller Blut«, sagte Donahue. »Augenverletzungen waren nicht zu erkennen, aber er sieht nichts mehr, sagt er.«

»Danke, Donahue«, sagte Cicchetta.

»Nichts mehr, null, bloß Dunkel. Wahrscheinlich der Blitz, oder, Sir?«

Das Grinsen auf Donahues Gesicht war festgefroren.

»Ist gut, Donahue«, sagte Cicchetta.

Ein paar der Uniformierten hängten sich an das freie Ende des Balkens. Zwei andere schichteten Ziegel übereinander, um den Zwischenraum, der sich zwischen Mauer und Asphalt auftat, abzusichern. Zwei Türmchen, rechts und links des Toten, die jeweils drei Ziegel hoch waren.

»Sir ...«, sagte Donahue.

Die Polizisten ließen den Balken vorsichtig los. Die Ziegelabstützung hielt. Man konnte den Toten nun unter der Mauer hervorziehen. Der Zwischenraum war hoch genug. Die Männer zögerten.

»Los!« sagte Cicchetta.

Die Uniformierten sahen einander an.

»Du da«, sagte Cicchetta und zeigte auf einen.

»Ich?« fragte der Mann.

»Unter die Achseln greifen, und heraus damit!« sagte Cicchetta.

»Sir …«, sagte Donahue.

Der Uniformierte, den Cicchetta angesprochen hatte, griff unter den Schultern des Toten durch, faßte in den Achselhöhlen zu und zog den Körper aus dem schwarzen Schlund zwischen Mauer und Boden heraus. Wilder Wein raschelte. Unterhalb der Brust sah der Tote wie eine zerschlissene, verstümmelte, zerquetschte Spielzeugpuppe aus. Irgendein Idiot hatte die Lage des Oberkörpers mit Kreide markiert. Verschmierte Abdrücke, die von der roten und weißen Schminke auf der Haut des Toten stammten, leuchteten vom Asphalt auf. Mit dem schwarz verkrusteten Blut, das sich im Dunkel unter der Betonmauer verlor, sah die abgerissene, flüchtig aquarellierte Kreidezeichnung wie ausgelaufen aus. Eine Kinderzeichnung, die verblutet war.

»Sir, haben Sie …?« setzte Donahue mit seinem ewigen Grinsen im Gesicht noch einmal an.

Der Uniformierte ließ den Körper endlich los und schaute ungläubig auf seine mit roter und weißer Schminke beschmierten Hände.

»Habe ich«, sagte Cicchetta, »ich habe so etwas schon gesehen, Donahue.«

Es stimmte. Cicchetta hatte so etwas schon gesehen, aber er hätte auch ja gesagt, wenn er so etwas noch nie gesehen hätte. Ein Blick in Donahues verzerrtes Gesicht genügte, und er wußte, daß Donahue wollte, daß er so etwas schon gesehen hatte, daß Donahue einen brauchte, der so etwas schon gesehen hatte. Einen, der ihm versicherte, daß das hier nichts Einzigartiges war, nicht der Gipfel des Schreckens, nicht das Ende der Welt, daß all das schon mal geschehen war, daß es durchgestanden werden konnte. Daß dieses ganze Elend, dieser blutverschmierte Trümmerkrater, diese obszöne Zerstörungsorgie ein stinknormaler Fall werden konnten, ermittelt, aufgenommen, abgeheftet, daß alles bloß Gewöhnungssache war, daß es mit der Zeit und mit Erfahrung möglich wurde, cool zu bleiben. Gerade weil Donahue das Grauen in den Körper gefahren war, das Entsetzen ins Gesicht geschrieben stand, gerade deshalb wollte er hören, daß das hier ein ganz normaler Job war, Routine, zum Gähnen, daß nichts passiert war, was der Rede wert wäre, nichts, was man nach Dienstschluß nicht sofort vergessen könnte, nichts, was einen nachts schweißgebadet aufwachen lassen müßte.

»Ich habe schon Schlimmeres gesehen, Donahue«, sagte Cicchetta. »Es ist vor allem das erste Mal. Beim ersten Mal habe ich mich abgemeldet und bin kotzen gegangen. Finger rein und alles raus.«

»Danke, Sir«, sagte Donahue. Das Grinsen stand immer noch in seinem Gesicht.

Von der Challis Avenue her kam Tim Spinks von der Technik. Er hatte vier Leute dabei, die den für die Spurensicherung nötigen Kram aus einem Toyota Bus luden. Cicchetta nickte Tim Spinks zu. Der warf einen schnellen Blick über die Trümmerlandschaft.

»Zuerst die Explosionsursache?« fragte Spinks.

Cicchetta nickte ein zweites Mal.

»Oder?« fragte Spinks.

»Ja«, sagte Cicchetta, und Spinks machte sich mit seinen Leuten an die Arbeit.

Donahue stand mit verzerrtem Mund neben Cicchetta. Es war alles nicht wahr. Cicchetta hatte beim ersten Mal nicht gekotzt, es war nur ein Stück in ihm abgestorben, irgend etwas, er wußte nicht genau, was und wo und wieviel. Es stimmte auch nicht, daß es beim zweiten Mal besser geworden war, es war überhaupt nie besser geworden, er hatte sich nur besser unter Kontrolle, er sah besser aus dabei. Jedes Mal war ein Stück in ihm abgestorben, war ein weiteres Stück aus ihm herausgebrochen, und manchmal fragte sich Cicchetta, wieviel von dem, was abbrechen konnte, eigentlich noch da war. Und was dann passieren würde. Wenn nichts mehr da war. Wenn er alles unterwegs verloren hatte, zwischen Aktenkellern und Gerichtsmedizin, zwischen Zeugenstand und Leichenschauhaus, und wo immer all das Unerträgliche stattfand.

Cicchetta hatte nicht die Wahrheit gesagt, aber die Wahrheit hätte Donahue nicht ausgehalten. Geschweige denn, daß sie ihm geholfen hätte. Donahue brauchte ein Beruhigungsmittel, und das hatte er bekommen.

Der Uniformierte, der den Toten unter der Mauer herausgezogen hatte, stand neben dem Kopf des Toten und starrte auf Wooloomooloo Bay hinab. Seine Arme hielt er sorgsam von der Uniform entfernt.

»Wie sehen Sie denn aus?« bellte Cicchetta ihn an. »Abtreten, Hände waschen! Wenn Sie sauber sind, melden Sie sich auf Ihrem Revier, klar?«

»Sir«, sagte der Mann und machte sich davon.

Cicchetta ging zum Wagen zurück und rief über Funktelefon die Police Headquarters in der College Street an. 33 90 277. Die sollten ihm den Eigentümer des Hauses 30, Victoria Street, Potts Point heraussuchen.

Cicchetta drückte gerade die zweite Long Beach Super aus, als der Rückruf kam.

»Ein gewisser Richard Kaufman, käi, äi, ju, eff, emm, äi, enn. Ein ›enn‹, ja.«

Er hatte das Haus erst vor drei Monaten gekauft, wohnte selbst in 6, Pacific Street, Watson's Bay. Keine üble Wohngegend. Hafenblick, Doyle's Seafood Restaurant und South Head in Spaziergangsnähe. Beruf? Geschäftsmann.

»Was soll das heißen? Geschäftsmann?«

»Unternehmer wahrscheinlich«, vermutete der Bürohengst am anderen Ende.

»Na was«, sagte Cicchetta, »eine Eisdiele? Opalminen? Oder was?«

Keine Ahnung, na gut. Ja, natürlich wollte Cicchetta die Telefonnummer wissen. Er notierte sie, legte auf und wählte Kaufmans Nummer. Als es zweimal geläutet hatte, erklärte eine Stimme, um welchen Anschluß es sich handle und daß man nach dem Pfeifton sprechen solle. Cicchetta bat um sofortigen Rückruf und gab die Nummer durch.

Ryan trottete aus Nummer 42 heraus. Er war mit dem ersten Durchgang fertig.

»Und?« fragte Cicchetta.

»Nur Ergebnisse?« fragte Ryan.

»Nur Ergebnisse«, sagte Cicchetta.

»Nichts«, sagte Ryan, »nichts außer Geschwätz, Vermutungen, Wichtigtuerei und Wahnvorstellungen.«

»Du gehst alle noch einmal durch«, sagte Cicchetta. »Morgen früh habe ich die Protokolle.«

Er steckte sich noch eine Long Beach an. Er hätte vor zwanzig Jahren aufhören sollen. Jetzt war es auch schon egal. Ryan lehnte am Kotflügel des Holden. Cicchetta wußte, daß er wartete, ob Li etwas Wichtiges herausgefunden hatte. Wenn nicht, würde er eine zweite, erweiterte Runde drehen. Er würde schätzungsweise um 18.00 Uhr durch sein, ins Revier fahren und noch fünf, sechs Stunden Protokolle in den Computer tippen, die dann dreifach ausgedruckt würden. Einen Ausdruck würden die Nachbarn am nächsten Tag unterschreiben, den zweiten, noch unautorisierten hätte er, Cicchetta, am Morgen auf dem Schreibtisch, und der dritte würde irgendwo herumliegen. Der dritte Ausdruck lag immer irgendwo herum.

Li brauchte etwas länger. Sie war noch neu im Geschäft. Cicchetta überlegte, ob er sich noch eine anzünden sollte. Er ließ es sein und ging zu dem Trümmerfeld zurück, in dem Spinks und seine Leute arbeiteten.

»Schon was gefunden?« fragte Cicchetta den Mann, der an der Innenseite der ehemaligen Außenmauer zur Victoria Street kniete.

»Sieht nach TNT aus, eine Mordsladung«, sagte der Mann.

Cicchetta sah über den Typen hinweg nach hinten.

»Schon was gefunden?« rief er Spinks zu, der sich am anderen Ende des Grundstücks befand. Der Typ von der Spurensicherung zuckte die Achseln und machte weiter. Spinks richtete sich drüben auf und stapfte quer durch das Ruinenfeld.

»Es ist ein Keller da«, sagte Spinks. »Ziemlich ungewöhnlich für die Gegend. Das heißt, es war ein Keller da, die hintere Hälfte war unterkellert. Das dauert noch ein paar Stunden. Dazu können wir noch nichts sagen. Sonst nichts. Es scheint niemand drin gewesen zu sein. Arbeiten, einkaufen, was weiß ich.«

»Mmh«, sagte Cicchetta.

»Oben war niemand, garantiert nicht. Nicht im Erdgeschoß, nicht im ersten Stock. Der Keller dauert noch. Ich habe schwerere Maschinen angefordert. Müssen gleich kommen.«

»Danke, Tim.«

»Der Keller hatte keine Fenster, nicht einmal ein Oberlicht. Es ist nicht sehr wahrscheinlich, daß einer im Keller war, mittags, an einem strahlenden Tag. Ich glaube nicht, daß noch einer drunter liegt.«

»Ja«, sagte Cicchetta.

»Ich gebe dir Bescheid, sobald ich es weiß«, sagte Spinks leise und ging wieder an die Arbeit. Spinks war ein guter Mann.

Cicchetta rauchte doch noch eine und dann eine zweite, bis Li kam. Ryan schob sich vom Kotflügel des Holden weg.

»Nicht viel«, sagte Li. Sie hatte rabenschwarze Augen.

»Also?« fragte Cicchetta.

Li zeigte quer über die Explosionsstelle und sagte: »Einer war drüben auf dem Balkon. Er sagt, ein Mann sei unmittelbar nach der Explosion hier gewesen und habe fotografiert.«

»Und?« fragte Cicchetta.

»Der Fotograf ist abgehauen, bevor die ersten Polizisten da waren.«

»Na ja«, sagte Ryan.

»Besser als nichts«, sagte Cicchetta.

»Andere Nachbarn haben ihn auch gesehen, als er sich davonmachte, aber außer diesem einen Mann kann ihn niemand beschreiben. Die Aufregung!« sagte Li.

»Gut, gehen wir!« sagte Cicchetta.

»Da gibt es ein Problem«, sagte Li.

»Nämlich?«
»Der Zeuge.«
»Wieso?« fragte Ryan.
»Der Mann ist blind.«

Wenn Cicchetta richtig rekonstruierte, hatte das Gelände hier vorher so ausgesehen: Ein kleiner asphaltierter Hof an der Rückseite des explodierten Hauses war durch eine Betonmauer begrenzt worden. In ihr hatte sich eine Garageneinfahrt auf eine schmale Sackgasse hin geöffnet. Jenseits der Gasse, etwas zurückgesetzt von der Grantham Street, die sich hier zu einem bescheidenen Platz erweiterte, stand das Haus »Wirringulla«, dreistöckig, mit roten Ziegelmauern und einem Eingangsportal, das von zwei Säulen aus falschem Marmor getragen wurde. Die Fassade war durch die Explosion an einigen Stellen angekratzt, die Fenster fehlten, aber sonst war kaum Schaden entstanden. Im Haus wohnten fünf Parteien, der Blinde im Hochparterre rechts. Er öffnete selbst und führte die Polizisten zum Eckbalkon, wo eine Frau im Rollstuhl saß, die Beine trotz der Hitze unter einer karierten Decke verborgen. Sie saß still, als ob sie gelähmt wäre. Nur ihre Augen blickten Cicchetta aufmerksam entgegen. Der Blinde bewegte sich sicher. Er setzte sich ebenfalls. Die beiden waren verheiratet. Sie hießen Dimitropoulos.

Vom Balkon aus sah man auf das Trümmerfeld hinab, in dem Spinks und seine Leute kramten, fotografierten, Tüten füllten und beschrifteten. Dahinter war das begrünte Dach der Navy-Parkgarage, die vom Cowper Wharf Roadway fast bis zur Höhe von Potts Point heraufreichte. Und darüber ein 180-Grad-Panorama über die Glastürme der City und die sanften Hügel des Botanischen Gartens, über die mächtige Harbour Bridge, an deren Nordseite die Skyline von North Sydney schimmerte, und weiter rechts die Felsen von Mrs. Macquaries Point, an dem die Wooloomooloo Bay in die Hauptwasser von Sydney Harbour überging. Ein Million-Dollar-View!

»Schöner Blick, nicht?« sagte der Blinde. Er war ungefähr fünfundvierzig Jahre alt, stämmig und hatte den Kopf kahlrasiert. Er trug eine dunkle Sonnenbrille.

»Ja«, sagte Cicchetta, »wie war das mit dem Fotografen?«

»Ich weiß nicht, wie lange er vorher schon da war. Als der Krach der Explosion vorbei war, war er ganz nah.«

»Sie haben ihn nicht gesehen?« fragte Cicchetta Frau Dimitropoulos.

»Ich war drinnen. Im Bett«, sagte die Frau. Ihre Augen waren wach und gingen von einem zum anderen. Ihr Kopf lag vor der linken Schulter. Sie bewegte ihn nicht. Sie bewegte sich überhaupt nicht. Mit Ausnahme ihrer Augen wirkte sie wie versteinert.

»Elena ist schwächer geworden«, sagte Dimitropoulos. »Sie muß viel ruhen. Sie leidet an Knochenmarksschwund.«

Unten luden sie den mit einem Tuch bedeckten Toten in den Leichenwagen. Der Wagen würde ihn ins für die City zuständige Forensic Medicine Institute bringen, Arundel Street, Glebe. Dort würden die Gerichtsmediziner auch das wenige seines Körpers aufschneiden, das noch einigermaßen unversehrt war, um dann festzustellen, daß der Mann an inneren Verletzungen gestorben war, die von Quetschungen, zum Beispiel durch eine umgestürzte Betonmauer, hervorgerufen waren. Wenn Cicchetta nicht vorher selbst hinginge, bekäme er den Obduktionsbericht am übernächsten Morgen. Cicchetta würde nicht selbst hingehen. Er haßte den Bau schon von außen. Dunkle Ziegel, gepreßte Kieselplatten und vor allem die Air-Conditioning-Kästen, die unter dem überstehenden Dach wie industriell gefertigte Pestbeulen aus der Mauer ragten.

Dimitropoulos sagte: »Er knipste viermal. Seine Kamera hat einen Motor, der automatisch aufzieht.«

»Woher wissen Sie, daß es ein Mann war?«

Der Blinde lachte. »Sehen Sie, ich bin seit mehr als zwanzig Jahren blind. Die Vietcong. Glauben Sie wirklich, daß jemand eine Frau nicht von einem Mann unterscheiden kann, wenn er seit zwanzig Jahren blind ist?«

»Die Art zu gehen?« fragte Cicchetta.

»Alles«, sagte der Blinde, »ich habe neu sehen gelernt und sehe schärfer als mancher mit zwei gesunden Augen. Stimmt es, Elena?«

»Ja«, sagte seine Frau. Sie schien nicht einmal den Mund zu bewegen. Dimitropoulos fuhr fort:

»Es war kein alter Mann, es war auch kein ganz junger Mann. Etwas jünger als ich, würde ich sagen. Vierzig vielleicht. Er trug eine Tasche bei sich, mit Reißverschluß. Er hat das Objektiv gewechselt. Er ist keiner, der viel zu Fuß geht. Er trug Shorts. Vielleicht ein Tourist.«

»Wieso?« fragte Ryan.

»Bitte?«

»Woher wissen Sie, daß er Shorts trug?«

»Die Sandalen. Nackte Füße in offenen Sandalen. Unverwechselbar. Dazu paßt kein Anzug. Dazu trägt man Shorts.«

»Mmh«, sagte Ryan.

»Shorts und Sandalen, das heißt auch, es war kein Asiat oder Afrikaner. Entweder ist er hier geboren oder europäischer Einwanderer, am ehesten englisch oder irisch. Vielleicht war er doch kein Tourist.«

»Sonst noch etwas?« fragte Cicchetta.

»Groß, ein eher großer Mann, mindestens 1,85 Meter«, sagte der Blinde und fügte in Ryans Richtung hinzu: »Dem Schrittrhythmus nach zu schließen.«

»Gut«, sagte Cicchetta.

»Er kam von den St. Neot Steps und ging denselben Weg wieder zurück. Wohin immer er vorher wollte, nach der Explosion drehte er um. Er haute ab. Er kennt sich hier aus. Er wußte, daß die Polizei am schnellsten von der Victoria Street her kommen würde. Wahrscheinlich ist er kein Tourist.«

Unter dem Balkon fuhren die Fahrzeuge vor, die Spinks angefordert hatte. Eine Raupe, ein Traktor. Spinks wies die

Fahrer ein, wo er was weggezogen und hingeschoben haben wollte. Nur noch wenige Uniformierte waren zu sehen. Es sah aus, als ob ein Abbruchunternehmen kurz vor Beendigung seiner Arbeit stand.

Ryan fragte nach den Bewohnern des gesprengten Hauses.

»Die ehemaligen Besitzer brauchten Geld, verkauften und sind nach Liverpool hinausgezogen. Das war vor ein paar Monaten. Seither scheint niemand mehr regelmäßig dort zu wohnen. Ein paar Mal in der Woche kommen Leute, meistens gegen Abend. Ich glaube nicht, daß sie über Nacht bleiben.«

»Namen?« fragte Cicchetta.

Dimitropoulos schüttelte den Kopf. Die Türklingel schellte. Es war Li mit den nachtschwarzen Augen.

»Spinks will Sie sprechen, Sir«, sagte Li.

»Die Kollegin nimmt das Protokoll auf«, sagte Cicchetta und ging hinunter. Spinks dirigierte den Traktor.

»Niemand mehr«, sagte Spinks, »nur der eine.«

Cicchetta sah zu, wie der Traktor mit zwei Stahltrossen etwas, das wie ein ehemaliges Feldbett aussah, aus etwas, das wie ein ehemaliger Kellertreppeneingang aussah, herauszog.

»Einer ist einer zuviel, ich weiß«, sagte Spinks.

»O'Neill liegt in St. Vincents. Er sieht nichts mehr«, sagte Cicchetta.

»Wenn du heute abend zu uns kommen willst, Sam ...?« sagte Spinks.

»Danke, Tim.«

»Nichts Besonderes. Draußen sitzen, ein Glas Wein und aufs Meer schauen.«

»Ein andermal, danke«, sagte Cicchetta.

»Klar«, sagte Spinks.

Cicchettas Hand zuckte Richtung Trümmerfeld. »Dazu schon eine Idee?«

»Eine einzige Sprengladung. Die chemische Analyse kriegst du noch. Zeitzünder. Das Ding stand an der Wand auf einer der oberen Stufen der Kellertreppe. Eine tragende Wand. Die Druckwelle hat innen abgeräumt und dann das Haus auseinandergefaltet.«

Cicchetta nickte.

»Da ist noch etwas Interessantes«, sagte Spinks. Er führte Cicchetta in die nordwestliche Ecke des Grundstücks. Dort lagen aufgeschichtet verbogene schwarze Metallstangen, Kabel, Scherben aus dickem Glas, Elektronikteile und anderes Gerümpel, darunter drei schwarze längliche Kästen.

»Scheinwerfer?« fragte Cicchetta.

Spinks nickte. »Scheinwerfer, Stative, Filmkamera, Lichtblenden, Schneidetisch und alles, was zu einem Filmstudio in Miniatur sonst noch gehört.«

»Professionell?«

»Ziemlich.«

»Irgend etwas faul daran?«

»Wir sind noch nicht soweit.«

Cicchetta klopfte Spinks auf die Schulter und ging zum Wagen zurück. Er wählte noch einmal Kaufmans Nummer, hörte dem Anrufbeantworter aber nicht mehr bis zum Piepston zu. Vor der Absperrung warteten die Pressefritzen. Sally Moreton vom »Morning Herald«, ein junger Typ im Leinensakko vom »Telegraph« und ein Kamerateam von »Channel 9«. Drei Leute.

»Die Explosionsursache ist noch unbekannt. Ein Toter. Seine Identität ist noch unbekannt. Wir halten Sie natürlich weiter auf dem laufenden«, sagte Cicchetta.

Der Typ vom »Telegraph« fragte irgend etwas.

»Wir müssen die weiteren Untersuchungsergebnisse abwarten«, sagte Cicchetta.

Der Typ vom »Telegraph« fragte etwas anderes. Oder vielleicht das gleiche noch einmal.

»Das kann ich weder bestätigen noch dementieren«, sagte Cicchetta. Dann stieg er in den Holden und fuhr die Victoria Street hinunter, überquerte an Kings Cross die William Street und hielt sich weitere hundert Meter geradeaus. Dem mageren Rasen des Green Park gegenüber lag

St. Vincents Hospital. Noch vor dem Altbau bog Cicchetta links ab, um zum Eingang der Notaufnahme zu gelangen. Die Fassade des Krankenhauses war renoviert und frisch gestrichen. Der Farbton lag irgendwo zwischen Altrosa und Braun. Er sah wie gut eingetrocknetes, verdünntes Blut aus. Cicchetta fragte sich, wer eigentlich die Farbgebung an öffentlichen Gebäuden entschied. Und ob außer einem gerüttelten Maß an schwarzem Humor weitere Qualifikationsanforderungen für den Job existierten. Der Neubau war noch schlimmer. Nicht die Farbe, die war gleich. Aber die abgeschnittenen Röhren, die nach dem Plan der Verantwortlichen an die Außenfassade geklebt worden waren. Amputierte dorische Säulen.

Der Arzt in der Notaufnahme aß ein Thunfischsandwich.

»Ein Wunder«, erklärte er, »außen das reinste Blutbad, Schürfungen, Prellungen, doch nichts gebrochen, nichts gerissen.«

»Er ist in Ordnung?«

»Er hat einen Schock.«

»Die Augen?«

Der Arzt legte das Sandwich auf einen Block mit Formularen.

»Ich bin kein Spezialist«, sagte er. »Soweit ich das beurteilen kann, sind die Augen intakt.«

»Aber?« fragte Cicchetta.

»Es könnte der Schock sein.«

Cicchetta ging nach oben. Sie hatten O'Neill in ein Doppelzimmer gelegt. Im anderen Bett lag ein Alter, der mit einem Schlauch an eine Plastikflasche angeschlossen war, aus der es blaßblau in ihn hineintropfte. O'Neill hatte die Augen geschlossen.

»Lachlan?« fragte Cicchetta.

O'Neill riß die Lider auseinander, als ob der ganze Kopf durchpassen sollte. Er schien durch Cicchetta hindurchzustarren. Nach oben. Da war nichts. Da war nur die Zimmerdecke. Cicchetta sah, daß O'Neill blaue Augen hatte. Er hatte nicht gewußt, daß O'Neill blaue Augen hatte.

»Sam?« fragte O'Neill.

Er hatte die Augen weit aufgerissen, aber es war klar, daß er nichts sah. Rein gar nichts.

»Ja«, sagte Cicchetta, »wie geht es dir?«

»Ich habe keine Ahnung, wie es passiert ist«, sagte O'Neill. »Er war etwa fünfzehn Meter vor mir, und dann kam das Haus auf die Straße herausgeschossen.«

»Ja«, sagte Cicchetta.

»Ich war vom Circular Quay her hinter ihm her, er gehört vielleicht zu der Bande, die die Fotoapparate stiehlt. Er war genau auf der Höhe des Hauses, als die Mauer stürzte.«

»Er ist tot, Lachlan«, sagte Cicchetta.

»Ja, Sam«, sagte O'Neill. Cicchetta sagte nichts.

»Es war der Blitz«, begann O'Neill wieder. »Seit dem Blitz der Explosion sehe ich nichts mehr. Genau von dem Moment an.«

»Das ist klar, Lachlan«, sagte Cicchetta.

»Er war nicht gemeint, Sam. Er kann gar nicht gemeint gewesen sein. Es war Zufall, daß er genau zum Zeitpunkt der Explosion dort vorbeilief. Er ist einfach nur abgehauen. Er hätte auch woanders hinlaufen können. Ich hätte ihn früher kriegen können.«

»Du hast getan, was du konntest«, sagte Cicchetta.

»Es war auch kein anderer da. Vor der Explosion. Ich hätte ihn gesehen. Es war einfach nur so, daß das Haus sich aufblähte und auf die Straße hinausschoß. Als hätte …«

O'Neill brach ab.

»Nach dem Explosionsblitz hatte ich das mit den Augen«, sagte O'Neill.

»Mach sie zu«, sagte Cicchetta.

»Was?«

»Mach die Augen zu!«

»Ach so«, sagte O'Neill. Er schloß die Augen.

»Spinks ist da und dreht jedes Staubkorn um«, sagte Cicchetta, »und wir haben die Beschreibung eines Verdächtigen. Es ist noch nicht viel, aber wir kommen schon weiter.«

»Gut«, sagte O'Neill.

»Die Rollschuhe«, sagte O'Neill, »sie gehörten ihm. Habt ihr die Rollschuhe gefunden?«

Cicchetta hatte keine Ahnung. Er sagte: »Ja, wir haben die Rollschuhe.«

Er wußte nicht, was er noch hätte sagen können.

»Sam?« sagte O'Neill.

»Lachlan?« sagte Cicchetta.

»Ich muß dir etwas sagen, Sam.«

Cicchetta beugte sich zu O'Neills Kopf hinab.

»Vielleicht gab es gar keinen Explosionsblitz«, sagte O'Neill und riß die Augen wieder weit auf. »Ich habe vielleicht gar keinen Blitz gesehen. Das Haus blähte sich auf, die Wände schossen nach außen. Die Sprengladung war also im Innern des Hauses angebracht, oder?«

»Ja«, sagte Cicchetta.

O'Neill nickte. »Die Sprengladung hat das Haus von innen weggeblasen.«

O'Neill nickte wieder. »Ich konnte gar keinen Blitz sehen.«

Er tastete nach Cicchettas Arm.

»Was ist dann mit meinen Augen, Sam?« fragte er ruhig.

Cicchetta sah auf den Mann am Tropf, der zwei Meter weiter zum Fenster hin lag. Der Mann rührte sich nicht.

»Es gibt gar keinen Grund dafür, daß ich nicht mehr sehe«, sagte O'Neill.

Der Mann am Tropf sah nicht so aus, als ob er noch lebte.

»Bist du noch da, Sam?« fragte O'Neill.

»Die Fenster«, sagte Cicchetta, »da waren breite Fenster.«

»Du meinst ...?«

»Ja«, sagte Cicchetta, »wäre möglich.«

»Wenn du meinst«, sagte O'Neill.

Als Cicchetta aus dem Haupteingang von St. Vincents trat, war die Sonne schon verschwunden. Der letzte Rest an Tageslicht lag verloren in der Luft. Cicchetta fuhr ins Revier in die Rocks zurück. Bei Kaufman meldete sich nur der Anrufbeantworter. Cicchetta sagte noch einmal seinen Spruch auf, nur daß er diesmal die Nummer des Telefons angab, das nebenan auf Ryans Schreibtisch stand. Ryan tippte. Cicchetta beauftragte ihn, alle zwei Stunden bei Kaufman anzurufen. Dann fragte er Li, ob sie mit ihm essen gehen wolle. Mit »essen« meinte er »saufen«. Li lehnte sowieso ab. Sie müsse die Protokolle fertigstellen, überprüfen, ob sich der Tote anhand der Fingerabdrücke identifizieren lasse, und außerdem warte ihr Mann auf sie. Das konnte Cicchetta verstehen. Er ging allein. Im »Café Iguana« in der Kellett Street gab es sechs verschiedene Margarita-Varianten. Alle waren hübsch hergerichtet, aber eine schmeckte wie die andere. Schal. Irgendwie. Sie paßten gut zu den Zigaretten.

Sträfling Maggie machte sich Sorgen um Sträfling John. Sträfling John schaute beharrlich nach Feen und Drachen aus, obwohl es keine gab. Oder es gab doch welche, und sie hatten sich so perfekt getarnt, daß man sie einfach nicht erkennen konnte. Als Matrosen und Schulkinder, als Männer in dunklen Anzügen und Frauen in geblümten Kleidern. Als Pudel vielleicht, als Katzen, als eine Straßenlaterne oder ein Papierkorb. Sträfling John schaute um sich, als ob er nichts und keinem traute.

»Eigentlich sieht alles aus wie früher«, sagte Sträfling Maggie.

»Na, ich weiß nicht«, sagte Sträfling John und ließ den Blick mißtrauisch über eine Reihe geparkter Autos schweifen. Sträfling Maggie schaute auch dorthin. Ein Honda, zwei Fords, ein Holden, ein Daihatsu, ein BMW, noch ein Ford, ein Mitsubishi, ein zweiter Holden. Kein Anzeichen für eine Fee, bloß Autos.

»Nicht einmal Kleinkinder glauben noch an Feen«, sagte Sträfling Maggie.

»Mag sein«, sagte Sträfling John.

»Ein Auto könnte doch auch bloß ein Auto sein«, sagte Sträfling Maggie. »Und Feen gibt es sowieso nicht.«

Sträfling John lachte.

»Und Hexen, Zauberer, Gnome, Geister und Elfen?« fragte er. »Gibt es die vielleicht auch nicht?«

Sträfling Maggie überlegte.

»Alles Erfindung, oder?« höhnte Sträfling John.

Sträfling Maggie überlegte, ob die alte Dame, die an der Ampel auf Grün wartete, eine Hexe sein könnte. Sie trug eine Papiertüte von »Sportsgirl« mit sich und wartete, bis die Ampel auf Grün sprang, obwohl rechts und links kein Auto zu sehen war. Kein Mensch konnte mit Sicherheit sagen, ob sie tatsächlich eine alte Dame oder aber eine Hexe war. Vielleicht beides, eine alte Hexendame.

»Als ich klein war«, sagte Sträfling Maggie, »gab es mit Sicherheit keine Hexen oder so etwas. Vielleicht sind sie in der Zwischenzeit in Mode gekommen. Das könnte sein. Das weiß ich nicht.«

Sträfling John schaute sie mitleidig an.

»Ehrlich«, sagte Sträfling Maggie, »als ich noch klein war, gab es keine Hexen. Das schwöre ich dir.«

»Da warst du noch klein«, sagte Sträfling John, »da wußtest du noch nicht Bescheid, da hattest du noch keine Ahnung. Aber jetzt bist du kein Kind mehr, du bist Sträfling Maggie, und ich bin Sträfling John, und wir wissen, was läuft.«

Sträfling Maggie sah zu, wie die Hexendame die Straße überquerte und drüben in den Friseursalon eintrat.

»Wir sind keine Sträflinge mehr«, sagte Sträfling Maggie, »wir sind abgehauen. Sträflinge, die abgehauen sind, sind keine Sträflinge mehr.«

»Entflohene Sträflinge sind immer noch Sträflinge«, sagte Sträfling John, »bloß entflohen.«

»Sie sind nicht mehr eingesperrt«, gab Sträfling Maggie zu bedenken.

»Das heißt nichts«, sagte Sträfling John. »Am Anfang waren hier gar keine Sträflinge eingesperrt. Sie mußten Felsblöcke hauen und Straßen bauen. Für die Engländer, die die Sträflinge hergebracht haben, war ganz Australien ein Gefängnis. Deswegen haben sie die Sträflinge nicht zusätzlich eingesperrt. Höchstens nachts. Und auch nur manche.«

»Eben«, sagte Sträfling Maggie, »weil ganz Australien ein Gefängnis war, waren die Sträflinge doch eingesperrt. In Australien.«

»Manche sind auch abgehauen. Nach China oder so«, sagte Sträfling John.

»Ich weiß«, sagte Sträfling Maggie.

»Die meisten aber nicht. Die schauten nur, daß sie nicht so viel arbeiten mußten und nicht von Schlangen gebissen wurden.«

»Schlangen waren ein Problem«, stimmte Sträfling Maggie zu. Heutzutage waren Schlangen kein so großes Problem mehr. Zumindest in der Stadt. Da waren Zauberer und Hexen gefährlicher. Wenn es sie überhaupt gab.

»Und daß sie genügend zu essen hatten«, sagte Sträfling John, »das war auch ein Problem, vor allem anfangs.«

Neben dem Friseursalon, in dem sich die Hexe gerade die Haare waschen ließ, befand sich ein Take-away. Hamburger, Fish and Chips, Kebab, Falafel rolls, Sandwiches wurden auf einer mit Kreide beschriebenen Tafel angeboten.

»Wenn du nichts zu essen hast, kannst du gleich aufgeben«, sagte Sträfling John.

Die Straßenfront des Take-away war offen. Hinter der Kasse saß eine dicke Frau. Möglicherweise war auch sie eine Hexe, aber das mußten Sträfling John und Sträfling Maggie riskieren.

»Und zu trinken«, sagte Sträfling Maggie.

»Andernfalls kommst du nie bis China oder so«, sagte Sträfling John.

Sträfling John und Sträfling Maggie überquerten die Straße. Auf der rechten Seite des Take-away standen die Vitrinen mit den Warmhalteplatten, unterbrochen von der Verkaufstheke. In der Rückwand des Raums war eine Tür zu erkennen, die wahrscheinlich in die Küche und zu den

Privaträumen im Obergeschoß führte. Außer der Frau war niemand im Laden. Es war ein kleiner Take-away. Der gekachelte Boden des Geschäfts lag eine Stufe höher als der Gehsteig.

»Die Stufe!« sagte Sträfling Maggie.

Sträfling John nickte, knallte sein rechtes Schienbein gegen die Kante der Stufe und ließ sich vornüber auf die Kacheln fallen. Die dicke Verkäuferin hinter der Kasse fuhr hoch. Sträfling John wartete einen Moment und begann zu heulen. Sträfling Maggie kauerte sich zu ihm hinab und versuchte, wirr stammelnd, ihn zu trösten. Sträfling John schrie lauter. Die Verkäuferin kurvte um die Theke in den Kundenbereich des Ladens. Sträfling Johns Kreischen überschlug sich und erstickte in stimmlosen Japsern. Ein dünnes Blutrinnsal floß vom Kinn den Hals hinab. Sträfling Maggie starrte der Verkäuferin flehend entgegen. Die sagte in einer fremden Sprache etwas, das wahrscheinlich »O Gott, Kindchen« bedeutete. Oder etwas Ähnliches. Dann hob sie Sträfling John auf und setzte ihn auf einen der Stühle, die an der linken Wand aufgereiht waren. Mit einer Papierserviette wischte sie ihm das Blut vom Hals. Sträfling John sah sie dankbar an und schluchzte leiser weiter. Sträfling Maggie zeigte auf Sträfling Johns Schienbein. Das war auch aufgeschlagen. Nun begann Sträfling Maggie zu heulen. Es ging ganz gut. Die dicke Verkäuferin schaute von Sträfling John zu Sträfling Maggie und zurück. Sie wußte nicht, was zu tun war.

»Ein Pflaster!« heulte Sträfling Maggie.

Sträfling John tappte mit der Hand ans Schienbein, führte die blutverschmierten Finger vor die Augen und erhöhte die Frequenz seiner Schluchzer wieder.

»Schnell, ein Pflaster!« kreischte Sträfling Maggie.

Die dicke Verkäuferin begann zu reden, und Sträfling John ging auf Sirenenlautstärke. Die Verkäuferin drehte sich um und stürzte zur Tür an der Rückseite. Sträfling John schickte ihr einen verzweifelten Schrei nach. Sobald die Luft rein war, sprang Sträfling Maggie hinter die Theke.

Auf dieser Seite waren die Vitrinen offen. Salate, Chips, panierte Hähnchenkeulen und prawn cutlets, gebratener Reis, Sandwiches, alles in Reichweite, in Griffweite. Wie im Märchen.

»Los!« zischte Sträfling John.

Sträfling Maggie griff sich eine Hähnchenkeule und warf sie gleich wieder zurück.

»Was ist?« fragte Sträfling John. »Mach schon!«

Keine Tasche! Sträfling Maggie hatte nicht einmal eine Tasche. Sie konnte sich Hähnchenkeulen, Chips und Salat doch nicht unters T-Shirt stopfen. Im Märchen war alles viel einfacher. Da gab es keine Probleme mit fehlenden Taschen. Da wußte man auch gleich, ob jemand eine Hexe war oder nicht. Außer, man war so bescheuert wie Hänsel und Gretel.

»Schrei mal!« sagte Sträfling Maggie.

Im Aufheulen von Sträfling Johns Stimme ging das Klingeln, mit dem die Kasse aufsprang, unter. Sträfling Maggie nahm einen roten Schein aus der Kasse. Zwanzig Dollar. Sie schob die Kasse wieder zu. Als die dicke Verkäuferin mit einer Rolle Heftpflaster in der einen und einer Schere in der anderen Hand zurückkehrte, stand Sträfling Maggie wieder neben Sträfling John und übte »verloren schauen«. Waisenkindmäßig.

Die dicke Verkäuferin verpflasterte Sträfling John und sagte mit fremdem Akzent »so« und »gleich« und »halb so schlimm« und »wird schon besser, nicht?« Sträfling John nickte ab und zu und schluchzte dazwischen. Vor allem dann, wenn ihm die Verkäuferin übers Haar strich. Sträfling Maggie mußte zugeben, daß sich die Verkäuferin, falls sie eine Hexe sein sollte, relativ gut verstellen konnte. Verdächtig war nur, daß sie nach Sträfling Maggies und Sträfling Johns Eltern fragte.

»Wir haben keine«, sagte Sträfling John.

»Sie sind nicht da, meint mein Bruder«, sagte Sträfling Maggie.

»Sie arbeiten«, erklärte sie.

Sträfling John war dumm. Möglichen Hexen gegenüber gab man nicht zu, daß man keine Eltern hatte. Das verriet man nicht. Das wußte doch jeder.

»Wir treffen Papi und Mami nachher«, sagte Sträfling Maggie.

»Um fünf«, sagte Sträfling John.

Die dicke Frau bediente einen Gast, der ein Sandwich und eine Tüte Milch kaufte. Sträfling John schaukelte sein Bein über der Stuhlkante hin und her. Es blutete nicht mehr. Als der andere Gast weg war, verlangte Sträfling Maggie zwei Hähnchenkeulen mit Chips.

»Für mich auch«, sagte Sträfling John.

»Und eine Cola.«

»Zwei.«

Alles zusammen kostete 11.40 Dollar. Sträfling Maggie zahlte mit einem 20-Dollar-Schein. Mit dem Rest konnten sie sich später noch ein Eis kaufen. Oder Süßigkeiten. Oder eine Zahnbürste. Die würden sie ziemlich sicher brauchen.

Sie aßen draußen, auf einer Bank in einer kleinen Grünanlage. Dort stand ein Brunnen, der wie eine Pusteblume aussah und an irgendeinen Sieg in irgendeinem Krieg erinnern sollte. Die Hähnchenkeulen schmeckten ganz gut.

»Und jetzt?« fragte Sträfling Maggie.

»China«, sagte Sträfling John.

»Das ist ziemlich weit«, sagte Sträfling Maggie.

»Um so besser«, sagte Sträfling John.

»Wir sollten uns gleich auf den Weg machen«, sagte Sträfling Maggie.

In drei, vier Stunden würde es dunkel werden. Da sollten sie schon möglichst weit weg sein. Sträfling Maggie war nicht scharf darauf, die Nacht noch hier in der Gegend zu verbringen. Sie war überhaupt nicht scharf auf die Nacht. Sie stand auf. Sträfling John zögerte.

»In welcher Richtung liegt China?« fragte er.

»Im Norden«, sagte Sträfling Maggie, »oder im Westen.«

»Eher im Norden«, sagte Sträfling John.

»Auf jeden Fall müssen wir übers Meer.«

»Wir brauchen ein Schiff«, stimmte Sträfling John zu. Er stand auf. Sträfling Maggie nahm ihn bei der Hand. Jetzt ging es los. Sie waren auf dem Weg nach China. Sie würden nie mehr zurückkommen. Sie würden ein Schiff suchen, nach China fahren und endgültig keine Sträflinge mehr sein. Nur noch Maggie und John. Wenn sie erst mal aus Australien raus wären, wo sich all die Hexen und Zauberer und Drachen herumtrieben, würde alles in Ordnung kommen. Erst mal weg, und dann weitersehen! Erst mal nach China! Sie brauchten ein Schiff. Schiffe gab es am Meer. Sträfling John und Sträfling Maggie folgten der abfallenden Straße am Rand der Grünanlage. Das Meer lag irgendwo dort unten. Vom Sträflingsstandpunkt aus gesehen war das beste an Sydney, daß jede Menge Meer da war. Und Buchten, in denen Schiffe vor Anker lagen. Schiffe, auf denen man nach China fliehen konnte.

Der Park hieß Rushcutters Bay Park. Er lag an der Rushcutters Bay, also am Meer, soweit war alles richtig, doch um zu den Bootsstegen zu gelangen, mußten Sträfling John und Sträfling Maggie auf die Straße zurück und den Eingang des Cruise Yacht Clubs nehmen. Der Eingang glänzte in Rot und Gold. Ein Schild verkündete: For members only. Hinter dem Tresen an der Rezeption saß eine elegante, blau uniformierte Hexe. Ein paar Meter weiter öffnete sich die Zufahrt zum Parkplatz. Sträfling John und Sträfling Maggie überquerten ihn und entschieden sich für die nördlichste der fünf Marinas, weil dort die größten Yachten lagen. Yachten, wie man sie für die Überfahrt nach China brauchte.

Die beiden ersten Yachten lagen verlassen da, doch auf der dritten war jemand. Ein Geist oder ein Gnom, der zur Tarnung die Gestalt eines erwachsenen Mannes angenommen hatte. Er war allerdings nicht sehr groß, kaum größer als Sträfling Maggie. Na, ein bißchen größer vielleicht schon. Er hatte eine Glatze und schrubbte das Deck.

Auf der Yacht gab es eine überdachte Kajüte. Das konnte von Vorteil sein, wenn sie auf der Chinesischen See in einen Sturm gerieten. Das war recht wahrscheinlich. Wie jeder wußte, wüteten auf der Chinesischen See die schlimmsten Stürme. Und die wildesten Piraten von allen sieben Weltmeeren. Wie man sich der Piraten der Chinesischen See erwehren konnte, wußte Sträfling Maggie noch nicht. Irgend etwas würde ihr schon einfallen. Vielleicht waren die chinesischen Piraten entsprungenen Häftlingen gegenüber auch freundlich gesonnen. Könnte ja sein.

»Hi«, rief Sträfling John vom Pontonsteg aus zu dem Mann hinüber.

Der richtete sich auf und stützte sich auf seinen Schrubber.

»Schönes Schiff«, rief Sträfling John. »Ozeantauglich?«

Der Mann nickte.

»Hätte ich auch gern«, rief Sträfling John.

Der Mann lachte.

»Das glaube ich dir aufs Wort, Kind«, rief er zurück.

Sträfling Maggie warf Sträfling John einen entrüsteten Blick zu. Der Mann hielt sie für stinknormale Kinder! Sträfling Maggie sagte aber nichts. Sie mischte sich nicht ein, denn es war Männersache, über Yachten zu verhandeln. Das mußte Sträfling John erledigen.

»Ich heiße John«, rief Sträfling John, »und das ist Maggie.«

»Hi, John. Hi, Maggie«, rief der Mann und winkte.

»Schönes Schiff!« rief Sträfling John noch einmal. »Können wir Ihnen putzen helfen?«

Der Mann zögerte einen Moment. Entweder war er ein böser Gnom, oder Sträfling John hatte etwas zu früh gefragt.

»Na gut«, sagte der Mann schließlich, »kommt herüber, aber Vorsicht, es ist glatt.«

Die schmale Gangway längs der Yacht schwankte sachte.

Der Mann hielt Sträfling Maggies Hand, als sie über die Reling ins Boot stieg. Sträfling John folgte. Die Yacht war gar nicht schlecht. Auf dem weißen Kunststoffboden floß das Seifenwasser langsam auf die kleinen Luken in der Reling zu, um dann ins Wasser der Bay hinabzutröpfeln.

»Ist die Schule schon aus?« fragte der Yachtbesitzer. Es klang mißtrauisch.

»Schon lange«, sagte Sträfling John.

»Wie alt seid ihr denn?«

»Moment«, sagte Sträfling John. Er rechnete angestrengt.

»211«, sagte er dann. Der Mann guckte komisch.

»Das heißt, ich bin 211«, sagte Sträfling John. »Meine Schwester ist fast ein Jahr älter als ich. Sie wurde 212, am 16. Oktober.«

»Aha«, sagte der Mann.

»Wir sind Sträflinge. Wir sind in London geboren. London, England. Ich bin zu sieben Jahren verurteilt worden, weil ich Äpfel aus dem Garten des Pfarrers gepflückt habe, Maggie zu vierzehn Jahren, weil sie angeblich ein Kleid ihrer Herrin gestohlen hat.«

»Stimmte aber gar nicht«, sagte Sträfling Maggie.

»Angeblich!« sagte Sträfling John.

»Es war sowieso zu groß«, sagte Sträfling Maggie.

»Sträflinge!« sagte der Mann. Er schien langsam zu begreifen.

»Ja, Sträflinge. Die Engländer brachten uns von Portsmouth aus nach Sydney. Vor einiger Zeit schon. Wir hatten Glück und wurden dem Haus des Gouverneurs zur Arbeit zugeteilt.«

»Des Gouverneurs?« fragte der Mann.

»Gouverneur Hunter. Wir hätten es schlimmer treffen können. Straßenbau, Rodung draußen im Busch, wo die Schlangen sind. Aber wir sind trotzdem abgehauen.«

»Wir wollen nach China«, sagte Sträfling Maggie.

Sträfling John nickte.

»Vor uns sind schon andere nach China geflohen. Zum

Beispiel Mary Bryant. Die klaute 1790 ein Schiff und war ein paar Monate unterwegs. Sie hatte nicht mal Seekarten, aber sie kam in China an.«

»Habt ihr das in der Schule gelernt?« fragte der Mann.

Schule? Was wollte er nur immer mit der Schule? Sträflinge gingen nicht zur Schule, das wußte doch jeder. Er glaubte wohl nicht, daß sie Sträflinge waren. Der Mann hatte eine schöne Yacht, war aber ziemlich doof.

»Wegen jeder Kleinigkeit konnte man ausgepeitscht werden. Dreißig Hiebe, hundert Hiebe, manchmal mehr«, sagte Sträfling John.

»Da!« sagte Sträfling Maggie und zeigte auf die Heftpflaster an Sträfling Johns Kinn und Schienbein. »Nur weil er Hunger hatte! Nur wegen ein paar Bissen zu essen.«

Sträfling John nickte tapfer.

»Dann schon lieber abgehauen«, sagte Sträfling Maggie.

»Nach China«, sagte Sträfling John. »Haben Sie Seekarten und einen Kompaß?«

»Irgendwann hätten sie uns wahrscheinlich schon freigelassen«, sagte Sträfling Maggie.

»Das hätte noch Jahre dauern können, Jahrzehnte«, sagte Sträfling John.

»Wer weiß, was ihnen eingefallen wäre, um uns noch länger einsperren zu können?«

»Dann lieber ein Ende mit Schrecken!«

»Mmh.«

»Ihr spielt also Sträflinge, die aus England deportiert wurden und nun nach China fliehen wollen?« fragte der Mann.

Er hatte noch nicht begriffen, daß es kein Spiel war, daß es blutiger Ernst war. Er hielt sie immer noch für Kinder, die Cowboy und Indianer spielten, Buschräuber und Gendarm, Sträfling und Soldat des New South Wales Corps. Oder so etwas.

»Mich haben sie auch geschlagen«, sagte Sträfling Maggie.

»Wer hat dich geschlagen?« fragte der Mann.

»Auf den Popo«, sagte Sträfling Maggie.

»Mit der Peitsche«, sagte Sträfling John.

»Kommen Sie mal!« sagte Sträfling Maggie und stieg die zwei Stufen zur Kajüte hinunter. Der Mann mit der Glatze und Sträfling John folgten. Die Kajüte sah gemütlich aus. Vorn im Bug war eine Schlafkoje eingerichtet, links stand ein Tisch mit festgeschraubten Bänken, und gleich neben dem Abgang rechts zog sich eine Küchenzeile mit Kühlschrank, zwei Kochplatten, einem Waschbecken, Töpfen, Pfannen und allem, was dazugehörte, bis zum Steuerpult hin. Sträfling Maggie zippte den Reißverschluß auf und schob ihre Jeans nach unten. Sie blickte einmal prüfend ins Gesicht des Mannes und entschied dann:

»Sie sind lieb. Sie dürfen mal gucken.«

»Aber ...«, sagte der Mann.

Sträfling Maggie zog ihre Unterhose hinunter.

»Da!« sagte Sträfling Maggie und wies mit dem Finger auf ihren Hintern. Der Mann mit der Glatze beugte sich nach vorn.

»Ich sehe gar nichts«, sagte er.

»Doch«, sagte Sträfling Maggie, drehte den Kopf nach hinten und sah, wie die Hand des Mannes nach vorne tatschte, und sah, daß Sträfling John den Stiel der großen Pfanne mit beiden Händen umfaßt hielt, sie sah die Pfanne nach unten schießen, sah, wie sie auf dem Schädel des Mannes aufschlug, auf dem Schädel, der nach unten sackte und wieder hochtorkelte. Sträfling Maggie sah, daß sich Sträfling John auf die Lippen biß, als er das zweite Mal zuschlug. Er war kein starker Sträfling, aber er schlug mit all seiner Kraft zu, er war konzentriert, er war entschlossen und tapfer, obwohl er nur ein kleiner, schwacher Sträfling war. Es lag nicht an ihm, daß der zweite Schlag nicht voll traf, daß er die Schädeldecke verfehlte, nur auf Ohr und Schulter krachte. Es lag an dem Mann, der wankte und torkelte und nicht stillhielt. Der Mann schaffte es, noch einmal hochzukommen, sich zu drehen, sich dem kleinen Sträfling John zuzuwenden, der sich an der Pfanne festhielt. Sträfling Maggie fing den Blick des Mannes auf, als er sich drehte, sie sah, daß er ziemlich fertig war, daß er groggy war, k. o. Glasig war der Blick, verwundert, und er zeigte, daß der Mann bis zuletzt alles für ein Spiel gehalten hatte, daß er immer noch nicht begreifen wollte, daß es Ernst war. Nie hätte er es begriffen, da hätten Sträfling John und Sträfling Maggie noch tagelang reden und erklären können.

Der Mann wandte sein Gesicht dem kleinen Sträfling John zu. Er stand da und schwankte und begriff nicht, was los war. Er sollte endlich umfallen, sich flach legen, Ruhe geben! Sträfling John drehte die Pfanne in seinen Händen, klemmte sie unter den Arm wie eine Gitarre, wie eine Maschinenpistole und sprang vorwärts, er sprang den Mann, der einfach da stand, an. Er rannte ihm den Pfannenstiel in den Magen, tief hinein, und dann sprang er zurück. Er war ein tapferer kleiner Sträfling. Der Mann klappte zusammen, und endlich fiel er. Endlich lag er auf dem Boden vor dem Tisch. Seine Hände krallten sich um seinen Bauch. Mund und Augen waren weit aufgerissen.

Sträfling John stürzte aus der Kajütentür auf Deck und kam mit zwei Nylonleinen wieder, noch bevor Sträfling Maggie sich wieder vollständig angezogen hatte. Mit der kürzeren Leine fesselten sie die Hände des Mannes an eine Sitzbank. Die lange Leine schnitten sie entzwei. Jedes der Stücke wurde um einen Knöchel des Mannes verknotet. Sträfling John führte die freien Enden der Leine durch die Kajütentur nach außen, zog an und befestigte die beiden Leinen an den äußersten Streben des Metallgeländers auf dem Oberdeck. Die Beine des Mannes zeigten nun schräg nach oben und bildeten einen spitzen Winkel. Wie ein V. Die Kajütentür konnte man nicht mehr schließen. Aber das war nicht so schlimm.

Sträfling Maggie öffnete die Kühlschranktür. Es waren Eiswürfel da. Sie drückte einen aus dem Gitter und setzte sich neben den Kopf des Mannes. Dann ließ sie den Eiswürfel sacht über Stirn und Glatze des Mannes gleiten.

Der Mann begann zu stöhnen. Jetzt erst. Sträfling John räumte die Pfanne in eine der verriegelbaren Schubladen.

»Es ging nicht anders«, sagte Sträfling Maggie. Sie ließ den Eiswürfel abwechselnd längs und quer über die Kopfhaut des Mannes wandern. Der Eiswürfel schmolz rasch.

»Oder?« fragte Sträfling Maggie.

Sträfling John kauerte sich auf die andere Seite des Gefesselten und blickte prüfend nach unten.

»Er hätte uns nie freiwillig nach China gebracht«, sagte er.

Sträfling Maggie nickte.

»Nie«, sagte sie.

Sträfling John stand auf und kramte in den Schubladen. Mit einem Anglermesser in der Hand setzte er sich wieder.

»Falls er schreien will«, sagte er.

Der Eiswürfel war geschmolzen. Sträfling Maggies Fingerkuppen fühlten sich kalt an. Die Glatze des gefesselten, stöhnenden Mannes schimmerte.

»Mehr Eis!« sagte Sträfling Maggie.

Cicchetta kam um 10 Minuten vor 8 Uhr im Revier an. Ryan war schon da. Er saß hinter seinem Schreibtisch, hatte die Arme über die Schreibunterlage gebreitet und den Kopf darauf liegen. Ryan schlief. Das Telefon läutete. Ryan schreckte hoch.

»Ja?«

Ryan hatte Ringe unter den Augen. Es war nicht so, daß Ryan schon da war, er war noch da.

»In Ordnung«, sagte Ryan ins Telefon, »ich sage es ihm.«

Ryan war einer, der meinte, daß alles letztendlich klar ginge, wenn man es von Anfang an ordentlich anpackte. Er packte von Anfang an ordentlich an. Er war einer von den Jungen, die es mal weit bringen würden. Oder eher hoch. Auf der Karriereleiter.

»Spinks«, sagte Ryan, »er kommt selbst.«

Cicchetta nickte.

»Die Protokolle liegen auf Ihrem Schreibtisch. Die von Li und meine«, sagte Ryan.

»Kaufman?« fragte Cicchetta.

»Den Anruf um 7.00 Uhr habe ich verpaßt«, sagte Ryan.

»Fahr mal hinaus, wenn jetzt immer noch niemand da ist.«

Ryan griff zum Telefonhörer. Li traf ein. Es war 2 Minuten vor 8 Uhr, und Li sah aus wie die Göttin der Morgenröte.

»Sir«, sagte sie.

»Tag, Ryan«, sagte sie.

Ryan winkte mit der freien Hand. Cicchetta ging in sein Zimmer und nahm sich die Aussagen der Nachbarn vor.

... Aufgefallen ist mir, daß am 27. vergangenen Monats ein junger Mann mit schwarzer Hautfarbe um das Anwesen 30, Victoria Street geschlichen ist. Er kam mir seinem ganzen Benehmen nach verdächtig vor ...

... Ich habe weder vor noch während noch nach der Explosion irgendwelche Beobachtungen gemacht. Die Bewohner des Hauses habe ich nie gesehen ...

... Gegen 13.15 Uhr blickte ich zum Küchenfenster hinaus, durch das ich das Haus 30, Victoria Street in etwa fünfzehn Meter Entfernung gut sah, so daß ich die Geschehnisse dort genau beobachten konnte. Ich bin absolut sicher, daß eine Granate im Dach einschlug und die Explosion verursachte. Ich vermute, daß eines der Navy-Schiffe in der Wooloomooloo Bay ...

... Innerhalb der letzten drei Monate wurden drei Hunde im Viertel vergiftet. Ein Zusammenhang mit der Explosion könnte insofern bestehen, als ...

... Aufgefallen ist mir allerdings, daß Mrs. Lucie Grant, 38, Victoria Street, sich nach der Explosion weder an der Tür noch am Fenster blicken ließ ...

... Da ich erst um 16.15 Uhr nach Hause kam, habe ich den Vorfall nicht direkt beobachtet, kann aber mit Sicherheit ...

... Ich gestehe, das Haus 30, Victoria Street in die Luft

gesprengt zu haben. Mit meinem Anschlag wollte ich gegen die Unterdrückung der »Kinder unseres Herrn« und gegen das Totschweigen unserer Kirche in den Medien protestieren. Sprengstoff, Zünder und eine Botschaft an die Gläubigen der Welt, die ich zu gegebener Zeit kundtun werde, hat mir Johannes der Täufer persönlich übergeben. Ich verlange meine sofortige Festnahme …

… In meiner Eigenschaft als 2. Vorstand der Neighbourhood Watch Gruppe Potts Point kann ich Ihnen eine Aufstellung aller Einbrüche und Einbruchsversuche in unserem Zuständigkeitsbereich sowie der von uns angeratenen Schutzmaßnahmen überreichen (vgl. Anlage) …

… Ob die Person, die sich nach der Explosion vom Tatort entfernte, ein Mann oder eine Frau war, kann ich nicht mit Sicherheit angeben …

Spinks kam kurz vor 9 Uhr. Li brachte ihn herein.

»Videos«, sagte er. »In dem gesprengten Haus wurden Videos produziert. Schwarz.«

»Schwarz? Schon nachgeprüft?« fragte Cicchetta.

Spinks schüttelte den Kopf.

»Es sind Pornos. Die Kassetten sind zusammengeschmort, aber wir haben unbeschädigte Fotos gefunden, Standbilder, für Werbung, Kundeninformation, Titelfotos, was weiß ich.«

»Und? Wieso schwarz?«

»Da«, sagte Spinks und warf ein paar Fotos auf den Schreibtisch. Fünf Fotos. Cicchetta schob sie auseinander.

»Da sind …«, sagte er, »die sind …«

»Neun, zehn Jahre höchstens«, sagte Spinks.

»Kinderpornos.«

»Ein Mädchen und ein Junge.«

»Kinder!«

»Verdammt jung!«

»Das Mädchen könnte elf oder zwölf sein«, sagte Cicchetta, »der Junge ist zehn, höchstens.«

»Das Mädchen ist auch nicht älter als zehn. Mädchen sehen nur älter aus.«

»Mag sein«, sagte Cicchetta. Auf den Fotos waren nicht nur die beiden Kinder zu sehen. Auch Erwachsene. Männer. Die waren nicht ganz so nackt wie die Kinder. Die hatten ein paar Fetzen aus schwarzem Leder am Leib. Und vor dem Gesicht. Ledermasken.

»Mag sein, daß du recht hast, mag sein, daß das Mädchen erst zehn ist«, sagte Cicchetta.

»Ich kann mich täuschen«, sagte Spinks, »vielleicht ist das Mädchen elf oder zwölf. Wer kann das heutzutage schon sagen?«

»In der heutigen Zeit«, sagte Cicchetta.

»Die Tochter eines Bekannten von mir ist dreizehn und sieht aus wie achtzehn«, sagte Spinks.

»Ja.«

»Da könnte doch umgekehrt ...«

»Zehn höchstens«, sagte Cicchetta, »du hast recht.«

»Mit achtzehn wissen sie, was sie tun. Sie könnten es zumindest wissen.«

»Wenn nicht noch jünger«, sagte Cicchetta.

»Nein«, sagte Spinks, »nein, das nicht.«

»Der Junge zumindest.«

»Jungen sehen jünger aus.«

»Neun höchstens«, sagte Cicchetta. Er schichtete die Fotos übereinander und tippte die Nummer von Ryans Autotelefon. Ryan meldete sich nicht. Er war wohl schon dort. Bei Kaufman, Richard Kaufman. Das war der Name des Hauseigentümers. Ein treusorgender, schwer schuftender Familienvater wahrscheinlich. Einer von denen, die es schafften, Beruf und Familie sorgsam voneinander zu trennen und beiden ihr Recht zukommen zu lassen. Ein Mann, den kennenzulernen sich lohnen würde. Cicchetta überlegte, ob er Ryan nachfahren sollte. Dann rief er doch lieber das Revier in Watson's Bay an. 38 87 700. Die sollten jemand die paar Meter zu Kaufmans Haus schicken und Ryan ausrichten, daß er sich melden solle. Sofort.

Cicchetta suchte die beiden Fotos, die das Mädchen und den Jungen am deutlichsten zeigten, heraus.

»Wo fangen wir an, wenn Kaufman nicht aufzufinden ist oder meint, die Klappe halten zu müssen?« fragte Cicchetta.

Er fragte nicht, ob Spinks Hinweise auf die Identität der Kinder gefunden hatte. Wenn da nur der Schatten eines Hinweises gewesen wäre, hätte Spinks das schon gesagt.

»Noch einmal die Nachbarn?« fragte Li.

»Die vom Labor sind gerade an einer Ausschnittsvergrößerung. Nur die Gesichter. Sie sind vielleicht schon fertig.«

»Pornoläden«, sagte Li, »das Zeug muß ja irgendwie vertrieben worden sein. Kontaktmagazine. Einschlägig Vorbestrafte.«

»Und die Produktion«, sagte Spinks. »Außer den Arschlöchern in Leder muß da ja jemand gewesen sein, der gedreht, beleuchtet, am Schneidetisch gesessen hat. Das ist ja nicht nur einer. Da sind jede Menge Leute beteiligt. Da muß man doch an irgendwen herankommen.«

»Als vermißt gemeldete Kinder«, sagte Li. »Jeden Monat hauen in Sydney Dutzende von zu Hause ab.«

»Du überprüfst das, aber ich glaube, daß die Eltern mit drin stecken«, sagte Cicchetta.

»Sozialarbeiter, Jugendamt?« fragte Li.

»Die Eltern stecken immer mit drin«, sagte Cicchetta.

Li warf einen Blick auf die Fotos.

»Libanesen«, sagte sie, »zumindest der Junge. Bei dem Mädchen bin ich mir nicht sicher, aber der Junge ist ein Libanese.«

»Es gibt Zigtausende Libanesen in Sydney, Zigtausende«, sagte Spinks.

»Die Libanesen wohnen in Surry Hills«, sagte Li.

»Tausende Libanesen wohnen in Surry Hills, Zehntausende wohnen in Canterbury, Lakemba und anderswo«, sagte Spinks.

»Wir machen alles, eins nach dem anderen, bis wir irgendwo auf den roten Faden stoßen. Dann hangeln wir uns weiter«, sagte Cicchetta.

»Und was ist mit dem Toten?« fragte Li.

»Der Tote ist tot«, sagte Cicchetta, »toter, als er schon ist, wird er nicht mehr.«

»Zwanzig Stunden tot und noch nicht mal identifiziert«, sagte Li.

»Na und?« Cicchetta fuhr auf. Er trat ans Fenster. Jenseits der Argyle Street lag das Orient-Hotel. Es war gelb gestrichen und hatte Sprossenfenster. Das war nichts Neues.

»Zuerst die Kinder«, sagte Cicchetta.

»Mal sehen, was mit Kaufman ist«, sagte er und wandte sich wieder um. Li nickte.

»Herrgott, der Idiot hätte doch einen Ausweis einstekken können, wenn er sich schon umbringen läßt, oder?« schrie Cicchetta los.

»Ja, Sir«, sagte Li.

»Oder nicht, Tim?« schrie Cicchetta.

»Doch, Sam«, sagte Spinks.

»Er war schließlich alt genug, nicht?«

»Ist gut, Sam«, sagte Spinks.

Cicchetta trat wieder ans Fenster. Das Orient-Hotel war noch da. Zwei der Fenster im ersten Stock waren offen. Cicchetta hatte sich wieder in der Gewalt.

»Mal sehen, was Ryan bringt«, sagte er.

Ryan meldete sich zwanzig Minuten später. Kaufmans Haus stand auf keinem Grundstück, sondern auf einem Anwesen. Eine Villa. Sie war schick und bürgerkriegstauglich verrammelt. Das Schiebetor vor der Einfahrt sah nach Panzersperre aus. Videoüberwachung. Kaufman war nicht da, wohl aber seine Familie. Frau plus drei Kinder. Kaufmans Frau war ganz Konsum, Küche, Kinder. Elegant und etwas doof. So viele Wolken existierten gar nicht, woraus die gefallen sei, meinte Ryan. Die wußte nicht einmal, daß ihr Mann ein Haus in der Victoria Street gekauft hatte. Kaufman war auf Geschäftsreise, nach Adelaide. Gestern abend abgeflogen. Ganz überraschend. Nach Aussage seiner Frau käme das öfter vor. Wohin genau, wie und was, sie wußte von nichts.

»Das Telefon?« fragte Cicchetta.

»Nachmittags waren sie nicht zu Hause, abends schaltet sie immer auf Anrufbeantworter. Damit die Kinder nicht aufwachen. Außerdem fürchtet sie obszöne Anrufe.«

»Wie alt?« fragte Cicchetta.

»Die Frau? Um die dreißig«, sagte Ryan.

»Nein«, sagte Cicchetta und teilte ihm kurz das Wichtigste über die Fotos mit.

Ryan verstand. »Kleine Kinder. Der älteste ist fünf oder sechs. Süße Kinder, niedlich. Kaufmans Kinder sind jünger als zehn.«

»Noch etwas?«

»Ja«, sagte Ryan, »Kaufmans Job. Er ist im Geschäft. Er besitzt einen Pornoschuppen in Kings Cross, Videos, Bücher für Erwachsene, Ehehilfen und so weiter. Die Adresse habe ich nicht.«

Cicchetta wiederholte, und Li hängte sich ans zweite Telefon nebenan.

»Überwachung des Hauses?« fragte Ryan.

»Wenn die in Watson's Bay genügend Leute haben.«

»Haben sie nicht«, sagte Ryan.

»Wir lassen uns etwas einfallen«, sagte Cicchetta. »Du kommst, sobald du fertig bist.«

»Ich schaue noch bei den Nachbarn vorbei«, sagte Ryan.

Li kam zurück.

»Der Pornoshop ist in Kings Cross. 48, Darlinghurst Road. Gehen wir sofort?« sagte sie.

»Gut«, sagte Cicchetta ins Telefon.

»Nein«, sagte er zu Li, »wir warten auf Ryan.«

Spinks ging, und Cicchetta war mit Li allein. Li hatte Augen wie Gebirgsseen. Schwarz, tief und ziemlich frisch. Wie Seen im tasmanischen Hochgebirge. Li war ein Traum. So eine Frau wie Li konnte es in Wirklichkeit gar nicht geben.

»Wegen vorhin«, sagte Cicchetta, »natürlich müssen wir uns mit dem Toten beschäftigen, es ist nur …«

»Die Kinder.« Li nickte.

»Ich hätte es vielleicht anders ausdrücken sollen.«
»Ich habe es schon verstanden, Sir.«
»Also gut, es tut mir leid, Li.«
»Es ist in Ordnung, Sir.«
»Sam«, sagte Cicchetta, »ich heiße Sam, Li!«
»Ja, Sir«, sagte Li. Sie tat das absichtlich, aber sie blieb trotzdem ein Traum von einer Frau.
»Sag etwas zu mir, Li«, sagte Cicchetta, »etwas Persönliches. Irgend etwas. Egal, was.«
Li zögerte.
»Das ist ein dienstlicher Befehl!« sagte Cicchetta.
Li lachte ihr zauberhaftes chinesisches Glockenspiellachen nicht.
»Na gut«, sagte sie und brach wieder ab. Sie schüttelte den Kopf und fuhr fort: »Sie sind schon in Ordnung, Sir. Sie könnten mich vielleicht sogar herumkriegen. Ich könnte mit Ihnen vielleicht ins Bett gehen. Es ist nicht einmal wegen meines Mannes. Ich liebe meinen Mann, aber das ist es nicht. Es ist etwas anderes. Ich weiß nicht genau, was. Es ist vielleicht ... Sind Sie sicher, daß Sie es hören wollen, Sir?«
Cicchetta war sich nicht sicher.
»Ja«, nickte er.
»Sie würden zerfließen, Sir, das ist es, zerfließen, vergehen, weg. Was Sie zusammenhält, ist doch nur eine hauchdünne, harte Schale, diese verdammte italienische Macho-Schale, die Sie von irgendeinem Ihrer Mafiagroßväter geerbt haben. Und drunter ein Haufen Gefühlskram, ziemlich breiig, schlecht und recht an einem annähernd geeigneten Platz gehalten. Wenn mal jemand die Schale knackt und heftig umrührt, dann wissen Sie nicht mehr, wo vorne und hinten, oben und unten ist. Vor allem wissen Sie dann nicht mehr, wo die Mitte ist. Ihre Mitte, die eigene Mitte. Verstehen Sie, was ich meine? Dann laufen Sie einfach auseinander. Dann landen Sie in der Psychiatrie. Bestenfalls.«
Li überlegte einen Moment.

»Nicht, daß ich mir so viel auf mich einbilden würde. Nein, das schaffen Sie ganz allein, bei dem Bild, das Sie sich von mir zusammenphantasiert haben. Jungfrau Maria plus Aphrodite, nicht?«

Mindestens, dachte Cicchetta. Plus Mona Lisa, Florence Nightingale und Miss Asien. Bloß schöner.

»Wenn es nur darum ginge, sich einen Abend lang verliebte Blicke zuzuwerfen, dann ins nächste Bett zu hüpfen, rein, raus, und am nächsten Morgen wäre die Sache vergessen, und Guten Tag, Sir. Wenn es nur darum ginge! Aber das schaffen Sie nicht, das bringen Sie nicht, Sie nicht, Sir! Da begännen die Schwierigkeiten erst, da wäre der Teufel los.«

Sie will mir das Maul stopfen, dachte Cicchetta. Ein für allemal.

»Daß Sie das nicht schaffen, macht Sie ja andererseits wieder ganz nett. Nicht nett genug allerdings, daß wir uns dafür einen Sack voller Schwierigkeiten aufladen sollten, Sie Ihre Schwierigkeiten, und ich meine eigenen. Lassen wir es also, ... Sir!«

Ganz nett, dachte Cicchetta, aber nicht nett genug.

»Einiges«, sagte er, »einiges stimmt, anderes nicht. Außerdem, ein, zwei persönliche Worte hätten genügt. Von einer Predigt war nie die Rede. Und für eine Predigt war es im ganzen auch nicht überzeugend genug.«

»Sonst noch etwas, Sir?« fragte Li.

Cicchetta tauchte noch einmal in ihren Augen ein und schüttelte den Kopf. Li zog ab. Um sich abzulenken, ging Cicchetta wieder über die Zeugenaussagen, die sie in der Nachbarschaft des gesprengten Hauses eingefahren hatten. Es war von Anfang bis Ende der gleiche, völlig unbrauchbare, schwachsinnige Mist. Cicchetta hatte nie verstanden, wieso Vernehmungen und Verhöre in der Polizeiarbeit angeblich so wichtig sein sollten. Das mußte aus den Krimis in die Realität herübergeschwappt sein, aus der Art von Krimis, in denen der Gute dem als Zeuge getarnten Schurken so lange heimtückische Fragen stellt, bis der sich endlich in Widersprüche verwickelt, sein Schurkentum damit zweifelsfrei unter Beweis stellt und, von der Macht der Argumente überwältigt, in einem umfassenden Geständnis zusammenbricht. In Wirklichkeit war jede Aussage voller Widersprüche und abstruser Ungereimtheiten. Man konnte froh sein, wenn ein Zeuge seinen Namen fehlerfrei so buchstabieren konnte, wie er im Ausweis eingetragen war. Von schwierigeren Fragen ganz zu schweigen, wie zum Beispiel von der Frage, was jemand um 13.15 Uhr rund um das Haus 30, Victoria Street beobachtet hatte. Die Frage war eindeutig zu schwer. Die Zeugen wollten nichts verheimlichen, sie logen nicht etwa, sie waren nur nicht in der Lage, zu sehen, was tatsächlich geschah. Das heißt, sie sahen irgendeinen Schwachsinn, der mit der Realität nichts zu tun hatte. Es war fast so, als ob jeder in der Außenwelt nur die Zwangsvorstellungen und Wahnsysteme erkennen könnte, die er selbst im Kopf herumtrug. Als ob sich die eigenen fixen Ideen wie ein innerer Filter vor die Augen geschoben hätten. Als ob ausgerechnet das Bild der Wahrheit immer auf den blinden Fleck im Augapfel fiele, auf den Fleck, an dem sich keine Sehrezeptoren befinden, weil dort der Sehnerv mündet.

Das Sehen war das Problem. Wenn man all die verhaften wollte, bei denen Widersprüche auftraten zwischen dem tatsächlichen Ereignis und dem, was sie gesehen zu haben glaubten, dann könnte man Sydney über Nacht entvölkern. Dann bliebe eine für dreieinhalb Millionen Einwohner ausgelegte Geisterstadt übrig, in der kein Verbrechen mehr geschehen würde, weil keiner mehr da wäre, der es begehen könnte. Nach einigen Jahren würden die ersten Ziegel von den Dächern fallen, dann die ersten Mauern einstürzen, was insofern nicht tragisch wäre, als niemand da wäre, der darunter begraben werden könnte. Blitze würden einschlagen, Feuerwände sich durch die leeren Straßen wälzen, Regen würde die Mauerreste unterspülen, und die Winterstürme würden den Rest besorgen, bis kein Stein mehr auf dem anderen stünde, bis nichts mehr von der Stadt zu sehen wäre als eine gigantische Schutthalde, gegen die Sodom und Gomorrha vollendet durchgestaltet gewirkt hätten. Dann wäre Ruhe und …

Plötzlich war Ryan da. Er hatte etwas gefragt, doch Cicchetta hatte es nicht verstanden. Li stand vor ihm und warf ihm aus ihren 1001-Nacht-Augen einen Blick zu, der alles dementierte, was sie zuvor gesagt hatte. Einen Blick ohne Hintergedanken, süß, einen Dessertblick, heiß und kalt, zum Schmelzen, zum Hineinbeißen, hübsch angerichtet, einen Blick wie Pavlova, Sticky Date Pudding, Trifle und natürlich – Lis Herkunft nicht zu vergessen – wie Banana Fritters.

»Ja«, sagte Cicchetta und wußte plötzlich doch, was Ryan gefragt hatte. Er hatte nur gefragt, ob sie jetzt aufbrächen.

»Ja«, sagte Cicchetta.

3

Wenn Kaufman nur halb so abgefuckt aussah

Wenn Kaufman nur halb so abgefuckt aussah wie sein Pornoschuppen, sollte er auf der Straße zügig ausschreiten, um nicht für einen Abfalleimer gehalten zu werden. Vielleicht gehörte sich solch ein Aussehen aber auch für einen Laden, der sich wie zig Nachbaretablissements ziemlich phantasielos »Adult Center« nannte. Dazwischen gab es ein paar Take-aways, Blumen- und Tätowierläden sowie die Aufgänge zu den in oberen Geschossen liegenden Hotels, die stundenweise Doppelzimmer vermieteten und die ihren Gästen den Service boten, die zukünftigen Zimmergenossinnen gleich auf der Straße begutachten zu können. Kaufmans Laden lag dagegen unter der Gürtellinie der Straße in einem fensterlosen Keller, zu dem eine mit netten, farbigen Glühlampen erleuchtete Treppe hinabführte.

Obwohl er es besser hätte wissen müssen, erwartete Cicchetta einen schmierigen Angestellten mit pomadigem Seitenscheitel. Doch hinter der Kasse saß eine junge Frau und las. Typ Pädagogikstudentin, die sich nebenbei ein paar Dollar verdiente. Außer der Verkäuferin war niemand im Laden. Es war noch zu früh. Cicchetta hatte zwanzig Minuten Zeit und entschied sich, erst einmal zögernd suchend zwischen den Regalen umherzugehen. Bücher, bunte Heftchen, Videos. Regale, vollgepackt mit nacktem Fleisch. Cicchetta zog hier und dort ein Video hervor, wendete es kurz, warf einen Blick darauf und stellte es wieder zurück. Es dauerte ungefähr fünf Minuten, bis die Verkäuferin ihn fragte, ob sie ihm behilflich sein könne.

»Nein, nein, danke«, wehrte Cicchetta ab.

Die Verkäuferin lächelte und wandte sich wieder ihrem Buch zu. Cicchetta drehte noch eine Runde und kam dann zur Kasse vor.

»Das heißt …«, sagte er. Die Verkäuferin sah auf.

»Ich bin ein Freund von Richard«, sagte Cicchetta. »Wir spielen zusammen Golf. Draußen in Woollahra. Spielen Sie auch Golf?«

Die Verkäuferin schüttelte den Kopf.

»Wir sind auch sonst befreundet. Ziemlich eng. Richard hat gesagt, ich solle mal hier in seinem Geschäft vorbeischauen. Ihn mal besuchen kommen. Er ist wohl nicht zufällig da?«

»Zur Zeit leider nicht.«

»Ja, das dachte ich mir schon. Richard ist schließlich ein vielbeschäftigter Mann. Ich solle einfach mal vorbeischauen, hat er gesagt.«

»Wenn ich etwas ausrichten kann?« fragte die Verkäuferin.

»Richard hat da von einem Video gesprochen, Leder und so«, sagte Cicchetta schnell.

»Leder ist in der zweiten Reihe links«, sagte die Verkäuferin.

»Ja«, sagte Cicchetta und blieb stehen. Er wartete.

Die Verkäuferin stand auf. »Etwas Bestimmtes?«

»Der Titel!« sagte Cicchetta. »Glauben Sie, mir würde der Titel einfallen?«

Die Verkäuferin kam hinter der Kasse hervor. Cicchetta begann zu stottern: »Es war … Ich meine … Richard hat gesagt, es sei unglaublich, so etwas habe er noch nie gesehen, und er habe schon viel gesehen …«

Die Verkäuferin wartete ab.

»Die würden wie Kinder aussehen, wären natürlich keine Kinder, die wären schon achtzehn Jahre alt, aber aussehen würden sie wie Kinder, elf, zwölf. Das gibt es ja manchmal, nicht?«

»Ich fürchte …«, sagte die Verkäuferin.

»Die seien natürlich viel älter, über achtzehn schon. Richard sagte, er habe das persönlich nachgeprüft, er wolle ja nicht in Schwierigkeiten kommen, und mit Kindern? Nein! Dagegen sei er ganz grundsätzlich.«

»Ich glaube nicht ...«, sagte die Verkäuferin.

»Richard hat ja selbst Kinder«, sagte Cicchetta. »Schon deshalb könnte man bei so etwas nicht mit ihm rechnen. Unter keinen Umständen. Die sähen auch bloß so aus. Viel jünger sähen die aus!«

»Es tut mir leid«, sagte die Verkäuferin.

»Richard meinte, ich könne mich an seine Angestellten wenden. Vertrauensvoll. Er meinte, die könnten mir behilflich sein. Sie gehören doch zu Richards Angestellten?«

»Ich weiß wirklich nicht ...«

»Oder haben Sie Sonderkonditionen? Steht in Ihrem Vertrag, daß Sie den Kunden, die sich vertrauensvoll an Sie wenden, nicht behilflich sein sollen? Oder kennt Richard sein Personal nicht so gut, wie er sollte?«

»Was soll ich denn ...«, begann die Verkäuferin mit gequältem Lächeln.

»Wo leben Sie eigentlich?« Cicchetta schnitt ihr den Satz ab. »Und wie war gleich Ihr Name?«

»Ich will keine Schwierigkeiten. Ich würde Ihnen ja gerne weiterhelfen. Ich bin hier nur angestellt, ich stehe von 10 bis 18 Uhr hinter der Kasse, und das ist alles. Ich verkaufe nur, verstehen Sie? Was ich verkaufe, ist mir egal. Alles, was da ist. Was da ist, geht mich nichts an.«

»Also?« sagte Cicchetta.

»Es interessiert mich auch nicht. Ich schaue gar nicht hin. Jeder kann kaufen, was er will. Das ist nicht meine Angelegenheit. Dafür bin ich nicht verantwortlich. Dafür nicht und sonst auch nicht. Ich würde Ihnen auch ein Video mit dem Jesuskindlein höchstpersönlich als Hauptdarsteller verkaufen, wenn eines da wäre. Es ist aber keines da.«

»Und wieso erzählt mir dann Richard so eine Geschichte?«

»Weiß ich nicht. Keine Ahnung. Vielleicht hat er anderswo ... Vielleicht bei einem Geschäftsfreund. Vielleicht ...«

»In Ordnung«, sagte Cicchetta.

»Ich jedenfalls habe keine Ahnung, nicht die geringste. Ich ...«

»Schluß jetzt!« herrschte Cicchetta die Frau an. Er ging nach hinten und begann, die Videos der Abteilung Leder systematisch durchzusehen. Die Verkäuferin trottete ihm nach und sah zu, offensichtlich ohne recht zu wissen, was sie von dem seltsamen Verhalten des Kunden denken sollte. Fünf Minuten später kamen Ryan und Li die Treppe herab und bauten sich an der Kasse auf. Die Verkäuferin eilte nach vorne und flötete: »Kann ich Ihnen behilflich sein?«

Cicchetta blieb bei Leder.

»Polizei«, sagte Ryan, »Detective Wang, Detective Foster.«

Er zeigte seinen Ausweis.

»Sie können uns tatsächlich behilflich sein«, sagte Li, »indem Sie die Klappe aufmachen und alles heraussprudeln lassen, was Sie wissen.«

»Wie ein Wasserfall«, nickte Ryan ermutigend.

»Also?« sagte Li.

»Wir sollten ihr vielleicht sagen, worum es geht«, sagte Ryan.

»Das wäre nicht schlecht«, sagte Li.

»Es würde ihr den Anfang erleichtern«, sagte Ryan.

»Es geht um Kinderpornos, wissen Sie.«

»Halt!« sagte Ryan und hob abwehrend den Arm. »Bevor Sie loslegen und sagen, Sie hätten keine Ahnung, Sie wüßten überhaupt nicht, was ein Porno sei, und Kinder hätten Sie zuletzt vor zwanzig Jahren im Sandkasten gesehen, bevor Sie mit solchen Geschichten überhaupt anfangen ...«

»... hören Sie lieber gleich wieder auf. Das überspringen wir einfach, nicht?« sagte Li.

»Wir tun alle einfach so, als ob wir die ersten fünf Stunden Verhör auf dem Revier schon hinter uns hätten. Sie wissen schon, die fünf Stunden, in denen wir immer die gleichen Fragen immer ein bißchen anders stellen und Sie mal behaupten, daß das hier ein Gemüseladen sei ...«

»... mal jammern, daß Ihre kranke Oma auf Sie warte.«

»Die Trotzphase also, die lassen wir einfach aus, okay?«

»Kinderpornos also«, sagte Li.

»Auf die Plätze, fertig, los!« sagte Ryan.

Die Verkäuferin blickte von Ryan zu Li und wieder zurück.

»In Zusammenhang mit Kinderpornos ist alles strafbar«, sagte Li. »Herstellung, Vertrieb, Besitz, einfach alles.«

»Der Verkauf auch?« wunderte sich Ryan.

»Natürlich«, sagte Li, »unsere Gnädigste hier steckt tief mit drin!«

»Das ist Ansichtssache«, widersprach Ryan, »das kommt auf die Interpretation an. Sie verkauft ja nicht auf eigene Rechnung. Sie wird eigentlich nur von Kaufman zum Verkauf benutzt.«

»Sie ist ein kleiner Fisch, aber ...«, sagte Li.

»Einen kleinen Fisch haut man nur in die Pfanne, wenn man keinen großen fängt. Wenn die Dame uns aber behilflich sein könnte, ich meine, wirklich behilflich ...«

»Herkunft der Pornos, Umsatz, Kundenkartei, Namen, Adressen!«

»... dann könnten wir vielleicht ...«, sagte Ryan.

»Meinst du?« fragte Li.

»... ein Auge zudrücken«, schloß Ryan und zwinkerte großmütig.

»Kinderpornos also«, sagte Li.

»Stichwort Wasserfall«, sagte Ryan fröhlich.

Cicchetta sah von hinten, daß sich die Verkäuferin auf den Stuhl neben der Kasse fallen ließ. Sie müßte jetzt langsam so weit sein. Sie müßte erkannt haben, daß ihr Beschäftigungsverhältnis bei Kaufman keine großen Zukunftsaussichten mehr hatte. So oder so. Sie müßte sich nun fragen, ob sie wegen eines Jobs, den sie wahrscheinlich bald los war, Ärger mit der Polizei in Kauf nehmen sollte. Sie müßte diese Frage eigentlich mit »nein« beantworten.

»Der Besitzer hier heißt Richard Kaufman«, begann die Verkäuferin. »Er wohnt irgendwo in Watson's Bay.«

»6, Pacific Street«, sagte Ryan.

»Einen Wasserfall stelle ich mir anders vor. Nicht so dünn. Irgendwie eindrucksvoller«, sagte Li.

»Wir haben hier keine Kinderpornos, ehrlich nicht. Auch nicht unter der Theke. Sie können von mir aus alles durchsuchen.«

»Wo dann?« fragte Li.

»Wie bitte?«

»Wo haben Sie dann Kinderpornos, wenn nicht hier?«

»Ich weiß nicht«, sagte die Verkäuferin, »ich habe von solchen Dingen keine Ahnung.«

»Du bist einfach zu gutherzig!« sagte Li zu Ryan. »Zu großmütig. Es zahlt sich nicht aus, ich habe es dir immer gesagt.«

Cicchetta ließ die Videos Videos sein und schlenderte zur Kasse vor.

»Hallo, Chef«, sagte Ryan. Li nickte.

Die Frau hinter der Kasse sah Cicchetta ungläubig an.

»Sie verkauft doch nur«, sagte Cicchetta. »Es ist ihr völlig egal, was sie verkauft. Sie würde auch Pornos mit dem Jesuskindlein höchstpersönlich verkaufen, war es nicht so?«

»Sehen Sie ...«, sagte die Verkäuferin.

»Nein«, sagte Cicchetta, »die Fotos, Ryan!«

Ryan hielt der Frau die Fotos vor die Augen.

»Jetzt sehen Sie mal! Jetzt sagen Sie mir mal, was Sie da sehen! Los!«

»Kinder«, sagte die Verkäuferin gequält.

»Was für Kinder?«

»Nackte Kinder.«

»Wie alt?«

»Ich weiß nicht.«

»Wie alt?«

»Jung«, sagte die Verkäuferin, »sehr jung.«

»Wie alt?«

»Elf? Die sehen wie zehn, elf aus.«

»Schon mal gesehen, die jungen, nackten Kinder?«

»Nein, nie.«

»Wen sehen Sie noch? Außer den Kindern.«

»Typen mit Ledermasken.«

»Ja«, sagte Cicchetta, »richtig, Typen mit Ledermasken. Und was machen die da?«

Die Verkäuferin antwortete nicht.

»Was machen die da?« fragte Cicchetta leise.

»Die ...«, sagte die Verkäuferin. Dann kam nichts mehr.

»Beantworten Sie gefälligst meine Fragen!« zischte Cicchetta. »Was machen die Typen mit den Ledermasken?«

»Sauereien«, sagte die Verkäuferin.

»Sauereien?« fragte Cicchetta ungläubig. »Drücken Sie sich klar aus! Beschreiben Sie einfach, was Sie sehen! Auf den Fotos. Sie sind doch scharf genug, oder?«

»Ja«, sagte die Verkäuferin.

»Richtig scharf, nicht?« Cicchetta kotzte es heraus.

»Ja, ... nein«, sagte die Verkäuferin.

»Sind die Fotos gestochen scharf, oder sind sie es nicht?« zischte Cicchetta.

»Sie sind scharf«, sagte die Verkäuferin leise.

»Also? Beschreiben Sie, was Sie sehen! Genau. Und laut.«

»Ich weiß doch nichts«, stöhnte die Verkäuferin. »Ich habe die Kinder nie gesehen, auch keines von den Fotos, nichts.«

»Aber jetzt sehen Sie sie doch. Sie beschreiben einfach, was Sie sehen.«

»Das Essen«, sagte die Verkäuferin, »die Lebensmittel. Vielleicht war das ... Es sind nur Vermutungen, ich habe nur eingekauft, sonst nichts, ich habe nicht gefragt, für wen und wofür. Kaufman hätte mir sowieso nichts gesagt, er hat mir nie etwas gesagt.«

»Welche Lebensmittel?« fragte Li.

»Kaufman hat mich die vergangenen Tage einkaufen geschickt. Brot, Wurst, Käse, Obst, mal Fish und Chips, Limonade, Coca Cola. Das hat er vorher nie getan.«

»Für die Kinder?« fragte Ryan.

»Ich weiß es nicht«, sagte die Verkäuferin, »es war am Ende meiner Arbeitszeit. Ich habe das Zeug hier abgeliefert und bin nach Hause gefahren. Ich weiß nicht, was dann passierte.«

»Weiter!« sagte Li.

»Schokoriegel waren auch dabei«, sagte die Verkäuferin.

»Seit wann geht das so?«

»Ein paar Tage, seit Montag.«

»Jeden Tag?«

»Jeden Tag.«

»Gestern auch?«

»Nein«, sagte die Verkäuferin, »gestern kam Kaufman schon früher, ungefähr um 16 Uhr. Er war in Eile. Irgend etwas schien schiefgegangen zu sein. Er sagte, daß er für ein paar Tage nach Adelaide müsse und daß hier alles weiterlaufe wie sonst.«

»Was war schiefgegangen?«

»Das sagte er nicht. Er sagte gar nicht, daß etwas schiefgegangen sei. Ich hatte nur den Eindruck. Kaufman war hektisch.«

»Und kein Einkauf mehr?«

»Nein.«

»War jemand mit ihm? Hat er telefoniert?«

»Nein. Er war nur zwei Minuten da, sagte, daß er weg müsse, und dann war er auch schon weg.«

»Milch, Haferflocken oder so etwas? Etwas, das als Frühstück für Kinder taugt?«

Die Verkäuferin nickte stumm.

»Wie viele Schokoriegel?« fragte Cicchetta.

»Zwei«, sagte die Verkäuferin dumpf, »jeden Tag zwei.«

»Schokoriegel«, sagte Cicchetta. Ryan schichtete die Fotos übereinander und steckte sie ein.

»Ich weiß nichts von Kindern«, sagte die Verkäuferin. »Sie müssen mir glauben!«

»Vorne in die Macleay Street, dann links in die St. Neot

Avenue, die Treppen, es sind dreihundert Meter bis zum Tatort, mehr nicht«, sagte Li.

»Ich habe nichts damit zu tun«, sagte die Verkäuferin.

»Seit Montag. Bis einschließlich Donnerstag. Vier Tage!« sagte Ryan.

»Am Freitagmittag waren sie nicht mehr drin. Sie sind vor der Explosion herausgebracht worden«, sagte Li.

»Abtransportiert?« fragte Ryan.

Cicchetta zuckte die Achseln. Dann wandte er sich an die Verkäuferin:

»Der Kollege hier wird jetzt Ihre Aussage aufnehmen. Dann machen Sie weiter, wie es Ihnen Kaufman gesagt hat. Wenn er anruft oder kommt, sagen Sie ihm folgendes: Ein Kriminalpolizist war hier, der eine Aussage von ihm wollte. Es ginge um Kaufmans Haus in der Victoria Street, das einem Sprengstoffanschlag zum Opfer gefallen sei. Kaufman soll diese Nummer anrufen.«

Cicchetta schrieb ihr seine Telefonnummer vom Revier auf.

»Haben Sie das verstanden?«

Die Verkäuferin nickte.

»Wenn Sie einen falschen Ton sagen, sind Sie wegen Beihilfe dran«, sagte Cicchetta sanft.

»Darauf können Sie Gift nehmen«, sagte Li.

»So«, sagte Ryan, »wiederholen Sie genau, was Kaufman sagte, als er Sie zum erstenmal einkaufen schickte?«

Li und Cicchetta stiegen die Stufen zur Darlinghurst Road hoch.

Sie hatten O'Neill in ein Vierbettzimmer verlegt. Level 12 im De Lacy Building.

»Die Schürfwunden könnte er auch zu Hause ausheilen, aber wegen der Augen müssen wir noch ein paar Tests durchführen. So lange bleibt er besser hier«, sagte der Arzt.

Als Cicchetta eintrat, sahen ihm drei Männer aus ihren Betten gespannt entgegen. Mit der Art von Spannung, die man der Frage gegenüber aufbringt, ob der Besucher eines verrückten Patienten eventuell ebenfalls verrückt ist. O'Neill hatte die Augen weit aufgesperrt und starrte angestrengt ins Leere.

»Wie geht es dir, Lachlan?« fragte Cicchetta.

O'Neill kniff die Augen zu und drehte den Kopf zur Seite.

»Ich bin es, Sam Cicchetta«, sagte Cicchetta.

»Sam?« fragte O'Neill.

»Der Arzt sagte, sie wollten noch ein paar Tests wegen der Augen machen, aber die Wunden würden gut verheilen«, sagte Cicchetta.

O'Neill lachte. Er riß die Augen wieder auf.

»Er denkt, daß sie die Sache bald im Griff haben werden«, sagte Cicchetta.

»Nett von dir«, sagte O'Neill.

Cicchetta setzte sich auf den Bettrand.

»Natürlich verheilen die Wunden«, sagte O'Neill. »Was sollen die Wunden sonst machen? Weiterbluten?«

Cicchetta ließ seine Hand gegen O'Neills Gesicht schießen und stoppte erst knapp vor den Augen. O'Neill zuckte nicht. Da war nicht einmal die Andeutung eines Zuckens. O'Neill hatte nichts bemerkt.

»Ob die Wunden verheilen oder nicht, ist nicht das Problem«, sagte O'Neill.

»Sondern?« fragte Cicchetta. »Wo liegt das Problem?«

O'Neill bohrte mit der Zunge eine Weile unter der Oberlippe. Dann sagte er: »Es geht nicht mit rechten Dingen zu.«

»Was?«

»Es könnte sein, daß du mich für verrückt hältst, wenn ich es dir sage.«

Cicchetta sagte nichts.

»Das könnte gut sein«, sagte O'Neill. »Manchmal glaube ich es ja selbst.«

»Was ist es, Lachlan?«

O'Neill kaute nun auf der Unterlippe.

»Was ist es, Lachlan?« fragte Cicchetta noch einmal.

»Als ich hinter ihm her keuchte«, sagte O'Neill, »als ich hinter ihm her lief und der Abstand immer größer wurde, da wünschte ich mir, daß er tot umfallen solle, daß ein Gott einen Blitz auf ihn herabschleudern solle, ihn erschlagen, zu Staub zerbröseln. Ich habe es mir gewünscht, in jeder einzelnen Gehirnwindung habe ich es gewollt. Vielleicht habe ich sogar eine Art Stoßgebet ...«

O'Neill brach ab und begann neu:

»Ich habe alles genau gesehen. Das platzende Haus und die fliegenden Trümmer. Ich habe gesehen, wie die Mauer gekippt ist, wie sie ihn unter sich begraben hat. Ja, dachte ich, ja, jetzt, jetzt erwische ich ihn, jetzt hört er auf zu laufen, jetzt hängt er da unten drin und ist eingequetscht, zerquetscht, und ich mache noch ein paar Schritte, laufe locker aus, und dann habe ich ihn. Ich war zufrieden, Sam. Ich war glücklich. Einen Moment lang war ich rundherum glücklich. Glücklich, wie selten zuvor. Wie nie zuvor. Verstehst du, Sam?«

»Ja«, sagte Cicchetta.

»Dann war ich blind«, sagte O'Neill.

»Du hast dich verantwortlich gefühlt. Du hast dich selbst bestraft.«

»Möglich«, sagte O'Neill.

»Es ist eine nachvollziehbare psychologische Reaktion«, sagte Cicchetta.

»Kann sein«, sagte O'Neill.

»Gar nicht so ungewöhnlich.«

»Ja«, sagte O'Neill, »wenn aber tatsächlich ein Gott ...«

»Es war TNT«, sagte Cicchetta.

O'Neill schwieg. Dann sagte er: »Sam?«

»Ja, Lachlan?«

»Da ist noch etwas anderes.«

»Ja?«

O'Neill schlug die Bettdecke zurück.

»Schau dir mal den Körper an!« sagte er.

O'Neill trug nur Boxershorts. Von seinem Körper war trotzdem nicht viel zu sehen, wenn man nicht in der Lage war, durch Mullverbände zu blicken. Cicchetta sah einen an Armen, Beinen und Brust verbundenen Männerkörper. Das war alles. Die Patienten aus den anderen Betten schauten interessiert.

»Und?« fragte O'Neill

»Ziemlich zerschlagen«, sagte Cicchetta.

O'Neill schüttelte den Kopf. Cicchetta blickte noch einmal von oben bis unten an O'Neills Körper entlang. Es war ein zerschundener, verbundener Körper. Nichts anderes.

»Wen siehst du?« fragte O'Neill.

»Wen?«

»Ja, wen? Wessen Körper siehst du?«

Cicchetta verstand. So stand es mit O'Neill.

»Du bist der Meinung, daß das mein Körper ist, der da liegt?« fragte O'Neill.

Ziemlich schlimm stand es mit O'Neill.

»Du bist dir absolut sicher, daß das mein Körper ist?«

Cicchetta sagte nichts.

»Er ist es nicht«, sagte O'Neill. »Weiß der Himmel, wem dieser Körper gehört. Meiner ist es nicht!«

»Ich bin Polizist«, sagte Cicchetta.

»Ich kenne mich mit so etwas nicht aus«, sagte er.

»Damit komme ich nicht klar«, sagte er noch.

»Mir kann keiner erzählen, daß man nicht spürt, ob es der eigene Körper ist, der an einem dran hängt«, sagte O'Neill.

»Ich weiß nicht ...«, sagte Cicchetta.

»Du hältst mich für verrückt?«

»Verrückt nicht.«

»Zeitweise abgetreten?«

»Ja«, sagte Cicchetta, »könnte sein.«

O'Neill nickte. »Bis dann, Sam.«

Cicchetta ging. Er fuhr in die Rocks zurück. Ryan war gerade angekommen. Er hatte die Verkäuferin in Kaufmans Pornoladen weiter ausgequetscht, aber nichts Neues erfahren. Cicchetta rief in den Headquarters an. Die hatten sich erst vor ein paar Monaten einen Psychologen angeschafft. Hauptsächlich für die Kollegen, die auf einen Schußwaffeneinsatz mit Todesfolge traumatisch reagierten. Schlaflosigkeit, nervöse Zusammenbrüche, Gefahr der zwanghaften Wiederholung und so weiter. Cicchetta wurde durchgestellt und schilderte O'Neills Fall. Der Psychologe wollte sich so bald wie möglich darum kümmern, aber eine Woche könne es schon dauern. Er war der einzige Polizeipsychologe in ganz New South Wales und schien sich über mangelnde Arbeit nicht beklagen zu können. Cicchetta fragte sich, was wohl in den letzten Jahren so zugenommen hatte. Die Schußwaffeneinsätze mit Todesfolge oder die traumatischen Reaktionen darauf.

Cicchetta schaffte gerade eine Long Beach, bis Li eintraf. Ihre Augen waren schön wie eine Mondfinsternis, schön und fern wie die Erde von oben, vom Raum, vom Mond aus. Cicchetta drückte die Zigarettenkippe in den Aschenbecher. Li sagte:

»Australian Airlines flog um 18.20 Uhr nach Adelaide, Ansett heute morgen um 7.45 Uhr. Das waren die einzigen Flüge. Laut Passagierlisten war Kaufman nicht an Bord. Zumindest nicht unter seinem Namen.«

»Adelaide ist Quatsch«, sagte Ryan. »Wahrscheinlich steckt er in einem Apartment zwei Blocks weiter.«

»Er war nachmittags an der Explosionsstelle und ist abgehauen, als er die Bescherung gesehen hat. Er kann aber durchaus hoffen, daß alles, was ihn kompromittieren könnte, vernichtet wurde«, sagte Cicchetta.

Li nickte. »Er taucht ein paar Tage unter. So lange, bis er weiß, was wir wissen.«

»Was ist mit den Zeitungen?« fragte Ryan.

Cicchetta winkte ab. Mit etwas Glück hatten sie noch zwei, drei Tage, bis die Damen und Herren von der Presse merkten, woher der Wind wehte. Bis sie herausbekamen, daß schlagzeilenträchtige Kinderpornographie mit im Spiel war.

»Wir könnten sie um Mithilfe bei der Identifizierung des Toten bitten«, schlug Li vor. »Große Aufmachung: Wer kennt diesen Mann? Das stellt die Reporter ruhig, und vielleicht nützt es ja sogar etwas.«

Cicchetta nickte.

»Jetzt zu den Kindern«, sagte er.

»Donnerstag abend wurden sie noch von Kaufman gefüttert, am folgenden Mittag, als das Haus hochging, waren sie verschwunden. Zufall?«

»Ein rettender Engel, der gleichzeitig Rächer spielte und die ganze Bude in die Luft jagte? Oder einer von Kaufmans geschäftlichen Konkurrenten? Einer seiner Kunden oder Helfer, der Mitleid bekam? Oder sich die Kinder fürs Privatvergnügen reservieren wollte?«

»Die Kinder müssen her«, sagte Cicchetta, »schon um die Ermittlungen weiterzubringen.«

»Aber wie?« fragte Ryan.

»Es ist keine Gefühlsduselei, es ist auch nicht, weil es Kinder sind. Wir brauchen sie, um weiterzukommen. Ermittlungstaktisch.«

»Die Kinder und Kaufman«, sagte Li. Ihre Augen lächelten ein klein wenig.

»Wenn die Kinder tatsächlich libanesischer Herkunft sind ...«, sagte Cicchetta.

»Der Junge«, sagte Li. »Der Junge sieht so aus.«

»Gut, der Junge. Wenn er neun oder zehn Jahre alt ist ...«

»Älter nicht«, sagte Ryan.

»Wenn er mindestens von Montag bis Donnerstag in einem fremden Haus festgehalten wurde ...«

»Wurde er«, sagte Li.

»Wenn noch ein paar andere Wenns zutreffen ...«

»Dann?« fragte Ryan.

»Dann sollten wir uns mal ein paar Stunden ans Telefon setzen!«

»Sie meinen ... Alle, Sir?« fragte Li.

»Alle Schulen?« fragte Ryan nach.

»In ganz Sydney.«

Li sagte: »Wenn die Kinder überhaupt aus Sydney kommen. Wenn ihre Eltern sie überhaupt in die Schule geschickt hatten. Wenn die Lehrer überhaupt bemerkt haben, daß einer fehlt. Wenn die Verwaltung nicht der Meinung ist, die Polizei solle sich aus der Schule und aus dem Leben von Problemkindern heraushalten. Wenn ...«

»Also?« unterbrach Cicchetta.

»Na gut«, sagte Li.

Ryan nahm den zweiten Band des Telefonbuchs zur Hand, White Pages, Sydney L-Z, 1998. Er schlug bei »schools« auf und zählte eine Spalte durch. Dann zählte er die Spalten.

»550«, sagte er, »ungefähr. Das sind nur die Primary Schools.«

»Der Junge ist noch keine elf. Er kann noch keine Secondary School besuchen.«

»550 staatliche Primary Schools«, sagte Ryan. »Dazu sind die kirchlichen und die privaten zu addieren. Die stehen extra.«

»Wir fangen mit den staatlichen an. 550 durch 3, das sind 183 für Li, 183 für dich, Ryan, und 184 für mich.«

»Ungefähr 550«, verbesserte Ryan.

»Eine bessere Idee?« fragte Cicchetta.

Ryan schüttelte den Kopf. Li schüttelte auch den Kopf.

Der Job war nicht schwer. Es war keine Aufgabe, die viel Grips erforderte. Im Grunde war es ganz einfach. Die erste Nummer war 71 36 220. Abbotsford Public School. Cicchetta stellte sich vor und fragte nach dem Namen eines neun- oder zehnjährigen Jungen mit libanesischer Abstammung, der von Montag bis Donnerstag die Schule nicht besucht hatte. Die Sekretärin fragte erschrocken, ob etwas passiert sei. Cicchetta bedauerte, laufende Ermittlungen, und wiederholte seine Frage. Die Sekretärin entschuldigte sich für ein paar Minuten, und Cicchetta steckte sich eine Zigarette an. Dann war es an der Sekretärin, zu bedauern, es gebe hier keinen libanesischen Jungen, der von Montag bis Donnerstag ... Alfords Point Public School.

Cicchetta sagte seinen Spruch auf. Die Sekretärin wollte wissen, was denn um Himmels willen ... Dann kamen Allambie Heights, Annandale North, Annandale Public, Annangrove, Arcadia. Das waren sieben. Die ersten sieben von Cicchettas 184. Es blieben noch 177.

Cicchetta steckte sich noch eine Long Beach an. Li arbeitete sich von hinten nach vorne. Yowie Bay Public, Yeo Park, Yennora. Ryan hatte bei »G« begonnen und war wohl immer noch bei »G«. Cicchetta überschlug. Wenn er durchschnittlich fünf Minuten pro Schule benötigte, dann ergab sich bei 184 Schulen eine Gesamtzeit von 920 Minuten, das machte 15 Stunden und 20 Minuten. Fünf Minuten pro Schule war allerdings etwas knapp gerechnet, da die Sekretärinnen immer erst nachforschen mußten. Vielleicht sollte Cicchetta doch versuchen, ein paar zusätzliche Leute für den Telefondienst aufzutreiben. Er ging ein Stockwerk tiefer und besprach sich mit Smartie. Roger Smart war der Chef der uniformierten Kollegen hier im Revier. Er hieß tatsächlich Smart. Nach einigem Hin und Her willigte Smartie ein, ein paar Streifengänge ausfallen und ein paar Akten liegenzulassen. Dem Kollegen am Eingang wurde aufgetragen, allen Publikumsverkehr abzuwimmeln, der nicht wirklich dringend war, und alle Vorgänge, bei denen die Zuständigkeit des Reviers nicht absolut feststand, auf andere Dienststellen abzuschieben. Offizielle Begründung: Wegen einer Fortbildungsveranstaltung sei der Personalstand auf das unerläßliche Minimum reduziert.

Eine halbe Stunde später waren weitere sieben Polizisten damit beschäftigt, Schulen anzurufen und nach einem neun- bis zehnjährigen Jungen libanesischer Abstammung zu fragen. In ein paar Stunden wären sie durch. Vielleicht würden sie es mit vereinten Kräften bis 16 Uhr schaffen, innerhalb der Zeit, in der die Sekretariate der Schulen noch besetzt waren. Noch viereinhalb Stunden. Cicchetta kramte in seinem Schreibtisch. Er hatte noch eine große Packung Long Beach in Reserve. Vierzig Stück.

Sie schafften es nicht ganz. Um 16 Uhr fehlten noch 48 Schulen. So blieb wenigstens Hoffnung für den nächsten Tag. Cicchetta schickte die uniformierten Aushilfen wieder zu Smartie zurück. Mit Dank. Sie sahen aus, als ob sie sich schon darauf freuten, endlich wieder nach Auffahrunfällen Straßen absperren und den Verkehr umleiten zu dürfen.

Ungefähr 500 Schulen waren abgedeckt. In neun Fällen waren sie fündig geworden. An neun Schulen hatte ein libanesischer Junge im annähernd richtigen Alter gefehlt. Entschuldigt oder unentschuldigt. Neun Adressen waren abzuklappern. Ryan blieb im Büro, und zwischen sich und Li teilte Cicchetta die Adressen nach Stadtvierteln auf, so daß die Fahrzeiten möglichst gering blieben. Der Berufsverkehr würde sowieso schlimm genug sein.

Cicchettas erste Adresse war in Surry Hills, Devonshire Street. Der Junge hieß Aziz, und sein Vater betrieb eine kleine Änderungsschneiderei im Erdgeschoß des Gebäudes. Der Geschäftsinhaber saß vor einer Tasse Kaffee und studierte die Ergebnisse der Windhundrennen von Harold Park. Cicchetta vermutete, daß er seine Wetteinsätze als die Investitionen verstand, die dringend nötig waren, um sein Unternehmen vor dem Ruin zu retten. Links standen zwei Nähmaschinen. An einer saß ein Junge und säumte Hosenbeine, die er augenscheinlich vorher gekürzt hatte.

»Ihr Sohn Aziz?« fragte Cicchetta den Kaffee trinkenden Unternehmer. Der Mann nickte, und der Junge sah vom Saum des Hosenbeins auf. Er hatte müde, fiebrige Augen. Er war ungefähr zehn Jahre alt und sicher nicht mit dem Jungen identisch, dessen Foto Cicchetta in der Tasche trug. Aziz' Vater sagte, er habe seinen Sohn nicht in die Schule geschickt, weil er krank sei. Das sehe man doch wohl. Fieber. Aziz habe es nach ein paar Tagen im Bett nicht mehr ausgehalten und gefragt, ob er aufstehen und ein bißchen nähen dürfe. Er nähe gern. In dieser Hinsicht sei er ganz der Vater, sagte der Vater. Er habe es schließlich erlaubt, immer nur für kurze Zeit, das verstehe sich. Damit der Junge ein wenig Abwechslung habe.

Cicchetta blickte fragend zu dem Jungen hin. Der nickte und senkte den Blick. Die Nähmaschine surrte.

Die nächste Adresse war gleich ums Eck. Eines der alten, heruntergekommenen Arbeiterhäuser in der High Holborn Street, die aus der Zeit stammten, in der man in den inneren Suburbs Sydneys noch in Fabriken gearbeitet hatte. Inzwischen waren die Arbeiter mit den Produktionsstätten vierzig Kilometer weiter nach Westen gezogen, und die kleinen Reihenhäuser verfielen vor sich hin, bis Surry Hills bei höheren Angestellten, die City- und Kneipennähe genauso schätzten wie einen Hauch proletarischer Vergangenheit, plötzlich schick werden würde. Dann ginge es mit Luxussanierung und Verkehrsberuhigung fix, und die Mischung aus vielköpfigen Ethnofamilien, Studenten und Ausgeflippten, die jetzt die Bausubstanz abwohnte, würde mit den steigenden Preisen schnell verdrängt sein. Noch war es aber nicht soweit.

Eine alte Frau öffnete Cicchetta die Tür. Sie war eine Hongkong-Chinesin, die vor der Übernahme der Kronkolonie durch die Kommunisten noch rechtzeitig den Absprung geschafft hatte. Die Furcht vor den Roten stand ihr selbst im sicheren Australien ins Gesicht geschrieben. Die Frau sprach kaum Englisch. Mit Mühe bekam Cicchetta heraus, daß sie und ihre Familie erst vor drei Tagen eingezogen waren. Von einer Familie Khayyam oder anderen Vormietern wußte sie nichts. Zumindest nichts, was sie in Worten hätte ausdrücken können.

Cicchetta läutete bei den Nachbarn. Eine Wohngemeinschaft, Studenten. Ein junger Mann mit Pferdeschwanz bestätigte ihm, daß nebenan eine libanesische Familie mit drei Kindern gelebt habe. Bis vor kurzem. Bis vergangene Woche. Sie waren abgehauen, zurück nach Beirut. Sie hatten sich hier nicht zurechtgefunden. Nein, Arbeit hatte der Mann, mit der Sprache ging es einigermaßen, es lag eher an den sozialen Kontakten, Gewohnheiten, kulturellen Unterschieden. An einem anderen Lebensstil. Vor allem die Frau wollte weg. Sie hatte auch Angst um ihre Kinder, wegen Drogen, Kriminalität und der Herumhängerei irgendwelcher Banden.

»Und dann zurück nach Beirut, ausgerechnet Beirut«, lachte der Mann mit dem Pferdeschwanz. Dann wurde er wieder ernst: »Es war wohl Heimweh.«

Er war sich sicher, daß der Junge auf Cicchettas Foto nicht mit einem der Söhne seiner ehemaligen Nachbarn identisch war. Cicchetta würde im Immigration Office nachfragen. Wahrscheinlich war die gesamte Familie emigriert. Mit den Kindern. Sie hatten einfach vergessen, den Sohn aus der Schule abzumelden. Oder sie hatten darauf verzichtet. Vielleicht hatten sie Wichtigeres zu tun.

Cicchetta fuhr bis zum Ende der Cleveland Street und bog am Victoria Park nach links ab. Durch Newtown staute sich der Verkehr wie gewöhnlich. Cicchetta stand sich bis zur Missenden Road vor und bog dort Richtung Camperdown ab. Rechts lag der Campus der Sydney University, nicht das Hauptgebäude, das mit seinen Bögen und Türmchen, Zinnen und Arkaden englischer aussah als Oxford plus Cambridge hoch zwei, sondern das Krankenhaus und ein paar Colleges, die gut als Verwaltungsgebäude einer auf billige Wohnblocks spezialisierten Baufirma durchgehen konnten. Links ging die Lucas Street ab. Nummer 12, Cicchettas dritte Adresse. Es gab natürlich keinen Parkplatz. Cicchetta umfuhr den Block und stellte seinen Wagen an der Missenden Road unter dem Schild mit der Aufschrift »No standing at any time« ab. Es ging auch ganz schnell. Der Junge hieß Omar Gazal und lag mit einem Gipsbein im Bett. Rugby. Beim Schulsport dreimal das Schienbein gebrochen. Der Junge lächelte tapfer wie Andrew Ettinghausen von den Cronulla Sharks und sagte, er wolle trotzdem Profi werden. Rugby League, klar.

Cicchettas Wagen war noch nicht abgeschleppt worden. Wenigstens etwas.

Die vierte Adresse war in Summer Hill. Von Westen her warf sich flammendes Abendrot dem Strom der Pendler entgegen, die in die westlichen Suburbs nach Hause fuhren. Es dunkelte schon, als Cicchetta in der Prospect Road ankam. Ein schönes altes Holzhaus mit breiter, um zwei Seiten laufender Veranda erwartete ihn. Sehr nett, so etwas, auch wenn die Türen nie schlossen, die Dielen knarrten und man Angst haben mußte, daß die Termiten die Wände von innen her auffraßen. Die Familie war vollzählig versammelt. Vater, Mutter, Kind.

Nein, nein, Libanesen seien sie nicht, sondern Australier. Der Vater in der dritten Generation, die Eltern der Mutter seien aus Ägypten eingewandert. Französischsprachige Juden, die in Kairo gewohnt hatten. Sie seien mit gefälschten italienischen Pässen abgehauen, als Nasser den Suezkanal verstaatlicht hatte und alles nach einer Invasion der Engländer und Franzosen aussah. Von Rom aus seien sie dann nach Melbourne gekommen, weil ein entfernter Verwandter ihnen geschrieben habe, daß es in Australien gut zu leben wäre, selbst für französischsprachige Juden aus Kairo. Das habe im großen und ganzen auch gestimmt, sagte die Mutter. Sie habe Geige gelernt, ihre Kindheit und Jugend über habe sie jeden Tag stundenlang Geige geübt. Als kleines Mädchen habe sie mit Tonleitern begonnen, Tonleitern hinauf, Tonleitern hinab. Jetzt sei sie als Musikerin hier in Sydney gelandet und habe schon mit Pavarotti gespielt. Jimmy, ihr Sohn, lerne auch Geige. Jimmy sah in keiner Weise wie ein libanesischer Junge aus, da mußte die Sekretärin der Schule etwas durcheinandergebracht haben.

Er sei auch die ganze Woche über zur Schule gegangen. Sagte die Mutter. Jimmy sagte nichts.

»Oder?« fragte der Vater.

Jimmy wurde rot.

»Du warst die ganze Woche über nicht in der Schule?« fragte der Vater ungläubig.

Jimmy begann zu weinen.

»Warum nicht?« fragte die Mutter sanft.

Cicchetta machte sich davon. Was konnte man bei dieser Art von Geschichten schon tun? Oder sagen? Bei diesen kleinen individuellen Ausfällen, Zufällen, Unfällen, die alle eine lange Geschichte hatten, die alle irgendwo anders begonnen hatten. Ganz Australien war ein junges Land, das ab und zu die Schule schwänzte, weil irgend etwas längst Vergangenes durchbrach, etwas Fernes, Unwirkliches, Dinge, von denen man nicht mehr genau wußte, ob sie nur Einbildung oder historische Realität waren. Oder Mythen. Australien war das Land, in das alle Katastrophen der Weltgeschichte der letzten beiden Jahrhunderte ihre Bremsspuren geprägt hatten, in das jeder Krieg, Bürgerkrieg, jede Rezession und jeder Totalitarismus Wellen von Menschen geschickt hatte, von den Ost-Timor-Flüchtlingen über vietnamesische Boat People rückwärts, Ungarn 1956, Weltkrieg II, Weltwirtschaftskrise, Weltkrieg I, bis hin zu den deutschen Lutheranern und gescheiterten 1848er Revolutionären. Von überall her waren sie gekommen, hier gelandet und gestrandet, Opfer, Gebrochene und solche, die einfach nicht mehr zusehen wollten, die einen Schlußstrich ziehen und neu anfangen wollten, ganz von vorn, ein neues Leben, und bei denen doch immer irgendwann irgendwie die alten Knochen unter der neuen Haut durchschimmerten. Das Skelett der Verlierer der Alten Welt.

Cicchetta wußte, wovon die Rede war. Seine Großeltern waren in den zwanziger Jahren aus Sizilien gekommen, aus Lipari, genauer gesagt. Nein, nicht wegen Mussolini, es ging nur darum, etwas zu beißen zu haben und eine Chance zu bekommen. Der ganze Süden war am Boden, keine Aussicht auf Besserung, keine Hoffnung. Es gab nur drei Alternativen: USA, Argentinien, Australien. Die australische Regierung hatte die Schiffspassage bezahlt und sich dafür das Recht vorbehalten, den Wohn- und Arbeitsort der Familie für drei Jahre bestimmen zu können. Cicchettas Großeltern wurden, nachdem sie zwei Monate lang in Sydney nicht vom Schiff gehen durften, einer Zuckerrohrfarm in Queensland zugewiesen, weit weg von allem, was entfernt nach Zivilisation aussah. Sie hatten zwanzig Jahre harte Arbeit gebraucht, bis sie es schafften, von dort oben wegzukommen. Zwanzig Jahre, und die Nonna hatte bis zu ihrem Tod nicht mehr als ein paar Brocken Englisch gelernt. Keine Gelegenheit, kaum Kontakte mit anderen, außer ab und zu mit Italienern, die in der gleichen Situation waren.

Jetzt waren sie ja in dem Maß integriert, in dem Pasta und Foccaccia zur modernen australischen Küche gehörten, aber früher war das anders gewesen. Noch lange nach dem Krieg war es anders gewesen, als Cicchettas Vater sein Geschäft aufbaute und als der halbwüchsige Sam Cicchetta einer Jugendgang angehörte wie alle seine Freunde, wie alle italienischen Jugendlichen in Campsie, nicht, weil sie das Indianerspielen so berauschend fanden, sondern weil das der einzige Weg war, nicht jeden zweiten Tag verprügelt zu werden. Inzwischen war alles eitel Sonnenschein, zumindest für die Italiener und Griechen, man hatte zu essen, gut zu essen, man besaß ein Haus, einen Mittelklassewagen, ein Boot, mit dem man in die Botany Bay angeln fahren konnte, man spielte Tennis, Golf, je nach Lust und Laune, die Vergangenheit war vergeben und fast vergessen. Nur manchmal, ganz selten, wenn irgend etwas schiefging, was auf keinen Fall schiefgehen sollte, schob sich eine kleine schwarze Wolke vor die strahlende Sonne, und man fröstelte, weil der Schatten über einen herfiel wie ein längst vergessen geglaubter Alptraum aus Kindertagen.

Cicchetta hatte noch eine Adresse zu überprüfen, in Kogarah, doch er war kaum in die Canterbury Road eingebogen, als Li ihn über das Funktelefon anrief.

»Paramatta«, sagte sie.

»Ist er dort?«

»Der Junge? Nein, aber es ist verflucht noch mal der richtige Ort.«

»So schlimm?« fragte Cicchetta.

»Schlimmer.«

Li brauchte ihm wirklich nichts von Gefühlsgelee unter einer dünnen Machoschale zu erzählen. Bei ihr sah es keinen Deut besser aus. Sie log sich doch auch nur selbst etwas vor.

»Gut«, sagte Cicchetta, »ich komme.«

»Ich habe einen Streifenwagen angefordert«, sagte Li. Sie gab Cicchetta die Adresse durch.

»In zwanzig Minuten bin ich da, eine halbe Stunde höchstens«, sagte Cicchetta.

»Ja«, sagte Li.

Li mit den wundervollen Augen. Man mußte sie aufrichten. Man mußte ihr wieder ein bißchen Halt und Kraft geben. Sie hart machen, damit sie sich der Welt gegenüber behaupten konnte.

»Willst du die zauberhafteste Frau der Welt sehen?« fragte Cicchetta.

»Nein!« sagte Li.

»Schau in den Spiegel!« sagte Cicchetta.

Li legte wortlos auf. Sie schien wütend zu sein. Es schien funktioniert zu haben. Cicchetta wendete. Es war kurz nach acht Uhr. Stadtauswärts floß der Verkehr zügig.

Der Mann hatte keine Ahnung. Er wußte von gar nichts. Er war aus allen Wolken gefallen. Er war nicht einmal der Vater. Der leibliche Vater war verschwunden, hatte die Frau mit dem Kind sitzenlassen, und er hatte sich ihrer erbarmt. Er hatte sich ihrer angenommen. Die Mutter saß auf dem abgeschabten Sofa. Ohne ihn wäre sie schon längst den Bach heruntergegangen, sie, und das Kind auch. Da gäbe es überhaupt keinen Zweifel. Er sei dem Kind immer ein guter Vater gewesen. Oder etwa nicht?

Der Mann ging aufgeregt im Zimmer hin und her. Auf einem wackligen Regal stand ein Fernsehgerät. Werbung lief. Schwarz-weiß. Wie im richtigen Leben. Cicchetta sah sich den Mann an, hörte zu, fragte nach. Er hatte die Schule vorzeitig geschmissen, war arbeitslos, versoff die

Stütze. Vorstrafen wegen Körperverletzung, Diebstahl, Sachbeschädigung. Einer von ganz unten, ein Asozialer mit einer Bilderbuchkarriere. Einer, um den die anständigen Leute einen Bogen machten. Einer von denen, die so gut als Beleg dafür taugten, daß Vorurteile gar keine Vorurteile seien, daß die von unten tatsächlich die letzten wären, die allerletzten. Zu jeder Schweinerei fähig.

Oder sei er dem Kind etwa kein guter Vater gewesen?

»Doch«, sagte die Frau leise.

»John Ardouni heißt der Junge«, sagte Li.

»Ein Schulausflug«, sagte der Mann. Er zeigte auf die Frau auf dem Sofa: »Sie hat ihm noch den Rucksack gepackt, sie hat ihm Proviant für die Reise mitgegeben. Und Taschengeld. Alles. Ein Camp mit der Klasse, hat er uns gesagt. Ein Zeltlager.«

»Die Schule ...«, sagte Li.

»Das hat der Junge uns erzählt«, schrie der Mann, »das Bürschchen. Angelogen hat er uns. Daß er ins Zeltlager fährt!«

Cicchetta schickte einen der Uniformierten an der Tür telefonieren.

»Wann ist er weg?« fragte Cicchetta die Frau.

»Am Sonntag gegen Mittag«, sagte der Mann. »Wenn ich den kriege!«

»Sie kann selbst reden, oder?« fragte Cicchetta.

»Am Sonntag gegen Mittag«, sagte die Frau.

»Da hören Sie es«, sagte der Mann.

»Sie halten die Klappe«, sagte Cicchetta.

»Ins Zeltlager«, sagte die Frau. »Das hat John uns erzählt.«

Der Mann warf sich in den Sessel. Cicchetta zeigte mit dem Daumen auf ihn. »Wir können Sie vor ihm beschützen, wenn Sie Angst vor ihm haben. Wir bringen Sie weg. Er erfährt nicht, wohin.«

»Mit der Schule ins Camp«, sagte die Frau.

»Dieses verdammte kleine Lügenmaul«, sagte der Mann. Er drehte eine Bierflasche auf. Victoria Bitter.

»Er wollte ihn anfangs gar nicht erkannt haben«, sagte Li. »Sein Junge sei auf Schulausflug, alles in Ordnung. Ich zeigte ihm das Foto. Nein, sagte er, das sei nicht John, das sei irgend jemand anderer.«

»Ich habe ihn nicht erkannt«, sagte der Mann, »na und?«

Li fuhr fort: »Ich fragte ihn, ob er mir ein Foto von John zeigen könne, nur um die Sache abschließen zu können, routinemäßig. Er habe keines, sagte er, er besitze kein Foto von John!«

»Was geht Sie das an?« brüllte der Mann.

»Erst dann bin ich mißtrauisch geworden«, sagte Li. »Der Schulausflug, das hätte ein Fehler der Schule sein können, nicht? Aber daß er kein Foto von ihm hatte, kein einziges Foto?«

Johns Mutter stand auf.

»Was ist?« rotzte der Mann zu ihr hinüber.

Johns Mutter setzte sich wieder.

Li sagte: »Ich bin zu den Nachbarn links. Das ist John, sagten die. Ich bin zu den Nachbarn rechts. Hundertprozentig der Junge von nebenan, sagten die.«

»Man kann sich doch mal irren«, protestierte der Mann. »Das ist doch nicht verboten, oder?«

»Wie lange leben Sie schon zusammen? Mit John?« fragte Cicchetta.

»Sieben Jahre«, sagte Li, »seit sieben Jahren spielt er Vater!«

»Haben Sie sich noch nie geirrt?« schrie der Mann. »Ich habe ein paar Bier intus. Das ist auch nicht verboten.«

»Sieben Jahre«, sagte Li.

»Was ist mit dem Mädchen?« fragte Cicchetta.

Li zuckte die Achseln. »Die wissen von gar nichts.«

»Stimmt auffallend«, sagte der Mann höhnisch.

»Auch die Nachbarn haben es noch nie gesehen«, sagte Li.

»Haben Sie etwas dagegen, wenn wir uns hier mal umsehen?« fragte Cicchetta.

»Ja, habe ich allerdings. Dagegen habe ich einiges. Ich

habe sogar ziemlich viel dagegen, wenn Sie hier herumschnüffeln und mir irgendwelche Sachen unterjubeln wollen. Hauen Sie ab, aber schnell!«

»Den Namen Kaufman schon mal gehört?«

»Nein, und jetzt raus!«

Die Stimme des Mannes überschlug sich. Cicchetta blieb, wo er war. Li stand neben der Tür. Der Streifenpolizist kam zurück und meldete: »Ich habe sie zu Hause erwischt. Die Sekretärin. Sie haben John am Montag in der Schule krank gemeldet. Telefonisch. Die Sekretärin war selbst am Apparat.«

»Wer von beiden?«

»Er«, sagte der Polizist und deutete auf den Mann, der sich gerade die nächste Flasche VB vornahm.

»Quatsch«, sagte der Mann.

»Wieso haben Sie John am Montag krank gemeldet, wenn Sie der Meinung waren, daß er am Sonntag für ein paar Tage mit der Klasse ins Zeltlager gefahren war?«

»Die Sekretärin spinnt«, sagte der Mann und nahm einen tiefen Schluck. »Die hat Halluzinationen. Die bringt alles durcheinander, die muß mich mit jemandem verwechseln.«

»Natürlich«, sagte Cicchetta.

»Es war wahrscheinlich der böse Kerl, der Ihren John entführt hat und nicht wollte, daß die Lehrer das bemerken«, sagte Li.

Der Mann im Sessel starrte sie mißtrauisch an.

»Ja«, sagte er dann, »warum nicht? Das könnte doch sein, oder?«

»Sie kommen mit, beide«, sagte Cicchetta.

Der Mann brüllte los. Es dauerte fast eine Stunde, bis sie ihn mit der Hilfe von vier Mann Verstärkung aus dem Revier in Paramatta in den Wagen gebracht hatten.

Die Sonne war schon untergegangen. Die Dämmerung war fast vorbei. Noch strahlten die Ziegelhaufen, die hinter den Absperrgittern herumlagen, die Wärme des Tages ab. Ryan lehnte am Gitter und sah zu, wie die Lichter der City-Hochhäuser sich langsam aus dem beginnenden Dunkel herausschälten, als ob irgendwer einen gigantischen Dimmer hochdrehte. Oben ließ sich die Milchstraße erkennen, und daneben gab es andere Sterne, die man zu Sternbildern ordnen konnte, wenn man sich auskannte. Ryan kannte sich nicht aus. Nicht mit Sternbildern.

Draußen in der Bay lag das beleuchtete Fort Denison. Irgendein Romantiker im Touristenbüro hatte den runden Turm in honiggelbes Licht tauchen lassen. Wie von einer Gaslaterne. Licht, das aus früheren Zeiten herüberschien. Die Sandsteinmauern lagen auf schwarzem Wasser.

»Na gut«, murmelte Ryan vor sich hin. Er wandte dem Meer den Rücken, kletterte über das Absperrgitter und stapfte durch das Trümmerfeld des gesprengten Hauses auf den Balkon zu, von dem ihm Musik und Stimmen entgegenwehten. Wahrscheinlich hatte ihn Frau Dimitropoulos in der sternklaren Nacht schon erspäht, und ziemlich sicher hatte ihr blinder Mann ihn über die Trümmer stolpern hören, doch sie beachteten Ryan nicht einmal, als er direkt unter ihrem Balkon stehenblieb.

»Beschreibe, was du siehst!« sagte Dimitropoulos. Er fuhr sich mit der Hand über den rasierten Schädel. Er trug eine dunkle Brille.

»Noch einmal?« fragte seine Frau.

»Ja«, sagte der Blinde, »noch einmal, noch viele Male.«

»Es ist Nacht. Es ist dunkel.«

»Überall sind Lichter.«

»Schon«, sagte die Frau.

»Beschreibe mir die Schatten«, sagte Dimitropoulos, »die Schatten, die in anderen Schatten aufgehen wie verzerrte schwarze Sonnen. Schatten, die sich auftürmen und abstürzen, Kernschatten, Schlagschatten, Schatten, die die Nacht hinter Häuser wirft, Schatten, die vom Meeresgrund nach oben steigen. Schattenwelten, Nachtschatten.«

Elena Dimitropoulos saß in Decken eingehüllt in ihrem Rollstuhl. Ryan schien es, als habe sie die Augen geschlossen. Vielleicht, um sich besser auf die Musik konzentrieren zu können. Es war klassische Musik.

»Schöner Abend, nicht?« sagte Ryan nach oben.

»Der Herr Polizist?« fragte Dimitropoulos. In der Hand hielt er ein Sektglas, in dem das Sternenlicht perlte.

»Störe ich?« fragte Ryan.

»Trinken Sie ein Glas mit uns! Elena feiert heute ihren Geburtstag.«

»Alles Gute!« sagte Ryan.

»Glückwunsch!« verbesserte er sich. Für jemanden, der langsam und unwiderruflich an Knochenmarksschwund starb, paßte ›Glückwunsch‹ besser als ›Alles Gute‹. Aber im Grunde paßte ›Glückwunsch‹ auch nicht besonders.

Ryan sagte: »Schöne Musik haben Sie da.«

»Orpheus und Eurydike«, sagte Elena Dimitropoulos.

»Ah ja?« sagte Ryan. Er interessierte sich nicht für Musik.

»Wie ist es nun mit einem Gläschen?« fragte Dimitropoulos.

Ryan schüttelte den Kopf. Der Blinde goß vorsichtig ein Glas voll. Er verschüttete keinen Tropfen.

»Nein, danke«, sagte Ryan. »Ich werde Ihnen auch nicht lange auf die Nerven gehen ...«

»Auf die Nerven gehen? An einem solchen Abend, an dem all die Schönheit rings um uns sichtbar wird? Unsinn! Da kann man doch nur begierig sein, das eigene Glück mit der ganzen Welt zu teilen. Nicht, Elena?«

»Doch«, sagte Elena. Sie schien ihren Kopf unmerklich ihrem Mann zuzuwenden. Mit den Augen lächelte sie ihn an.

»Wir sind sehr glücklich«, sagte sie.

Ryan nickte höflich. Er sagte: »Es geht um die letzten paar Monate. Seit Kaufman das Haus gekauft hat. Uns wäre sehr geholfen, wenn Sie irgend jemanden identifizieren könnten, der in diesem Zeitraum das Haus besucht hat, wenn Sie mir irgendeinen Namen nennen könnten, den Sie mal aufgeschnappt haben ...«

Dimitropoulos schüttelte den Kopf, nippte an seinem Sekt und stellte das Glas auf die Brüstung des Balkons. Hinter seiner Sonnenbrille schien er das Lichtermeer der City zu beobachten, oder die Dachsegel des Opernhauses, über die Scheinwerferlicht flutete.

»Kinder«, sagte Ryan. »Haben Sie mal etwas von Kindern bemerkt? Kinderlachen, Kindergeschrei, Kinderweinen? Lag vielleicht mal Spielzeug im Hof herum? Haben Sie vielleicht mal einen Luftballon aufsteigen sehen?«

»Kinder?« fragte Dimitropoulos.

»Sind größere Autos in den Hof gefahren? Lieferwagen? Lastwagen? Wann? Wie oft? Welche Kennzeichen? Wurde das Tor hinter den Autos sofort wieder geschlossen? Haben Sie mitbekommen, was ausgeladen wurde?«

»Ab und zu kamen Autos, auch Lieferwagen, aber so genau haben wir nicht ...«

Nein, so genau hatten sie natürlich nicht! Obwohl sie den lieben langen Tag nichts anderes zu tun hatten, als auf ihrem verdammten Balkon herumzusitzen. Die wachten bloß auf, wenn eine Katastrophe geschah. Den verdächtigen Fotografen hatte der Blinde besser als jeder Augenzeuge beschrieben, doch was im Nebenhaus über Monate hinweg geschehen war, hatte weder ihn noch seine Frau interessiert. Ihnen genügte es, in einer klaren Nacht auf die Welt hinauszusehen und glückliche Zweisamkeit zu spielen.

»Waren es vor allem Männer oder Frauen, die das Haus besuchten?« fragte Ryan. So etwas konnte einer, der seit mehr als zwanzig Jahren blind war, ja locker unterscheiden. Damit hatte der Blinde doch selbst angegeben.

»Männer«, sagte Dimitropoulos, »soweit ich mich erinnern kann, ausschließlich Männer.«

»Große oder kleine Männer? Dem Schrittrhythmus nach zu schließen?« fragte Ryan. Es klang gehässig. Er wußte selbst nicht, wieso ihm der Blinde nun derart auf die Nerven ging.

»Was war da drüben los?« fragte Dimitropoulos.

Ryan warf einen Blick hinter sich. Der Schutt türmte sich grau in grau.

»Ich habe es ausprobiert«, sagte Ryan. »Wenn zwei Personen mit der gleichen Geschwindigkeit nebeneinander gehen, funktioniert es. In diesem Fall können bewältigte Strecke und benötigte Zeit als Konstanten angesehen werden, und der unterschiedliche Schrittrhythmus spiegelt die Beinlänge und demzufolge die Körpergröße wider. Der Fotograf war aber allein, und wenn nur einer umhermarschiert, ohne Partner, für sich, dann können Sie aus dem Klang des Schritts überhaupt nichts schließen. Sie können nicht wissen, ob ein Basketballriese von den Townsville Suns 1,20 Meter pro Schritt hinter sich bringt oder ob es bei einem Zwerg nur die Hälfte ist.«

Elena Dimitropoulos lachte leise. Es paßte zur Musik.

»Sie trauen mir nicht?« fragte ihr Mann.

»Zugegeben, ein Zwerg und ein Riese treten unterschiedlich fest auf, aber …«

»Halten Sie mich für jemanden, der Spaß daran findet, die Polizei in die Irre zu führen?«

Ryan sah ihm ins nachtschwarze Gesicht, in dem eine lächerliche Sonnenbrille thronte. Er sagte so sanft es ging:

»Sie sollten vielleicht nicht behaupten, irgend jemanden oder irgend etwas gesehen zu haben.«

»Hauen Sie ab!« sagte Dimitropoulos.

Ryan haute ab. Er umkurvte das abgesperrte Trümmerfeld und bog in die stockdunkle Victoria Street ein. Die von der Explosion beschädigten Straßenlaternen waren noch nicht repariert worden. Als Ryan die erste funktionierende Laterne passierte, warf sich der Schatten seines Körpers vor ihn aufs Pflaster und streckte sich mit jedem seiner Schritte. Ryan sah sich um. Ein zweiter Schatten klebte ihm an den Fersen. Ryan maß die Entfernung zwischen zwei Laternenpfählen mit den Augen ab. Sie standen so nah beieinander, daß sein Körper zwei Schatten werfen mußte. Das war ganz normal.

4

Ein Augenblick nur

Ein Augenblick nur. Ein flüchtiger Blick auf das Kreuz warf Linda Fendy in andere Zeiten und Welten zurück. Das Kreuz war ein Victoria Cross, wie das, womit Arthur L. Fendy, Lindas vor mehr als einem halben Jahrhundert gefallener Mann, im Zweiten Weltkrieg ausgezeichnet worden war. Die Ehrung war ihm posthum für außergewöhnliche und beständige Tapferkeit und die selbstlose Rettung verwundeter Kameraden verliehen worden. Zu Hause, in England, bewahrte Linda Fendy den Orden zusammen mit einer Fotografie, auf der Arthur in seiner schmucken Uniform abgebildet war, und einem Bündel Feldpostbriefe, die sie seitdem nie wieder geöffnet hatte, in der obersten Schublade des Sekretärs im Salon auf. Obwohl das kleine Kreuz am roten Band Linda Fendy ihren Mann nicht wieder zurückbrachte, bot es ihr Trost und die Gewißheit, daß Arthur ehrenvoll und für eine gute Sache gestorben war. Da sie sich sehr wohl bewußt war, daß früher oder später jedes Leben ein Ende nahm, achtete sie einen solchen Trost nicht gering. Sie war überzeugt, daß ihres Mannes Tod mehr Würde in sich trug als manch anderer zeit seines Lebens zu erringen vermochte.

Wie seltsam berührte es Linda Fendy, weit weg von Sussex, in einem warm beleuchteten Schaukasten auf der anderen Seite des Erdballs, an oberster Stelle aller militärischen Auszeichnungen, die auf die Epoche Queen Victorias zurückgingen, ein Pendant des Kreuzes vor Augen zu haben, das sie zu Hause als wertvollste Erinnerung an ihren Mann hütete. Da lag es, auf roten Samt gebettet, das Kreuz, das die höchste militärische Auszeichnung des Empire und des Commonwealth darstellte, gegossen aus russischen Kanonen, die im Krimkrieg erbeutet worden waren. Ein einfaches Bronzekreuz, auf dem erhaben der Löwe über der Krone thronte, und darunter standen nur zwei Worte eingraviert: For Valour.

Für Linda Fendy hob es nicht nur ihren Arthur in den Rang einer geschichtlichen Persönlichkeit, sondern es gehörte auch zu den Insignien einer Zeit, in der beileibe nicht alles Gold war, was glänzte, in der aber dem Chaos, dem die menschliche Gesellschaft so leichtfertig zusteuert, noch Grenzen gesetzt waren. Genauso einfach wie irreführend schien ihr, sich, ausgehend von bedauerlichen Einzelfällen, über Verlogenheit, Doppelmoral, soziale Ungerechtigkeit und Substanzlosigkeit der Viktorianischen Epoche zu mokieren und darüber zu vergessen, daß die Sicherheiten von Ordnung, Standesbewußtsein und Schicklichkeitsgefühl, ja sogar von Stil und Etikette vieles an Schrecklichem verhindern geholfen hatten, was dann über das folgende Jahrhundert hereingebrochen war. Linda Fendy hatte genug erlebt, um sich ein solches Urteil erlauben zu dürfen, und sie war mit ihren neunundsiebzig Jahren auch alt genug, um sich und anderen gegenüber einzugestehen, daß sie den gedankenlosen Exzessen, durch die die gegenwärtige Welt stolperte, eine noch so altmodische, aber gesittete Welt vorzog. Auch wenn sie Etikettierungen mißtraute, hätte sie nichts dagegen einzuwenden gehabt, als royalistisch bezeichnet zu werden. Mochte es noch so sehr knistern und knarzen, das Königshaus blieb neben der Church of England eines der wenigen Gebäude, die dem Sturmwind der Zeit zu trotzen versuchten und schon allein dadurch hoch über die Trümmerlandschaft aufragten, die sich Moderne zu nennen beliebte. Und in Queen Victoria, der Frau, die über zwei Drittel des vergangenen Jahrhunderts gewacht hatte, sah Linda Fendy eine der Symbolgestalten für all das, was heute verloren war.

Eigentlich war es erstaunlich, daß die Australier das Andenken der Queen in solch einem eindrucksvollen Gebäude hochhielten, handelte es sich bei ihnen doch um die gleichen Abkömmlinge ehemaliger Sträflinge, Wachsoldaten und in der Heimat perspektivloser Auswanderer, die sich just im Todesjahr der großen Königin für unabhängig erklärt hatten, die seither bei jeder sich bietenden Gelegenheit über die »Poms«, wie sie die Engländer zu schimpfen pflegten, herzogen, die jeden Cricket-Sieg über das Mutterland als nationalen Triumph empfanden und die nun planten, wohl um dem unseligen Jahrhundert zu einem würdigen Abschluß zu verhelfen, zum Jahr 2000 die letzten Bindungen an England zu kappen und die Herrin von Buckingham Palace auch als formelles Staatsoberhaupt abzusetzen.

Soviel offensichtlich Flegelhaftes fand Linda Fendy in diesen Australiern, daß sie sich fragte, ob nicht eine pubertierende Nation am Werk war, die sich in der Auseinandersetzung mit den Eltern selbst zu finden suchte, im Grunde aber sehr wohl wußte, daß es diesen vieles, wenn nicht alles zu verdanken hatte. Vielleicht wollten die Australier, deren Urväter sich zu einem nicht geringen Teil aus den verlorenen Söhnen und Töchtern des Empire rekrutierten, mit all ihrer provokativen Ungehörigkeit nur anerkannt und ernst genommen werden.

Linda Fendy ließ ihren Blick noch einmal über das Victoria Cross und die Ehrentafel schweifen, die alle neunundsechzig Australier nannte, die vom Burenkrieg bis zum Vietnamkrieg mit dem Orden ausgezeichnet worden waren, und versuchte, sich von der Vergangenheit loszureißen. Das Queen Victoria Building machte es ihr dabei nicht leicht. Bereits von außen hatte das Gebäude wie ein Schiff Ihrer Majestät gewirkt, das erfolgreich von einer Reise durch die Weltmeere heimgekehrt war und den Glanz Britannias widerspiegelte, und auch das Innere strahlte in dem geschmackvollen Luxus, den nur eine in sich gefestigte Klasse hervorzubringen verstand. Trotz seiner enormen Dimensionen wirkte der Raum nicht erdrückend, trotz der halbrunden Metallverstrebungen, die die Glaskonstruktion des Daches verstärkten, erschöpfte sich die

Ästhetik des Baus nicht darin, Funktionalität demonstrieren zu wollen. Eine feine Harmonie von Licht und Form, Glas und Stein, Farbe und Raum streichelte die Sinne und bewies, daß Eleganz sich nur im Zusammenwirken aller Aspekte, auch der geringfügigsten, einstellte, daß nichts zu klein und unwürdig war, um nicht sorgfältig auf das große Ganze abgestimmt zu werden. Und war das nicht auch das Ziel der Viktorianischen Epoche gewesen? Hatte nicht damals, allen Unzulänglichkeiten zum Trotz, gesellschaftlicher Gestaltungswille geherrscht? Gingen die Bemühungen der guten Gesellschaft nicht dahin, jedem einzelnen, und sei er noch so unbedeutend, einen Platz, seinen Platz zuzuweisen, der ihn teilhaben ließ am machtvollen Bild des Ganzen? Freilich konnte nicht jeder ganz oben stehen, doch ein bißchen Glanz fiel auf jeden, der guten Willens war.

Linda Fendy betrachtete das Geländer, das sich um das Rund des Kuppelraums zog. Das Ziergitter war kunstvoll gedreht, der hölzerne Bogen des Handlaufs war fein gedrechselt und nahm sorgsam die Linie der Dachkuppel auf. Das Morgenlicht fiel durchs Glas, ließ die obere Galerie, den Victoria Walk, aufstrahlen und floß, schwächer werdend, nach unten weiter, zum Albert Walk, in dem die Familie der großen Königin gewürdigt wurde, zum Grand Walk der Bürger im Erdgeschoß und ganz hinunter zum Prince of Wales Walk, der die dynastische Zukunft verkörperte. Wie es sich gehörte, verblieben all diese Stockwerke im Schatten der Galerie der Regentin, ohne deshalb an Würde zu verlieren.

Obwohl sich viele der Besucher einer unziemlichen Hast enthielten – auch auf sie schien die getragene Eleganz des Gebäudes zu wirken –, hätte Linda Fendy es vorgezogen, allein und ungestört über den roten Teppich und die vielfarbigen Fliesen zu schreiten oder die Treppen und Galerien nur mit Menschen aus ihrer Einbildungskraft zu bevölkern. Earls und Duchesses statt junger Leute in schreiend bunten Hemdchen, elegante, Fächer schwingende Damen statt hemmungslos fotografierender Touristen, gestrenge Pastoren statt …

Doch sie war ja selbst eine Touristin, schlimmer noch, Teil einer ausgewachsenen Touristengruppe, deren andere Mitglieder schon weitergegangen, an den Glasfronten der Geschäfte vorbeiflaniert waren, den Blick auf die Auslagen gerichtet, so daß sie die hübschen, mit grünem und gelbem Glas ausgelegten Bogenabschlüsse der Ladenarkaden gar nicht entdeckten. Wie die Küken folgten sie ihrem australischen Reiseleiter, einem jungen Mann, der zwar immer ansprechbar und hilfsbereit war, diesen positiven Eindruck aber leider durch eine viel zu aufdringliche, lärmende Fröhlichkeit zunichte machte. Linda Fendy liebte es nun mal nicht, von einem zwei Generationen Jüngeren kumpelhaft auf die Schulter geschlagen zu werden, und sei es auch nur mit Worten. Dort sammelte sich ihre Gruppe gerade um den Leithahn, der zu erklären begann und dazu mit weitschweifigen Gesten nach oben und unten, links und rechts wies. Er solle sich doch darauf beschränken, mitzuteilen, was mitzuteilen war, und auf zusätzliche Theateraufführungen verzichten, hätte ihm Linda Fendy geraten, wenn das nicht so unhöflich gewirkt hätte. Außerdem – Stil lernte man nicht, heutzutage nicht mehr, den hatte man, oder man hatte ihn eben nicht.

Als Linda Fendy bei ihrer Gruppe anlangte, dröhnte der Reiseleiter:

»Und nun, meine Damen und Herren, Uhrenvergleich! Punkt 9 Uhr ist es soweit. Wenn ich Ihre Aufmerksamkeit auf diese, von einer mittelalterlichen Burg gekrönte Uhr lenken darf, die von der Londoner Firma Thwaites und Reed im Auftrag Queen Elizabeth' II. hergestellt und dann nach Sydney gebracht wurde. Zu jeder vollen Stunde ziehen in den Sichtfenstern Szenen aus sechs Jahrhunderten englischer Geschichte vorüber, mechanisch bewegte Tableaus, in denen entscheidende historische Momente zum Leben erweckt werden.«

Über die Schultern des Metzgers aus Reading, der die

Tischunterhaltung vorzugsweise mit dem Vergleich englischen und australischen Rindfleischs zu bestreiten pflegte, vermochte Linda Fendy nur den oberen Mauerkranz der über dem Abgrund aufgehängten grauen Burg einzusehen, aus deren Ecktürmen gerade handspannengroße Fanfarenbläser auftauchten. Von fern her erklang die dazu passende jubelnde Fanfare, vom Tonband, sicher, aber dennoch half sie, die gespannte Erwartung zu schüren, die den Höhepunkten königlicher Geschichte gegenüber ja auch angebracht ist.

»Entschuldigung«, sagte Linda Fendy zu ihrem einen Kopf größeren Vordermann, »könnten Sie ein bißchen zur Seite rücken?«

»Natürlich, Ma'am!« sagte der Metzger mit der Art von Zuvorkommenheit, mit der er zu Hause wohl Stammkundinnen auszeichnete. »Kommen Sie nur nach vorn! Damit Sie auch etwas sehen, nicht? Platz für Mrs. Fendy, bitte!«

Er griff sie am Arm, zog sie an sich vorbei, machte mit seinen Pranken in der ersten Reihe Platz und schob sie bis ans Geländer vor, das den Galerieumgang begrenzte. Linda Fendy dankte verlegen und entschuldigte sich nach links und rechts. Direkt vor ihr hingen Uhr und Burg zwanzig Meter über dem Prince of Wales Walk. Im unteren Teil der Burg befand sich ein Sichtfenster, dessen Beleuchtung mit dem Stundenschlag aufflammte, so daß Linda Fendy die Details der ersten Szene genau erkennen konnte: »König Canut befiehlt den Wellen«, eine Episode aus dem Mittelalter, 1033, aus der Zeit, in der das Wundersame und die Macht noch harmonisch zusammenklangen, in der Mythisches so wirklich schien wie heute Banales. Eine Zeit, die so fern lag, daß sie zeitlos wirkte, in der Aufstieg und Fall der Großen noch dem ewigen Wechsel von Wachsen und Vergehen, der Majestät der Naturgesetze unterworfen waren. König Canut hob die Hand, die Wellen rollten. Die mechanische Animation wirkte lächerlich.

Dann erlosch die Beleuchtung, im Dunkel drehte sich das Karussell der Geschichte weiter und blendete 33 Jahre später wieder ein. King Harold in der Schlacht von Hastings. Ein wildes, mit der Lust am Untergang ausgestaltetes Schlachtengetümmel, in dem der von einem Pfeil in die Stirn getroffene König nach hinten vom Pferd sank und die Angelsachsen mit sich ins Dunkel der Geschichte zog. 1215, die Unterzeichnung der Magna Charta, das war der Anfang vom Ende, der Beginn des Übels. Der Monarch, erpreßt von seinen Untertanen, die Recht forderten, die bald nur ihre eigenen Rechte und dann nur noch ihren eigenen Vorteil sehen würden. Die Feder, die König John in der Hand führte, schwang vom Tintenfaß übers Pergament. Seine Untertanen sahen unbeweglich zu, als ob sie ahnten, wie schrecklich die Auflösung des Ganzen zugunsten der Teile, die hier besiegelt wurde, enden sollte. Und weiter schritt die Geschichte, in Windeseile, für Sekunden erhellt, Schlaglichter werfend. Heinrich VIII., der viel Verleumdete, ruhig im Kreis seiner Frauen, dann Elizabeth Tudor, die sich im Ritterschlag für den treuen Francis Drake selbst adelte und über ihre zweifelhafte Herkunft erhob.

»Und jetzt aufgepaßt!« kündigte der Reiseleiter vor dem sechsten Bild an. Der Metzger aus Reading zückte die Kamera und schob nach vorne. Als das Licht aufflammte, sah Linda Fendy den bedauernswerten Charles Stuart dort liegen, auf dem Bauch lag er, den Kopf den Betrachtern zugewandt, den Hals in die Höhlung des Schafotts gebettet, in die das Beil herabfahren würde, das der Henker neben ihm schon erhoben hatte. Die erste Hinrichtung eines gekrönten Hauptes in der Neuzeit durch die eigenen Untertanen, lange vor dem Blutrausch der französischen Revolution, der Schlag, der das Gottesgnadentum vom Rumpf der Geschichte trennte, der die Herrschaft des Pöbels in Blut gebar, des Pöbels, der noch Jahrhunderte später erwartungsvoll feixend hinter einem Geländer auf der Tribüne stehen und die Fotoapparate zücken sollte. War es die Ruhe vor dem Sturm, oder hatte das Grauen vor der entsetzlichen Tat den Mechanismus festfrieren lassen?

Nichts rührte sich, unbeweglich und unbeteiligt sahen die Figuren in der Szene zu, wie der Henker sein Beil balancierte, wie Charles schicksalsergeben den Kopf gesenkt hielt und den Schlag gegen Recht und Menschlichkeit ruhig erwartete. Lange, zu lange dauerte dieses Warten, so lange, wie es in der geschichtlichen Realität sicher nicht gedauert hatte, da niemand eine solche Zeitspanne hätte ertragen können. Dessen war sich Linda Fendy sicher. Auch im herzlosesten, abgestumpftesten Schergen mußte eine verborgene Saite angerührt werden, wenn so lange nichts geschah, wenn Gefühl und Gewissen Gelegenheit bekamen, einen einzigen leisen Ton anzuschlagen. Irgend etwas hätte sicher unwillkürlich aus einem der Umstehenden aufgeschrieen, hätte gerufen, innezuhalten und die geplante Untat noch einmal zu überdenken. Dutzende, Hunderte von Stimmen wären gleich darauf eingefallen, hätten erst um Gnade gebeten, dann Gerechtigkeit gefordert und schließlich im heiligen Zorn die Königsmörder hinweggefegt.

Nein, es war geschehen, und weil es geschehen hatte können, mußte alles schnell vorüber gewesen sein, mußte sich damals schon im Geschäft des Mordens die kalte, perfekte, sekundenschnelle Effektivität durchgesetzt haben, die seither in allen Lebensbereichen kopiert wurde und hinter die es kein Zurück mehr zu geben schien. So endgültig, wie das Leben auf Erden mit dem Tod endete, waren die Zeiten von Ordnung und Sitte zerfallen und unwiederbringlich durch den Strudel des Fortschritts ins Dunkel hinabgezogen worden. Insofern hielt es Linda Fendy für angemessen, dieses historische Kaleidoskop mit dem Tod des bedauernswerten Charles enden zu lassen. Was danach kam, war nur noch Epilog, nur noch eine Vollendung der Katastrophe, die im Königsmord von 1649 angelegt war, so wie ein haarfeiner Riß in einer Wand schon zeigt, an welcher Bruchlinie das Haus letztlich einstürzen wird.

Beidhändig hielt der Henker das Beil über dem Haupt seines Opfers, immer noch stand er unbeweglich da, und Linda Fendy wurde von den hinter ihr lauernden Touristen gegen das Geländer gepreßt. Mit beiden Händen griff sie den hölzernen Handlauf, um nicht erdrückt zu werden, um sich der Meute entgegenstemmen zu können, wie sie sich gern dem Lauf der Zeit entgegengestemmt hätte, wenn sie noch einmal jung hätte sein können und Kraft in ihren Armen fühlen würde, in ihren Händen, die faltig und knochig auf dem Geländer lagen, dort, neben der Schattenlinie, die sich quer durch die Maserung zog, die nicht dorthin gehörte, ein Schatten, der von nichts geworfen werden konnte, weil nichts da war, was ihn hätte werfen können, ein Riß, ein Spalt, ein Schnitt durch die Zeit, durch die Welt, durch alles, was Halt gab im Leben.

Ein frischer Schnitt zog sich durch das Holz des Geländers, und links von Linda Fendy, einen Meter weiter, war ein zweiter, eine andere Wunde in der polierten Rundung, in der Einheit der Dinge, und Linda Fendy klammerte sich an das Stück Welt, das herausgeschnitten war aus dem unendlichen Rest, abgetrennt durch zwei frische, saubere, gerade Sägeschnitte, und sie wußte, daß das nicht in Ordnung war und nicht gutgehen könne.

»Halt!« rief sie, und von hinten drückten der Metzger aus Reading und die zwei Schwestern aus London und der pensionierte Universitätsprofessor und der schweigsame junge Mann, den alle nur den Mafioso nannten, und alle anderen, alle drückten sie nach vorn, schoben sie gegen das Geländer, gegen ihr eigenes, persönliches Stück Geländer, nahmen ihr Inch für Inch das bißchen Platz, das sie hatte, den winzigen, unscheinbaren Platz, den sie in der Welt einnahm.

»Halt!« schrie sie voller Entsetzen, als das Beil des Henkers endlich fiel. Unerbittlich wurde es von der teuflischen Apparatur der Londoner Uhrmacher Thwaites und Reed in der vorbestimmten Bahn gehalten, unbarmherzig fuhr es nach unten, dorthin, wo sich König Charles' Hals ihm entgegenspannte. Das Klicken der Fotoapparate wurde vom erlösten Aufstöhnen der Zuschauer übertönt, als das Beil die Halswirbel durchtrennte, als das Stück Geländer, um das sich Linda Fendys Hände krampften, unter dem letzten, endgültigen Ausatmen der drängenden Fotografen nach vorne kippte, nach unten, dem Abgrund entgegen. Ein gewaltiger Hieb war es, der Charles' Hals glatt durchschlug und eine schrecklich rot bepinselte Fläche offenlegte, eine Schnittfläche, während Linda Fendy den Boden unter den Füßen verlor, und das königliche Haupt fiel dumpf in einen Korb, und Linda Fendy fiel, fiel, fiel hinter einem Stück Geländer her, dessen Handlauf sie umkrampfte, als ob wer weiß was davon abhinge. Längst schon lag der Kopf des Stuart in dem Korb, in dem er zu jeder vollen Stunde landete, doch Linda Fendy fiel noch immer, fiel mit dem Licht, das von oben kam, vorbei an der Galerie des Albert Walk, vorbei an den starren Gesichtern der Menschen, die ihn bevölkerten, fiel hinab auf die ovale Höhlung zu, die den Grand Walk nach unten öffnete. Schon war das Licht über der Exekutionsszene erloschen, hatte sich das Dunkel für weitere sechzig Minuten über die englische Geschichte gelegt, war oben, in der Burg über der Uhr, alles aus und vorbei, und immer noch fiel Linda Fendy, sah die bunten Kacheln des Prince of Wales Walk auf sich zukommen, wurde eingeholt, überholt von dem Schrei, den ihr irgend jemand von oben nachgeschickt hatte, der am Boden zerplatzte und in Fetzen zurücksprang, die sich bald im Raum verlieren würden, sehr bald, doch Linda Fendy war sich nicht sicher, ob sie das noch erleben würde. Sie fiel und wußte, daß das der letzte Fall war, daß er alles war, was ihr blieb, daß die Geschichte aus war, endgültig. Dann schlug sie auf.

Während sie starb, sah sie das gläserne Tonnengewölbe, das sich hoch über ihr spannte, das sich zwischen sie und den Himmel gedrängt hatte, den Himmel, in dem Arthur seit langen Jahren auf sie wartete. Sie hoffte, daß sie noch einen Wunsch frei habe, und wünschte sich, daß das Glas zerspringen und ihr den Weg hinauf freigeben würde. Ganz fest wünschte sich Linda Fendy das, und vielleicht wurde ihr Wunsch auch erfüllt, doch das konnte sie nicht mehr erkennen, weil sich ein Schatten vor ihre Augen legte, der ihr den Blick abschnitt. Sie überlegte, ob es der Schatten des Todes war, der über ihr schwebte, sich gleich über sie senken, ihre Augen brechen und dann, mit einer winzigen, kaum merklichen Bewegung eines einzigen Fingers ihr Herz anhalten würde. Der Tod war mächtig, o ja! Breitbeinig hatte er sich über ihr aufgebaut, stand über ihrem Kopf, aus dem ihre Augen nach oben starrten und nicht mehr ganz begriffen, was sie sahen. Über ihr stand der Tod und schnaufte und hatte an der Stelle des Gesichts ein rundes, spiegelndes, gerahmtes Schwarz, das wie das Objektiv eines Fotoapparats aussah. Dann verschwamm das Bild, und während sie noch fieberhaft überlegte, was es bedeuten mochte, daß der Tod wie ein Mann mit einem Fotoapparat aussah, blitzte es plötzlich über ihr auf, gleißend hell wie ein Signal aus einer anderen Welt, zu der sich einen Augenblick lang verheißungsvoll ein Spalt aufgetan hatte, aber es war in Wahrheit nur der Funken, den die winzig kleine Fingerbewegung erzeugt hatte, als der Tod Linda Fendys Herz angehalten hatte, und sie dachte, daß sie jetzt tot sei. Dann war sie tot.

5

Es war verdammt schwer, nicht rot zu sehen

Es war verdammt schwer, nicht rot zu sehen. Praktisch unmöglich.

Cicchetta sagte: »Gut, gut, gut, gut. Ich habe das kapiert, Mr. Oldham. Sie haben keine Ahnung, wo John ist oder vergangene Woche war. Sie wissen nur, daß er Ihnen etwas von einem Schulausflug erzählt hat. Sie haben ihn immer gut behandelt ...«

»Besser als sein leiblicher Vater!« unterbrach der Mann.

»Besser, als es sein leiblicher Vater je könnte. Ich nehme das alles zur Kenntnis, es kommt auch ins Protokoll, da können Sie sicher sein. Das einzige, was ich jetzt wissen will, ist, wieso diese Telefonnummer in Ihrem Notizbuch steht.«

»Ich weiß nicht.«

»Wann haben Sie die Nummer notiert?«

»Die Nummer notiert? Ich kann mich nicht erinnern.«

»Kaufman, 38 41 177.«

»Kaufman? Der Name sagt mir überhaupt nichts.«

»Das ist doch Ihre Schrift, oder?«

»Hören Sie, da sind jede Menge Nummern und Namen eingetragen. Was glauben Sie, bei wie vielen ich nicht mehr weiß, wer zum Teufel das war?«

»Die Nummer steht unter ›K‹ ganz unten. Sie ist als letzte eingetragen worden.«

»Ich kann mich leider nicht erinnern.«

»An ein paar Namen werden Sie sich ja wohl erinnern können. Sind das Freunde, Geschäftspartner ...?«

»Alles mögliche.«

»Der da zum Beispiel, Holtermann, 52 41 298. Wer ist das?«

»Fällt mir im Moment nicht ein.« Oldham grinste. »Aber warum rufen Sie nicht einfach an?«

»Steve, 12 13 733?«

»Wie weggeblasen!« sagte Oldham. »Wenn Sie vielleicht ein Bier hätten? Das frischt mich immer ein bißchen auf.«

»Kaufman ...«

»Nie gehört!« sagte Oldham.

»... ist Inhaber eines Pornoladens ...«

»Huch!« sagte Oldham.

»... in der Darlinghurst Road. Er ...«

»Ist das in Sydney?«

»Okay«, sagte Cicchetta, »in Ordnung, kein Problem. Schieben wir etwas anderes dazwischen. Was haben Sie letzten Sonntag gemacht?«

»Gar nichts.«

»Was heißt gar nichts?«

»Geschlafen, ferngesehen, ein paar Bier gezischt.«

»Sie waren den ganzen Tag zu Hause?«

»Weiß ich nicht mehr.«

»Welche Sendungen haben Sie denn gesehen?«

»Alles, den ganzen Quatsch. Sport, Kindersendungen, Serien, alles, was kam.«

»Was für Sport?«

»Alles mögliche, ich weiß nicht mehr.«

»Und am Montag?«

»Das gleiche, haargenau das gleiche. Schlafen, fernsehen, saufen. Und ebenso am Dienstag, Mittwoch und Donnerstag. Ich bin ziemlich häuslich, wissen Sie? Ich führe kein sehr aufregendes Leben.«

»Sie kommen sich wohl mächtig clever vor?« fragte Cicchetta.

»Weiß nicht«, sagte Oldham, »ich weiß überhaupt nichts.«

»Uns geht es um Kaufman«, sagte Cicchetta, »nicht um Sie. Sie sind für uns bloß ein kleines, mieses, fieses Schwein, wie es sie zu Hunderttausenden gibt. Wir sind gar nicht scharf darauf, uns an Typen wie Ihnen die Finger schmutzig zu machen. Ob Sie einmal mehr oder weniger im Knast sitzen, interessiert uns nicht. Früher oder später landen Sie doch wieder dort. So einer wie Sie kommt immer wieder zurück. Das können wir abwarten.«

»Dann kann ich ja jetzt abhauen!«

»Nur, weil Sie uns nicht interessieren und weil wir auf Sie warten können, schlage ich Ihnen jetzt einen Deal vor. Nicht, weil Sie so ein netter Mensch wären. Das sind Sie nicht. Sie sind nichts als ein kleines Arschloch, das sich für den Nabel der Welt hält.«

Oldham grinste. Cicchetta fuhr fort:

»Nehmen wir mal an, Kaufman hätte Ihnen gesagt, er besitze eine Werbeagentur und habe den Auftrag, einen Werbespot fürs Fernsehen zu drehen, sagen wir, für irgendeinen der tollen Ferienclubs auf einer der Whitsunday-Inseln vor der Küste Queenslands, Daydream Island zum Beispiel. Dazu brauchte er einen Jungen mit richtig schön exotischem Sonne-Sommer-Urlaubslächeln. So einen wie John. Nehmen wir weiter an, John sei von der Idee ganz begeistert gewesen und Sie hätten ihm schließlich erlaubt, für ein paar Tage an den Dreharbeiten teilzunehmen. Kaufman habe einen seriösen Eindruck auf Sie gemacht und sogar die Gage für John im voraus bezahlt, bar auf die Hand. Um dem Jungen keine Schwierigkeiten zu bereiten, hätten Sie ihn in der Schule krank gemeldet und so weiter. Kurz: Sie sind aus allen Wolken gefallen, als Sie von uns erfuhren, was Kaufman wirklich vorhatte.«

»Sehr interessant«, sagte Oldham.

»Wir kriegen Kaufman, und Sie sind aus dem Schneider.«

»Sehr schön«, sagte Oldham, »nur, wer ist Kaufman?«

»Überlegen Sie es sich!« sagte Cicchetta.

Er ließ Oldham abführen. Vielleicht würde der Mann ja doch auf eine Geschichte dieser Art anspringen, wenn sie ihn lange genug bearbeiteten. Vielleicht würde er anbeißen. Wenn er mal am Haken hing und zu reden begonnen hatte, dann war kein Halten mehr, das wußte Cicchetta. Dann würde noch einiges aus ihm herauszuholen sein. Sehr wahrscheinlich war es allerdings nicht. So oft, wie Oldham schon gesessen hatte, mußte er inzwischen wissen, wie es lief. Daß er, was immer er auch aussagte, der Dumme war, wenn am Schluß abgerechnet wurde. Daß er nur dann nichts Falsches sagte, wenn er gar nichts sagte. Daß er nur so eine kleine Chance hatte. Die Bullen würden ihn nie laufen lassen, wenn sie nicht mußten. Diese Erfahrung mußte er gemacht haben, daraus würde er seine Folgerungen ziehen, und damit hatte er ja durchaus recht. Cicchetta jedenfalls würde Oldham nicht laufen lassen, wenn er nicht mußte.

Cicchetta ging einen Stock tiefer und schaute in das Zimmer, in dem Li Frau Ardouni ausfragte. Johns Mutter saß kerzengerade auf dem Stuhlrand und kniff die Lippen aufeinander. Ihre Augen waren rot. Sie hatte geweint. Li warf Cicchetta einen Blick zu und sagte samtweich:

»Wir machen später weiter, Frau Ardouni.«

Frau Ardouni rührte sich nicht.

»Kann ich Ihnen etwas zu essen bringen? Brauchen Sie sonst etwas?« fragte Li.

Frau Ardouni schüttelte den Kopf.

»Ich bringe Ihnen etwas Libanesisches, Tabouli«, sagte Li und stand auf. Sie überließ Frau Ardouni einer Kollegin und kam auf den Gang heraus.

»Pause«, sagte Cicchetta. »Gehen wir essen?«

Li schüttelte den Kopf. »Ein paar Schritte vielleicht, zu Fuß?«

»Klar«, sagte Cicchetta. »Ist was?«

Li zog ihn am Arm zum Ausgang hinunter. Es war schön, wenn ihn Li am Arm faßte.

»Ist irgend etwas, Li?« fragte Cicchetta.

Li sagte nichts. Schweigend gingen sie die Argyle Street entlang, überquerten die Straße und nahmen die Treppen, die kurz vor der Unterführung zur Cumberland Street hinaufführten. Gegenüber begann der Fußgängertunnel unter der Auffahrt zur Harbour Bridge. Die paar Neonlichter hier drinnen schienen nur Dunkelheit auszustrahlen. Es war der Kontrast zum hellen Sonnenlicht. Im Dunkel der Fußgängerunterführung sagte Li:

»Sie hat lautlos geweint. Völlig lautlos. Kein Ton, kein Schniefen, nichts. Ich habe es zuerst gar nicht bemerkt.«

Cicchetta hätte Li gern geküßt.

»Sie hat gar nicht geweint. Man kann das gar nicht Weinen nennen. Ihr lief einfach das Wasser aus den Augen. Sie selbst war überhaupt nicht beteiligt. Die Tränen liefen bloß aus den Augen heraus und an ihren Wangen herab. Als ob sie mit ihr gar nichts zu tun hätten. Als ob sie aus einer ganz anderen Welt stammten.«

Im Zwielicht der Unterführung. Wie ein Vierzehnjähriger, der sich nicht ganz sicher ist, ob er das überhaupt kann. Küssen. In einem Fußgängertunnel, über dem ein Gehweg, ein Fahrradweg, zwei City-Rail-Gleise und acht oder zehn Fahrspuren entlangliefen. Es war lächerlich. Von A bis Z lächerlich.

»Die Tränen rannen einfach so herab, jede Menge Tränen, bis zum Kinn liefen sie herab, und dort bildeten sie dicke Tropfen, die irgendwann zu schwer wurden und abfielen. Ob sie ein Taschentuch brauche, habe ich sie gefragt, und sie, sie schreckt auf, fährt zusammen, als wäre sie geschlagen worden, und dann ...«

Sie hatten die Unterführung fast durchquert. Zwei Drittel lagen schon hinter ihnen. Wenn sie erst durch wären, wäre der Zauber vorbei.

»Sie hatte gar nicht bemerkt, daß sie geweint hatte. Kannst du dir das vorstellen, Sam? Sie merkt gar nicht, wenn sie weint! Und weißt du, warum? Ob sie weint oder nicht, das ist für sie das gleiche. Das macht keinen Unterschied. Eigentlich weint sie immer, ununterbrochen, nur reichen die Tränen nicht.«

»Li!« sagte Cicchetta.

»Kannst du dir das vorstellen? Was muß die Frau erlebt haben, um gar nicht mehr zu merken, ob sie weint oder nicht? Wie viele Jahre an Qual und Elend? Erniedrigungen, Angst. Panik. Panik vor allem. Eine Panik, über der sie alles vergißt. Sich selbst am meisten. Was ist das für ein Leben? Sag mir das, Sam!«

»Ja, Li«, sagte Cicchetta und dachte an ihren Mund, an ihren Körper und daran, wie es wäre, wenn er sie an sich pressen würde, so fest, daß es schmerzte.

»Klar«, sagte er, »das ist schon in Ordnung! Du mußt nicht mit ihr weitermachen. Es gibt Sachen, mit denen kommt man einfach nicht klar. Das passiert jedem. Immer wieder. Es kann genauso gut jemand anderer weitermachen. Das ist überhaupt kein Problem.«

»Sag mir, wie es soweit kommen kann! Wie jemand so weit kommen kann und trotzdem weiterlebt. Sag mir das!« sagte Li.

Sie ließen die Unterführung hinter sich und traten ins Licht der Mittagssonne hinaus. Rechts fielen die Felsen, die den Rocks den Namen gegeben hatten, steil abgeschnitten zur Argyle Street ab. Li warf Cicchetta einen Blick von der Seite zu. Ihre Augen waren schwärzer als schwarz. Der Weg zum Observatorium zog sich an mächtigen Bäumen, die ihre Brettwurzeln weit von sich streckten, vorbei nach links hinauf. Sie gingen übers Gras zum Pavillon. Unten stachen die ausrangierten Fingerwerften in das Wasser der Walsh Bay hinaus.

»Natürlich«, sagte Cicchetta, »natürlich kann ich dir das sagen. Es ist ... Da war mal einer, es ist schon ein paar Jahre her, den haben wir sechsmal ins Gefängnis gebracht, immer aus dem gleichen Grund. Er hatte sich besoffen und seine Frau zusammengeschlagen. Mindestens fünfmal so oft hätte er sitzen müssen, aber seine Frau hat jedesmal steif und fest behauptet, sie sei von einer Leiter gestürzt, gegen das Bügeleisen geknallt, und was weiß ich alles. Nur wenn wir Dritte als Zeugen hatten, haben wir ihn wieder für ein paar Monate hinter Gitter gebracht. Seine Frau hat ihn dort besucht, in Paramatta. So oft sie durfte, hat sie ihn besucht, hat ihm Päckchen gebracht, ihn abgeholt, wenn er entlassen wurde. Er braucht mich doch, hat sie gesagt, was soll er denn sonst anfangen? Er sei doch ihr Mann. Vielleicht war es so, der springende Punkt war aber, daß es umgekehrt genauso galt. Sie hatte niemanden, niemand anderen. Allein zu sein, darin lag das nackte Entsetzen für sie, das war für sie der absolute Schrecken, an dem gemessen alles andere erträglicher, besser, schöner schien. Lieber geschlagen als gar nicht berührt werden!«

Li und Cicchetta folgten dem Fußweg am Zaun des Observatoriumgeländes. Vom westlichen Abbruch des Hügels aus konnten sie die weit verzweigten Bays überblikken, die das Herz des Frachthafens von Sydney dargestellt hatten, bevor die neuen Containerterminals an der Botany Bay in Dienst genommen wurden.

»Und?« fragte Li.

»Hm?«

»Wie geht die Geschichte aus? Wie endete alles?«

Von hier aus zeigte die Stadt ihre Rückseite, ihren nackten Hintern. Die kahlen Hafenflächen von Millers Point, die zwischen den Dachfirsten der Kent Street Terraces aufschimmerten, wirkten wie das verfallene Fundament für ein aufgegebenes Wolkenkratzerprojekt. Dahinter, jenseits der Einfahrt zu Darling Harbour, glänzten die gewaltigen Pyrmont-Landeplätze in der Sonne, und überall entlang des Wassers, in dem die Landfetzen zu schwimmen schienen, lagen Werften, Ladestellen und Rampen, Silohallen, Depots, Drehkräne und aufgegebene oder noch betriebene Fabriken wie in einer gigantischen Freiluftrumpelkammer des Industriezeitalters durcheinander. Kohle- und Weizenlader in White Bay, die Containerdepots entlang Rozelle Bay, Blackwattle Bay, an deren Ende sich die Hallen der Fish Markets befinden mußten, dort, rechts von den weißen Halbbögen des Maritime Museums. Und da ragte ein altes Fabrikgebäude backsteingotisch in den Himmel. Vielleicht die ehemalige Colonial Sugar Refining Company.

»Wie die Geschichte ausgeht? Ich weiß nicht. Vielleicht

geht sie immer noch so weiter. Vielleicht schlägt er sie immer noch, immer wieder. Vielleicht hat er sich zu Tode gesoffen, und sie ist aus Gram gestorben, oder sie hat einen Neuen gefunden, einen anderen Kaputten, Gescheiterten, der mit ihr lebt, weil er jemanden braucht, der noch schwächer und kaputter ist als er und an dem er seinen Haß herausprügeln kann. Ich weiß es nicht. Vielleicht kam auch ein Märchenprinz ...«

»Nein, Sam, das nicht!« sagte Li.

Cicchetta sah der Fähre zu, die von der Darling Street Wharf ablegte und an Goat Island vorbei auf den Teil des Hafens zuhielt, bei dem man nicht mehr wußte, ob es sich schon um die innersten Meeresbuchten oder noch um den in die Breite gegangenen Paramatta River handelte. Was Li betraf, was ihren Mund und ihre Augen anlangte, war es zu spät. Für all das war es viel zu spät. Es war ein Moment gewesen, und der war vorbei. Er hätte sofort etwas sagen müssen. Das Richtige hätte er sagen müssen. Statt dessen hatte er eine Geschichte erzählt. Eigentlich war es schon seit langem viel zu spät.

»Es ist nicht wahr, Li«, sagte Cicchetta. »Die ganze Geschichte ist nie passiert. Erstunken und erlogen. Kein einziges wahres Wort!«

»Sam«, sagte Li.

»Ich habe alles nur erfunden«, sagte Cicchetta.

»Sam Cicchetta«, sagte Li und legte ihren Kopf an seine Schulter. Cicchetta spürte ihre Hand auf seinem Rücken. Es gelang ihm nicht, Li zu umarmen. Er stand einfach da. Wie gelähmt stand er da und schaute auf Goat Island hinüber, aus dessen Grün die Gebäude des Maritime Service Board hervorstachen.

»Ich müßte jetzt weiterreden, Li, nicht?« sagte er. »Ich müßte immer weiterreden und nie mehr aufhören. Irgend etwas müßte ich jetzt erzählen, egal was, nur fällt mir nichts ein. Überhaupt nichts. Es ist schrecklich, wenn man genau weiß, was zu tun ist, und man kann einfach nicht. Kennst du das Gefühl? Für mich ist es viel schrecklicher als ...«

»Sei still, Sam!« sagte Li.

»Klar«, sagte Cicchetta, »einfach still sein, das wäre auch gut. Sehr gut sogar. Einfach so dastehen und gar nichts tun, nicht reden, keinen Ton, die Augen schließen, nichts mehr sehen wollen, nicht mehr sehen brauchen. Dann wäre da nur noch das Atmen. Schade, daß man atmen muß! Man kann natürlich den Atem anhalten und …«

»Sam, Sam, Sam«, sagte Li.

»Ja«, sagte Cicchetta. Sie schmiegte sich an ihn, und er faßte sie um die Schulter, vorsichtig, um nichts zu zerbrechen. Dann strich er ihr übers Haar und stand da und sah zu, wie ein schwarzer Schlepper hinter der Biegung von Millers Point verschwand und die Sonne von den Blechdächern der Häuser und Schuppen unten widerschien. Das Wasser war ruhig und blau. Ein Pelikan kam mit schwerem Flügelschlag von Pyrmont herüber. Die Zeit war tot. Cicchetta strich Li übers Haar.

»Ich sollte aufhören«, sagte Li, »das ist kein Job für mich. Vielleicht sollte ich alles hinwerfen. Aufhören mit der Polizei und dem ganzen Elend. Etwas anderes tun, etwas Normales. Etwas, bei dem man mit ganz alltäglichen Menschen zu tun hat.«

»Vielleicht«, sagte Cicchetta und ließ Li los. Loslassen war schwer, weil der Moment danach so bitter falsch schmeckte. Wenn man plötzlich wieder die Welt zwischen sich und dem anderen spürte, und wenn einem klar wurde, daß sie die ganze Zeit über da gewesen war, daß man sich nur etwas vorgemacht hatte. Der Moment, in dem man losließ, machte verlegen.

»Vielleicht auch nicht«, sagte Cicchetta. Er hätte noch vieles sagen können. Daß es bei der Polizei bald nur noch Maschinen gäbe, wenn alle, die wie Li waren, aufhörten und abhauten. Daß man das Elend auch noch mitbekäme, wenn man sich die Augen ausstäche. Daß keiner vor seinen Gefühlen davonlaufen könne. Daß er, Cicchetta, ohne Li nicht auskomme. Daß er sie brauche.

»Es ist deine Entscheidung«, sagte er.

Li schüttelte den Kopf. »Frau Ardouni wird nicht reden. Ihr Schrecken ist stärker als die Angst um ihren Sohn. Was an Mitgefühl noch nicht abgestorben ist, steckt tief in einem inneren Eisblock. Aus Panik. Schockgefroren.«

»Du machst weiter?« fragte Cicchetta.

»Da kommt keiner durch. Ausgeschlossen!«

»Du machst weiter«, sagte Cicchetta.

Sie begaben sich auf den Rückweg. Cicchetta hätte viel darum gegeben, die Unterführung vermeiden zu können.

Irgendwie kamen sie durch. Zurück ins Revier. Li zu Frau Ardouni, Cicchetta zu Oldham, der gerade von Ryan in die Mangel genommen wurde. Obwohl Oldham stur und provokativ wiederholte, überhaupt nichts zu wissen, verlor Ryan nicht die Geduld. Er setzte auf Zermürbung. Stunde um Stunde dieselben Fragen. Es kam darauf an, wer länger durchhielt.

Cicchetta rauchte zwei Zigaretten. Dann klingelte das Telefon. Es war Chief Detective Spiro Kosinski von der Mordkommission am Hyde Park. Cicchetta kannte ihn seit langem. Vor zwanzig Jahren waren Kosinski und er mal in die gleiche Frau verliebt gewesen, eine kleine blonde Schönheit namens Sue, die offensichtlich nur deshalb die Polizeischule besucht hatte, weil sie dort die besten Chancen gesehen hatte, ihren Rambo fürs Leben zu finden. Cicchetta hatte damals das Nachsehen gehabt, aber Kosinski, der sie Hals über Kopf ins Standesamt gezerrt hatte, war jetzt auch schon wieder fünfzehn Jahre geschieden. Die blonde Sue war mit irgendeinem Industrieheini abgezogen, und Kosinski war Cicchetta fast sympathisch geworden, als er ihm gestanden hatte, daß die 1721 Tage seiner Ehe die schrecklichsten seines Lebens gewesen seien.

»Wir haben Scheiße gebaut, Sam«, sagte Kosinski am Telefon.

»Stimmt«, sagte Cicchetta, »gern und oft.«

»Nein, hör zu! Ihr habt nach einem Richard Kaufman fahnden lassen, nicht? Wir hatten ihn.«

»Ihr hattet ihn?«

»Im Queen Victoria Building ist eine alte Pommie-Lady zu Tode gestürzt. Irgendein Hobbyhandwerker hatte das Geländer angesägt. Wir waren schnell da, haben dichtgemacht, die paar hundert Rumpelstilzchen nach ihrem Namen gefragt und ob sie vielleicht jemanden mit einer Säge in der Aktentasche bemerkt hätten.«

»Und einer davon war Kaufman?«

»Kam frisch aus einer Herrenboutique. Weißer Leinenanzug, grünes Seidenhemd, verspiegelte Sonnenbrille. Er soll todschick ausgesehen haben, sagt Fletcher. Fletcher sieht sich Kaufmans Ausweis an, denkt sich, daß er den Namen schon mal gehört habe, überlegt ein Sekündchen scharf, und dann fällt ihm ein, daß ihr Jungs von den Rocks euch mal mit dem Herrn unterhalten wolltet. Also läßt ihn Fletcher mit einer Auswahl der eingesammelten Wichtigtuer, äh, Zeugen in einem Mannschaftsbus ins Revier fahren…«

»Ihr habt ihn nicht mehr?« fragte Cicchetta ungläubig.

»Es sind die vielen Leute, Sam. Keiner kennt den anderen. Kein Schwein redet mit einem, den er nicht kennt. Früher war das anders. Da…«

»Sag schon, Spiro!« sagte Cicchetta.

»Irgend etwas ist schiefgelaufen. Sie haben nicht begriffen, daß er wegen eurer Sache bei der Fuhre dabei war. Irgendein Idiot hat seine Zeugenaussage wegen der Pommie-Lady aufgenommen…«

»Sie haben ihn laufenlassen?« fragte Cicchetta zur Sicherheit. Er konnte es nicht fassen.

»Kaufman hat natürlich nichts gehört und nichts gesehen. Und dann haben sie ihn laufenlassen«, sagte Spiro.

»Wann?« fragte Cicchetta.

»Vor zwei Stunden. Ich habe es vor ein paar Minuten bemerkt. Ich habe nur noch Kaufmans Aussageprotokoll überflogen, bevor ich dich angerufen habe.«

»Nichts?«

»Nichts. Das Arschloch, das die Sache versiebt hat, mache ich so klein, daß es auf einen 5 x 3 Zentimeter kleinen

Fetzen Papier paßt. Dann stecken wir ihn als Niete unter die Lose der nächsten Polizeitombola.«

»Danke, Spiro. Ruf an, wenn du noch etwas herausfindest.«

Cicchetta legte auf. Ryan hatte Oldham abführen lassen. Er fragte, was los sei. Cicchetta erzählte die Geschichte.

»Kaufman?« fragte Ryan.

»Was sollte der gegen eine alte Lady haben?«

»Sie könnte etwas beobachtet haben.«

»Möglich«, sagte Cicchetta. »Dann muß es etwas Entscheidendes gewesen sein. Wegen ein paar Pornofotos bringt ein Geschäftsmann wie Kaufman niemanden um.«

»Ob er selbst sein Haus gesprengt hat? Wegen der Versicherung?«

Cicchetta schüttelte den Kopf. »So etwas erledigt man mit ein paar Kanistern Benzin und Streichhölzern, nicht mit TNT. Außerdem hat Li nachgeforscht. Das Haus war unterversichert.«

Ryan versuchte es weiter:

»Kaufman will jemanden decken, der das Haus gesprengt hat. Seine Frau zum Beispiel. Seine Frau, die angeblich gar nicht wußte, daß ihr Mann ein Haus in der Victoria Street besaß. Ist das nicht seltsam? Kaufmans Frau hat irgendwie entdeckt, was ihr Mann dort treibt, wirft die Kinder hinaus und jagt den Sündenpfuhl in heiliger Entrüstung hoch. Sie ist so ein Sauberkeitstyp, dem ich das zutrauen würde.«

»In ihrer Empörung kümmert sie sich nicht darum, daß ihr eine alte englische Lady über die Schulter sieht, und erst, als sie ihren Mann zur Rede stellt, merkt sie langsam, daß nicht nur ihm wegen der Kinderpornos, sondern auch ihr wegen Totschlags und so weiter ein paar Jahre Knast blühen.«

»Gefahr verbindet.« Ryan nickte. »Und Kaufman – ganz Kavalier – beschließt, die Scherben zusammenzukehren und alles Weitere selbst in die Hand zu nehmen. Er macht die Engländerin ausfindig, über AAT King oder welches Unternehmen auch immer die Touristengruppe durch Sydney gekarrt hat, und ...«

»... bringt sie um. Nur ...«

»Das Geländer!« sagte Ryan.

»Selbst wenn er weiß, daß die Gruppe am nächsten Morgen das Queen Victoria Building besucht, müßte er total verrückt sein, wenn er ein Geländer ansägt, um eine bestimmte Person aus dem Weg zu räumen.«

»Mmh«, sagte Ryan.

»Also hat Kaufman mit der Lady nichts zu tun! Zufall, daß er dort war!«

»Jeder müßte verrückt sein, der auf diese Weise eine bestimmte Person umbringen will. Und wenn einer wahllos irgend jemanden umbringen will, ist er sowieso verrückt. Und wie wäre jemand zu nennen, der ein Geländer ansägt, auch wenn er niemanden umbringen will?«

»Du meinst, man will uns glauben machen, daß wir es mit einem Verrückten zu tun haben? Daß irgendein Durchgedrehter durch Sydney läuft und grundlos andere Leute umlegt?«

Ryan nickte. »Der zweite Mord könnte dazu dienen, auch den Anschlag in der Victoria Street als Tat eines Verrückten erscheinen zu lassen. Als sinnlos!«

»Was wiederum heißen würde, daß ein Sinn dahintersteckt, der verborgen werden soll.«

»Vielleicht hatte Kaufman doch Gründe, sein eigenes Haus zu sprengen.«

»Das ist alles weit hergeholt«, sagte Cicchetta.

Der Mann mit der Olympus fühlte sich ziemlich müde. Körperlich müde. Geistig nicht, im Kopf war er hellwach und aufgedreht, als ob er kannenweise Kaffee getrunken hätte. Aber seine Glieder schmerzten vor Müdigkeit und wollten sich nicht mehr recht bewegen lassen. Doch er mochte noch nicht nach Hause gehen. Er hätte sowieso nicht schlafen können. Gut, er hätte in seiner Dunkelkammer arbeiten, den Film entwickeln und vergrößern können, aber das tat er lieber, wenn er ausgeruht war. Es kam viel auf Konzentration und eine ruhige Hand an. Es eilte auch nicht. Der Film würde ihm nicht davonlaufen. Der Mann griff nach der Kamera, die er über der Schulter hängen hatte.

Außerdem genoß es der Mann mit der Olympus jetzt, unter Menschen zu sein. Er hatte nicht viele Bekannte oder Freunde, und das war ihm auch ganz recht so, aber ab und zu machte es ihm Spaß, sich unter Menschen zu bewegen, unter Massen von Menschen allein zu sein und doch den Anschein zu erwecken, dazuzugehören. Manchmal ging er sogar zu einem Rugby- oder Cricketspiel, obwohl ihn beides nicht interessierte. Es amüsierte ihn, aufzuspringen, zu jubeln, anzufeuern wie die anderen, als ob er einer von ihnen wäre. Da konnte er sich innerlich richtiggehend ausschütten vor Lachen.

Doch im Moment wollte er nur unter Menschen sein, um abzuspannen, um sich zu zerstreuen, damit er nachher gleich einschlafen konnte. Nur noch ein halbes Stündchen am Quay auf und ab spazieren, den Blick schweifen lassen, mal hier, mal dort stehenbleiben, das war alles, was er brauchte. Der Mann mit der Olympus schlenderte am Overseas Passenger Terminal vorbei und folgte der Einbuchtung von Campbell's Cove. Unter den steilen Giebeln der Campbell'schen Lagerhäuser ragten die Streben der Flaschenzüge aus den restaurierten Mauern. Doch längst schon waren die Lagerhäuser zu Restaurants umfunktioniert worden, in denen nur noch das hochgehievt wurde, was die Lunchgäste auf ihre Gabeln geschaufelt hatten. Der Mann mit der Olympus hatte überhaupt keinen Hunger. Lieber schaute er dem Zauberer zu, der am Zugang zum Pier seine Tricks vorführte.

Der Zauberer war ein junger Mann, der einen schwarzen Mantel und einen Zylinder trug, den er schief auf seine blonden Locken gedrückt hatte. Seine Kunststücke waren nicht aufwendig, er benutzte nichts als ein rotes Band, das er in zwei, in drei Teile zerschnitt, die er aufreihte, verknotete und, zack, zack, war es wieder ein einziges unversehrtes Band. Das gefiel dem Mann mit der Olympus. Wie die Teile blitzschnell wieder eins wurden. Als der Zauberer das Band in Schlingen legte und diese dann von einer Zuschauerin aufschneiden ließ, konzentrierte sich der Mann mit der Olympus auf die Hände des Zauberkünstlers. Es müßte doch zu sehen sein, worin der Trick bestand! Die Hände waren schmal und feingliedrig. Und dann waren sie nur noch ein Wirbel, so schnell bewegten sie sich, schneller, als die Augen des Manns mit der Olympus folgen konnten, und schon hielten sie den Zuschauern ein langes, rotes Band entgegen, das noch nie von einer Schere berührt worden war.

Der Mann mit der Olympus klatschte Beifall, wie die Leute um ihn herum auch. Der Zauberkünstler verbeugte sich, fing geschickt den Zylinder auf, der ihm dabei vom Kopf rutschte, und sagte:

»Vertrauen, meine Damen und Herren, ist eine elementare Angelegenheit zwischen Angehörigen der menschlichen Rasse. Vertrauen ist nicht auf den Augenschein angewiesen. Ja, es verleugnet ihn geradezu. Das Vertrauen interessiert sich nicht für die Überredungskunst des Offensichtlichen. Es verweigert sich der heute leider üblichen Angewohnheit, kein ›Was‹ ohne ein eindeutiges ›Wie‹ gelten zu lassen. Vertrauen stellt sich erst ein, wenn einer nicht nachvollziehen kann, wie etwas geschieht. Wenn er nur sieht, daß etwas geschieht, es nicht versteht und dennoch glaubt, daß alles ist, was es ist. Vertrauen heißt, an das Menschliche zu glauben. Vertrauen heißt, den Zauber des Lebens zu bestaunen. Zaubern heißt, das Vertrauen zu feiern.«

Der junge Mann mit den blonden Locken streckte seinen Zylinder dem Publikum entgegen.

»Kurz, meine Damen und Herren, Kontrolle ist gut, Vertrauen ist besser, und deswegen bitte ich Sie, mir einen Ihrer Fotoapparate anzuvertrauen.«

Der junge Zauberkünstler führte seinen Arm im Halbkreis an den Zuschauern vorbei. Die Öffnung des Zylinders war ein schwarzes Loch. Der Mann mit der Olympus warf einen Blick zur Seite. Er war nicht der einzige, der eine Kamera bei sich trug. Da waren noch andere. Touristen. Fast jeder zweite unter den drei Dutzend Leuten, die im Halbkreis standen, hatte einen Fotoapparat umhängen. Der Mann mit der Olympus blickte angestrengt auf einen dicken Touristen, der eine Nikon mit mächtigem Teleobjektiv vor der Brust hatte.

»Wenn Sie so nett wären ...«, sagte der Zauberkünstler aus nächster Nähe. Da alle auf ihn starrten, merkte der Mann mit der Olympus, daß er gemeint war.

»Ich?« fragte er zögernd.

»Legen Sie Ihren Fotoapparat bitte in den Zylinder!« sagte der junge Mann.

Warum ich? dachte der Mann mit der Olympus. Er griff nach seiner Olympus. Es war seine Kamera, sie gehörte ihm, einzig und allein ihm. Der Film war voll. Es war sein Film, er hatte ihn gekauft, er hatte die Fotos gemacht, es waren seine Fotos, die er in seinem eigenen Labor entwickeln würde. Das ging niemanden etwas an, das waren seine Angelegenheiten. Er kümmerte sich ja auch nicht um die von anderen Leuten. Der Mann sollte ihn in Ruhe lassen!

»Nur für einen Moment«, sagte der Zauberkünstler. Er lächelte. Er hatte kalte blaue Augen. Die Umstehenden lächelten auch, höhnisch. Schau! sagten sie stumm und verächtlich, dieser Mann hat kein Vertrauen, er klammert sich an seinen Apparat wie ein Kleinkind an seinen Schnuller. Er wird ihn nicht loslassen, nie wird er ihn loslassen. Der Mann mit der Olympus wußte genau, daß sie ihn nicht kannten und nichts verstanden, daß sie mit allem unrecht hatten, was sie jetzt denken mochten, und daß sie ihn dafür büßen ließen, daß sie selbst kein Vertrauen hatten. Der Mann mit der Olympus wußte auch, daß er keine Wahl hatte. Er streifte den Gurt über den Kopf und legte die Kamera in den Zylinder. Die Zuschauer schienen enttäuscht und wandten ihre Aufmerksamkeit wieder dem Zauberkünstler zu. Der verbeugte sich.

»Vielen Dank für Ihr Vertrauen«, sagte der Zauberkünstler. Er ging an der ersten Reihe der Zuschauer entlang und ließ sie in die Höhlung des Zylinders blicken, in der sich die Olympus befand. Dann trat er ein paar Schritte zurück. Er stellte den Zylinder mit der Kopföffnung nach oben auf das Tischchen, neben dem der Koffer mit seinen Utensilien lag. Der Tisch bestand aus einer dünnen Platte und vier Alu-Füßen. Da war kein Raum für ein Geheimfach unter einer unsichtbaren Öffnung, aber natürlich wußte der Mann mit der Olympus, daß seine Kamera irgendwie verschwinden würde. Vielleicht war sie schon weg. Vielleicht hatte der Zauberkünstler sie schon während der paar Schritte zum Tisch irgendwie aus dem Zylinder entfernt. Wahrscheinlich steckte sie schon irgendwo unter seinem schwarzen Mantel.

Der Zauberkünstler breitete ein schwarzes Tuch über den Zylinder. Der Mann mit der Olympus überlegte, wie er sich verhalten sollte. Man würde auf seine Reaktion achten, doch er würde sich genauso verhalten wie alle anderen. Er würde höflich Beifall klatschen, wenn sich herausstellte, daß der Zylinder leer war. Er würde lachen, ungläubig den Kopf schütteln und Beifall klatschen. Er würde sich nichts anmerken lassen. Keiner würde ihm ansehen, daß er anders war als all die anderen. Keiner könnte sagen, daß er nicht dazugehörte.

Der Zauberkünstler stand hinter dem Tisch, bewegte die Arme und sagte irgend etwas, doch der Mann mit der Olympus hörte nicht zu. Sobald er seine Kamera zurück hatte, mußte er kontrollieren, ob der Film noch da war. Es war zwar mehr als unwahrscheinlich, daß der Film verschwunden wäre, aber der Mann mit der Olympus würde sich vergewissern. Sicher ist sicher. Er war jemand, der die Risiken so klein wie möglich hielt. Er ärgerte sich. Er hätte den Film gleich aus dem Apparat holen und in seiner Hosentasche verstauen sollen.

Der Künstler zog nun das Tuch über dem Zylinder weg und ließ es zu Boden gleiten, um zu zeigen, daß der Fotoapparat nicht darin verborgen war. Der Mann mit der Olympus war sich nun sicher, daß der Zauberkünstler seine Kamera schon ganz am Anfang aus dem Zylinder entfernt hatte. Trotzdem wartete er, bis der junge Mann den Zylinder aufnahm, ihn hin und her wendete, auf ihn klopfte und die leere Höhlung den Zuschauern zeigte. Dann lachte er, schüttelte ungläubig den Kopf und klatschte Beifall wie alle anderen. Der Zauberkünstler schnitt den Applaus mit einer energischen Handbewegung ab. Er sagte:

»Vollendung, meine Damen und Herren, ist das Ziel, das es anzustreben gilt. In der Vollendung verschmelzen Lust und Leid, Schrecken und Schönheit. In ihr werden Auge, Blick und Erblicktes auf ewig eins. Sie ist ein einzelner Punkt, der die Welt enthält. In der Vollendung herrschen einzig Ruhe, Harmonie und Bedürfnislosigkeit. Doch wie Sie sehen konnten, verehrte Zuschauer, bin ich noch weit von dieser Perfektion entfernt. Leider hat das Kunststück nur zur Hälfte funktioniert. Zwar hat sich der Fotoapparat des geschätzten Herrn entmaterialisiert, doch die klingenden Münzen, die statt dessen den Zylinder hätten füllen sollen, sind auf Grund meiner Unvollkommenheit ausgeblieben.«

Er schüttelte den Zylinder zum Beweis.

»Ein letztes Mal bitte ich um Ihre Mithilfe. Vollenden Sie das Kunststück! Füllen Sie den Hut mit Münzen und helfen Sie mir so, auf meinem Weg der Vervollkommnung unbeirrt fortschreiten zu können!«

Die Zuschauer lachten und kramten nach ihren Geldbörsen, während der Zauberkünstler begann, mit dem Hut in der ausgestreckten Hand von einem zum anderen zu gehen. Münzen fielen ins Schwarz des Zylinders. Auch der Mann mit der Olympus gab einen Dollar. Er ließ den Zauberkünstler nicht aus den Augen, als dieser in der zweiten und dritten Reihe sammelte, zum Tisch zurückkehrte, diesen mit knappen Bewegungen zusammenklappte und im Koffer verstaute. So, als ob alles vorbei wäre, packte der junge Mann seine Seile, Karten und Tücher in den Koffer, schüttete die Münzen hinein, legte den Zylinder vorsichtig dazu. Zuletzt zog er den schwarzen Mantel aus und stopfte auch ihn in den Koffer. Nun war er kein Zauberkünstler mehr, sondern nur noch ein blonder junger Mann in einer Leinenhose und einem T-Shirt. Nun sah er nicht anders aus als die Zuschauer, die immer noch um ihn standen. Einige lachten und deuteten auf den Mann mit der Olympus, der seit einigen Minuten ein Mann ohne Olympus war. Der in einen blonden jungen Mann verwandelte Zauberkünstler achtete nicht darauf. Er verschloß sorgfältig seinen Koffer und richtete sich auf. Er schien verwundert, als er die Menschen bemerkte, die ihn erwartungsvoll umringten. Er lächelte, zuckte die Achseln und begann, sich einen Weg durch die Reihen zu bahnen, auf das nordwestliche Ende von Campbell's Cove zu, wo sich die Fabrikfassade des Earth Exchange Museums grau über dem Sandstein der ehemaligen Lagerhäuser türmte.

»Meine Kamera?« fragte der Mann mit der Olympus. Er achtete darauf, daß seine Stimme ruhig klang.

Der junge Mann stellte den Koffer ab und wandte sich um.

»Kamera?« fragte er. »Welche Kamera?«

»Sie haben Ihren Spaß gehabt«, sagte der Mann mit der Olympus.

»Ach, Sie meinen den Fotoapparat, den Sie in den Zylinder gelegt haben?« fragte der junge Mann.

»Ich muß jetzt weiter«, sagte der Mann mit der Olympus.

»Den habe ich nicht mehr. Weggezaubert, wissen Sie?«

»Ich habe Verpflichtungen«, sagte der Mann mit der Olympus.

Ein neuer Kreis hatte sich um die beiden gebildet. Er war enger als zuvor. Es war die Unsicherheit. Die Zuschauer mußten näher treten, um herauszubekommen, ob es Spiel oder Ernst war, was hier geschah.

»Ach, Ihr Fotoapparat!« rief der blonde junge Mann. Er schnippte mit Daumen und Mittelfinger in der Luft.

»Natürlich!« rief der junge Mann.

Er wies auf eine Zuschauerin in der zweiten Reihe:

»Die Dame dort hat sich freundlicherweise Ihres Fotoapparats angenommen und bewahrt ihn seit seiner Wiederverstofflichung für Sie auf.«

»Ich?« sagte die Frau verblüfft. Sie war groß, fast so groß wie der Mann mit der Olympus. Sie trug ein helles Baumwollkleid und hatte eine Ledertasche über der Schulter hängen. Sie sah aus wie eine Touristin.

»In ihrer Tasche!« sagte der junge Mann.

Der Mann mit der Olympus trat näher, als die Frau die Klickverschlüsse der Tasche öffnete. Die Zuschauer drängten sich interessiert. Die Frau kramte in der Tasche. Endlich zog sie einen Fotoapparat heraus. Die Olympus. Die Zuschauer raunten Beifall. Der Mann mit der Olympus verstand nicht, wie seine Kamera in die Tasche der Frau gelangt war.

»Das ist meine Kamera!« sagte die Frau.

Die Zuschauer lachten. Das Spiel schien immer noch nicht zu Ende zu sein. Auch der Mann mit der Olympus lachte und streckte fordernd die Hand aus.

»Es ist mein Apparat«, sagte die Frau, »ich kenne doch meine Kamera!«

Die Umstehenden lachten lauter. Es war ein Riesenspaß. Der Mann mit der Olympus griff nach seiner Kamera, doch die Frau ließ sie nicht los.

»Wenn Sie mir bitte ...«, bat der Mann mit der Olympus. »Es ist mein Apparat!«

Es war eine Olympus OM-101. Eine Olympus mit automatischem Filmtransport und Power Focus Objektiv. Eine Olympus mit der Ausstattung, die der Mann so gut kannte und im Schlaf zu bedienen wußte. Eine Olympus mit grauem Umhängeband. Grau. Hellgrau. Vielleicht war es in letzter Zeit abgewetzt, aufgehellt. Oder es lag am Sonnenlicht. Der Mann mit der Olympus hatte das Umhängeband seiner Kamera dunkler in Erinnerung. Dunkelgrau. Nein, fast schwarz. Er war sich sicher. Konnte die Frau …? Diese Frau, die sich an dem Apparat festhielt und nicht recht wußte, was geschah? Und plötzlich sah der Mann mit der Olympus klar. Es war ein anderes Band, es war ganz anders verknotet. Da waren Kratzer und Schrammen am Gehäuse, die dort nicht hingehörten. Andere, an die er sich zu erinnern glaubte, fehlten. Der Firmenaufkleber des Fotoladens, den er gleich zu Beginn entfernt hatte, prangte auf diesem Apparat. Es war dasselbe Modell, es war eine Olympus OM-101, aber es war nicht seine Kamera. Es war ein Apparat, mit dem er nichts zu schaffen hatte, in dem nicht sein Film war, in dem sein Film nicht sein konnte.

Der Mann wandte sich um und schob die Gaffer beiseite. Nichts. Der junge Mann war verschwunden. Der Koffer war ebenso verschwunden.

»Wo ist der Zauberkünstler?« fragte der Mann ohne Olympus.

Die Zuschauer wichen zurück.

»Wohin ist er gelaufen?«

»Das ist nicht Ihre Kamera?« fragte jemand vorsichtig.

»Es ist meine Kamera«, sagte die Frau.

»Der Zauberkünstler hat ihm den Fotoapparat gestohlen?«

»Wohin?« fragte der Mann ohne Olympus.

»Sie sollten zur Polizei gehen!« sagte jemand.

Der Mann ohne Olympus lief los, auf den Durchgang zur Hickson Road zu. Er wußte, daß es zwecklos war, aber immerhin kam er so von diesen Leuten weg. Er würde hundert Meter laufen und dann stehenbleiben. Er mußte nachdenken. Überlegen, was passiert war. Was es zu bedeuten hatte, daß ihm ein junger, als Zauberkünstler verkleideter Dieb die Olympus gestohlen hatte. Welche Konsequenzen er daraus zu ziehen hatte. Er brauchte Ruhe, um einen klaren Gedanken fassen zu können. Keine idiotischen Menschen um sich herum.

Der Mann ohne Olympus blieb stehen und atmete tief durch. Dann fiel ihm ein, daß sein Name auf der Unterseite der Kamera eingraviert war. Und seine Adresse. Das war unangenehm. Ausgesprochen ärgerlich.

Der Bericht im »Morning Herald« war ein voller Erfolg. Noch immer riefen aufgeregte Bürger an, um ihre Meinung zur Identität des rot-weiß geschminkten Toten abzugeben. Ryan war damit beschäftigt, die Meldungen grob zu ordnen und den größten Schwachsinn auszusortieren. Cicchetta sah währenddessen die polizeiinternen Meldungen durch, die am Mittag hereingetickert waren. Zwei Mordfälle in Sydney. Zwei Fälle, vier Opfer. Ein Amokläufer hatte in Blacktown drei Passanten erschossen und mehrere andere verletzt. Der Täter war flüchtig, Name und Foto lagen bei. Ein junger Bursche mit trotzig vorgerecktem Kinn, der auf James Dean machte und sicher stolz wäre, wenn er wüßte, daß er als äußerst gefährlich eingestuft war. Beim zweiten Fall handelte es sich um die Engländerin, die im Queen Victoria Building zu Tode gestürzt war. Offiziell gab es niemanden, der unter Tatverdacht stand. Cicchetta wußte nicht, warum die Zentrale Kaufman nicht erwähnt hatte. Es war ihm auch egal. Mit dem Mord an der Engländerin sollte sich Kosinski herumschlagen. Cicchetta genügten seine eigenen Schwierigkeiten. Der nackte Tote, ein explodiertes Kinderpornostudio, das einem abgetauchten Familienvater gehörte, der gern zum falschen Zeitpunkt am falschen Ort auftauchte, zwei spurlos verschwundene Zehnjährige, Eltern, die diesen Namen nicht verdienten, der durchgeknallte O'Neill, eine Serie von Kameradiebstählen, Schulschwänzer und ein blinder Augenzeuge. Das reichte.

Cicchetta ging die tägliche Runde durch seine Abteilung. Das lief unter dem Stichwort »Personalführung« und hatte seine eigentliche Ursache darin, daß Cicchetta an der Beharrlichkeit, mit der seine Leute an den zugeteilten Aufgaben arbeiteten, seinen eigenen Willen immer wieder aufzurichten versuchte. Das einzig Gute am Dasein eines Chefs bestand darin, sich nicht gehenlassen zu können. Nicht so leicht, wenigstens. Wenn nicht noch anderes als das tägliche Elend hinzukam.

Cicchetta trat in das Zimmer, in dem Li Frau Ardouni verhörte. Immer noch oder schon wieder. Von Verhör konnte man allerdings kaum sprechen. Li erzählte der Frau Märchen. Momentan das von den »Sterntalern«. Frau Ardouni hörte zu. Auch als Li fertig war, sagte sie nichts. Li begann mit »Der Wolf und die sieben Geißlein«. Frau Ardouni hörte stumm zu. Es war schwer zu sagen, ob Li Cicchettas Kommen überhaupt bemerkt hatte. Auf jeden Fall hatte sie nicht aufgeblickt. Sie sah auf ihre Hände und erzählte ganz ruhig ein Märchen nach dem anderen. Sie hatte sich darin verbissen, Frau Ardouni zum Sprechen zu bringen. Aufzuweichen, hätte Li gesagt. Das war das einzige, woran sie dachte. Cicchetta wußte es. Er wußte auch, daß für Li alles davon abhing, ob sie es schaffte oder nicht. Für den Fall war die Frau kaum entscheidend, aber für Li ging es um anderes. Cicchetta wußte auch, daß er nur eines tun konnte. Verschwinden. Und hoffen, daß alles gutging. Er verschwand.

Ryan hatte fast alle Hinweise aus der Bevölkerung durch. Es waren vierunddreißig. Ein beträchtlicher Teil davon ging auf das Konto jener Verrückter, die ihre fixe Idee zu jedem Anlaß in die Öffentlichkeit zu bringen suchten.

»Dann sind da noch vier Mütter, die ihre verlorenen Söhne wiedererkannt haben, und der Rest fällt unter Vermischtes.«

»Etwas Ernsthaftes?«

»Ja«, sagte Ryan, »eine Übereinstimmung. Zweimal derselbe Name. Eine Mutter und ein Bekannter. Die beiden scheinen unabhängig voneinander auf die gleiche Idee gekommen zu sein.«

»Wer ist es?«

»Peter Chelms. Einundzwanzig Jahre alt. Geboren in den Blue Mountains, bei Katoomba. Mit neunzehn weg von zu Hause. Seit zwei Jahren hat ihn die Mutter nicht mehr gesehen. Er ist schwul. Oder war es.«

»Schwul?«

»Sagt die Mutter. Sie meint wohl, das erkläre alles. Um 3 Uhr nachmittags sind sie in der Gerichtsmedizin. Die Mutter und der Bekannte. Der Bekannte ist sein früherer Freund.«

»Ja«, sagte Cicchetta.

»Sein Partner«, sagte Ryan.

»Gehst du hin?«

»Einer muß wohl«, sagte Ryan.

»Gut«, sagte Cicchetta, »ich gehe.«

»Nein, ist schon in Ordnung.«

»Bist du sicher?«

»Es ist einfacher«, sagte Ryan, »ich habe mit beiden gesprochen. Die kennen mich schon vom Telefon her.«

»Gut«, sagte Cicchetta, »du gehst!«

»Chelms lebte in Balmain. Mit einem anderen Typen zusammen. Jonathan Buckingham. Chelms' ehemaliger Freund ist immer noch eifersüchtig, obwohl es zwischen ihnen schon seit mehr als einem Jahr vorbei ist. 27, Nicholson Street, East Balmain.«

Cicchetta nickte. Das war dann sein Job.

Cicchetta verließ das Revier, überquerte die George Street und stieg zum Quay hinab. Die Fähre nach Balmain fuhr von Wharf 5 ab. Cicchetta hatte noch fünfzehn Minuten Zeit. Am Zeitungsstand unter dem überdachten Zugang zu Wharf 4 kaufte er ein Exemplar des »Sydney Morning Herald«. Das Bild des Toten fand sich auf Seite 7. Es war keines der Fotos vom Tatort. Die Schminke war beseitigt, die Haare des Toten sahen frisch gewaschen und gekämmt aus. Sie mußten Peter Chelms, wenn er es denn war, in der Arundel Street wie zur Hochzeit herausgeputzt haben. Der Text zum Bild war mehr als zurückhaltend. Kein Wort von der Rollschuhaktion am Circular Quay und nur das Nötigste über das gesprengte Haus in der Victoria Street. Die rot-weiße Schminke wurde erwähnt, nicht aber, daß der Mann völlig nackt gewesen war. Ansonsten nur noch Angaben zur Körpergröße, zum geschätzten Alter und so weiter. Der größere Teil der Presse bot seine Berichte wesentlich weniger sensationslüstern dar, als es seine Leser gerne hätten. Cicchetta überlegte, ob er Sally Moreton vom »Herald« anrufen und ihr dafür seine Anerkennung aussprechen sollte. Er ließ es bleiben, um sie nicht auf den Verdacht kommen zu lassen, daß noch weit mehr hinter der Sache steckte. Außerdem wurde es Zeit, auf die Fähre zu gehen.

Jetzt um halb drei war nicht viel los. Erst in zwei, drei Stunden würden die hochgebauten, pummeligen Fähren unter der Last der Pendler und der aus der City zurückkehrenden Kaufhausbummler tief im Wasser liegen. Cicchetta setzte sich auf eine Bank auf dem Hinterdeck. Er liebte den Blick zurück auf die Hochhäuser der City, die mit zunehmender Entfernung, mit dem sich verbreiternden Streifen Wasser im Vordergrund, immer mehr zu einer kompakten Einheit verschmolzen. Aus einzelnen Türmen, an denen man hochzusehen hatte, wurde eine Skyline, ein Bild, das die spitzwinklig ausstrahlenden Heckwellen der Fähre gliederten. Fluchtlinien auf eine Stadt zu, die aus der Ferne immer mehr zum Versprechen des Unerhörten wurde, ein Versprechen, an das sich keiner mehr erinnerte, wenn er erst auf die Perspektive des Ampellichtguckers und Zebrastreifenbenutzers zurückgeworfen war.

Die Fähre drehte nach links und schob sich unter dem Schattenbalken durch, den die Harbour Bridge aufs Wasser legte. Fünfzig Meter über Cicchetta rumpelten Lastwagen über die Fahrbahnschwellen. Am Rand der Brücke schossen Lichtstrahlen durch Löcher und Fugen der Stahlverstrebungen. An der Uferstraße beim Pier 1 parkte eine dieser überlangen Limousinen, denen in der Mitte ein Paar Räder zu fehlen schien und die – aus welchen Gründen auch immer – vorzugsweise von Hochzeitspaaren gemietet wurden. Die Fähre schob sich an den Fingerwerften vorbei, rückte aufgegebene Hallen ins Bild, die ihre

Stirnfronten trotzig gegen die See stemmten. Dahinter zogen sich die Häuserreihen der Rocks in die Höhe, gekrönt vom Observatory Hill, von dem aus Cicchetta erst vorhin nach unten geschaut hatte. Oder gestern? Voriges Jahr? Cicchetta und Li. Li mit den Wunschbrunnenaugen. Li, die einer zerstörten Libanesin, die nie mehr so etwas wie ein Leben zustandebringen würde, ein Märchen nach dem anderen erzählte.

Der Motor der Fähre wurde ausgeschaltet. Cicchetta war angekommen. Das Schiff glitt auf die Darling Street Wharf zu, und Cicchetta ging auf die Backbordseite, zum Ausgang hin. Ein kühler Wind strich von Westen her. Cicchetta sprang als erster an Land. Fünf Minuten später war er in der Nicholson Street. Ein junger Mann öffnete. Ungefähr zwanzig Jahre alt. Groß, blondgelockt, breites Gesicht, blaue Augen. Er stammte wahrscheinlich aus der Kreuzung einer Normannenprinzessin mit einem Surfweltmeister. Oder aus einer der TV-Serien, von denen an der Gold Coast in vierzehn Tagen genausoviele Folgen abgedreht werden. Sicher stammte sein Grinsen daher. Und zu allem Überfluß hieß er Jonathan Buckingham. Wie der Palast der Queen. Gut, dafür konnte er nichts. Allerdings war es auch nicht Cicchettas Schuld. Deswegen brauchte er mit dem Jungen kein Mitleid zu haben.

»Ja?« fragte der Junge.

»Mr. Buckingham?« fragte Cicchetta.

»Und?« sagte der.

»Cicchetta, Kriminalpolizei«, sagte Cicchetta.

»Und?«

»Kann ich Sie mal sprechen?«

»Wenn es unbedingt sein muß.«

»Drinnen auch?«

Buckingham warf seine Stirn in Falten, als ob ihm der Typ, der bei den Gold-Coast-Serien auf dem Regiestuhl sitzen durfte, gesagt habe, er solle mal nachdenklich wirken.

»Nein«, sagte er dann und fügte erklärend hinzu: »Nicht aufgeräumt.«

»Macht mir nichts«, sagte Cicchetta großzügig. Daß sich Buckingham als arrogantes Ekel versuchte, machte alles ein bißchen leichter. Ein bißchen.

»Trotzdem!«

»Heute schon Zeitung gelesen?« fragte Cicchetta.

»Grundsätzlich nicht«, sagte Buckingham mit Inbrunst.

»Ist Peter Chelms da?«

»Peter?« Buckingham zögerte einen Moment. Dann sagte er: »Nein, im Moment nicht. Soll ich etwas ausrichten?«

»Das wäre nicht schlecht«, sagte Cicchetta. »Es dürfte aber kaum möglich sein. In Ihrem augenblicklichen Zustand könnten Sie ihm zwar etwas ausrichten, Sie kommen aber nicht dorthin, wo Sie ihn treffen könnten. Wenn Sie dorthin kommen sollten, werden Sie ihm nichts mehr ausrichten können.«

»Hä?« sagte der Blonde.

»Wann haben Sie Peter Chelms zuletzt gesehen?«

»Was ist mit Peter?«

Es half nichts. Irgendwann mußte Cicchetta doch mit der Sprache heraus. Es war nie leicht, und es wurde auch nicht leichter, wenn man den Moment hinauszögerte und beschlossen hatte, den anderen unsympathisch zu finden.

»Wie wäre es, wenn Sie mich hineinließen?«

»Tot?« fragte Buckingham vorsichtig.

»Jetzt passen Sie mal auf …«, sagte Cicchetta.

»Vorgestern habe ich ihn zuletzt gesehen, vorgestern morgen. Wir fuhren zusammen in die City. Vorher hatten wir noch gefrühstückt. Eier, Speck, gegrillte Tomaten. Wir stehen auf das gute alte Aussie-Frühstück. Es schmeckt uns einfach. Spitzenmäßig, verstehen Sie? Wer zuerst aufwacht, gibt dem anderen einen Kuß und macht Frühstück. Bei uns klappt das. Was ist mit Peter?«

»Kommen Sie mit!« sagte Cicchetta, schob den Blonden gegen den Türrahmen und ging ins Haus. Es war eines der alten Häuser, in denen man direkt in den Family Room trat. Sitzecke, Eßtisch und hinten, kaum abgetrennt, die

Küche. Links führte eine Treppe in den ersten Stock hinauf. An den Wänden hingen große Schwarz-Weiß-Fotografien. Posterreproduktionen alter Aufnahmen von Sydney Cove um die Jahrhundertwende, vom Bau der Harbour Bridge Ende der zwanziger Jahre, Surf Live Savers in knielangen Badeanzügen, die vor den Wellen von Bondi Beach stramm standen.

Zumindest im Erdgeschoß war tipptopp aufgeräumt.

»Also?« sagte Buckingham. Er war einer dieser blonden Jungen, die immer und überall so aussehen, als ob sie direkt vom Strand kämen. Der Typ, der immer widerlich gut aufgelegt ist, der nichts als seinen Spaß sucht und ihn noch dazu überall findet. Einer, der in jeder Deo-Werbung am richtigen Platz wäre. Weiß der Himmel, warum es trotzdem so schwierig war, ihm das mit Chelms zu sagen.

Cicchetta warf ihm die Zeitung zu: »Seite 7!«

Der Junge schlug auf und las. Cicchetta sah nicht hin. Er war nicht scharf darauf, die Reaktion Buckinghams auf den Tod seines Partners miterleben zu müssen. Und er hätte viel dafür gegeben, wenn er nicht irgendwie darauf hätte reagieren müssen. Cicchetta haßte das alles, die Weinkrämpfe, die Wutausbrüche, die verzweifelten Fragen, die er nicht zu beantworten wußte, die keiner beantworten konnte. Er haßte auch die Coolen, die sich hinter einer steinernen Miene verbargen und eisig schwiegen.

»Tot?« fragte Buckingham ungläubig.

Cicchetta haßte auch die, die ungläubig »tot« sagten. Das haßte er ganz besonders. Solche Fragen! Glaubte der Typ, daß dies alles ein Witz sein sollte? Daß die vom »Morning Herald« den Artikel nur geschrieben hatten, um ihn, Jonathan Buckingham, auf die Schippe zu nehmen?

Professionalität! dachte Cicchetta, du tust hier deine Arbeit, das ist alles. Für Chelms war es zu Ende, aber nicht für Buckingham und nicht für Cicchetta. Für sie ging das Leben weiter, der Alltag, die Arbeit, die Untersuchungen, die Fragen, die zu stellen waren.

»Sie haben ihn nicht vermißt? Er ist zwei Tage lang nicht aufgetaucht!«

»Tot«, sagte der Blonde, »aus, vorbei!«

Er saß in einem Lehnstuhl und sah plötzlich uralt aus. Wie ein auf jung geschminkter Greis, dem der Tod schon in den Knochen sitzt. Cicchetta zwang sich, wegzusehen, an seinen Job zu denken. Er sah sich im Raum um, versuchte zu erfassen, was so herumstand. Es war nicht viel. Es war nichts, was ihn hätte interessieren können. Nicht mal etwas, was wichtig gewesen wäre.

»Er war zwei Tage nicht da«, sagte Buckingham und lachte kurz. »Das ist richtig, ja. Zwei Tage und zwei Nächte. Nach der Sache am Circular Quay kam er nicht nach Hause. Er meldete sich nicht, rief nicht an, gar nichts. Ich dachte ...«

Er lachte schon wieder. Oder war es ein Aufhusten? Konnte er das nicht sein lassen? War das wirklich nötig?

»Sind Sie der Meinung, daß ich etwas hätte tun sollen?« fragte Buckingham ruhig. »Ihn suchen? Nachforschen, zur Polizei gehen? Was denken Sie?«

»Es hätte nichts geändert«, sagte Cicchetta.

»Ja«, sagte Buckingham, »das ist richtig. Geändert hätte es nichts. Und es hätte doch etwas ändern sollen, nicht? Irgend etwas soll doch herauskommen bei dem, was man tut. Irgendeinen Sinn muß es doch bei diesem Herumhampeln geben, oder?«

»Nein«, sagte Cicchetta. Er versuchte, das Wort hart klingen zu lassen.

»Nein?« fragte Buckingham. »Nein? Wieso sagen Sie ›nein‹? Wer gibt Ihnen das Recht dazu? Einfach ›nein‹ zu sagen?«

Gleich würde der Junge zu heulen beginnen.

»Bitte sagen Sie nicht ›nein‹! Nie mehr! Versprechen Sie das?«

»Was tat Chelms in der City?« fragte Cicchetta.

Buckingham schluchzte.

»Wieso war er nackt? Warum war er am ganzen Körper geschminkt?«

»Tot?« fragte Buckingham. Er nickte. »Jemand hat ihn umgebracht. Einfach so!«

»Warum fuhr er auf Rollschuhen den Circular Quay entlang?«

»Warum Peter? Ausgerechnet er! Es gibt Millionen von anderen und ...«

»Reißen Sie sich zusammen!« sagte Cicchetta. So kam er nicht weiter. Er warf noch einen Blick auf die Regale im Wohnzimmer und stieg dann die Stufen nach oben.

Buckingham schlich ihm nach, als ob er an der Leine ginge. Er redete nun unaufhörlich, er sprach zu sich selbst, verwundert, er sprach mit einer Stimme, die erstaunt war über alles, was es so gab, die gar nicht recht fassen konnte, was sie selbst hervorbrachte.

»Wer tut denn so etwas? Wer bloß? Und warum? Es war doch alles nur Spaß. Es kann doch nicht ... Peter war ein vorzüglicher Rollschuhläufer, er war Spitzenklasse, er hätte auf einem Schachbrett Slalom fahren können, ohne eine Figur zu berühren. Er wollte nur ein bißchen Spaß haben. Bringt man deshalb einen Menschen um?«

Oben waren vier Räume. Zwei Türen standen offen. Im ersten Zimmer war nichts. Im zweiten lag ein Fotoapparat auf dem Bett. Eine Olympus. Cicchetta öffnete die Schranktür.

»Sagen Sie mir, ob man deshalb einen umbringt. Nur, weil einer ein bißchen Vergnügen sucht«, sagte der Junge zu sich selbst und schüttelte den Kopf.

»Nein«, sagte er bestimmt, »das tut man nicht. Das gehört sich nicht. Das ist nicht fair. Vor allem Peter gegenüber nicht. Er wollte doch nur ein bißchen Spaß haben, sonst nichts. Deswegen kann man doch nicht einfach ...«

Im Schrank war nichts, aber in der Truhe neben dem Bett fand Cicchetta eine Nikon und eine Yashica. Drei Apparate, immerhin. Cicchetta hielt sie dem Blonden vor die Augen und fragte: »Wo sind die anderen?«

Buckingham unterbrach sein Stammeln. Er schaute auf die Kameras. Dann sah er Cicchetta in die Augen. Er lachte. Dann fragte er ungläubig:

»Irgendwer hat Peter umgebracht, und Sie interessieren sich für Fotoapparate?«

»Ich mache meinen Job«, sagte Cicchetta.

»Es war bloß Spaß, verstehen Sie? Kleine Späße. Niemandem ist etwas geschehen. Ein Spiel, ein Spielchen, nichts anderes.«

»Peter Chelms war mindestens bei einem dieser Spielchen dabei. Er wurde von meinem Kollegen verfolgt. Als sie bei der Jagd das Haus 30, Victoria Street erreichten, zündete drinnen eine Sprengladung. Chelms wurde durch Trümmer zerquetscht, mein Kollege ist seither blind.«

Buckingham ließ sich aufs Bett fallen.

»Gut«, sagte er, »was soll's? Die anderen Apparate haben wir verkauft. Für ein Butterbrot. An einen Typen in Newtown, der sie nach Melbourne weiterverschiebt, so weit ich weiß. Das hat uns nicht interessiert. Es ging nicht ums Geld, es ging nur um den Spaß. Die Adresse in Newtown können Sie haben.«

»Gibt es irgendeinen Grund, warum Chelms ausgerechnet in die Victoria Street geflohen ist? Nach Potts Point?«

»Nein«, sagte Buckingham, »ich kann mir keinen vorstellen.«

»In Ordnung«, sagte Cicchetta.

»Sie meinen, es war Zufall? Irgend jemand sprengte gerade mal ein Haus, und Peter kam zufällig mitten hinein?«

»Sieht so aus«, sagte Cicchetta.

»Zehn Sekunden früher oder später, und nichts wäre ihm geschehen?«

»Es hätte andere erwischen können, Mütter mit Kinderwagen, spazierengehende alte Damen, eine Schulklasse auf Ausflug.«

»Hat es aber nicht«, schrie Buckingham.

»Nein«, sagte Cicchetta.

»Wer war es?« fragte Buckingham. Er hatte sich wieder in der Gewalt.

Cicchetta zuckte die Achseln. Dann sagte er: »Ich schaue mich nochmal kurz um. Bevor ich gehe, unterschreiben Sie mir ein paar Papiere, und ich verzichte darauf, Sie festzunehmen. Die Fotoapparate nehme ich mit. Die Anzeige wegen der Diebstähle bekommen Sie ins Haus. Haben Sie Vorstrafen?«

Buckingham schüttelte den Kopf.

»Gut!« sagte Cicchetta. »Wenn Sie keinen Unsinn machen, alles gestehen und vor Gericht Reue zeigen, kommen Sie mit Bewährung davon.«

6

Momentan keine Drachen in Sicht

»Momentan keine Drachen in Sicht«, meldete Sträfling Maggie, als sie in die Kajüte zurückkam.

»Momentan«, sagte Sträfling John. »Trotzdem würde ich lieber hier abhauen.«

»Klar«, sagte Sträfling Maggie.

Bloß wie? Sie lehnte sich an den Kühlschrank. Sträfling John saß auf einer der Bänke und schnitzte mit dem Messer Kerben in die Kanten des Kajütentisches.

»Wir bräuchten noch eine Geisel«, sagte er.

»Wir haben aber nur ihn«, sagte Sträfling Maggie. Sie zeigte mit dem Daumen auf den Mann am Boden hinab.

»Eine zweite Geisel wäre gut. Dann könnten wir ihn wegschicken und drohen, die andere Geisel umzubringen, wenn er nicht zurückkommt oder uns irgendwelche Zauberer auf den Hals schickt.«

»Vielleicht lügt er uns auch nur an«, sagte Sträfling Maggie.

»Das würden wir tatsächlich tun«, sagte Sträfling John. »Wir würden die Geisel unbarmherzig umbringen, wenn er das Schiff nicht allein und mit vollem Tank und ein paar Reservekanistern zurückbrächte.«

»Vielleicht lügt er, vielleicht würde das Benzin bis China reichen«, sagte Sträfling Maggie.

»China liegt Tausende von Kilometern entfernt«, sagte der Mann, der gefesselt am Boden der Kajüte lag. Sträfling Maggie setzte sich neben ihn und kontrollierte den Verband an seiner linken Hand. Er war schwarz und verkrustet, aber die Wunde schien nicht mehr zu bluten. Sträfling Maggie hatte schon befürchtet, daß Sträfling John zu tief in den kleinen Finger hineingeschnitten hatte, als der Mann ihnen nicht erklären wollte, wie die Yacht zu starten und zu steuern war. Das Blut war nur so herausgeströmt. Aber jetzt schien alles in Ordnung zu sein.

»Früher hatten die Sträflinge gar kein Benzin. Und sie sind trotzdem bis China gekommen!« sagte Sträfling John.

»Mit Segelschiffen«, sagte der Mann. »Das hier ist eine Motoryacht. Ohne Benzin läuft der Motor nicht.«

»Das stimmt«, sagte Sträfling Maggie. Ohne Benzin ging es nicht. Das war genauso wie bei Autos. Ohne Benzin lief ein Motor nicht.

»Na und?« sagte Sträfling John und hieb auf eine der Austern ein, die sie morgens an den Klippen gesammelt hatten.

»Ich will euch doch helfen«, sagte der gefesselte Mann. »John, Maggie, ich bin euer Freund. Ich weiß, daß ihr mich nicht niedergeschlagen habt, weil ihr böse seid oder weil ihr mir schaden wollt. Ihr habt nur die Yacht gebraucht, weil ihr abhauen müßt. Aber China ist zu weit entfernt. Das schaffen wir nicht. Vielleicht gibt es eine andere Möglichkeit, einen anderen Ort, wo ihr in Sicherheit ...«

»Nicht hier in Australien!« sagte Sträfling Maggie.

»Auf keinen Fall!« sagte Sträfling John. Er hatte die Schale geöffnet und spießte die Auster auf einen Angelhaken.

»Wenn ihr mir sagt, wovor ihr abhaut, dann könnten wir uns einen sicheren Platz überlegen. Einen Ort, wo eure Verfolger euch nie suchen werden. Ich fahre seit fünfundzwanzig Jahren regelmäßig mit der Yacht im Hafen umher. Ich kenne mich aus. Jedes noch so geheime Versteck kenne ich wie meine Westentasche. Ihr müßt mir nur sagen, vor wem und warum ihr euch versteckt.«

»Noch eine«, sagte Sträfling Maggie, »du mußt noch eine zweite Auster draufstecken. Der Haken muß vollständig bedeckt sein. Wenn nicht, sehen die Fische, daß es eine Falle ist, und schnappen nicht danach.«

»Ja«, sagte Sträfling John.

»Dann beißen sie nicht an«, sagte Sträfling Maggie.

»Erzählt mir einfach, wie es angefangen hat«, sagte der

Mann, »wie sie euch gefangengenommen haben, wohin sie euch gebracht haben und was dann passiert ist!«

»Er redet zuviel«, sagte Sträfling John, während er auf die Schale der zweiten Auster einhämmerte. »Ich hätte ihm den Finger ganz abschneiden sollen.«

»John«, sagte der Mann, »du bist ein tapferer Junge ...«

»Dann wäre er vielleicht mal ruhig«, sagte Sträfling John.

»... und ein kluger Junge. Du weißt, daß du und Maggie und ich im selben Boot sitzen. Wir wollen uns alle nur in Sicherheit bringen. Ihr und ich. Ich kann euch helfen! Erzählt mir nur, was passiert ist!«

»Schluß jetzt!« sagte Sträfling John.

»Denkst du manchmal daran?« fragte Sträfling Maggie.

»Woran?« fragte Sträfling John zurück.

»Daran. An IHN zum Beispiel.«

»Nein, nie«, sagte Sträfling John. »Wieso?«

»Nur so«, sagte Sträfling Maggie.

»Und du?«

»Auch nicht. Fast nie.«

»Aber manchmal doch?«

»Nein, eigentlich nicht«, sagte Sträfling Maggie. Sie dachte tagsüber wirklich nur selten an IHN und alles. Sie träumte oft davon, jede Nacht träumte sie davon und wachte dann im Dunkel der Kajüte auf und dachte, sie säße noch im Keller und wartete darauf, daß ER sie holen käme. Aber das war nur ein Traum. Träumen war nicht das gleiche wie denken.

»Woran?« fragte der Mann.

Sträfling John hatte den Angelhaken nun im Fleisch der Austern begraben.

»Wenn wir nicht bis China kommen ...«, sagte Sträfling Maggie.

»Dann kriegen sie uns«, sagte Sträfling John. »Darauf kannst du Gift nehmen. Auf Dauer haben wir hier keine Chance gegen all die Zauberer und Hexen. Die finden uns. Und ob die uns finden!«

»Ich gehe angeln«, sagte Sträfling Maggie. Sie nahm die Handleine mit nach draußen und ließ den Haken, auf den die Austern gespießt waren, vorsichtig an der Außenwand der Reling hinab. Sie gab Schnur nach, bis das Blei den Grund erreicht hatte. Die Rolle legte sie auf den Boden der Yacht. Dann setzte sich Sträfling Maggie auf die Reling und schaute übers Wasser. Sie lagen am Grotto Point, an der Einfahrt zum Middle Harbour, vor Anker. Gegenüber lag eine weite Bucht, deren Sandstrand glitzerte. Viele Menschen lagen dort im Sand oder badeten im Schutz der Hainetze. Ganz klein erschienen sie von hier, unscheinbar wie Ameisen und völlig ungefährlich. Links vom Strand, auf halber Höhe des Hügels, lag ein großes, weißes Gebäude, eine Schule vielleicht oder ein Krankenhaus. Das äußere Ende des Kaps war dicht mit Bäumen bestanden. Durch das Grün konnte man ab und zu flache Bauten erahnen, dicke Mauern mit kleinen Fensteröffnungen, die wie Schießscharten aussahen. Eine verwunschene, überwucherte Burg, in der eine Prinzessin auf Erlösung wartete? Oder eine Falle, in die ein schrecklicher Drachen allzu wagemutige Ritter lockte?

Sträfling Maggie holte die Angelleine ein. Der Haken blinkte ihr entgegen. Die Austern waren verschwunden. Ein Fisch mußte sie abgeknabbert haben. Sträfling Maggie ließ sich in der Kajüte von Sträfling John neue Köder befestigen. Als sie wieder nach oben zurückkehrte, näherte sich ein Boot der Wasserpolizei.

»Sträfling John? Schneidest du ihm bitte die Kehle durch, wenn er schreien will!« sagte sie in die Kajütentür. Dann warf sie ihre Leine aus und winkte dem Polizeiboot zu. Das Boot drehte bei. Ein Polizist ließ sich sehen und rief: »Alles in Ordnung?«

»Ich fange einfach nichts«, rief Sträfling Maggie zurück.

Der Polizist lachte. Dann rief er: »Bist du ganz allein?«

»Nein«, rief Sträfling Maggie, »Papi ist unten.«

»Unten?«

Sträfling Maggie zeigte ins Wasser. »Tauchen. Mein Papi kann gut tauchen. Gibt es hier Haifische?«

Der Polizist hielt seine Hände in Schulterbreite vor sich.

»Nur so große«, rief er.

Dann zischte das Polizeiboot davon. Sträfling Maggie winkte ihm nach. Sträfling John sah aus der Kajütentür.

»Das war knapp«, sagte er, »ich hätte ihm nicht gern die Kehle durchgeschnitten.«

»Wenn wir Prinzen wären«, sagte Sträfling Maggie, »Prinzen oder Ritter oder so etwas, dann müßten wir nicht nach China fliehen, sondern könnten den Drachen und die Zauberer erledigen. Vielleicht würden wir sogar zusätzlich einen Goldschatz erbeuten. Goldschätze kommen oft in Zusammenhang mit Drachen vor.«

»Prinzen und Ritter haben immer ein Schwert oder eine Lanze. Wir haben bloß ein Messer«, sagte Sträfling John.

»Wir sind auch keine Prinzen«, sagte Sträfling Maggie.

»Du schon gleich gar nicht«, sagte Sträfling John.

Die Leine zuckte. Sträfling Maggie wartete, damit der Fisch ordentlich zubeißen konnte. Als er wegzog, holte sie die Leine ein. Es war ein großer Fisch mit breitem Maul und hohem Rücken. Seine Schuppen schimmerten in blassem Rosa. Der Fisch zappelte auf dem Boden der Yacht.

»Das Messer!« sagte Sträfling Maggie.

O'Neill ordnete die Welt neu. Er hatte sowieso nichts anderes zu tun. Er konnte nicht dauernd ergebnislos darüber nachdenken, warum ihn ein Gott geblendet hatte und wo sein Körper geblieben war. Zumindest konnte er nicht dauernd in der gleichen Art darüber nachdenken. Er mußte mal vorankommen. Von einem anderen Punkt aus beginnen. Er mußte zum Beispiel akzeptieren, daß er blind war.

»Genau«, sagte sich O'Neill, »ich bin jetzt blind.«

Und er machte sich daran, als Blinder die Welt neu zu ordnen. Für den Anfang teilte er die Dinge in zwei Klassen ein: wichtig oder unwichtig. Für einen Blinden, wie er einer war. Unwichtig waren zum Beispiel Fernsehen, Kino und jede Art von Gemälden, es sei denn, sie wiesen ein spürbares Relief auf. Unwichtig waren weiterhin durchsichtige Fensterscheiben, Ferngläser, Brillen und Sonnenbrillen, Mikroskope und Spiegel. Vor allem Spiegel. Der Spiegel war die Erfindung, die ihn, sobald er sich erfolgreich als Blinder begriff, am meisten erboste. Dann Schönheitskonkurrenzen, Modeschauen, Aussichtspunkte und Leuchtinschriften. Die gesamte Latte der Verkehrszeichen. Zebrastreifen. O'Neill korrigierte sich: Zebrastreifen konnten für einen Blinden insofern wichtig sein, als die Autos dort anhielten, wenn man die Straße überquerte. Man mußte ihn nicht sehen, sondern nur wissen, wo ein Zebrastreifen war. Wahrscheinlich genügten zwei Kategorien nicht. Man mußte zumindest noch eine Klasse von Dingen und Sachverhalten unterscheiden, die für Blinde indirekt wichtig waren. O'Neill überlegte, ob ihm etwas einfiel, das indirekt unwichtig war. Schwierig!

Das Telefon vielleicht, solange er nicht in der Lage war, blind die Nummer zu wählen, die er haben wollte. Er tastete nach dem Apparat, der auf dem Kasten neben seinem Bett stand. Ein Tastentelefon. Rechts, das waren einzelne Tasten für die Sonderfunktionen, Wahlwiederholung und so weiter. Links erfingerte O'Neill vier Reihen zu je drei Tasten. Links oben war die »1«, das war klar, doch dann? Aus seinem früheren Leben wußte er nicht einmal mehr mit Bestimmtheit, ob er waagrecht oder senkrecht weiterzählen sollte. Doch. Waagrecht. 1, 2, 3, vorsichtig mit dem Zeigefinger zurückgestrichen, um die Reihe nicht zu verlieren, nach unten, 4, 5, 6, zurück, 7, 8, 9. In der untersten Reihe blieben drei Tasten, und nur die »0« fehlte noch. Welche Funktion hatten nur die beiden anderen Tasten? O'Neill vermochte sich nicht zu erinnern. Die »0« vermutete er in der Mitte, aus ästhetischen Gründen. Das sah einfach besser aus. Für die, die noch sehen konnten. Für einen Blinden wäre die erste Stelle praktischer.

O'Neill tippte langsam und sorgfältig die Nummer des

Reviers ein. Die Durchwahlnummer zu seinem Schreibtisch. Ryan meldete sich. Es hatte geklappt! O'Neill konnte telefonieren! Es war sein erster Sieg im neuen Leben.

»Ist jemand dran?« fragte Ryan.

»Ja«, sagte O'Neill.

»Wer spricht?« fragte Ryan, und O'Neill wußte, daß Ryan in diesem Moment automatisch den Kugelschreiber zur Hand nahm, um den Namen zu notieren.

»O'Neill«, sagte O'Neill. »Ich kann telefonieren, obwohl ich nichts sehe!«

»O'Neill?« fragte Ryan.

»Hast du meinen Namen notiert?«

»Was?«

»Hast du zumindest begonnen, meinen Namen aufzuschreiben, als ich O'Neill sagte?«

»Quatsch!« sagte Ryan. »Wie geht es dir?«

»Ich bin jetzt blind.«

»Ja«, sagte Ryan, »Cicchetta hat uns gesagt, daß du im Moment nichts siehst.«

»Blind«, sagte O'Neill, »verstehst du? Blind.«

»Das wird schon wieder!« sagte Ryan aufmunternd. Er war ein guter Polizist, aber über Blindheit, unsichtbare Götter und verlorengegangene Körper konnte man mit Ryan nicht reden. O'Neill ließ es bleiben.

»Paß auf, Ryan«, sagte er, »wegen des Hauses, das in der Victoria Street in die Luft ging ...«

»Wir kommen weiter. Wir haben verschiedene Spuren. Es dauert nur, bis wir mit allem durch sind. Du fehlst uns natürlich. Die Fotodiebstähle sind schon aufgeklärt, das wird dich freuen. Jugendliche aus Balmain, die ...«

O'Neill unterbrach ihn. »War da nicht ein blinder Zeuge? Einer, der euch einen Verdächtigen beschrieben hat?«

»In dem Haus wurden Kinderpornos gedreht und wahrscheinlich zwei Kinder gefangengehalten. Daran sind wir im Moment.«

»Der Blinde!« sagte O'Neill. »Kannst du mir seine Telefonnummer geben?«

»Der Blinde?«

»Ja.«

»Klar«, sagte Ryan, »natürlich. Wenn du möchtest.«

Während Ryan nachschlug, bat O'Neill zum nächsten Krankenbett hin, für ihn eine Nummer zu notieren. Eine Stimme brummte Einverständnis, und O'Neill wiederholte die Nummer, die ihm Ryan durchgab, Ziffer für Ziffer.

»O'Neill?« sagte Ryan.

»Danke«, sagte O'Neill und legte auf.

Dann rief er den Blinden an. Stephen Dimitropoulos. O'Neill entschuldigte sich für die Störung.

»Sie stören nicht. Wir sitzen nur draußen und schauen über den Hafen. Meine Frau und ich.«

»Sie sind blind«, sagte O'Neill.

»Ja«, sagte Dimitropoulos.

O'Neill sagte: »Ich bin Polizist. Ich würde mich gern mit Ihnen unterhalten. Nichts Dienstliches, es ist nur ... Seit der Explosion bin ich blind. Ich liege hier im St. Vincents Hospital, und sie machen einen Test nach dem anderen, aber es kommt nichts dabei heraus. Ich war nur zehn Meter entfernt, als das Haus in Ihrer Nachbarschaft explodierte, und seither bin ich blind.«

»Sie wollen wissen, wie ich sehen kann?« fragte Dimitropoulos.

»Viele halten mich für verrückt«, sagte O'Neill, »die meisten eigentlich.«

»Sie wollen sehen lernen?«

»Ja.«

»Waren Sie seitdem schon mal draußen? Seit das Licht verschwunden ist? Nein? Sie müssen mal hinaus! Das ist das erste. Keine Angst haben. Neugierig sein, sich umsehen, den Kampf mit der Welt aufnehmen.«

»Ja«, sagte O'Neill.

»Fahren Sie Bus! Gehen Sie spazieren! Setzen Sie sich auf eine Bank am Hafen und schauen Sie den vorbeifahrenden Schiffen zu!«

»Aber …«, sagte O'Neill.

»Ich hole Sie ab«, sagte Dimitropoulos, »wenn meine Frau mich nicht braucht. Wir drehen zusammen eine Runde. Sie hängen sich an meinem Arm ein, und wir spazieren durch die Stadt.«

»Ich kann doch nicht …«

»In einer Stunde bin ich bei Ihnen.«

»Gut«, sagte O'Neill, »danke!«

»Bis gleich.«

»Herr Dimitropoulos?«

»Ja?«

»Sind Sie …«, sagte O'Neill, »sind Sie blind geboren oder erst später erblindet?«

»1973, die Vietcong. Ganz in der Nähe von Saigon. Granatsplitter«, sagte Dimitropoulos.

»Die Vietcong, ja. Vielen Dank!«

O'Neill verhandelte zuerst mit der Stationsschwester. Die beherrschte nur einen einzigen Satz: Kommt nicht in Frage! O'Neill brauchte eine halbe Stunde, bis er die Schwester dazu brachte, den diensthabenden Arzt zu holen. Dann ging es überraschend schnell. O'Neill mußte nur unterschreiben, daß er das Krankenhaus auf eigene Verantwortung und gegen ärztlichen Rat verließ. Dann war da noch das Problem, was er anziehen sollte. Die Fetzen, in denen er eingeliefert worden war, hatten sie wahrscheinlich schon in der Notaufnahme weggeworfen. Nur seine Joggingschuhe waren noch auffindbar. O'Neill bekam die Kleidung eines Pflegers geliehen. Hose, Kittel und Socken, alles frisch gewaschen, gestärkt und gebügelt. Es roch weiß. O'Neill glaubte sehen zu können, daß alles weiß war. So ging das. Oder? Nein, die Dienstkleidung von Krankenhauspflegern ist meistens weiß. Das wußte O'Neill. Er sah nichts, er erinnerte sich nur an das, was er von früher wußte.

Als die Schwester Dimitropoulos hereinführte, saß O'Neill schon angezogen auf seinem Bett. Sie machten sich sofort auf den Weg. Gehen sollte eigentlich nicht so schwer sein, auch wenn man nichts sah. Es war nur die Angst vor dem, was sein könnte, was an der Stelle sein könnte, auf die man den Fuß setzte. Hundekot, die Zinken eines Rechens, ein Feuer. Oder gar nichts. Ein Loch, eine Grube, ein bodenloser Abgrund. Die Angst vor dem Abgrund ließ O'Neill zögern und stolpern.

»Das ist nur im Kopf«, sagte Dimitropoulos, »das geht vorbei. Mit der Zeit begreifen Sie, daß es nur die Gedanken sind, die Sie straucheln lassen, die Schreckensbilder, die Sie sich im Kopf als Ersatz dafür herstellen, daß Ihnen die Augen keine mehr liefern.«

Sie waren draußen, auf dem Gehweg. Sie überquerten Straßen. O'Neill konzentrierte sich auf die Bewegungen von Dimitropoulos, dessen Arm er untergefaßt hatte. In der Hand des anderen Arms führte er wohl seinen Blindenstock. O'Neill hörte, wie der Stock gegen Randsteinkanten und Laternenpfähle tippte. Dimitropoulos war ein guter Blindenführer. Er sagte O'Neill, was zu tun war, wann er den Fuß zu heben, wohin er ihn zu setzen hatte. Schon ein leichter Druck seines Arms signalisierte, wie es weiterging. Er mußte ihm nur vertrauen. Schon ging es besser. Es gab keine Abgründe. Es hatte nie welche gegeben.

»Sehen Sie!« sagte Dimitropoulos.

Sie gingen links und rechts, über Treppen und durch Unterführungen, über Kopfsteinpflaster, Betonplatten und Gitterroste. Sie warteten an Ampeln. Sie gingen weiter. O'Neill hatte keine Ahnung, wo sie sich befanden.

»Hyde Park«, sagte Dimitropoulos, »sehen Sie nicht die Alleebäume an beiden Seiten des Wegs? Die mächtigen Baumkronen, die ihren Schatten über uns werfen? Und vor uns liegt ein flaches Becken, der Pool of Remembrance, in dessen Wasser sich das ANZAC War Memorial spiegelt. Es erinnert ein bißchen an einen mesopotamischen Stufentempel, finden Sie nicht?«

»Ich höre Blätter rauschen«, sagte O'Neill.

»Das hier ist mein zweitliebster Platz«, sagte Dimitropoulos, »nach meinem Balkon, auf dem ich sitzen kann und den ganzen Hafen vor mir sehe. Und die City.«

»Vor uns ist Wasser?« fragte O'Neill.

Dimitropoulos drückte sanft nach links.

»Wir gehen jetzt am Rand des Beckens entlang. Links stehen Zypressen, rechts ist die Wasserfläche. Schauen Sie nach links, schauen Sie nach rechts! Merken Sie den Unterschied?«

O'Neill schaute. Er sah nichts. Links nicht und rechts nicht.

»Vielleicht«, sagte er, »die Luft ist irgendwie anders.«

Dimitropoulos lachte. »Sie fangen ja erst an. Versuchen Sie es einfach! Achtung, Stufe nach oben! Wir steigen nun die Stufen zum Memorial hinauf. Gleich werden wir eintreten. Aus dem gleißenden Sonnenlicht hier draußen werden wir ins Innere treten, ins Zwielicht der Hall of Memory. Sie werden den Unterschied von Licht und Schatten auf der Haut spüren, die unterschiedlichen Temperaturen. Versuchen Sie zu sehen, was Sie spüren! Konzentrieren Sie sich auf Hell und Dunkel! Beginnen Sie damit! Hell und dunkel. Das ist am einfachsten.«

O'Neill hielt sich am Arm von Dimitropoulos fest. Die Sonne brannte plötzlich nicht mehr auf seinen Kopf herab. O'Neill war von einem Dunkel in ein anderes gelangt. Es war dunkel wie zuvor, aber es war ein anderes Dunkel. Kälter. Ein in weißen Marmor gefaßtes, kaltes Dunkel. Ein schweigendes Dunkel.

»Marmor«, flüsterte O'Neill, »weißer Marmor.«

»Ja«, sagte Dimitropoulos. Seine Stimme kam von überall her.

»Gut«, sagte Dimitropoulos, »sehr gut! Es geht schon, nicht? Was sind schon zwei Augen? Sie haben Hunderte von Augen, jeder hat Hunderte von Augen am ganzen Körper. Die Arme, die Beine, der Bauch, die Stirn, die Ohren, der Hals, überall sind Augen, die man nur öffnen muß, die man aus ihrem Dornröschenschlaf aufwecken muß. Diese Augen brauchen ein bißchen Übung, aber dann sehen sie alles; viel zu viel sehen sie. Sie werden sich zwingen müssen, wegzusehen, weil es zu viel ist.«

O'Neill versuchte, seine Augen an den Armen zu öffnen. Er stand jetzt ohne Halt. Dimitropoulos hatte seinen Arm losgelassen.

»Der Raum?« fragte Dimitropoulos. »Wie sieht der Raum aus?«

»Rund«, sagte O'Neill, »oder vieleckig. Achteckig.« Er legte den Kopf in den Nacken und sprach nach oben. »Und oben? Der Raum ist hoch. Er hat eine Kuppel.«

»Ja«, sagte Dimitropoulos, »und unten?«

»Unten?«

O'Neill stand auf glattem Boden. Er versuchte, seine Augen in den Beinen und Füßen zu öffnen, doch er sah nichts. Er wußte nicht, was unten war. Dimitropoulos sagte:

»Vor uns ist ein Geländer, und dahinter die Öffnung zum unteren Raum. Die Hall of Silence. Dort unten steht in der Mitte eine Bronzeskulptur. Ein toter Soldat, der von vier Frauen auf einem Schild getragen wird. Der Kopf des Soldaten hängt über den Rand des Schilds nach unten.«

O'Neill schüttelte den Kopf. Dann kamen Menschen herein. Eine Gruppe von Menschen. Eine Frauenstimme begann zu sprechen. Es war Chinesisch oder Japanisch. Ein leiser, fremder Singsang, den O'Neill nicht verstand. Eine ferne Melodie, die auf ihn einströmte und ihm alle Augen verklebte, die er mit Mühe ein wenig geöffnet hatte. O'Neill sah nichts mehr. Er sah gar nichts. Vielleicht war er eingeschlafen. Vielleicht lag er in seinem Bett im Krankenhaus und hatte nur geträumt, daß er mit dem Blinden hierher gegangen war. Vielleicht stand er am Circular Quay, ans Hafengeländer gelehnt, und war eingenickt, weil er so lange vergeblich nach Jugendlichen Ausschau gehalten hatte, die Fotoapparate stehlen wollten.

»Sehen Sie die Sterne in der Kuppel über uns?« fragte Dimitropoulos. »Die goldenen Sterne, die dort aufgemalt sind? Es sind 120 000. Die Sterne symbolisieren alle australischen Soldaten, die im 1. Weltkrieg Dienst getan haben. Ein Stern, ein Mann. 120 000 Sterne, die da oben hängen und nach unten blinken, 120 000 Augen, die auf die Bronzefigur des toten Soldaten gerichtet sind und über ihr wachen.«

O'Neill kam der Gedanke, daß es manchmal ein Verbrechen sei, die Augen zufallen zu lassen und einzuschlafen. Ein todeswürdiges Verbrechen konnte das sein. Und wenn man tatsächlich Hunderte von Augen besaß, von denen man immer ein paar offenhalten konnte, war es noch weniger verzeihlich.

»Argusaugen«, sagte Dimitropoulos, »Augen, die seit siebzig Jahren wachsam sind, denen nicht die kleinste Bewegung entgeht. Wenn die Sterne da oben nicht wären, längst schon hätten die Frauen den toten Soldaten vom Schild gleiten lassen, hätten ihn auf die Erde, in die Ecke geworfen und sich selbst davongemacht. Sich ins Leben gestürzt. Wer hält das schon aus, siebzig Jahre lang einen Toten zu tragen?«

O'Neill hörte den chinesischen oder japanischen Tönen zu. Er hätte nicht sicher sagen können, ob die Frau sang oder sprach. Vor seinen Augen lag Nebel. Vor den Augen in seinen Ohren.

»120 000 Sterne«, sagte Dimitropoulos.

O'Neill richtete seine blinden Augen nach oben, dorthin, wo die Kuppel sein mußte. Er sah keinen einzigen Stern. Nicht einen. Vielleicht war da gar kein Stern.

»Ich frage mich …«, sagte O'Neill und brach ab. Er mußte wachsam sein. Und vorsichtig. Ab jetzt mußte er die Augen offenhalten.

»Ja?« fragte Dimitropoulos.

»Nein, nichts«, sagte O'Neill. Er fragte sich, ob der Blinde vielleicht ein Gott war. Oder zumindest ein Seher, der mit den Göttern in Kontakt stand.

»Gehen wir!« sagte O'Neill. Er fragte sich auch, ob es verschiedene Arten von Blindheit gab. Ob er selbst vielleicht anders blind war als Dimitropoulos. Oder nur noch nicht lange genug. Dann fragte er sich, ob der Blinde tatsächlich blind war.

Fotoapparate zu fotografieren war idiotisch. Das einzig noch Idiotischere, was sich Cicchetta vorstellen konnte, wäre das Fotografieren von Fotos gewesen, auf denen Fotoapparate zu sehen waren. Einer von Smarties Leuten fotografierte die Fotoapparate dennoch mit Hingabe. Weiße Resopalplatte, weißer Hintergrund. Ein Blitz, ein zweiter Blitz.

»Zur Sicherheit!« sagte der Mann.

Dann kam der zweite Apparat an die Reihe. Alles für die Akten. Sichergestelltes Diebesgut konnte den Eigentümern erst dann zurückgegeben werden, wenn es aktenmäßig erfaßt und dokumentiert war. Für die Nikon lag eine Diebstahlsanzeige vor. Protokolliert. Ein Thai war vor zwei Tagen am Circular Quay bestohlen worden. Alles paßte. Der Thai hatte das Glenmore Hotel in der Cumberland Street als Kontaktadresse in Sydney angegeben. Cicchetta würde jemanden hinüberschicken, sobald die Prozedur hier vorbei wäre. Für die Olympus lag bisher keine Anzeige vor. Das war nicht ungewöhnlich. Wer traute der Polizei schon zu, einen Kameradiebstahl aufzuklären, geschweige denn, den Apparat wiederzubeschaffen? Außerdem hatte Buckingham den Diebstahl erst vor ein paar Stunden begangen.

Auf der Olympus standen allerdings Name und Adresse des Besitzers eingraviert. Timothy Lucas. Er wohnte in Arncliffe. Cicchetta schlug die Nummer nach und rief an, während der Kollege die Formulare ausfüllte. Ein Diebstahlsopfer anzurufen und den Fall als aufgeklärt zu präsentieren, bevor die Tat überhaupt gemeldet war, das tat jedem Polizisten gut. Es kam nur nicht oft vor. Es war einer der seltenen, kleinen Siege, ein Schulterklopfen für sich selbst, das Stückchen Zucker, mit dem man den bitteren Saft aller Tage viel zu selten versüßen konnte. Es war

Selbstbetrug. Cicchetta wußte es, doch er rief trotzdem an.

»Ja?« meldete sich eine verschlafene Männerstimme.

»Chief Detective Cicchetta«, sagte Cicchetta, »Mr. Lucas?«

»Ja«, sagte der Mann. »Bitte?«

»Es geht um Ihren Fotoapparat«, sagte Cicchetta.

Am anderen Ende war es still. Dann sagte die Stimme:

»Ja?«

»Er ist Ihnen gestohlen worden, nicht? Wir haben den Dieb gefaßt und den Apparat sichergestellt.«

»Oh«, sagte Lucas. Dann sagte er:

»Sehr schön. Das ist ja sehr erfreulich.«

»Könnten Sie den Apparat und die Umstände des Diebstahls kurz beschreiben? Nur zur Sicherheit.«

»Ja«, sagte Lucas, »natürlich. Eine Olympus OM-101 mit Power Focus. Mein Name steht auf der Unterseite. Die Kamera wurde mir von einem blonden jungen Mann gestohlen, der an Campbell's Cove als Zauberkünstler aufgetreten ist. Er hat ...«

»Danke«, sagte Cicchetta, »würde es Ihnen große Umstände bereiten, den Apparat selbst im Revier in den Rocks abzuholen? Ecke George – Argyle Street ...«

»Natürlich«, sagte Lucas, »kein Problem, vielen Dank!«

»In Ordnung«, sagte Cicchetta.

»Übrigens«, sagte Lucas, »ist der Film noch in der Kamera? Da war noch ein voller Film in der Kamera. Der ist wichtig für mich.«

»Moment!« sagte Cicchetta und bat über den Hörer hinweg einen Kollegen, schnell nachzusehen.

»Leider nicht«, sagte er dann.

»Na gut«, sagte Lucas am Telefon, »da kann man nichts machen. Trotzdem vielen Dank!«

»War uns ein Vergnügen!« sagte Cicchetta. Er legte auf, bedeutete Smarties Mann, die Apparate und den Aktenkram nachher zu ihm hochzubringen, und schaute zu Ryan hinein.

Ryan teilte ihm mit, daß O'Neill nach der Nummer von Dimitropoulos gefragt habe. Oldham behaupte immer noch, den kleinen John auf einen Schulausflug geschickt zu haben und ansonsten nichts zu wissen. Die Kollegen aus Adelaide hätten angerufen: keine Spur von Kaufman. Das war wenig verwunderlich, wenn er sich in Herrenboutiquen mitten in Sydney herumtrieb. In seinem Laden in Kings Cross sei er bisher ebenfalls nicht aufgetaucht. Frau Kaufman habe allerdings angerufen, da sie sich Sorgen um den Verbleib ihres Mannes mache. Was die alte Dame angehe, habe sich nichts ergeben. Ryan hatte das Besichtigungsprogramm ihrer Reisegruppe überprüft. Hafenrundfahrt, Circular Quay, Oper, Botanischer Garten, Darling Harbour und The Rocks. Sie waren gar nicht in Kings Cross oder Potts Point gewesen. Es war nicht zu erkennen, wo Linda Fendy etwas hätte sehen können, was sie für Kaufman hätte gefährlich machen können. Frau Kaufman hatte ein 150%iges Alibi für die Zeit der Sprengung. Eine Fundraising-Sitzung für den Kauf von Kirchenglasfenstern. Siebzehn angesehene Mitglieder der Church of England konnten ihr Alibi beschwören und hätten das auch getan, wenn Ryan nicht darauf verzichtet hätte.

Ryan kratzte sich an der Stirn. Li verhöre immer noch Frau Ardouni. Vor dem Wort »verhören« machte Ryan eine winzige Pause. Irgend etwas paßte ihm nicht.

»Paßt dir etwas nicht?«

»Wieso?«

Vielleicht lag es auch daran, daß nichts voranging. Daß alle Ermittlungsergebnisse, die erst wie ein Durchbruch aussahen, in Banalitäten versackten.

»An der Arbeit von Li?«

»Arbeit?« fragte Ryan. »Sie erzählt ihr Märchen!«

»Und?« fragte Cicchetta.

»Ich behaupte nicht, daß die Ardouni es getan hat. Ich halte das für unwahrscheinlich. Für äußerst unwahrscheinlich. Sie ist nicht der Typ für so etwas. Je mehr Prügel sie bekommt, desto unwahrscheinlicher wird es, daß sie einmal zurückschlägt. Sie ist eine von denen, die immer und überall einstecken. Das ist sonnenklar. Trotzdem ...«

»Trotzdem?«

»Die Kinder sind weg, und das Haus geht hoch. Oldham steckt tief in der Sache drin. Der wußte Bescheid. Also kann sie über ihn herausbekommen haben, wo ihr Sohn war. Sie konnte das in Erfahrung bringen. Oldham, Kaufman, ein paar andere, die bei den Schweinereien dabei waren – so viele sind es nicht, die Bescheid wußten. Oder?«

»Wenn sie ihren Sohn da herausgeholt hat, wo ist er dann?«

»Keine Ahnung. Woher soll ich das wissen? Ich sage nur, daß sie eine der wenigen ist, die Gelegenheit und ein sauberes Motiv hatten. Sie holt ihren Sohn heraus, sieht, was Kaufman mit ihm angestellt hat, und dreht durch. Jagt wie eine Rachegöttin das Haus in die Luft ...«

»Wie soll jemand wie Frau Ardouni an TNT kommen?«

»Keine Ahnung! Jemand sollte sie mal fragen. Das ist alles, was ich will. Daß ihr jemand mal ein paar Fragen stellt!«

»Das ist Lis Job«, sagte Cicchetta.

Ryan brummte etwas Unverständliches.

»Jeder arbeitet, wie er es für richtig hält«, sagte Cicchetta.

»Okay, okay, okay«, sagte Ryan.

»Jeder und jede«, sagte Cicchetta.

»Ich sagte: okay!« sagte Ryan.

»Gut«, sagte Cicchetta, »weiter!«

»Weiter?«

»Die Identifikation des Toten?« fragte Cicchetta.

»Ja«, sagte Ryan, »er ist es. Peter Chelms.«

»War es schlimm?«

»Was?«

»Herrgott nochmal, Ryan!«

»Ich bin Polizist«, sagte Ryan, »keine Krankenschwester, kein Psychofritze, kein Pfarrer. Ich bin dazu da, Verbrechen aufzuklären, nicht Tränen zu trocknen. Das gehört nicht zu meinem Job. Das überlasse ich den Leuten, die etwas davon verstehen. Ich halte mich da heraus. Ich möchte in so etwas nicht hineingezogen werden. An Selbsterfahrungsgruppen habe ich kein Interesse. Ich möchte verdammt nochmal meinen Job machen, und aus, Schluß, finito!«

»In Ordnung, Ryan«, sagte Cicchetta und hob entschuldigend die Hände.

»Nein«, sagte Ryan, »nicht in Ordnung! Ich erledige meinen Job, ich mache mehr als meinen Job. Von den vergangenen zweiundsiebzig Stunden habe ich sechzig gearbeitet. Das sind in drei Tagen mehr Überstunden, als andere die ganze Woche über regulär arbeiten. Zeugenbefragungen, Telefonate, Akten, Protokolle, den ganzen Mist. Ich beklage mich nicht, das ist schließlich mein Job, aber ich kann mich ums Verrecken nicht auch noch um heulende, vor Schuldgefühlen verkrampfte Mütter und noch stärker heulende schwule Jüngelchen kümmern. Ich kann nicht, und ich will auch nicht. Die sollen heulen, so lange sie wollen. Das geht mich nichts an, da kann ich nicht helfen, dagegen kann ich nichts tun. Überhaupt nichts. Darüber möchte ich auch nicht reden, verstehen Sie, Sir? Ich mache hier meinen Job, und fertig! Ich denke gar nicht daran, mich kaputtmachen zu lassen.«

»So wie ich?«

»So wie Sie, Sir!«

»So einfach kommst du nicht durch«, sagte Cicchetta.

»Nicht?« fragte Ryan zuckersüß. Er sah abgearbeitet aus.

»Du solltest nach Hause gehen und dich ausschlafen!« sagte Cicchetta.

»Mich beruhigen?« fragte Ryan. Es klang provozierend.

»Ich kann niemanden brauchen, der mit den Nerven fertig ist«, sagte Cicchetta kühl.

»Gut«, sagte Ryan, »ich haue ab. Ich melde mich hiermit krank. Wenn ihr euch so große Sorgen um mich macht, daß ihr mir den Amtsarzt auf den Hals schicken wollt, könnt ihr ihm sagen, daß ich am Balmoral Beach zu finden sein werde. Regenerieren!«

»Gute Besserung!« sagte Cicchetta.

Ryan warf den Kugelschreiber auf den Schreibtisch und haute ab. Es kam selten vor, daß Ryan solche Aussetzer hatte. Es kam eigentlich nie vor. Um so sicherer war sich Cicchetta, daß Ryan in einer Stunde wieder zurück sein würde. Spätestens. Er würde einfach wieder dasein, kein Wort über das Gespräch mit Cicchetta verlieren und sich in die Arbeit stürzen. So war das mit Ryan.

Cicchetta sah nach Li. Li hatte den Stuhl hinter dem Schreibtisch hervorgerückt. Sie und Frau Ardouni saßen sich in geringem Abstand gegenüber, und Li erzählte mit leiser, heiserer Stimme. Cicchetta hörte zu. Den Namen der Figuren nach zu schließen, war es ein chinesisches Märchen. Lis Augen glänzten fiebrig. Gern hätte Cicchetta seine Hand auf Lis Stirn gelegt. Du hast Fieber, hätte er dann besorgt gesagt, und Li hätte unwillig den Kopf geschüttelt, in ihren Augen hätte es aufgeleuchtet, und dann hätte sie, mit noch leiserer, heisererer Stimme als zuvor, ein anderes verrücktes chinesisches Märchen erzählt.

Das Telefon läutete. Li achtete nicht darauf. Unbeirrt erzählte sie weiter. Leise und dunkel und ein bißchen kratzig. Frau Ardouni starrte sie an. Cicchetta nahm den Hörer auf. Es war Lis Mann.

»Es ist gerade ungünstig«, sagte Cicchetta. »Wenn Sie später noch einmal …?«

»Es ist wichtig«, sagte Lis Mann.

»Li?« sagte Cicchetta.

Li wandte den Kopf. Im Schwarz ihrer Augen glimmte es schwach. Cicchetta streckte ihr den Hörer entgegen. Li nahm ihn.

»Ja?« fragte sie.

Cicchetta bot Frau Ardouni Kaffee an. Oder lieber Tee? Frau Ardouni schüttelte den Kopf.

»Nein«, sagte Li zum Telefon.

Cicchetta ließ trotzdem Wasser in den Tauchsieder laufen.

»Nein«, sagte Li ins Telefon.

Cicchetta schaltete den Tauchsieder ein und löffelte Pulverkaffee in eine Tasse.

»Nein, heute nicht!« sagte Li durchs Telefon zu ihrem Mann.

Cicchetta suchte nach Zucker. Er fand keinen. Es war kein Zucker da.

»Ich weiß noch nicht«, sagte Li. Sie fuhr sich mit dem Handrücken über die Stirn.

»Ich dich auch«, sagte Li und legte auf.

Cicchetta goß das kochende Wasser über das Kaffeepulver.

»Ich habe Ryan nach Hause geschickt«, sagte er. »Er soll sich ausschlafen. Und du solltest auch gehen. Am besten sofort. Du kannst morgen weitermachen.«

»Es ist alles in Ordnung«, sagte Li, »es gibt keine Probleme. Da liegen Sie falsch, Sir! Er hat nur Karten für die Oper. Das ist alles. Ich kann heute abend nicht in die Oper gehen. Das geht nicht. Könnten Sie das vielleicht?«

»Kommt darauf an«, sagte Cicchetta.

»Nein«, sagte Li, »darauf kommt es nicht an.«

Cicchetta schlürfte den Kaffee durch die Lippen. Er war zu heiß. Er schmeckte wie zu heißer Kaffee, in dem zwei Löffel Zucker fehlten. Li wandte sich Frau Ardouni zu und strahlte sie an. Li sagte, daß der Sänftenträger Han San drei Töchter habe, doch schon läutete erneut das Telefon. Li ging sofort an den Apparat, und Cicchetta wußte, daß sie nicht die Wahrheit gesagt hatte. Und ob es Probleme gab!

»Für Sie, Sir!« sagte Li.

Cicchetta trug die Kaffeetasse vorsichtig zum Telefon hinüber. Li sagte, daß die jüngste Tochter des Sänftenträgers die hübscheste von allen gewesen sei und wie der hellste Stern am Himmel unter den anderen hervorgestrahlt habe. Am Telefon war Buckingham, der Fotodieb, der Freund und Wohngenosse des toten Peter Chelms.

»Ich möchte Ihnen dafür danken, daß Sie mich nicht verhaftet haben«, sagte Buckingham. »Ich werde Sie auch sicher nicht enttäuschen. Wir dachten, es sei ein Riesenspaß, aber es war keiner. Ich habe das begriffen. Es war von Anfang an kein Spaß.«

»Was gibt es?« fragte Cicchetta. Er würde verpassen, wie die Töchter des Sänftenträgers ins Unglück stürzten.

»Ich will ehrlich sein«, sagte Buckingham, »ich habe schon mit einem Anwalt gesprochen. Tätige Reue, hat der gesagt. Und er hat recht. Es ist nicht vorgeschoben, nur um billig davonzukommen. Ich will gutmachen, was immer ich kann.«

»Gute Idee«, sagte Cicchetta. Alle Märchen hatten den gleichen Bau, zumindest die europäischen Märchen, die Cicchetta kannte. Welchen Gesetzen chinesische Märchen folgten, wußte er nicht. Vielleicht war in ihnen alles ganz anders.

»Ich dachte an irgendwelche sozialen Sachen. Zaubervorführungen in einem Waisenhaus oder so etwas. Ich bin ein recht guter Zauberer, wissen Sie? Oder Fotokurse? Was halten Sie davon?«

»Die Anzeige wird Ihnen das nicht ersparen«, sagte Cicchetta.

»Natürlich nicht«, sagte Buckingham, »das ist klar. Keine Extratouren! Ich möchte nur meinen guten Willen beweisen. Nur zeigen, daß ich etwas dazugelernt habe.«

»Ich soll das dann vor Gericht bezeugen?« fragte Cicchetta. Er hätte gern gewußt, was Buckingham eigentlich wollte. Das Märchen war sowieso so gut wie vorbei.

»Sie glauben mir nicht? Na gut, lassen Sie es bleiben! Sie sagen vor Gericht aus, was Sie wollen. Das kann ich Ihnen doch nicht vorschreiben.«

»Stimmt!« sagte Cicchetta.

»Ob Sie mir glauben oder nicht«, sagte Buckingham, »ich rufe Sie an, weil ich mich bei den Leuten entschuldigen will, die wir bestohlen haben. Ich möchte Sie um die Namen und Adressen bitten.«

»Was?« fragte Cicchetta.

»Sie haben doch die Namen, nicht? Von den Diebstahlsanzeigen her.«

»Sie glauben im Ernst, daß ich Ihnen die Namen Ihrer Opfer gebe?«

»Ich möchte mich nur entschuldigen«, sagte Buckingham steif.

Sich entschuldigen? Das nahm Cicchetta ihm nicht ab. Nicht Buckingham. Dagegen war die Wandlung von Saulus zu Paulus überhaupt nicht der Rede wert.

»Ehrlich«, sagte Buckingham.

Cicchetta fragte sich, was dahintersteckte. Er überlegte und sah, daß Li leise auf Frau Ardouni einsprach, sah, daß Li sie mit ihren chinesischen Märchen hypnotisiert, sie aus der Welt gezaubert hatte. An ihrem Blick erkannte er, daß sie unter den Töchtern des Sänftenträgers Han San lebte, unter Drachen, Reisfeldern und aufgehenden Sonnen, daß sie sich nicht mehr an das abgewohnte Zimmer in Paramatta erinnerte, nicht an den Mann, der soff und drohte und schlug, nicht an Leid und Lügen, die ihr Leben ausmachten, nicht einmal an ihren Sohn, der verschwunden war, den der Mann verkauft hatte, ohne daß sie etwas dagegen unternommen hatte. Cicchetta sah die Augen der Frau, in denen sich Lis chinesische Märchen widerspiegelten, und er dachte, daß das unglaublich war und daß jeder Mensch zu allem Denkbaren fähig sei, je nachdem, in welcher Geschichte er sich vermutete.

»Hallo?« sagte Buckingham am Telefon.

Einen Moment lang konnte sich Cicchetta vorstellen, daß es möglich wäre. Daß Buckingham sich wirklich entschuldigen wollte, weil er bereute. Weil er vom Tod seines Freundes tief getroffen war. Sein Leben umkrempeln wollte. Zum Heiligen werden. Es gab so etwas. Manchmal. Selten, sehr selten allerdings. Cicchetta sah, daß Li zu sprechen aufhörte und daß Frau Ardouni glücklich lächelte. Zum erstenmal sah Cicchetta sie lächeln.

»Buckingham?« fragte er. »Wer um Gottes willen hat Sie auf diese Idee gebracht? Das ist Ihnen doch nicht selbst eingefallen, oder?«

»Doch«, sagte Buckingham, »der Anwalt empfahl tätige Reue, und ich dachte mir, ich sollte mich vor allem mal entschuldigen.«

Nein, dachte Cicchetta, es ist nicht möglich, nicht bei dir, du gedankenloser Just-Fun-Fanatiker, du gibst keinen Heiligen ab, du lügst, du machst mir etwas vor. Nur, was steckt dahinter?

Cicchetta glaubte nicht, daß Buckingham die Leute, die er bestohlen hatte, im Hinblick auf den Prozeß unter Druck setzen wollte. Damit sie ihn nicht identifizierten oder so etwas. Aufwand und Risiko wären zu groß, es würde nicht klappen, Cicchettas Aussage allein würde schon für eine Verurteilung reichen. Was also dann? Was hatte Buckingham vor?

»Hören Sie, Buckingham!« sagte Cicchetta. »Wenn Sie die Leute unter Druck setzen wollen, wenn Sie nur einem einzigen gegenüber nur ein einziges Wörtchen verlauten lassen, das bei viel bösem Willen als unfreundlich empfunden werden kann, dann mache ich Sie fertig! Ich würde das persönlich nehmen. Daß Sie im Knast landen, ist noch das geringste, was Ihnen dann blüht.«

»Warum glauben Sie mir eigentlich nicht?« fragte Buckingham.

»Haben wir uns verstanden?« fragte Cicchetta.

»Natürlich, klar! Machen Sie sich keine Sorgen!«

»Warten Sie!« sagte Cicchetta.

Er legte den Hörer auf die Schreibunterlage und holte die Akten. Er würde Buckingham die Adressen durchgeben. Dann würde man ja sehen, was passierte. Was Buckingham mit ihnen anfing. Was hinter seiner Geschichte steckte.

»Buckingham? Es sind sieben Namen. Haben Sie etwas zu schreiben?«

»Danke!« sagte Buckingham.

Cicchetta gab ihm die Adressen durch. Dann legte er auf. Li erzählte nicht mehr. Sie hörte zu. Frau Ardouni preßte Sätze hervor, Worte, zwischen denen sie stockte, als ob sie nachprüfen müßte, ob sie tatsächlich das sagte, was sie sagen wollte. Die Worte klangen wie aus einem fremden Märchen. Frau Ardouni erzählte ein libanesisches Märchen. Li hörte zu. In ihren Augen schimmerte etwas. Sie war glücklich.

Cicchetta ging hinaus. Er steckte sich eine Zigarette an. Irgend etwas stimmte nicht. Irgend etwas hatte er übersehen. Etwas Wichtiges. Etwas, das ihn voranbringen konnte.

Seltsam, daß Ryan noch nicht zurück war! Die Auseinandersetzung, die sie geführt hatten, war doch kaum der Rede wert gewesen. Man konnte das gar keine Auseinandersetzung nennen. Ryan hatte empfindlich reagiert, das war alles. Überempfindlich sogar. Lag es daran, daß er überarbeitet war? Ryan war oft überarbeitet. Normalerweise machte ihm so etwas nichts aus. Er brauchte das. Ryan war keiner, der überempfindlich reagierte, nur weil er wenig geschlafen hatte.

Cicchetta rief bei Spiro Kosinski an.

»Ich bin es nochmal, Spiro. Kannst du mir mal den Kollegen geben, der die Sache mit Kaufman verbockt hat?«

»Nein«, sagte Spiro, »den habe ich bis auf weiteres suspendiert. Völlig eigenmächtig. Damit er in sich gehen kann.«

Spiro ließ sein meckerndes Lachen hören. Cicchetta konnte sich lebhaft vorstellen, wie Spiro den Kollegen mit verbalen Fußtritten hinausbefördert hatte.

»Wie kann ich ihn erreichen?« fragte Cicchetta.

»Robert A. Stoltenberg heißt er. Er war ein Jahr in den Staaten, und seither legt er Wert auf das ›A‹ in der Mitte. Steht wahrscheinlich für Arschloch. Telefon und Adresse habe ich schon deinem Kollegen durchgegeben.«

»Meinem Kollegen? Wann?«

»Dem, der vor zwei Stunden angerufen hat. Stimmt etwas nicht?«

»Nein, alles in Ordnung«, sagte Cicchetta schnell.

Das konnte nur Ryan gewesen sein. Damit war klar, daß er seinen Gefühlsausbruch inszeniert hatte. Er war nicht überempfindlich geworden. Er hatte nur weg gewollt, weil er etwas zu erledigen hatte, wovon Cicchetta nichts wissen sollte.

Ein paar Sekunden war es still. Spiro hatte Lunte gerochen. Er überlegte. Cicchetta wußte, was in ihm vorging. Stoltenberg war immerhin Spiros Mann, und Cicchetta war sich nicht sicher, wie er in einem vergleichbaren Fall reagieren würde.

Endlich sagte Spiro: »Wenn es so steht, dann mache ich ihn kalt! W-E-N-N es so steht! Ich hoffe, ihr habt Beweise, Sam.«

»Nein«, sagte Cicchetta.

»Oder wenigstens Anhaltspunkte. Einen begründeten Verdacht. Irgend etwas! Er mag ein Arschloch sein, aber er ist einer von meinen Männern.«

»Wir haben keine konkreten Anhaltspunkte«, sagte Cicchetta.

»Okay, Sam«, sagte Spiro, »du mußt wissen, was du tust.«

»Halte dich ein paar Tage heraus! Zwei Tage nur!«

»Du hältst mich auf dem laufenden! Zwei Minuten, nachdem du etwas erfährst, weiß ich es auch!«

»Danke, Spiro!«

Cicchetta legte auf. Er hatte getan, was er tun konnte, um Ryan vor einem Disziplinarverfahren zu bewahren. Für den Rest mußte Ryan selbst geradestehen.

Eine Stunde später erschien der Mann, den Cicchetta vorhin gebeten hatte, seine Olympus abzuholen. Timothy Lucas. Er war groß und trug khakifarbene Shorts. Cicchetta ließ ihn eine Empfangsbestätigung unterschreiben und händigte ihm die Kamera aus. Lucas bedankte sich nochmals und verschwand. Das war er dann, der sensationelle Erfolg der Detectives aus dem Revier in den Rocks, der in atemberaubender Geschwindigkeit geklärte Fall: ein kleines Stück Zucker, das sich rasend schnell aufgelöst hatte. Es machte nicht satt. Beileibe nicht. Cicchetta rauchte noch eine Long Beach.

7

Ryan erstarrte. Er starrte nach vorn

Ryan erstarrte. Er starrte nach vorn. Nein, es war nichts. Nicht der Richtige. Ryan ließ die Hände vom Lenkrad sinken. Er hatte seinen Holden in der Ozone Street geparkt. Er saß auf dem Fahrersitz, starrte abwechselnd durch die Windschutzscheibe nach vorn und auf das Foto neben sich. Er bemühte sich, nicht einzuschlafen. Es war 7.00 Uhr abends. Ryan wartete seit zwei Stunden. Bisher hatte sich nichts getan. Wenigstens nichts, was Ryan hätte mitbekommen können. Ein Telefongespräch würde er zum Beispiel nicht mitbekommen. Sie würden sicher telefonieren.

Ryans Lider klappten wieder einmal nach unten. Jedesmal kostete es mehr Kraft, sie nach oben zu hieven. Und jedesmal wurde die Versuchung größer, diese Anstrengung zu unterlassen. Nur ein paar Sekunden lang zu warten. Nur eine Sekunde lang das wohlige Dunkel zu genießen und auszuspannen. Die süße Versuchung, einzunicken. Ryan wehrte sich. Er wußte, wie es lief. Er hatte einen Job zu erledigen. Er mußte die Augen offenhalten.

Ryan kurbelte das Autofenster nach oben und wieder nach unten, um seinen Kreislauf etwas in Schwung zu bringen. Er musterte das Haus auf der gegenüberliegenden Straßenseite. Ein Block, in dem wohl hauptsächlich Ferienappartements waren. Die Balkone auf der anderen Seite ließen einen sicher die ganze Bucht überblicken. Von den Tanks der Caltex-Raffinerie in Kurnell über die Sanddünen hinter Wanda Beach, wo die Flaggen der Life Savers im Abendlicht flatterten, bis hin zu Cronulla Point. Und draußen auf dem Meer tief liegende Containerschiffe auf dem Weg zu den Terminals in Botany Bay. 4, Ozone Street, eine Sommeridylle. Zwei Häuser weiter, in

Nummer 8, wohnte Robert Stoltenberg, einundvierzig Jahre alt, verheiratet, zwei Kinder, seit siebzehn Jahren Detective, seit drei Jahren bei Kosinski in der City. Ein Kollege.

Ryan gähnte. Gähnen macht wach. Ryan schaltete die Zündung und das Radio an. Irgend jemand sang ihm »... it's gonna be a bright sunshiny day« entgegen. Ryan klopfte den Takt auf dem Lenkrad mit. Er kannte die Gruppe nicht. Als das Lied zu Ende war, kam die Kennmelodie des Senders. Es war »Triple J«. Der Sprecher erzählte irgendwelchen Schwachsinn.

»Okay, Mann!« sagte Ryan.

Kollege Stoltenberg hatte Kaufman laufenlassen. Aus Versehen! Ein Mißverständnis! Kann doch mal passieren, oder?

Nein! dachte Ryan. So etwas kann nicht passieren. So etwas passiert nicht. Nicht bei einem, der seit siebzehn Jahren bei der Kriminalpolizei ist, selbst wenn er es über den Detective noch nicht hinausgebracht hat. So etwas kann man nicht mit Unfähigkeit erklären.

Kollege Stoltenberg? dachte Ryan.

Er hatte keine Ahnung, ob Stoltenberg und Kaufman sich schon länger kannten und nur zufällig beim Verhör in den Headquarters wieder aufeinandergetroffen waren oder ob Kaufman Angebote auf den Tisch gelegt hatte, die Stoltenberg auf den ersten Blick von den Vorteilen einer Zusammenarbeit überzeugt hatten. Welche Angebote? Es spielte keine Rolle. Stoltenberg wußte, daß Kaufman abgetaucht war, und würde sich irgendwie abgesichert haben. Auf jeden Fall würde er den Lohn für sein Versehen schnell einkassieren wollen. Bevor Kaufman die Sache kostengünstiger abwickelte. Bevor er bei irgendeiner anderen Gelegenheit geschnappt und damit zahlungsunfähig würde. Wenn Stoltenberg nicht völlig debil war, würde er sich lieber gestern als heute auszahlen lassen. Ryan bezweifelte, daß Stoltenberg völlig debil war.

Ryan schaltete das Radio wieder aus. Er würde vielleicht

noch ein paar Stunden warten müssen. Er würde Stoltenberg vielleicht mit dem Wagen verfolgen müssen. Er mußte die Batterie schonen.

Er wartete noch ein paar Stunden. Er verbrachte die Zeit damit, gegen den Schlaf zu kämpfen. Er stieg aus, lief ums Auto, er kniff sich die Arme wund, er rezitierte alle Shakespeare-Stellen, die er noch aus Schulzeiten wußte, er sang Kinderlieder, vor allem »Twinkle, twinkle, little star«, weil es das einzige war, dessen Text er noch vollständig im Gedächtnis hatte. Er sang Schlaflieder, um sich wachzuhalten. Es war idiotisch, aber es funktionierte. Irgendwann hatte er den toten Punkt überwunden. Irgendwann kam auch Stoltenberg aus seinem Haus. Es war genau um 22.54 Uhr. Ryan warf einen Blick auf das Foto, obwohl das eigentlich überflüssig war. Er hatte Stoltenberg trotz der Dunkelheit todsicher identifiziert. Ryan ließ das Foto unter dem Fahrersitz verschwinden und legte die Hand an den Zündschlüssel, doch Stoltenberg ging zu Fuß den Ocean Grove hinauf. Richtung Cronulla Zentrum. Ryan zog den Zündschlüssel ab, stieg aus und sperrte den Wagen ab. Er folgte Stoltenberg auf der anderen Straßenseite. Er beschattete ihn.

Beschatten? dachte Ryan.

Es war finster. Der Mond hing über Gerrale Street im Dunkel. Er war milchig und strahlte kein bißchen. Er war nichts als ein Loch in der Nacht.

Nur wo Licht ist, fallen Schatten, dachte Ryan und überlegte, welches gottverfluchte Licht einer beschissenen kriminalistischen Beschattung zugrundeliegen konnte. Etwa die Sonne einer Gerechtigkeit, die sich gern als blinde Justitia verkörpern ließ? Oder die Wahrheit? Die Moral? Das monatliche Gehalt? Pflichtbewußtsein?

»Oh, Mann«, sagte Ryan. Er blieb vor der Tür eines mexikanischen Restaurants stehen und studierte die Preise der Tacos, da Stoltenberg eine Passage zur Fußgängerzone betreten hatte. Ryan mußte den Abstand vergrößern. Jemanden allein zu observieren, das war Schwachsinn.

Das konnte nicht gutgehen. Noch dazu, wenn die Zielperson ein Kollege war, der wissen mußte, wie die Sache lief.

Es gab jede Menge verschiedener Tacos mit unterschiedlichen Preisen. Ryan hatte sowieso keinen Hunger. Er war todmüde. Er hatte keine Lust, irgendwen zu beschatten.

»Also ...«, sagte Ryan. Er trat in die Passage ein, als Stoltenberg auf der anderen Seite nach links in die Fußgängerzone abbog. Ryan begann zu laufen und fiel erst kurz vor Ende der Passage in Schrittempo zurück. In der Fußgängerzone standen Palmen, die schwarz in die Nacht ragten, und kugelförmige Leuchten, die den Mond nachäfften. Wenigstens waren ein paar Leute unterwegs. Das war günstig.

Stoltenberg hatte sich noch nicht einmal umgesehen. Vielleicht machte er nur einen Abendspaziergang, um Luft zu schnappen oder seinen quengelnden Kindern zu entkommen. Vielleicht wollte er sich gar nicht mit Kaufman treffen, weil er ihn tatsächlich aus purer Dummheit laufengelassen hatte.

Ryan ging dicht an den Schaufenstern der Läden entlang und betrachtete gleichermaßen interessiert Drogeriewaren, Kreditangebote der Banken, Bücher und Surfwear. Stoltenberg ging etwa dreißig Meter vor ihm auf der anderen Straßenseite. Er überquerte Cronulla Street auf dem Zebrastreifen hinter dem Asian Food Shop und betrat die City Rail Station. Cronulla war Endstation. Stoltenberg würde also Richtung Innenstadt fahren. Als Stoltenberg die Sperre zum Bahnsteigbereich passiert hatte, überquerte Ryan die Straße und hastete zum Fahrplan vor der Sperre. Die nächste Bahn würde in zwölf Minuten abfahren. Das mußte genügen. Ryan drehte um und spurtete den Weg zurück. In fünf Minuten war er bei seinem Wagen in der Ozone Street. Der Holden sprang sofort an. Ryan fuhr vor bis zum Kingsway, bog links ab, kümmerte sich nicht um die rote Ampel an der Plaza, gab Gas. Es waren nur ein paar hundert Meter den Hügel hinauf bis zur nächsten City Rail Station. Woolooware. Ryan ließ den Wagen in einer Sackgasse stehen, an deren Ende eine Fußgängerbrücke über die Gleise direkt auf den Bahnsteig führte. Ein alter Mann und drei Jungen mit Baseballkappen standen da und warteten. Der Zug aus Cronulla war noch nicht eingetroffen. Von der Überführung aus konnte man in der Ferne die Lichter der Cityhochhäuser sehen. Davor lag die schwarze Fläche von Botany Bay, in die die Markierungslichter der Landebahn des International Airport stachen.

Ryan ging die Stufen zum Bahnsteig hinab und löste aus dem Automaten eine Fahrkarte bis zur Endstation Bondi Junction. Der Zug fuhr zwei Minuten später ein. Ryan stieg in den vordersten Wagen und strollte nach hinten. Schon im zweiten Waggon saß Stoltenberg am Fenster. Ryan klappte am anderen Ende des Waggons die Sitzbank um und setzte sich so, daß er Stoltenberg im Auge behalten konnte. In Caringbah stiegen ein paar Jugendliche zu, die wahrscheinlich aus dem Greater Union Kinocenter kamen. Trotzdem blieb alles gut überschaubar. Ryan legte den Kopf gegen die Fensterscheibe und sah den Schatten zu, die draußen vorbeihuschten.

Beschatten? dachte er. Jemandem als Schatten dienen? Oder jemanden in den Schatten stellen? Wer beschattet wird, auf den fällt kein Licht mehr. Der bleibt im Dunkeln. War es nicht Aufgabe der Kriminalpolizei, Licht in undurchsichtige Dinge zu bringen? Für Klarheit zu sorgen? Beschatten war ein finsteres Geschäft. Irgend etwas daran war nicht ganz in Ordnung. Zumindest war es eine zwielichtige Angelegenheit. Ryan wunderte sich kaum, als das Licht sich veränderte, nur noch ab und zu Strahlen zu ihm schickte, verschwand, verlöschte. Es war eine undurchsichtige Geschichte.

Kurz vor Sutherland war Ryan eingeschlafen. Er träumte von wilden Schlachten zwischen nebelhaften Gestalten, die aus verschiedenen Schattenreichen emporgekrochen kamen.

Die Sonnenstrahlen, die von Westen her durch die Argyle Street fielen, erreichten den Asphalt nicht mehr. Nur die obere Hälfte des Orient Hotels war noch in honiggelbes Licht getaucht. Der Schatten darunter wuchs schnell nach oben. Cicchetta konnte zusehen, wie sich die Schattenfläche ausdehnte, wie sie Fenstersimse und Scheiben fraß. Es war Spätnachmittag, Abend fast. Cicchetta sah aus dem Fenster und wartete. Er wartete darauf, daß es dunkel würde.

Als Li eintrat, war es schon seit langem dunkel. Sie schaltete das Licht nicht an, und Cicchetta drehte sich vom Fenster weg, von den Schatten, die unten auf und ab strichen, und von den Fetzen irischer Musik, die aus dem Pub herüberflatterten. Ein bißchen Licht hatte der Tag im Zimmer verloren. Genug, um Li zu sehen. Li war die hübscheste Tochter, die ein Sänftenträger wie Han San je haben konnte. Li war schöner als alle Märchen der Welt zusammen, sie war ein Traum von einem Märchen, Cicchettas eigenes, persönliches Märchen, das nur für ihn dort ins Schwarz des Zimmers geschrieben stand.

»Sie hat alles erzählt«, sagte Li. Ihre Stimme schwang sich durch das Dunkel, hangelte sich sanft zu Cicchetta.

»Für ein paar Minuten hat sie mehr Vertrauen zu mir gehabt als Angst vor ihm. Mehr sogar als Angst vor sich selbst. Ihr Panzer ist aufgebrochen. Stell dir das vor, Sam!«

Li war glücklich. Li war das Glück selbst.

»Es ist nur ein Anfang, aber es ist ein Anfang. Sie wird sich erinnern, daß sie es einmal geschafft hat, sie wird sich erinnern und wissen, daß es möglich ist. Tief drinnen wird sie wissen, daß da noch etwas anderes ist«, sagte Li.

Li war ein Wunder. Sie war der Beweis dafür, daß es Wunder gab.

»Man denke gar nicht an Gegenwehr, hat sie gesagt. Es sei wie bei einem Schiffsuntergang. Wie wenn ein riesiges Schiff mitten im Ozean auf ein Riff laufe. Es lege sich auf die Seite und sinke, und keiner denke daran, das Leck zu stopfen. Jeder denke nur daran, nicht unterzugehen, nicht sofort unterzugehen, und klammere sich an die eine erreichbare rohe Planke. Dann gebe es nichts mehr. Nur noch die Planke. Und das Meer.«

Cicchetta saß mit dem Rücken zum offenen Fenster. Draußen war die Nacht, und drinnen war es dunkel und wundervoll.

»Ringsum das Meer«, sagte Li, »so hat sie es mir beschrieben. Nein, habe ich ihr geantwortet, Sie sind nicht mitten im Meer! Und selbst wenn, es gibt viele Planken und sichere Küsten und Rettungsboote, in denen Menschen sitzen, die Ihnen die Hand entgegenstrecken. Ich habe ihr widersprochen, aber eigentlich hatte sie recht. Ich habe sie verstanden. Ist das nicht schön, Sam?«

»Ja«, sagte Cicchetta.

»Ja«, krächzte er. Wie ein kleines Wort nur so scheußlich klingen konnte! Cicchetta zündete sich eine Zigarette an. Die Flamme des Feuerzeugs erlosch, und ein kleiner roter Punkt schwebte im Dunkel.

»Ja«, sagte Li. Plötzlich stand sie neben Cicchetta.

»Kaufman war zweimal bei ihnen. Na, Kleiner? habe er zu John gesagt. 60 Dollar pro Tag habe Kaufman gezahlt, für eine Woche im voraus. 420 Dollar, aber ...«

»Jetzt nicht, Li«, sagte Cicchetta.

»... aber Frau Ardouni vermutet, daß es noch zusätzliche Vereinbarungen gab. Freischüsse für Oldham bei irgendwelchen Nutten in Kings Cross, die Kaufman verpflichtet waren. Frau Ardouni hat es anders ausgedrückt, aber so war es gemeint.«

»Morgen, Li, gleich morgen früh! Nicht jetzt, bitte nicht!«

»Kaufman habe hoch und heilig versprochen, daß dem Jungen nichts geschehe. Es gehe nur darum, ein paar Fotos zu machen. Sie solle doch froh sein, so einen knackigen Jungen zu haben. Oldham habe sie gefragt, ob sie etwa das Ehrenwort eines Mannes wie Kaufman anzweifeln wolle. Das habe sie natürlich nicht gewollt. Sie habe nicht mehr gewußt, was sie sagen solle, und dann habe sie geschwiegen. Es hat keinen Sinn zu schreien, wenn man ganz allein auf einer Planke im Meer treibt. Oldham habe sie gar nicht geschlagen. Diesmal nicht.«

»Weißt du, daß du glücklich ausgesehen hast? Rundum glücklich?«

»Allein auf dem Meer, mutterseelenallein«, sagte Li und schüttelte den Kopf.

Cicchetta zog an der Zigarette.

»Ja, Sam«, sagte Li, »ich bin glücklich.«

Cicchetta schnippte die Zigarette aus dem Fenster und faßte nach Lis Hand. Sie war kühl.

»He!« schrie jemand von unten, von der Straße.

Cicchetta schob seinen Kopf durch das Fenster. Unten stand einer und sah hoch.

»Können Sie nicht aufpassen?« schrie er.

»Was?« fragte Cicchetta.

»Ihre Zigarettenkippe! Haben Sie keinen Aschenbecher?«

Li kicherte. Hauchdünne Glaskugeln, mit denen der Wind spielte.

»Sie haben mir Ihre Scheißkippe auf den Ärmel geworfen!« schrie der Mann von unten.

»Feuer?« fragte Li verwundert.

Cicchetta sah sie von der Seite an. Li zog die Augenbrauen hoch und sagte verschwörerisch: »Feuer!«

»Tatü tata«, sagte Cicchetta.

»He, Sie!« schrie es von unten.

»Wasser!« rief Cicchetta und schnippte mit den Fingern. Dann lief er, um eine Kaffeetasse zu holen.

»Halten Sie durch!« flötete Li nach unten.

»Was?« schrie der Mann.

»Wasser!« brüllte Cicchetta, als er die Tasse heranbalancierte.

»Wir retten Sie!« prustete Li.

»Wir löschen!« jubelte Cicchetta.

»Die Rettung ist nah!« jubilierte Li.

»Da!« jauchzte Cicchetta der Tasse Wasser nach, die er

hinunterschüttete. Das Wasser platschte unten auf. Einen Moment lag die Nacht still in der Straße, dann zeterte der Mann los: »Sie haben wohl einen Knall, Sie sind wohl völlig durchgedreht, Sie ...«

»Wie kleine Kinder«, sagte Li und lächelte Cicchetta an.

Cicchetta schloß das Fenster, dann lagen sie einander in den Armen. Später waren sie draußen und gingen durch Straßen, die an die Straßen von Sydney erinnerten, nur daß sie einen überirdischen Glanz ausströmten. Merkwürdig vertraut kam Cicchetta diese Stadt vor, die aber unzweifelhaft fremd war, die in dieser Nacht erst aufgeblüht sein konnte. Eine unwirklich schöne Stadt, deren Gebäude perfekt harmonierten, eine Stadt, an deren Kais und Molen schüchtern das Meer anklopfte, die nach Paradies duftete. Eine Stadt, die Lichter aufsetzte und Schatten ausstreute, wie man es sich wunderbarer nicht denken konnte. Man konnte nur ankommen, nie aufbrechen aus dieser Stadt, und dennoch gab es niemanden hier, keine Menschen, nur Li und Cicchetta, die vielleicht gar keine Menschen wie die anderen waren, weil sie glücklich waren, so glücklich, daß sie es gar nicht als Glück empfanden. Es war ganz normal, es gab nichts anderes, es mußte so sein. Li und Cicchetta waren hier zu Hause, nur sie beide in dieser Stadt, die aus dem Paradies hierher versetzt worden war und die ein kleines bißchen an eine Stadt erinnerte, die Sydney hieß.

Lange gingen Li und Cicchetta durch die Straßen, aneinandergeschmiegt. Sie sprachen und schwiegen, und Cicchetta hielt eine Kaffeetasse in der freien Hand, eine wunderschöne weiße Kaffeetasse mit einem wunderschönen kleinen Sprung darin. Er schwor, daß er sich nie von dieser Kaffeetasse trennen würde, immer würden sie zusammenbleiben, das ganze Leben, er und die Kaffeetasse. Cicchetta schwor bei allem, was irgend jemandem heilig sein konnte. Er rief Li als Zeugin an, und Li nickte mit dem Kopf und sagte, daß das eine ganz wunderbare Sache sei.

Dann standen sie, wie im Märchen, vor einem verschlossenen Tor. Es befand sich in einem Haus, das ein geziegeltes Dach mit schnabelartig auslaufenden Ecken aufgesetzt hatte. Hinter dem Haus sei ein chinesischer Garten, sagte Li, die das wissen mußte. Es war Nacht, das Tor war verschlossen, und um den Garten zog sich ein Zaun, der ihnen den Zugang versperrte. Cicchetta wußte, daß das nicht sein konnte, daß nichts verschlossen war, daß ihnen alles offenstand in dieser Nacht, und tatsächlich hörte der Zaun in zweieinhalb Metern Höhe auf. Sie kletterten hinüber, Li, Cicchetta und die Kaffeetasse. Zu dritt strollten sie auf dem Weg entlang, an Bambusgestrüpp und Granatapfelbäumen vorbei, durch offene Pavillons aus rotbraunem Holz.

»Die ›Hall of Long Life and Prosperity‹«, sagte Li, und Cicchetta nickte der Kaffeetasse zu.

»Der ›Water Pavilion of Lotus Fragrance‹«, stellte Li vor, »Sam Cicchetta und seine Kaffeetasse.«

»Angenehm«, sagte Cicchetta.

»Der ›Lake of Brightness‹«, sagte Li mit einer kleinen Verbeugung zum See hin, der still im Mondschein lag. Kalkfelsen wuchsen wie versteinerte Meerjungfrauen aus dem Wasser, Seerosen und Wasserlilien drückten sich in wuchernden grünen Inseln aneinander. Manchmal blinkte weiß-rot der Rücken eines Koi-Karpfens von unten hervor. Wo sich der Bach über Kaskaden in den See murmelte, stand eine Weide und ließ die Zweige trauernd übers Wasser hängen.

»Oh!« sagte Cicchetta mitfühlend.

»Nein«, sagte Li, »eine chinesische Weide steht für Schönheit und Freundlichkeit!«

»Ah!« sagte Cicchetta erfreut.

Der Mond badete im Wasser des Sees. Er schwamm auf dem Rücken und besah sich die Sterne. Was der Mond konnte, konnten Li und Cicchetta auch. Die Kaffeetasse wartete am Rand, der Bambus glänzte, nur der Mond runzelte die Stirn, als Li und Cicchetta nackt ins Wasser sprangen.

»Das ist der Neid«, sagte Li. Cicchetta nickte, denn sie hatte recht, aber er war dem Mond nicht böse. Sie schwammen bis zur Brücke vor dem Jade Pavillon, stöberten zwei Enten auf, umrundeten die Stengel der Wasserlilien, die ihre großen Blätter hochhielten und ihre Blüten in gelbem Mondlicht schaukeln ließen. Dann schwammen sie zurück, kletterten über die Felsen aus dem Teich und setzten sich neben die Kaffeetasse. Cicchetta versuchte, die Tropfen auf Lis Körper zu zählen. Es waren viele.

»Wasser«, sagte Li erklärend.

»Feuer«, sagte Cicchetta. Dann liebten sie sich, bis alle Wassertropfen verdunstet waren.

»Keine Handtücher«, sagte Li erklärend zu der Kaffeetasse, denn es war eine kleine Kaffeetasse, und man konnte nicht sicher sein, ob sie schon verstand, was da vorgegangen war.

»In chinesischen Gärten gibt es keine Handtücher«, sagte Li.

»Im Paradies auch nicht«, sagte Cicchetta.

»Alte Tradition«, sagte Li.

»Man muß sich irgendwie anders behelfen.«

»Das verstehst du doch, oder?«

Die Kaffeetasse schien zu verstehen. Li und Cicchetta lagen auf dem Rücken und sahen zu, wie die Sterne durch die Nacht liefen. Der Mond wurde blasser und schleppte sich Stück für Stück weiter. Li schlief ein. Cicchetta rauchte eine Zigarette und blinzelte dem Mond verschwörerisch zu.

Ryan kämpfte gegen die Ungeheuer. Es war ein ungleicher Kampf, denn Ryan war Ryan, und die Ungeheuer waren nur Schatten, die wie Ungeheuer aussahen und Ryan umtanzten. Es war ein Kinderspiel. Ryan mußte nur auf einen der Schatten treten, und sogleich – peng – explodierte der Schatten. Ryan mußte nur schnell reagieren. Ihm konnte nichts geschehen. Es war ein Kinderspiel. Jeremy und Jodie spielten auch mit. Und Tom, der schon fast groß war. Und Susan, die dicke Susan, die immer als erste daran glauben mußte. Ryan hüpfte und sprang, und die Schatten zerplatzten. Einer nach dem anderen verpuffte ins Nichts, ließ keine Spur zurück auf dem hell erleuchteten Boden, der wie gekachelt aussah. Eine riesige gekachelte Fläche, die das Licht zurückwarf. Wie die Wand einer U-Bahn-Station. Eine Stimme, die wie die der dicken Susan klang, sagte von überall her:

»Central Station. Der Zug fährt weiter über Town Hall, Martin Place, Kings Cross, Edgecliff bis Bondi Junction.«

Ryan fuhr sich mit dem Handrücken über die Augen. Central? Verdammt! Er war eingeschlafen! Er hätte wachbleiben müssen. Er war doch ...

Ryan stierte schräg nach vorn. Stoltenberg war noch da! Der Waggon hatte sich gefüllt, Menschen drängten zu den Türen, doch Stoltenberg saß noch auf demselben Platz, auf dem er vorher gesessen hatte. Ryan schüttelte den Kopf. Er war eingeschlafen! Zwanzig, dreißig Minuten war er weg gewesen. Völlig umnachtet! Während einer Beschattung! Und Stoltenberg saß noch da, als ob nichts geschehen wäre!

»Oh, Mann«, sagte Ryan zu sich.

Die Frau auf dem Sitz gegenüber lächelte ihn an. Sie war um die vierzig und lächelte idiotisch. Wie die Frau eines Politikers bei der Einweihung einer Schule für Lernbehinderte.

»Ist was?« fragte Ryan grob.

Die Türen des City Rail Waggons schlossen sich mit einem lauten Zischen. Der Zug fuhr ab.

»Sie sehen süß aus, wenn Sie schlafen«, sagte die Frau von gegenüber.

Ein paar Meter weiter vorn döste Stoltenberg vor sich hin. Es war verdammtes Glück. Ryan hatte Glück gehabt.

»Sie haben geträumt«, sagte die Frau. »Sie sahen aus wie ein kleiner Junge, der sich auf irgend etwas ungeheuer Wichtiges konzentrieren muß.«

Es war geradezu unverschämtes Glück. Wenn Stoltenberg bemerkt hatte, daß Ryan eingeschlafen war, dann konnte er nie und nimmer auf den Verdacht kommen, daß er beschattet wurde.

»Das Leben ist schön!« sagte die Frau. »Sie sollten sich öfter entspannen. Einfach loslassen. Sich nicht immer unter Kontrolle halten. Träumen Sie öfter mal!«

Aber wahrscheinlich hatte Stoltenberg gar nichts bemerkt. Er war nur einfach dort gesessen, hatte Löcher in die Luft gestiert und in Gedanken das Bestechungsgeld ausgegeben, das er von Kaufman bekommen würde. Ryan wollte sich nicht erlauben, seinen Fehler schönzureden.

Der Zug hatte Town Hall erreicht. Stoltenberg machte keine Anstalten, aufzustehen.

»Träumen ist schön. Es macht auch schön. Das Leben und jeden einzelnen Menschen«, sagte die Frau.

Vor allem wollte Ryan keine nachträglichen Rechtfertigungen aufbauen. Von wegen Instinkt oder so. Daß irgendein sechster oder siebter Sinn ihn rechtzeitig geweckt hätte. Er hatte ganz einfach versagt. Er war eingeschlafen.

»Sie sind süß«, sagte die Frau und strahlte Ryan an.

»Mögen Sie Hunde?« fragte Ryan die Frau. »Die kleinen, wuscheligen mit den treuen Augen? Zweimal die Woche gehe ich nachts los, um welche zu fangen. Ich schlachte sie in der Badewanne. Da bekommt man das Blut am besten wieder weg. Das Fleisch lege ich mit Knoblauch, Rosmarin und Olivenöl über Nacht ein. Olivenöl ist ganz wichtig. Am nächsten Tag brate ich die Hundesteaks ganz kurz an. Innen müssen sie noch blutig sein. Vor-züg-lich, sage ich Ihnen!«

Ryan schnalzte mit der Zunge.

»Sie machen es sich selbst schwer«, sagte die Frau. Sie lächelte noch immer, aber es wirkte gezwungen. Sie sagte dann nichts mehr.

Stoltenberg stieg an Kings Cross aus. Er war nicht der einzige. Die meisten, die nachts um halb eins in die Stadt fuhren, wollten nach Kings Cross: Touristen, Junkies auf der Suche nach Nachschub, Studenten, die ins »Studebaker's« oder eine andere Disco tanzen gingen, Leute aus dem Busch, die in der Großstadt etwas Anrüchiges erleben wollten. Hier war es nicht schwer, jemanden zu beschatten. Über die Treppe der City-Rail-Station hinauf, durch die Passage in die Victoria Street, selbst als Stoltenberg in die schmale Earl Street abbog, waren immer genug Passanten zwischen ihm und Ryan.

Am Earl Place forderten die Türsteher des »Nu Gatties« die vorbeischlendernden Männer auf, hereinzukommen. Der Nightclub hatte bis 6.00 Uhr morgens geöffnet. Stoltenberg betrat jedoch eine Bar nebenan. Das »Moonlight Shadow«. Ryan ging ein Stück geradeaus weiter und kehrte dann um. Er wollte Stoltenberg ein paar Minuten Zeit lassen, um mit Kaufman ins Gespräch zu kommen, wenn dieser denn in der Bar sein sollte. Dafür müßte Kaufman allerdings ziemlich unverfroren sein. Die Bar war kaum zweihundert Meter von dem Ort der Sprengung in der Victoria Street entfernt, und gleich um die Ecke lag Kaufmans Pornoshop. Von großem Respekt für die polizeilichen Fahndungsmaßnahmen würde das nicht zeugen.

In der Bar lag trübes Licht. Messing und Holzfurnier. Ein langer Tresen teilte ein Drittel des Raums ab. In der hintersten Ecke spielten vier Männer Darts. Das Publikum sah nicht nach Touristen aus: Tätowierte, Alkoholleichen und abgehalfterte Nutten. Vielleicht noch ein paar Taschendiebe, Dealer und Rausschmeißer auf Freischicht. Menschen, die mit fünfzehn Jahren irgendwie in Kings Cross gelandet waren und nie mehr aus dem Viertel herauskommen würden, es sei denn in den Knast oder auf den Friedhof nach Kingswood oder Liverpool. Es war unwahrscheinlich, daß irgend jemand im Raum keine Rechnung mit den Bullen offen hatte. Wenn es Schwierigkeiten gab, würde Ryan hier kein leichtes Spiel haben.

Im Moment sah es nicht nach Schwierigkeiten aus. Es sah eher nach Pleite aus. Niemand, der Kaufman ähnlich sah, war da. Auch Stoltenberg war verschwunden. Ryan lehnte sich an den Tresen und bestellte ein Bier. Er überlegte kurz, ob er den Wirt, der ihm ein Toohey's zuschob, ausquetschen sollte, entschied sich aber dafür, erst auf eigene Faust nachzusehen. Er griff sein Bierglas und ging zur Tür, die neben den Dartspielern nach hinten führte. Ryan fand sich in einem Gang wieder, in dem es roch, als ob die Gäste vorzugsweise außen an die Türen pinkelten, auf denen »Ladies« und »Gentlemen« geschrieben stand. Gleich links führte eine Treppe nach oben. Ryan stieg hoch. Das Vorzimmer hatte kahle Wände, in denen drei Türen, von denen der Lack blätterte, für Auflockerung sorgten. Eine nackte Glühbirne hing krumm von der Decke, und am Boden stand ein nagelneuer tragbarer Fernseher, in dem narbengesichtige Gangster in langen Trenchcoats sich mit Maschinenpistolen ein Feuergefecht lieferten. Chicago, Prohibitionszeit. Die Besatzung eines mit geschmuggeltem Whiskey beladenen Lastwagens starb exklusiv für einen fetten Riesen, der auf der gegenüberliegenden Seite eine abgeschabte Couch härtetestete.

»Klo is' unten«, sagte der Kloß, ohne einen Blick auf Ryan zu werfen.

Das darf doch nicht wahr sein! Ein Leibwächter! dachte Ryan. Wie damals bei Al Capone. Entweder er träumte noch immer, oder irgend jemand hatte hier zuviele Kriminalfilme aus den fünfziger Jahren gesehen.

Aus dem Fernseher blitzte Mündungsfeuer. Whiskeyflaschen zerklirrten zu Dutzenden, und die hochprozentige Schmuggelware floß in einen Abwassergully.

»Is' was?« fragte der Kerl auf der Couch. Er wandte sich Ryan zu. Sein Gesicht war rot und aufgedunsen. Zwischen überquellendem Fett lagen zwei kleine Augen wie Knöpfe in einem alten Polstersessel. Der Mann schob sich von der ächzenden Couch hoch, bis seine Augen auf der Höhe von 1,90 Meter angekommen waren. Er sah aus wie ein Superschwergewichtler, der seit ein paar Jahren aus dem Geschäft ist und es sich seitdem zur Lebensaufgabe gemacht hat, alle Kalorien dieser Welt zu vernichten. Ryan zweifelte aber nicht daran, daß ihm der Koloß immer noch mit einem Schlag die Hirnschale zertrümmern konnte. Der Blick, den er Ryan zuwarf, ließ vermuten, daß er ähnliches vorhatte.

Ryan führte keine Waffe bei sich. Er trug nie eine Waffe. Er hatte auch noch nie eine benötigt. Ryan hätte abhauen können, aber er stand wie angewurzelt. Nicht, weil er vorhin einen Fehler begangen hatte und nun alles doppelt gutmachen wollte. Er wußte, daß so etwas nicht funktionierte. So dumm war Ryan nicht.

Nein, es war die Situation. Der Leibwächter, der aus einer vergilbten Verbrecherkartei in Chicago entsprungen schien, das heruntergekommene Vorzimmer über einer Kiezbar, James Cagney, der zwischen Nebelschwaden im Fernseher herumballerte, Ryan selbst, der auf eigene Faust um 1.00 Uhr morgens Verbrecher jagte, all das fügte sich zu einem Bild, zu einer Folge von Bildern, zu einem Film, der seine eigene Logik gewann. Ryan war in einem Film der schwarzen Serie gelandet, einem Remake in der Wirklichkeit, er agierte als neuer Bogart, er mußte tun, was zu tun war. Er bedauerte, daß er keinen Trenchcoat trug. Und als Cagney im Fernsehen einen seiner bösen Wutanfälle mimte, die immer hart an der Grenze zur Lächerlichkeit entlangschrammten, kam Ryan die wahnwitzige Idee, den fetten Leibwächter in denselben Film zu zwingen, in den er sich versetzt fühlte. Diese ganze irre Situation, die auch der Dicke dumpf empfinden mußte, auszunutzen. Die Grenze zwischen Realität und Fiktion weiter verschwimmen zu lassen.

Wenn es funktionierte, wenn er die Illusion eines Schwarze-Serie-Krimis im Hirn des Dicken erschaffen konnte, dann wurde Ryan zu Humphrey Bogart und der Dicke zu einem stumpfsinnigen Leibwächter eines x-beliebigen Gangsters. Dann war der Ausgang einer Auseinandersetzung von vornherein klar. Das würde auch der Dicke spüren. Er würde brav Männchen machen.

»Okay, Kleiner, ich bin Bulle«, sagte Ryan. »Und weißt du, was deinem Freund und Helfer gar nicht gefällt? Die dauernde Fernsehglotzerei! Ist ungesund, macht dumm und gewalttätig. Hat dir das deine Mami nicht beigebracht?«

Er schüttelte mißbilligend den Kopf.

»Wie wär's denn mit 'ner kleinen Sendepause und ein wenig Sport? Einmal Mittelstrecke um den Block, und du verdienst dir ein paar Scheinchen Abtrittsprämie.«

Der Kerl blinzelte so stupide zwischen den Ohren hervor, als hätte man ihn zu Versuchszwecken seit seinem zweiten Lebensjahr sechzehn Stunden täglich vor dem Fernseher festgebunden.

Ryan sagte: »Du hast die Wahl. Entweder hundert bucks, wenn du dir mal für zehn Minuten die Stampferchen vertrittst, oder ...«

Ryan goß das Toohey's Red auf den Teppich und klopfte mit dem Bierglas gegen den Türrahmen. Glassplitter flogen. Der Riese grinste. Es sah ungefähr so nett aus wie die Aufklärungsquote der Kollegen in Blacktown bei Fahrraddiebstählen. Ryan hob den Glasstumpf auf Gesichtshöhe.

»... oder ich ramme mir den Scherbenhaufen ins Gesicht. Ich schlitze mir den Hals auf, daß das Blut spritzt. Ich wanke schreiend nach unten, breche blutüberströmt auf der Straße zusammen und erzähle jedem, ob er es hören will oder nicht, daß du feiste Null mich kaltmachen wolltest.«

Die feiste Null schaute, als ob sie gebeten worden wäre, ein japanisch-chinesisches Wörterbuch zu rezensieren. Dann kam der Typ näher. Offensichtlich hatte er beschlossen, auf Nummer Sicher zu gehen, also erst zuzuschlagen und dann nachzudenken.

»Mit Widerstand gegen die Staatsgewalt ist es dann nicht abgetan«, sagte Ryan. »Schwere Körperverletzung ist das mindeste. Und wenn ich mir vor Gericht Mühe gebe, steigern wir uns auf versuchten Totschlag. Ich werde mir Mühe geben.«

Der Riese nahm die Pranken hoch. Er war Rechtsausleger. Ryan hoffte, daß das Wort vom versuchten Totschlag nicht falsch angekommen war. Er legte nach:

»Zweimal darfst du raten, wem sie mehr glauben werden, dir oder mir. Bei deinen Vorstrafen mußt du dich dann die nächsten paar Jährchen nicht darum kümmern, wer dir das tägliche Haferschleimsüppchen in den Blechnapf gießt. Oder bist du etwa gerade dabei, zum ersten Mal vom rechten Weg abzuweichen?«

Der Koloß knurrte. Seine rechte Führungshand zuckte vor Ryans Augen. Vielleicht sehnte der Kerl sich nach den alten Kumpeln und der gesunden Ernährung im Knast zurück. Oder er hatte immer noch nicht begriffen, daß es eine attraktive Alternative gab.

»Hundert bucks«, sagte Ryan. »Überleg mal, wie viele Vergißmeinnichtsträußchen du dafür deiner Mami schenken kannst.«

Denken schien nicht die große Stärke des Fleischbergs, schnell denken schon gar nicht. Die ewige Fernseherei, Ryan hatte es ja gesagt!

»Glaub nicht, daß ich bluffe«, sagte Ryan und fuhr mit den Zacken des Glasstumpfs über seine linke Handfläche. Hellrot perlte Blut. Der Leibwächter schien das witzig zu finden. Er kicherte kurz und ließ die Flossen sinken.

»Hundert bucks?« fragte er.

»Hundert bucks!« Ryan zog mit der verletzten Hand seine Geldbörse hervor. Er tropfte dunkle Pünktchen auf den Teppich und fingerte fünf Zwanziger heraus. Der Fettkloß griff schnell zu.

»Ich muß mal aufs Klo«, brummte er.

»Glückwunsch!« sagte Ryan. »Das ist einer der intelligentesten Sätze, die du je produziert hast. Viel Erfolg! Halt, eins noch: Wo ist Kaufman?«

Das Monster schwankte auf die Treppe zu. Mit einer seiner Pranken deutete es auf die rechte Tür.

»Habe die Ehre«, sagte Ryan. Er drückte die Klinke nach unten und ließ die Tür zum Nebenraum ganz aufschwingen, bis sie hinten anschlug. Drinnen waren zwei Männer. Stoltenberg stand am Fenster, Kaufman fläzte in einem Korbsessel und hielt sich an einem Bierglas fest. Der Raum sah nach billigem Hotelzimmer aus. Niemand rief »herein«, und so blieb Ryan unter dem Türrahmen stehen.

»Ein nettes Haustier haben Sie da, Kaufman«, sagte Ryan und deutete nach hinten. »Es hat nur keine Steuermarke. Wenn Sie vielleicht mitkommen würden, damit wir das klären können?«

Stoltenberg drehte sich um. Kaufman schien nicht zu begreifen. »Sie wünschen bitte, Sir?«

»Kriminalpolizei«, sagte Ryan. Er warf den Stumpf des Bierglases in die Ecke. Der Film riß. Ryan war nicht Bogart. Es war Zeit, wieder auf den Boden der Tatsachen zu kommen. Kaufman mußte festgenommen und in die U-Haft-Zellen in der Liverpool Street eingeliefert werden. Ryan hatte ihn aufgespürt, ab jetzt war alles Routine. Schluß mit Maschinengewehrschlachten rivalisierender Schmugglerbanden, mit Gorillas, Bluffs und Gegenbluffs! Kein Raum für coole Sprüche. Statt dessen gab es ein festgelegtes Procedere. Sätze, die vorgeschrieben waren und die Ryan jetzt aufsagen würde. Er zeigte seinen Dienstausweis vor.

»Ich muß Sie bitten, mit aufs Revier zu kommen. Sie sind vorläufig festgenommen. Sie haben das Recht, die Aussage zu verweigern. Ihren Anwalt können Sie vom Revier aus benachrichtigen.«

Kaufman verzog keine Miene. Er nahm einen Schluck Bier. Dann rückte er die Seidenkrawatte zurecht und sagte: »Lassen Sie uns in Ruhe darüber reden! Wir sind doch zivilisierte Menschen, nicht? Ich bin mir ziemlich sicher, daß Sie ein falsches Bild von mir haben ...«

»Mein Bild von Ihnen spielt keine Rolle«, sagte Ryan. »Außerdem bleibt es Ihnen unbenommen, Ihre Erklärungen und Richtigstellungen zu Protokoll zu geben.«

»Ich bin Geschäftsmann ...«

»Im Revier natürlich«, fügte Ryan an.

Kaufman strich eine Falte am Ärmel seines Jacketts glatt. Nachdenklich sah er zu Stoltenberg, der unbeweglich am Fenster stand.

»Ich frage mich, wie er uns gefunden hat. Kaum bist du eingetroffen, Robert, und schon ist er auch da! Ein paar Minuten später.«

»Und?« fragte Stoltenberg.

Kaufman lächelte. »Er ist dir gefolgt! Er hätte keinen Grund gehabt, dir zu folgen, wenn du nicht in Verdacht stehen würdest, etwas Unrechtes getan zu haben, zum Beispiel mit gesuchten Kriminellen Geschäftsbeziehungen zu pflegen.«

»Sie erzählen Scheiße, Kaufman«, sagte Stoltenberg.

»Darf ich jetzt bitten«, sagte Ryan zu Kaufman. Der beachtete ihn nicht.

»Mich wundert nur, daß er sich so gar nicht für dich interessiert, Robert. Er fragt nicht einmal, was du hier zu suchen hast. Seltsam, nicht? Möglich wäre allerdings, daß sie gar nichts mehr zu erfahren brauchen, weil du schon am Haken hängst und es nur noch nicht weißt. Vielleicht bist du übler dran als ich. Vielleicht weiß der Bulle, daß du dich nicht mehr herauswinden kannst.«

»Hören Sie!« sagte Stoltenberg zu Ryan. »Ich bin Polizeibeamter wie Sie, ein Kollege. Ich habe einen Tip bekommen, daß Kaufman ...«

»Nein, Robert, nein!« Kaufman schüttelte mißbilligend den Kopf. »Mitgefangen, mitgehangen! So leicht kommst du nicht davon. Du kommst überhaupt nicht davon, es sei denn ...«

Kaufman brach ab. Ryan sagte: »Los jetzt! Ich würde Sie ungern zwingen, mitzukommen.«

»Er ist allein«, kicherte Kaufman. »Seit zehn Minuten quatschen wir hier herum, und noch kein anderer Bulle hat sich blicken lassen. Ein Ein-Mann-Unternehmen! So etwas ist doch nicht üblich, oder? Das mußt du doch am besten wissen, Robert. Vielleicht ist er der einzige Bulle in ganz Sydney, der weiß, daß wir beide uns hier gemütlich unterhalten haben.«

»Mein Gott, Kaufman. Für wie blöd halten Sie mich?« fragte Ryan.

»Klar, das Haus ist umstellt. Unten warten ein paar Hundertschaften. Sie sind nur zu schüchtern, um hereinzukommen«, sagte Kaufman spöttisch. Er wandte sich wieder an Stoltenberg: »Wenn es eine Möglichkeit gäbe, unseren Einzelkämpfer davon zu überzeugen, sein Wissen für sich zu behalten, dann hätten wir eine Chance. Du und ich. Aber ich fürchte, man müßte gute Argumente finden, um ihn davon zu überzeugen.«

Verdammt, dachte Ryan. Die Sache begann schiefzulaufen. Er mußte etwas tun.

»Stimmt«, sagte er zu Stoltenberg, »ich bin allein hier. Aber die Nummer, die du im Präsidium mit Kaufman geliefert hast, kennt jeder…«

»Ein Versehen«, sagte Kaufman. »So etwas passiert. Irren ist menschlich. Keiner kann dir daraus einen Strick drehen.«

Stoltenberg stand am Fenster. Er blickte von einem zum anderen. Dann zog er seinen Dienstrevolver aus dem Schulterholster.

»Sie glauben nicht, daß du Kaufman mit Absicht laufengelassen hast«, sagte Ryan schnell, »aber sie wissen, daß ich das glaube. Ich habe schließlich Informationen über dich einholen müssen.«

»Unten hört keiner etwas«, sagte Kaufman. »Ich kenne die Leute gut. Lauter Taube! Taubstumm, wenn es sein muß.«

Stoltenberg entsicherte die Waffe.

»Du weißt, was los ist, wenn ein Polizist erschossen wird«, sagte Ryan. »Das mögen die Kollegen gar nicht.«

»Er wird einfach verschwinden. Sie werden gar nicht wissen, daß er tot ist«, sagte Kaufman.

Stoltenberg hielt den Revolver in der gesenkten Hand. Der Lauf zeigte auf den Boden.

»Wenn mir etwas geschieht, bist du der allererste, den sie unter die Lupe nehmen. Sie können zwei und zwei zusammenzählen«, sagte Ryan.

»Knall ihn ab!« sagte Kaufman.

»Ja«, sagte Stoltenberg, »das wäre eine Möglichkeit.«

»Damit kommst du nicht durch«, flüsterte Ryan. Er wich langsam zurück.

»Schieß!« brüllte Kaufman.

»Vielleicht gibt es noch eine zweite Möglichkeit«, sagte Stoltenberg dumpf. »Kollegen zu erschießen ist nicht die feine Art. Das tut man nicht. Nur ungern. Nur, wenn es wirklich keine andere Möglichkeit gibt.«

»Es ist unsere einzige Chance. Meine, aber auch deine. Es gibt keine andere«, sagte Kaufman beschwörend.

»Ich habe mich etwas ungeschickt verhalten«, gab Stoltenberg zu. »Das wirft kein gutes Licht auf mich. Es war nicht professionell, Sie laufenzulassen. Aber so etwas kann passieren, nicht? Sie haben es selbst gesagt, Kaufman. Was die Sache wirklich schlimm macht, sind die Verleumdungen, die Sie über mich ausstreuen werden. Zum Beispiel, daß ich mich von Ihnen hätte bestechen lassen.«

Stoltenberg schüttelte betrübt den Kopf und fuhr fort: »Irgend etwas bleibt ja immer hängen. Dabei habe ich nur versucht, meine Pflicht zu tun. Ich wollte meinen Fehler wiedergutmachen, und als ich dann den Tip bekam, daß Sie hier zu finden seien, bin ich mitten in der Nacht losgezogen, um Sie zu stellen. Außerhalb der Dienstzeit. Obwohl ich suspendiert war. Nur aus Pflichtgefühl. Ja, genau so war es. Dann erschien der Kollege, und Sie haben eingesehen, daß Ihnen die Felle davonschwimmen. Aber aufgeben? Nein, das wollten Sie noch lange nicht!«

Stoltenberg hob den Revolver an und richtete ihn gegen Kaufman.

»Dann machten Sie diese Handbewegung, Kaufman. Diese schnelle Bewegung unter Ihre Jacke. Ich dachte, Sie wollten eine Waffe ziehen, und mußte schießen. Mir blieb keine andere Wahl. Notwehr.«

Kaufman stand langsam auf. Vorsichtig hob er die Hände.

»Du willst ... Das ist Mord, Robert!«

»Notwehr«, sagte Stoltenberg. »Ich werde es selbst nicht gewollt haben, aber ich hatte keine Wahl. Ich werde unter Schock stehen. Ich werde mich nie mehr richtig erholen. Sie werden mich frühpensionieren.«

»Der Bulle hat alles mitbekommen. Er wird bezeugen, daß es Mord war, nicht? So sagen Sie doch etwas!«

Kaufman wich an die Mauer zurück. Er preßte die Handrücken hoch über sich an die Wand. Die Schöße seines Jacketts standen seitlich weg. Er erinnerte an einen aufgespießten Schmetterling, in dem noch ein bißchen Leben ist.

»Du müßtest ihn auch umbringen«, japste Kaufman. »Du kannst nicht alle umbringen. Damit kommst du nicht durch!«

Stoltenberg warf einen Blick zu Ryan, der auf der Türschwelle stand. Er wartete darauf, daß Ryan reagierte. Daß er etwas sagte. Irgend etwas. Es war nur ein kurzer Blick, aber Ryan begriff, daß Stoltenberg wissen wollte, ob seine Geschichte ankam. Stoltenberg war nicht in der Lage, allein zu entscheiden, ob er schießen sollte. Ob er Kaufman abknallen sollte oder Ryan oder alle beide oder keinen von beiden. Oder vielleicht sich selbst. Ryan begriff, daß Stoltenberg Hilfe brauchte. Stoltenberg wartete auf ein kleines Wort von Ryan. Ein kleines Wort nur. Dann würde er schießen. So oder so.

Stoltenberg kniff ein Auge zu und visierte Kaufmans Kopf an.

»Nein!« schrie Kaufman. Seine Augen waren weit aufgerissen.

Ein kleines Wort nur.

Ryan sagte nichts.

Einen Augenblick lang geschah nichts. Dann lachte Stoltenberg los. Er ließ den Revolver sinken.

»Kommen Sie endlich, Kaufman!« sagte er.

»Los, ins Revier!« sagte Stoltenberg.

»Ich helfe Ihnen, den Festgenommenen sicher abzuliefern«, sagte er zu Ryan.

Ryan nickte. Es schien, als ob die Sache erledigt wäre. Er schien das Richtige getan zu haben. Er fühlte sich unendlich müde. Er würde Kaufman einsperren lassen und die Sache Stoltenberg auf morgen verschieben. Er mußte schlafen. Nein, zuerst mußte er seinen Wagen aus Cronulla holen. Er würde sich mit dem Taxi hinausfahren lassen. Vielleicht würde er gleich auf dem Rücksitz seines Wagens schlafen. Oder unterm Sternenhimmel am leeren Strand.

8

Grau blickte der Tag auf sich herab

Grau blickte der Tag auf sich herab. Halb noch schlief er und war mürrisch, jetzt anfangen zu müssen. Li wachte auf und sah Cicchetta fragend an.

»Hunger?« fragte Cicchetta, um nicht antworten zu müssen.

Li lächelte. Sie zogen sich an, überstiegen den Zaun des Chinesischen Gartens und spazierten zum halbrunden Quay von Darling Harbour. Das Wasser war spiegelglatt, und im feinen Dunst tauchten die weißen Dachsegel des Schiffahrtsmuseums auf. Verlassen lag die Pyrmont Bridge über der Hafeneinfahrt, nur das graue Band der Monorailschiene strebte aus der röhrenförmigen Station zur City hinüber. Niemand war zu sehen. Um kurz vor sechs schlief Sydney noch. Li und Cicchetta folgten der Pyrmont Bridge Road bis zur Blackwattle Bay und wandten sich nach rechts zu den Hallen des Fischmarkts. Dort hatte der Tag schon begonnen. Die Verkäufer bei Peter's, bei Doyle's und Ocean Fresh schütteten Körbe von Rock Oysters, King Prawns und Balmain Bugs auf das Eis in den Plastikwannen. Ein junger Asiate band den Hummern die Scheren zusammen. Er pfiff »Waltzing Matilda« dabei. In der großen Auktionshalle drängten sich die Großhändler auf der Tribüne und gaben per Tastendruck ihre Gebote für die Ware ab, die unten in langen Reihen von Wannen ausgestellt war. Auf den elektronischen Anzeigetafeln in der Mitte der Halle rasten die Preise in wahnwitziger Geschwindigkeit durch, nur kurz unterbrochen durch das Aufblinken der Namen derjenigen, die für das aufgerufene Gut den Zuschlag erhalten hatten. Unten stapften Händler in Gummistiefeln durch die Wasserlachen, um ihren Kauf durch die Sperre zum Wagen zu transportieren.

Das Market Café im Durchgang neben der Sushi Bar war geöffnet. Li und Cicchetta bestellten je einen langen schwarzen Kaffee und zusammen ein warmes Frühstück mit Eiern und Speck.

Sie saßen auf Plastikstühlen und schauten zu Peter's Fish Market hinüber, wo die Verkäufer in ihren weißen Baseballkappen die Vitrinen vorbereiteten. Von der Decke des Geschäfts hing der braunrote Kiel eines Fischerboots nach unten, als ob es zur Hälfte durch den Boden des Stockwerks darüber gebrochen sei.

»Sam?« sagte Li.

»Iß!« sagte Cicchetta. »Du mußt doch Hunger haben. Du hast doch schon eine Ewigkeit nichts gegessen.«

»Hör zu ...!« sagte Li.

»Nein«, sagte Cicchetta, »nichts über die Arbeit, nichts über den Fall, nichts über Frau Ardouni. Jetzt noch nicht. Nachher ja, gleich, nur noch eine Stunde, eine halbe Stunde, nur noch einen Moment.«

»Es ist ...«, sagte Li.

»Ich weiß«, sagte Cicchetta, »du brauchst nichts zu sagen. Es war ganz nett, und jetzt ist es vorbei. Nach dem Frühstück, in Ordnung? Wenn du alles aufgegessen hast.«

»Ich höre auf«, sagte Li, »ich quittiere den Dienst. Schluß mit der Polizei!«

»Ich weiß«, sagte Cicchetta mechanisch. Er starrte zu Peter's hinüber, wo eine Frau in blauer Schürze filetierte. John Dory. Der Fisch war wahrscheinlich John Dory.

»Es ist nicht wegen dir«, sagte Li.

»Ich weiß«, sagte Cicchetta. Er stellte seine Kaffeetasse auf den Tisch und fuhr mit dem Zeigefinger oben am Rand entlang. Es war eine wunderschöne weiße Kaffeetasse mit einem kleinen Sprung.

»Es ist nur zum Teil wegen dir, zum kleineren Teil«, sagte Li.

»Sag jetzt nur nicht, daß wir Freunde bleiben können! Sag so etwas nicht, Li! Ich bitte dich!«

Li sagte nichts. Cicchetta sah sie nicht an. Er schaute der

Frau zu, die einen John Dory nach dem anderen filetierte. Es ging wie am Fließband. Vier Schnitte, zack, zack, zack, zack. Fertig. Die beiden Filetstücke wanderten in eine Wanne, den Rest kippte die Frau unter den Tisch. Cicchetta fragte sich, was mit dem Abfall geschah. Hunderten, Tausenden von Fischköpfen, -schwänzen und -gräten. Ob das zu Katzenfutter verarbeitet oder einfach irgendwo ins Meer gekippt wurde?

Li beugte sich über den Tisch und küßte Cicchetta.

»Vielleicht sehe ich das falsch«, sagte Cicchetta. Li lächelte ein bißchen. Vielleicht lächelte sie. Cicchetta war sich nicht ganz sicher.

Man müßte in die Zukunft sehen können! Nicht, daß man die Zukunft wie einen Bildband vor sich liegen haben sollte, in dem man blättern konnte. Nur die großen Linien müßte man ahnen können. Das Skelett des eigenen Lebens. Vieles wäre einfacher zu entscheiden, wenn man in sein zukünftiges Leben so hineinsehen könnte wie mit Röntgenstrahlen in seinen Körper. Keine Haut, kein Fleisch, keine Sehnen, keine Muskeln, nur die Knochen, die alles zusammenhalten und die nach harten Schlägen manchmal brechen.

»Ziemlich sicher sehe ich vieles falsch«, sagte Cicchetta.

Röntgenbilder der Zukunft. Der restlichen Jahrzehnte, vielleicht auch nur Jahre. Bilder, auf denen Licht und Schatten identifiziert werden konnten. Bei denen die Kontraste zeigten, ob die Knochen noch hielten oder gebrochen waren. Natürlich würde Cicchetta vor allem die Brüche betrachten. Wie alle anderen Menschen auch wäre er an den Katastrophen interessiert. Nicht an dem, was zusammenhält. Oder war das etwa das gleiche? Waren es die Brüche, die alles zusammenhielten? Waren es die Katastrophen, die ein Leben ausmachten?

»Wenn du einen Blick in dein restliches Leben frei hättest, Li, ein Bild deiner Zukunft erstehen lassen könntest, was würdest du dir ansehen?«

»Ein Bild aus meiner Zukunft?«

Cicchetta nickte. Er versuchte, die Frage für sich selbst zu beantworten, und erkannte, daß er unrecht hatte. Natürlich waren es nicht die Katastrophen, die man ins Bild rücken würde. Nicht die eigenen! Kein Blick auf die Unfälle, Selbstverstümmelungen und Abstürze! Augen weg von Leiden, Schrecken und Verzweiflung! Von Krankheit und Tod.

»Du meinst, es müßte ein paar Bilder geben, die einem das Leben bedeuten, in denen alles Wichtige enthalten ist?« fragte Li.

Es war nicht das Ungeheure in ihrem Leben, was die Menschen sehen wollten. Genau das wollten sie nicht sehen. Deswegen arbeiteten sie, vergnügten und liebten sich, lasen, sahen fern. Sie lebten, um nicht hinsehen zu müssen. Dafür schufteten, zerstörten, stahlen und mordeten sie. Deswegen war alles verkehrt.

»Eine Art Fotoalbum des eigenen Lebens?« fragte Li.

Nein! dachte Cicchetta. Das stimmte wieder nicht. Manchmal schlägt das Ungeheure durch. Manchmal sieht man hinter dem Alltagsbrei etwas Wahres. Manchmal meint man, etwas Wahres zu sehen. Ein Bild, das sich in einen gräbt und das man nie mehr vergessen wird.

Ja! dachte Cicchetta.

»Fotoalbum?« fragte er zurück.

Es gab Bilder, die alles veränderten. Bilder, die einem blitzartig verdeutlichten, daß alles ganz anders war. Ja, dachte Cicchetta, so war es! So mußte es gewesen sein!

»Du bist mit deinen Gedanken gar nicht hier«, sagte Li. »Du siehst mir in die Augen und denkst an etwas anderes.«

Das konnten ganz unterschiedliche Bilder sein. Cicchetta wußte, daß es auf den Betrachter und dessen Erfahrungen ankam. Etwas ganz Banales konnte die Schutzhülle aufritzen, die sich jemand sein Leben lang aufgebaut hatte, und ein schwarzes Loch öffnen, das alles in sich hineinriß und vernichtete, was vorher wichtig gewesen war. Ein einziges kleines Bild!

»Ein Foto zum Beispiel«, sagte Cicchetta.

»Du bist bei deinem Job«, sagte Li. »Du denkst an den verfluchten Fall!«

»Ich habe gespürt, daß etwas nicht stimmt. Gleich als Buckingham angerufen hat, habe ich das gespürt.«

»Du ...«, sagte Li.

»Okay«, sagte sie. »In Ordnung.«

»Von Anfang an habe ich nicht geglaubt, daß er sich bei seinen Opfern entschuldigen wollte. Ich wußte nur nicht, was dahintersteckte.«

»Dann also wieder der Fall«, sagte Li.

»Er hat auf naiv gemacht und das clever durchgezogen, aber ich hätte merken müssen, daß er nur einen Gedanken hatte. Ich hätte spüren müssen, daß ihm nur ein einziges Bild im Kopf herumging.«

»Ein Foto?« fragte Li.

Cicchetta nickte. Er sah Li an. Sie würde nicht aufhören. Cicchetta wußte es. Sie würde weitermachen. Der Rest würde sich geben. Man würde sehen.

»Komm!« sagte Cicchetta.

Draußen erwischten sie ein freies Taxi. Der Weg nach Balmain führte über die Glebe Island Bridge und in weitem Bogen um White Bay herum nach Norden. Der Taxifahrer kurvte auf Nebenstraßen an einstöckigen Häusern mit winzigen Vorgärten vorbei, bevor er in die Darling Street einbog, die kerzengerade bis zum Meer hinabführte. Kurz vor dem Fährsteg ging die Nicholson Street links ab, und dann waren sie schon vor Jonathan Buckinghams Haus. Cicchetta läutete.

Nichts rührte sich.

»Verdammt«, sagte Cicchetta und klingelte Sturm.

»Vielleicht ist er nur kurz weg. Frühstück einkaufen«, sagte Li und rüttelte an der Tür. Sie war verschlossen.

»Vielleicht«, sagte Cicchetta. »Vielleicht auch nicht.«

Li nahm einen Gartenstuhl, der am Zaun stand, und drückte mit der Lehne das rechte untere Viertel des Erdgeschoßfensters ein. Sie griff hinein, entriegelte das Fenster und öffnete es.

»Paß auf die Scherben auf!« sagte Cicchetta, als er sie hochhob. Li schlüpfte durchs Fenster. Sie öffnete die Haustür von innen.

»Oben«, sagte Cicchetta, »zuerst die Dunkelkammer!«

Er wußte, daß er recht hatte. Wenn sie die Aufnahmen nicht fanden, dann hieß das nur, daß Buckingham sie nicht hier aufbewahrte, daß er sie versteckt hatte oder bei sich trug. Es mußten Fotos sein! Es mußten irgendwelche Fotos sein, die Buckingham dazu bewegt hatten, sich nach den Adressen der von ihm bestohlenen Personen zu erkundigen. Es mußte etwas auf den Bildern sein. Etwas, das für ihn ungeheuer wichtig war.

»Es ging ihm nicht darum, Zeugen unter Druck zu setzen«, sagte Cicchetta, »das hätte sowieso nicht funktioniert. So dumm ist Buckingham nicht. Es ging um ein Foto, aber als ich gestern herkam, wußte er noch nichts davon. Wahrscheinlich hatte er den Film noch nicht entwickelt. Es muß der Film aus der Olympus gewesen sein, auf der der Name des Besitzers eingraviert war! Lucas, Timothy Lucas, so heißt er. Ihm gehörte die Kamera, die erst kurz zuvor gestohlen worden war. Lucas war es auch, der sich bei mir am Telefon nach dem Film in der Kamera erkundigte. Ich Idiot! Als ich mit den beschlagnahmten Fotoapparaten weg war, geht Buckingham in die Dunkelkammer – vielleicht nur, um sich abzulenken – und sieht auf dem entwickelten Film etwas, was ihm nur den einen Gedanken läßt, den Fotografen ausfindig zu machen. Er verflucht sich, weil er sich den Namen auf der Kamera nicht gemerkt hat. Und nun ist die Kamera bei der Polizei, bei mir. Er muß sich verflucht haben.«

In der Dunkelkammer lagen Berge von Fotos übereinander. Auf dem Boden, auf Stühlen und Ablagen. Cicchetta wühlte.

»Dann hat er angerufen. Wahrscheinlich dachte er gar nicht, daß ich ihm seine Entschuldigungsgeschichte abnehmen würde. Vielleicht rechnete er sogar damit, daß ich neugierig werden und ihm die Adresse geben würde, um herauszubekommen, was dahintersteckt. Aber im Grunde interessierte ihn das alles nicht. Er wollte nur die Adresse.«

»Hier!« sagte Li und hielt einen Streifen Negative gegen das Licht, das von der Tür hereinfiel.

»Das ist es!« sagte Li. Cicchetta stürzte herbei. Li zeigte auf eines der kleinen Bilder. Cicchetta kannte es. Er hatte es schon gesehen. Nur größer. Im Original. In der Realität. Es war ein Bild des geschminkten Nackten, der tot unter einer efeubewachsenen Mauer lag. Dann Detailaufnahmen, das Gesicht, offene tote Augen.

»Ein Scheißvoyeur«, sagte Cicchetta. »Die Lust am Tod. Der Spaß, beim Sterben zuzusehen.«

»Beim Sterben anderer, natürlich«, sagte Li.

»Ob er einen hochkriegt, wenn er jemanden sterben sieht?« fragte Cicchetta.

»Davor ist die Explosion«, sagte Li und fuhr an der Reihe der Negative entlang. »Da sind die Staubwolken.«

»Ich rufe Ryan an. Er soll sich den Typen vorknöpfen.« Cicchetta war schon ein paar Schritte auf der Treppe nach unten, wo das Telefon stehen mußte.

»Mein Gott!« hörte er eine fremde, blasse Stimme von oben. Cicchetta hastete zurück.

»Li?«

»Die anderen Filmstreifen«, sagte Li und gab ihm einen in die Hand. Cicchetta hielt ihn gegen das Licht. Da war ein verschrumpeltes Gesicht mit weit aufgerissenen Augen. Da lag eine alte Frau auf gemustertem Steinboden. Da fiel eine Frau, die sich an eine Art Gitter klammerte, an Menschen und Schaufenstern vorbei.

»Der Mord im Queen Victoria Building«, sagte Li, »das angesägte Geländer! Eine alte Frau, die zwanzig Meter in den Tod stürzte.«

»Auf demselben Film?« fragte Cicchetta zur Sicherheit.

Li nickte. Cicchetta hastete die Treppen hinab, um im Revier anzurufen. Ryan war nicht da. Cicchetta erwischte Miller, einen von Smarties Leuten.

»Timothy Lucas, der Mann mit der Olympus! Die

Adresse ist in den Akten. Paß auf, Miller: Du rufst in den Headquarters an und verlangst Sondereinheiten. Dann holt ihr euch den Typen.«

»Wenn er nicht zu Hause ist, Wohnung durchsuchen und die Fahndung einleiten?« sagte Miller.

»Ja. Und für Buckingham auch gleich. Dann Spiro Kosinski von der City benachrichtigen! Das ist der, der den Mord vom Queen Victoria Building bearbeitet ...«

»War das auch unser Mann?« fragte Miller.

»Ja, und laß mich abholen. Bei Buckingham in Balmain. 27, Nicholson Street.«

»Gut«, sagte Miller und legte auf.

Als Cicchetta zurückkehrte, saß Li auf dem Boden der Dunkelkammer und blätterte Fotos durch.

»Ich habe ihn laufenlassen«, sagte Cicchetta, »er war im Revier, um seine Kamera abzuholen. Ich hatte die Kamera in meinen Händen und ihn vor meinem Schreibtisch. Ich habe ihm die Kamera selbst in die Hand gedrückt. Danke, bitte, auf Wiedersehen! Ich habe ihm sozusagen die Tür aufgehalten!«

»Vielleicht ist es Zufall«, sagte Li, »vielleicht war er zufällig zweimal am Tatort. Das ist nicht wahrscheinlich, aber so etwas gibt es. So etwas kommt vor.«

»Einen Mörder laufenlassen! Einen geisteskranken, perversen Mörder abhauen zu lassen! Einen, der jederzeit wieder einen umbringen kann, nur um ein paar hübsche Schnappschüsse zu schießen!«

»Manchmal geschehen die unwahrscheinlichsten Zufälle«, sagte Li.

»Verdammte Scheiße!« sagte Cicchetta.

»Ich kann keine Abzüge finden. Buckingham trägt sie bei sich. Garantiert!«

»Wenn Buckingham ihn vor uns findet, sehe ich schwarz«, sagte Cicchetta.

»Ja«, sagte Li. Sie warf einen Blick auf Cicchetta. Er wußte, daß die Nacht endgültig vorbei war.

»Du solltest mal deinen Mann anrufen«, sagte er zu Li.

Kate war Schwesternschülerin in St. Vincents und mußte sich O'Neill gegenüber verpflichtet fühlen, weil er einen alten Kumpel in der zentralen Bußgeldstelle in Paramatta dazu gebracht hatte, einen Strafzettel wegen Falschparkens zu unterdrücken. Sie hatte 51 Dollar gespart, und O'Neill hatte dafür nun jemanden, der für ihn die Telefonnummern nachschlug, die er benötigte. O'Neill benötigte eine Menge Telefonnummern. Zuerst rief er beim General Office der Returned Service League of Australia im ANZAC-Haus an.

»Dimitropoulos, Stephen?« sagte die Sekretärin. »In Vietnam verwundet?«

»Blind«, sagte O'Neill, »er hat das Augenlicht verloren.«

»Ja«, sagte die Sekretärin, »das müßten wir eigentlich haben. Einen Moment, bitte!«

Es dauerte deutlich länger als einen Moment, und sie hatten nichts. Im Verzeichnis der Veteranen existierte kein Stephen Dimitropoulos, der im Vietnamkrieg verwundet worden war.

»Über die Orden vielleicht«, sagte die Sekretärin. »Wir haben eine Aufstellung aller Soldaten, die Orden erhalten haben. Das Augenlicht in Kampfhandlungen zu verlieren ist Grund genug, ausgezeichnet zu werden. Warten Sie bitte!«

O'Neill wartete. Dann war die Sekretärin wieder am Apparat. Kein Stephen Dimitropoulos war mit einem Orden ausgezeichnet worden.

»Versuchen Sie es mal bei der Blinded Soldiers Association!« riet die Sekretärin.

O'Neill versuchte. Er sagte seinen Spruch auf und wartete. Dann kam die Auskunft. Es gab keinen Stephen Dimitropoulos, der in irgend einem Krieg dieses Jahrhunderts geblendet worden wäre.

»Wenigstens keinen, der für Australien gekämpft hat«, sagte der Mann.

O'Neill rief das Department of Social Security an,

Pensionsabteilung. Er wurde ein paarmal hin- und herverbunden, dann war er beim zuständigen Sachbearbeiter.

»Sicher«, sagte der, »Stephen Dimitropoulos, Potts Point. So weit ich sehen kann, ist alles in Ordnung. Blindenrente, besondere Sachaufwendungen und so weiter. Ist etwas nicht in Ordnung?«

O'Neill fragte nach der Ursache der Blindheit.

»Ein Unfall«, sagte der Mann, »ein Sturz durch eine Glastür. Heute könnte man vielleicht noch etwas tun. Aber damals? Ich habe ein paar medizinische Gutachten bei den Akten. Soll ich Ihnen ...?«

»Nein, danke«, sagte O'Neill.

Das zuständige Regional Office des Amts war das in Darlinghurst. O'Neill rief auch dort an. Eine Sozialarbeiterin antwortete: »Unseren Fahrdienst nimmt Herr Dimitropoulos ab und zu in Anspruch. Nicht oft, er ist sehr selbständig.«

»Kennen Sie ihn persönlich?« fragte O'Neill.

»Oh, ja. Ihn und auch seine Frau. Ein schreckliches Schicksal, nicht?«

»Sind Sie sicher, daß er blind ist?«

»Wie bitte?« fragte die Frau.

»Vergessen Sie es!« sagte O'Neill.

Dann rief er Dimitropoulos an und fragte, ob er ihn besuchen könne. Dimitropoulos schien sich zu freuen. Zuletzt bestellte O'Neill ein Taxi. Kate führte ihn zum Haupteingang. O'Neill fand, daß er sich ganz gut bewegte. Langsam gewöhnte er sich sogar an den fremden Körper, der seit ein paar Tagen seinen eigenen ersetzt hatte. Gut, dieser Körper war lange nicht so fit, aber er erfüllte seine wesentlichen Aufgaben tadellos. Verdauen, laufen, greifen, alles funktionierte. Den Rest konnte man antrainieren, bis zu einem gewissen Grad zumindest. O'Neill würde bald mit einem speziellen Trainingsprogramm beginnen, doch erst mußte er die Sache mit dem Blinden erledigen. Dieser Blinde, der wahrscheinlich gar nicht blind war. Der aus irgendwelchen Gründen, die O'Neill noch herausfinden würde, nur vorspiegelte, blind zu sein. O'Neill würde ihn entlarven. Ihm die Augen öffnen, so daß die Welt sehen konnte, wie er wirklich war. Was er war. Ein falscher Blinder!

Wenn er es recht bedachte, bezweifelte O'Neill, daß es viele Blinde gab. Wahrscheinlich handelte es sich bei den meisten geblendeten Soldaten, Unfall- und Krankheitsopfern um Betrüger, die auf Pensionen und eine Sonderration Mitleid scharf waren. Schwache Menschen, die es leichter fanden, die Augen zuzukneifen und sich von anderen durchs Leben führen zu lassen. Sicherlich gab es überhaupt keine Blinden. Außer einem. O'Neill überlegte, ob es möglich wäre, daß er der einzige echte Blinde auf der ganzen Welt war.

Dann kam das Taxi. O'Neill ließ sich in die Victoria Street fahren. Der Taxifahrer brachte ihn bis an die Wohnungstür. Dimitropoulos öffnete und führte O'Neill auf den Balkon.

»Guten Morgen«, sagte Frau Dimitropoulos mit leiser Stimme von links. Wahrscheinlich saß sie in ihrem Rollstuhl. O'Neill fühlte, wie ihm Dimitropoulos etwas Hartes gegen die Kniekehlen schob. Er setzte sich. Wenn er sich nach vorn beugte, spürte er die Strahlen der Morgensonne von rechts hereinfallen. Sicher lag klares frisches Licht über dem Hafen. Die Art von Licht, in dem die Entfernungen schmelzen, in dem Nahes und Fernes gleich wahr zu sein scheinen. Es würde ein heißer Tag werden.

»Wollen Sie einen Kaffee?« fragte Dimitropoulos.

»Herr Dimitropoulos«, sagte O'Neill, »als Labour 1972 die Wahlen gewann, hat Whitlam sofort unsere Truppen aus Vietnam zurückgeholt. Im selben Jahr!«

»So?« sagte Dimitropoulos.

»1973 war kein australischer Soldat mehr in Vietnam.«

»Ich dachte, es wäre 1973 gewesen. Vielleicht ist es schon 1972 geschehen. Das ist möglich. Es ist lange her.«

»Die R. S. L.-Zentrale weiß nichts von Ihnen. Sie sind

nicht in den Akten. Sie sind auch nicht unter den für eine Verwundung ausgezeichneten Soldaten aufgeführt. Haben Sie keinen Orden bekommen?«

»Sie haben nachgeforscht?« fragte Dimitropoulos.

»Die Blinded Soldiers Association hat nie von Ihnen gehört. Weder 1973 noch 1972 noch sonst irgendwann ist jemand namens Dimitropoulos geblendet worden. Hießen Sie damals anders?«

»Sie sind einer von denen, die immer nur ein paar Daten und Fakten wissen wollen, an denen Sie sich festhalten können. Statt sehen zu lernen. Ich habe Sie falsch eingeschätzt.«

»Im Department für Social Security werden Sie als ein Unfallopfer geführt. Ein Sturz durch eine Glastür«, sagte O'Neill.

Er saß auf einem hölzernen Stuhl und spürte, wie die Sonnenwärme langsam an ihm hochkroch. Er wußte, daß vor ihm, unter ihm der Hafen im Morgenlicht glänzte. Er spürte den weiten Raum vor sich. Fast konnte er die Hügel hinter dem Wasser sehen. Fast. Es mußte ein unglaublicher Blick sein, den man hier vor Augen hatte. Wenn man sehen konnte.

»Das war am einfachsten«, sagte Dimitropoulos. »Sie hätten es doch nicht verstanden.«

»Wie war es also?« fragte O'Neill.

»Ich habe mir beide Augen ausgestochen.«

»Sie haben …?« fragte O'Neill.

»Ich war auf einem Trip. LSD. Wir hatten in Vietnam alle mit Haschisch angefangen. Irgendwie mußte man der kleinen gelben Teufel ja Herr werden. Die steckten überall. Im Urwald und in deinem Kopf. Für die im Urwald hatte man uns mit Handgranaten und Flammenwerfern ausgerüstet. Und die Vietcong in unseren Köpfen wollten wir durch Kiffen kampfunfähig machen. Uns so lange die Birne zuknallen, bis der Feind innen drin lallend ›Peace!‹ verkünden würde. Wir dachten damals, das wäre eine gute Idee. Als wir 72 nach Sydney zurückkamen, bin ich auf

Trips umgestiegen. Bewußtseinserweiterung! Ich hatte überlebt und wollte wissen, warum.«

»Sie haben …«, sagte O'Neill ungläubig.

»Irgendwann ging es dann schief. Ich warf einen Trip ein und hatte plötzlich das Gefühl, daß ich mich veränderte. Zuerst wurden die Haare dicker. Sie verschlangen sich zu einem Dutzend Stränge, kühl und glatt, und zerrten an meiner Kopfhaut. Dann begann mein Gesicht zu arbeiten. Ich spürte, daß überall Beulen und Knoten hervorquollen. Stirn, Nase, Kinn warfen Blasen, die anschwollen und platzten. Der Auswurf an Hautfetzen und eitrigen Brocken klebte wieder fest, und von den Backenknochen her begann es erneut zu pulsieren. Ich spürte eine Vulkanlandschaft, in der sich ständig neue Ausbrüche ereigneten, die mein Gesicht umgruben und immer entsetzlicher machen mußten. Immer unkenntlicher. Ich war mit Elena allein. Sie kicherte, und ich wurde immer panischer, weil sich alles so verdammt wirklich anfühlte. Irgendwie schaffte ich es dann, einen vernünftigen Gedanken zu fassen …«

Dimitropoulos lachte.

»Das, was ich damals für einen vernünftigen Gedanken hielt. Okay, dachte ich, du bist auf einem Horrortrip. Es ist der Stoff, nichts weiter. Du bildest dir das ein. Dein Kopf ist, wie er immer war. Ich sah zu Elena. Sie war damals noch gesund, lief durchs Zimmer und trällerte ›Blowin' in the wind‹. Sie sah aus wie immer. Ihr Kopf war kein bißchen anders als sonst, und bei mir war es sicher genauso, aber ich bekam das verdammte Gefühl nicht weg, und so ging ich ins Bad, um mich im Spiegel davon zu überzeugen, daß alles in Ordnung war. Ich warf nur einen Blick in den Spiegel, einen einzigen Blick. Es war unbeschreiblich. Es war, wie es sich anfühlte, nur viel schlimmer. Ein Zombie starrte mir entgegen, eine zerklüftete, blutige Masse, die kaum noch an ein menschliches Gesicht erinnerte. Statt der Haare züngelten dicke, schwarze Schlangen vom Kopf, die sich ineinander verbissen und sich mir um den Hals wanden. Mir, das heißt dem Schädel des Ungeheuers, dem Medusenhaupt, das mir aus dem Spiegel mit roten, kleinen, bösen Augen entgegenstarrte.«

»Oh, Gott«, sagte O'Neill.

»Alles, was ich fühlte, hatte sich bestätigt. Meine Augen hatten es bestätigt. Ein Blick in den Spiegel, ein Blick auf mich selbst, und ich wußte, daß ich das nicht überleben würde. Ich würde sterben, das war so klar und entsetzlich wie das Bild im Spiegel, ich würde zu Stein erstarren oder einfach vergehen, mich auflösen, wenn ich nichts tat. Wenn ich nicht das Bild vernichtete. Ich hatte keine Wahl, verstehen Sie? Ich wäre tatsächlich gestorben. So weit war es. Dann habe ich mir die Augen ausgestochen.«

»Nein«, sagte O'Neill.

»Und dann war es vorbei. Mit einem Schlag. Zwei Stiche, und die Schreckensbilder waren weg. Zuerst spürte ich keinen Schmerz, ich tappte aus dem Badezimmer und sah nichts mehr und hörte Elena vor sich hin singen. Immer lauter wurde ihre Stimme, von überall her schien sie zu kommen. Echos schlugen von allen Seiten zurück, von unsichtbaren Kräften verstärkt, und dann kam der Schmerz. Ich fiel tatsächlich durch eine Glastür, als ich das Bewußtsein verlor.«

Dimitropoulos hielt kurz inne, als ob er die Ohnmacht von damals nachvollziehbar machen wollte.

O'Neill fragte vorsichtig: »Und die Geschichte mit den Vietcong?«

»Ohne Vietnam wäre es nicht passiert. So sehe ich das. Es kommt darauf an, wo man beginnt, wenn man die Wahrheit sucht.«

»Vielleicht«, sagte O'Neill. »Und dann?«

»Dann? Dann begann das Leben. Mein wirkliches Leben. Ja, die ersten Monate waren schwer. Dann wandte sich alles zum Guten. Elena pflegte mich. Wir verstanden uns besser als je zuvor, immer besser. Wir wurden eins.

Langsam lernte ich sehen. Die Welt und mich selbst. Mich selbst vor allem. Erst dann erkannte ich, wie blind ich vorher gewesen war, als ich nur meine beiden Augen hatte. Mit der Zeit lernte ich, alles zu sehen, und ich wußte, daß ich nicht so bald sterben, sondern alt werden würde, uralt, steinalt. Daß ich mein Leben gerettet hatte.«

»Sie haben sich geblendet und nun …«, sagte O'Neill.

»Als vor ein paar Jahren Elenas Krankheit begann, war ich schon längst soweit, daß ich mich um sie kümmern konnte. Wir brauchten niemanden. Wir sind glücklich. Wir sitzen hier auf unserem Balkon und sind glücklich. Nicht, Elena?«

»Ja«, sagte Elena Dimitropoulos.

Halluzinationen! dachte O'Neill. Es waren Halluzinationen gewesen, die Dimitropoulos dazu gebracht hatten, sich das Augenlicht zu nehmen. Er war verrückt gewesen. Und er mußte immer noch verrückt sein, wenn er das nun als glückliche Fügung darstellte. O'Neill konnte nicht glauben, daß ein Leben glücklicher werden und daß man mehr sehen konnte, wenn man blind war. Er wußte schließlich, wovon die Rede war. Er war sich nicht sicher, wieviel von Dimitropoulos' Geschichte er glauben sollte.

»Mit dem Sehen ist das so eine Sache«, sagte O'Neill.

Er fragte sich, was er dafür tun würde, wieder sehen zu können. Was er dafür geben würde. Ziemlich viel auf jeden Fall. Nicht gerade sein Leben. Aber ziemlich viel.

»Wir könnten ihn auch über Bord werfen. Gefesselt. Dann ersäuft er«, sagte Sträfling John.

»Wenn ihn nicht vorher die Haifische fressen«, sagte Sträfling Maggie.

»Die Haifische fressen ihn sowieso. Tot oder lebendig, das ist denen egal!«

»Den Haifischen schon!«

»Wenn sie ihn ordentlich auffressen, sind alle Spuren beseitigt. Dann ist er einfach verschwunden. Spurlos!«

Sträfling John klatschte in die Hände.

»Ich würde euch nie verraten«, sagte der Mann, »ich halte zu euch. Wir müssen doch gegen die Hexen und Zauberer zusammenhalten, nicht?«

»Er hat Angst vor den Haifischen«, sagte Sträfling Maggie.

»Und Angst, zu ersaufen«, sagte Sträfling John.

»Aber mehr vor den Haifischen.«

»Wir könnten ihn anritzen. Das Blut lockt die Haifische an.«

»Stimmt. Dann hätte er es schneller hinter sich.«

»Keinem würde ich ein Sterbenswörtchen verraten. Niemandem! Das schwöre ich euch!« sagte der gefesselte Mann. Sträfling Maggie sah, daß er zitterte.

»Na, ich weiß nicht«, sagte Sträfling John.

»Ich könnte gar nichts verraten, selbst wenn ich wollte«, sagte der Mann verzweifelt. »Ich weiß ja gar nichts!«

»Er kennt uns«, sagte Sträfling John, »er weiß, was wir vorhaben.«

»Ich weiß doch gar nicht, wohin ihr geht. Ich weiß doch nur, daß ihr einen Drachen erledigen wollt. Ich habe keine Ahnung, welchen Drachen und wo er sich versteckt. Es gibt doch Tausende von Drachen, oder?«

»Das schon«, gab Sträfling John zu.

Sträfling Maggie saß auf dem Führersitz der Yacht und steuerte. Kein Piratenschiff war in Sicht. Es war noch früh am Morgen und deswegen einigermaßen sicher. Piraten waren keine Frühaufsteher, weil sie sich jeden Abend mit Rum betranken. Sie mußten morgens erst ihren Rausch ausschlafen, bevor sie sich auf neue Beutezüge machten. Auch sonst waren nicht viele Boote zu sehen. Ein paar Segelschiffe und ein paar Fischkutter, die heimkehrten. Sträfling Maggie hielt die Yacht in sicherem Abstand vom Ufer und ließ sie langsam vorantuckern. Sie hatten Zeit. Wenn man in einen Kampf auf Leben und Tod gegen einen fürchterlichen Drachen zieht, darf man nichts überstürzen. Da will alles gut überlegt sein.

»Ihr könntet doch einfach irgendwo an Land gehen, und

ich fahre weiter und schwöre euch, daß …«, sagte der Mann.

»Er hält uns für blöd«, sagte Sträfling John.

»Oder ihr setzt mich an Land und behaltet die Yacht«, sagte der Mann schnell.

»Dann lieber die Haifische«, sagte Sträfling John.

Links lag eine grün bewachsene Insel und vorne, vor dem Bogen der großen Brücke, die sich übers Meer spannte, tauchte die Festung mit dem runden, gemauerten Turm aus dem Dunst. Obwohl die Festung so nahe an der Stadt lag, sah das verdammt nach einem Piratennest aus. Sträfling Maggie hielt die Yacht sicherheitshalber ein wenig nach rechts. Steuerbord.

»Wir können kein Risiko eingehen«, sagte Sträfling John. »Die Haifische sind die sauberste Lösung.«

»Nein«, stöhnte der Gefesselte mit der Glatze.

»Es tut uns schrecklich leid«, sagte Sträfling Maggie.

»Ehrlich«, sagte Sträfling John.

Er kontrollierte die Fesseln des Mannes. Dann kramte er ein paar Angelhaken aus der Plastikschachtel im Schrank und suchte nach der Werkzeugkiste.

»Was ist?« fragte Sträfling Maggie.

»Ich nehme das Fischmesser«, sagte Sträfling John. »Das ist am schärfsten. Das flutscht sogar durch Drachenhaut, wirst du ja sehen. Außerdem verstecke ich ein kleines Messer in meiner Hose. Ich binde es ans Schienbein. Für alle Fälle! Es ist immer gut, ein Geheimmesser zu haben. Falls man mal entwaffnet wird, oder so.«

Sträfling John hatte eine Zange gefunden und begann, die Angelhaken aufzubiegen.

»Und was wird das?« fragte Sträfling Maggie.

»Die sind total spitz. Die kannst du dir um die Finger binden. Mit der Angelschnur zum Beispiel. Wenn du zuschlägst, ist das wie der Prankenhieb eines Leoparden, verstehst du? Wie mit Krallen.«

»Klar!« sagte Sträfling Maggie.

»Widerhaken sind auch dran. Wenn du ihm die Tatze in

den Rücken schlägst, kann er rütteln und schütteln, soviel er will, er wird dich nie mehr los. Du hängst dran und kannst ihn fertigmachen.«

»Ja«, sagte Sträfling Maggie, »beißen zum Beispiel.«

»Genau, die Kehle durchbeißen!« nickte Sträfling John.

»Das ist lächerlich«, sagte der gefesselte Mann. »Einen ausgewachsenen Drachen nur mit Angelhaken bewaffnet anzugreifen, das ist reiner Selbstmord!«

»Und mit zwei Messern«, sagte Sträfling John.

»Ihr kommt ja gar nicht an ihn heran. Ein Drache spuckt doch Feuer! Der läßt euch mitsamt euren Messern und Angelhaken zu Asche verglühen, bevor ihr auch nur in Reichweite seid.«

»Das werden wir schon sehen«, sagte Sträfling John. Es klang nicht sehr überzeugend.

»Einen Drachen ohne Fernwaffen anzugreifen, ist Wahnsinn«, sagte der Mann.

»Und wenn schon!« sagte Sträfling John trotzig.

»Fernwaffen wären besser«, gab Sträfling Maggie zu. Sie könnte sich die Angelhaken ja zusätzlich um die Finger binden. Falls es zum Nahkampf käme.

»Ich wüßte etwas für euch«, sagte der Mann, »ich könnte euch helfen!«

»So?« sagte Sträfling Maggie.

»Ich wüßte, wo eine Fernwaffe zu bekommen ist, die zur Bekämpfung von Drachen geradezu ideal ist.«

»Keine faulen Tricks!« sagte Sträfling John.

»Natürlich nicht umsonst! Ich sage euch, wie ihr an die Waffe kommt, und ihr laßt mich frei. Unverletzt.«

»Was für eine Fernwaffe?«

»Ein faires Geschäft. Also?«

»Freilassen kommt überhaupt nicht in Frage«, sagte Sträfling John.

»Über die Sache mit den Haifischen könnte man vielleicht verhandeln«, sagte Sträfling Maggie.

»Ungern«, sagte Sträfling John.

»Vielleicht, habe ich gesagt.«

»Zuerst müssen wir mal wissen, von was für einer Fernwaffe er spricht. Ob wir die überhaupt brauchen können.«

»Eine Harpune!« sagte der gefesselte Mann.

»Eine Unterwasserharpune für Fische?«

»Fünfzehn Meter Reichweite. Mit Leine, damit die Beute nicht abhauen kann«, sagte der Mann.

»Wir könnten den Drachen harpunieren«, sagte Sträfling John versonnen.

»Ihr laßt mich frei, und ihr bekommt die Harpune«, sagte der Mann.

»Er würde ganz schön blöd gucken, wenn wir IHN harpunieren«, sagte Sträfling John.

»Abgemacht?« fragte der Mann.

Sträfling Maggie drehte das Steuerrad nach Backbord. In der Bucht hinter der Pirateninsel lagen graue Kriegsschiffe vor Anker.

»Was meinst du?« fragte Sträfling John.

»Die Haifische können notfalls für sich selbst sorgen«, sagte Sträfling Maggie.

»Aber freilassen kommt nicht in Frage«, sagte Sträfling John.

»Nicht gleich jedenfalls.«

»Erst, wenn wir genügend Vorsprung haben.«

Der gefesselte Mann schien erleichtert. Sträfling Maggie nahm Kurs auf die Landspitze, an der das vordere Kriegsschiff festgemacht hatte. Dahinter lag die Bai, in der sie die Yacht gekapert hatten.

»Woher kriegen wir die Harpune?« fragte Sträfling John.

»Zuerst müßt ihr mich freilassen«, verlangte der Mann.

»Wirf ihn raus!« sagte Sträfling Maggie.

Sträfling John zog an den gefesselten Beinen des Manns. Der stieß mit den Füßen, so gut es ging.

»Er ist zu schwer«, sagte Sträfling John, »du mußt mir helfen!«

»Stückchenweise«, sagte Sträfling Maggie. »Schneide ihn einfach auseinander, dann schaffst du es schon!«

»Okay«, stöhnte der Mann, »ihr versprecht mir, mich dann freizulassen?«

»Klar, nachher!« sagte Sträfling John.

»Großes Ehrenwort!« sagte Sträfling Maggie.

Die Harpune war auf der Yacht, im Hohlraum unter dem Kajütenbett. Das war nicht ganz fair von dem Mann gewesen. Sie hätten die Harpune selbst finden können und hätten also mit dem Mann keinen Vertrag schließen müssen. Sträfling Maggie mußte sich noch überlegen, ob sie ihr großes Ehrenwort einhalten wollte.

Sträfling John musterte die Harpune fachmännisch. Sie sah nicht übel aus.

»Nicht schlecht«, sagte er.

»Wir sind gleich da«, sagte Sträfling Maggie.

Sträfling John legte die Harpune beiseite und knüllte einen Stoffetzen, den er beim Angelzeug gefunden hatte, zu einem Knebel zusammen. Der gefesselte Mann protestierte nur kurz, bevor er sich knebeln ließ. Sträfling Maggie ließ die Yacht langsam auf den Bootssteg des Yachtclubs zutuckern. Obwohl sie den Motor schon vorher abschaltete, stieß die Yacht hart gegen den Steg und prallte zurück. Es gelang Sträfling John und Sträfling Maggie jedoch, auf den Steg hinüberzuspringen, bevor der Streifen Wasser dazwischen zu breit war.

»Wiedersehen«, sagte Sträfling Maggie. Die Yacht trieb langsam vom Steg weg. In der Bai lagen Hunderte von Booten. Bald würde die Yacht jemandem im Weg sein, bald würde jemandem auffallen, daß sie herrenlos den Strömungen folgte. Dann würde auch der gefesselte Mann in der Kajüte befreit werden, wie sie es ihm versprochen hatten. Nachher halt, das hatten sie doch gesagt.

»Auf Nimmerwiedersehen!« sagte Sträfling Maggie. Es war Zeit, sich davonzumachen.

»Ab jetzt Vorsicht!« sagte Sträfling John. Er hielt die Harpune schußbereit in der Hand. Zur Tarnung hatte er ein Handtuch darüber gebreitet. Das sah komisch aus, aber es war immer noch besser, als die blanke Harpune spazierenzutragen.

»Allerhöchste Vorsicht!« nickte Sträfling Maggie. Sie waren in Feindesland. Hinter jeder Ecke konnten ER oder ein anderer Drache lauern. Sträfling Maggie tastete nach dem Fischmesser unter ihrem T-Shirt und sah sich mißtrauisch um. Alles war verdächtig still und friedlich. Kein einziger Drache begegnete ihnen, als sie sich auf den Weg zu dem rosa gestrichenen Haus machten, das einen riesigen Keller hatte, in dem es so dunkel war, daß dort die Nacht hell gestrahlt hätte. Zu dem Keller, aus dem sie geflüchtet waren, aus dem ER sie immer wieder geholt hatte. Zu dem Keller in dem Haus, vor dem sie nun in sicherem Versteck warten würden, bis ER sich zeigte und von ihnen erledigt werden konnte.

»Harpuniert«, sagte Sträfling John.

»Und erstochen«, sagte Sträfling Maggie.

»Abgeschlachtet!«

»Zerrissen und zerstückelt!«

»Durch den Fleischwolf gedreht!«

»Zerdrückt und zermatscht!«

»Vernichtet!«

»Ein für allemal!«

»Endgültig!«

»Sträfling John?« fragte Sträfling Maggie.

»Sträfling Maggie?«

Ja, sie waren sich einig, sie würden es tun, keine Gnade und keine Angst. Sie würden es tun, und wenn es ihr Leben kosten würde.

Sträfling Maggie ging ein paar Meter vor Sträfling John, damit sie nicht beide überrascht werden konnten. Damit Sträfling John Zeit zu reagieren hatte, falls sie von einem unvermutet auftauchenden Drachen angefallen würde. Sträfling Maggie ging vorneweg. Sie schlich auch als erste zu dem Zaun vor, der die Straße dort abschloß, wo die Treppe nach unten auf den kleinen Platz führte. Sie spähte hinunter, schaute auf den Platz, an dem das Haus mit dem dunklen Keller stehen mußte, aber das Haus stand nicht mehr dort. An seiner Stelle sah sie nur noch ein Trümmerfeld, eingegrenzt von Absperrgittern.

»Schau!« sagte Sträfling Maggie nach hinten. Sträfling John schloß zu ihr auf. Beide starrten nach unten.

»ER ist ein gewaltiger Drache«, flüsterte Sträfling John.

Sträfling Maggie sah keinen Drachen, sie sah Ruinen, Schutt, ein zertrümmertes Haus.

»ER wurde wütend, weil wir entflohen sind. ER wurde wütend und hat vor Wut das Haus zerstört. Es muß ein irrsinnig starker Drache sein, der so mir nichts dir nichts ein Haus aus dem Weg räumen kann.«

»Sträfling John?« fragte Sträfling Maggie.

Er sah sie an.

»Nein«, sagte er, »ich habe keine Angst.«

»Wir warten unten«, sagte Sträfling Maggie.

»Höchstens ein bißchen«, sagte Sträfling John.

»Wir verstecken uns in den Trümmern und warten, bis ER kommt.«

»Glaubst du, ER kommt noch mal?« fragte Sträfling John, als sie die Stufen hinunterstiegen.

»Klar!«

»Na, ich weiß nicht. Was will ER denn hier …?«

»Der kommt!«

»Wenn ER das Haus doch schon aus dem Weg geräumt hat!«

»Der kommt!« sagte unten eine Mädchenstimme.

»Wenn er das Haus doch schon aus dem Weg geräumt hat!« antwortete ein Junge.

O'Neill sah nichts. Er hörte zwei Kinder sprechen, er hörte ihre Schritte, doch er sah die Kinder nicht. Er hatte nicht die geringste Vorstellung, wie die beiden aussahen, und er wußte, daß kein Blinder der Welt davon eine Vorstellung haben konnte. Ein Blinder konnte nun mal nicht sehen.

»Oder?« fragte O'Neill.

»Doch!« sagte O'Neill, denn langsam tauchte ein Bild in ihm auf, nebelhaft, dunkel, verschwommen. Gebrochen wie ein Schatten auf windgekräuseltem Wasser zitterte und flimmerte es vor ihm, und plötzlich wurde es klar und deutlich, und er war sich sicher, daß es abgerissene, zerschundene kleine Körper waren, die zu den Kinderstimmen gehörten. Kinder, denen man ansah, daß sie Schreckliches erlebt hatten, Erniedrigung, Mißhandlung, Vergewaltigung.

»Wenn das Haus doch schon aus dem Weg geräumt …«, wiederholte O'Neill und sah, daß die Kinder unten bis aufs letzte Haar jenen glichen, von denen Ryan am Telefon gesprochen hatte. Kinderpornos. Im gesprengten Haus. Es waren dieselben Kinder! Die Kinder waren wieder da! O'Neill war sich sicher.

»Das Telefon!« sagte O'Neill. »Schnell!«

Erst als niemand antwortete, erinnerte er sich, daß Dimitropoulos seine Frau in die Wohnung begleitet hatte. Elena hatte sich müde gefühlt und ausruhen wollen. Sie war krank, todkrank. Vielleicht konnte sie auch O'Neill nicht ausstehen. O'Neill stand auf und tastete sich zur Balkontür. Er rief leise in die Wohnung, doch es dauerte eine Ewigkeit, bis Dimitropoulos erschien und ihm das Telefon brachte.

O'Neill zitterte die Nummer des Reviers auf die Tasten. Die Durchwahlnummer zu seinem Schreibtisch. Es klingelte am anderen Ende.

Kommt schon! dachte O'Neill. Niemand nahm ab. Weder Li noch Ryan. O'Neill wählte Cicchettas Nummer. Nichts. Schliefen die alle noch? Das war doch nicht möglich! O'Neill wählte 26 56 366. Die Uniformierten unten hatten durchgehend geöffnet. 24-Stunden-Service. Da mußte doch um 11.00 vormittags jemand abnehmen!

Miller meldete sich.

»Hier O'Neill«, sagte O'Neill, »Cicchetta, Ryan oder Li, bitte!«

»Hi, O'Neill!« sagte Miller. »Das ist aber …«

»Ist keiner von den dreien da?«

»Vielleicht Ryan«, sagte Miller. »Moment!«

»Warte!« schrie O'Neill, doch Miller war schon weg. Er würde zu den Detectives durchstellen. Dort würde keiner abnehmen. Miller würde es ewig lang läuten lassen, vergeblich, und dann das gleiche noch einmal in Cicchettas Zimmer. Verdammt! Dann würde Miller ihm bedauernd mitteilen, daß keiner antworte.

»O'Neill?« sagte Miller. »Keiner da. Tut mir leid.«

»Paß auf, Miller, du mußt sie erwischen. Wenigstens einen von ihnen. Du sagst, daß ich die Kinder habe. 30, Victoria Street. Sie sollen so schnell wie möglich …«

»Geht es dir gut, O'Neill?« fragte Miller.

»Die Kinder aus dem gesprengten Haus sind wieder aufgetaucht, verstehst du, Miller?«

»Klar«, sagte Miller, »die Kinder. Du bist in Ordnung, oder?«

»Natürlich!« schrie O'Neill. »Und du schickst mir zwei Streifenwagen her. Augenblicklich!«

»Ist ja gut, O'Neill«, sagte Miller.

»30, Victoria Street, Potts Point«, brüllte O'Neill. Dann legte er auf.

»Wenn er das Haus doch schon aus dem Weg geräumt hat«, murmelte O'Neill.

Wer? dachte er. Wer ist ER? dachte O'Neill und betete, daß die Kinder nicht abhauten, bevor die Kollegen eintrafen.

Das Haus war in Arncliffe, zwischen Princes Highway und Bahnlinie. Es war ein dreistöckiges Ziegelhaus, ein stinknormaler Block mit 2- und 3-Zimmer-Wohnungen, der sich von den umliegenden Gebäuden nur dadurch unterschied, daß ein paar Einsatzwagen davor parkten. Als Li und Cicchetta eintrafen, war alles schon vorbei. Die Wohnungstür war aufgebrochen, und drinnen kramte ein Dutzend Polizisten in Ecken und Schränken herum. Kosinski stand in der Küche und gab ab und zu mürrisch eine Anweisung.

»Ausgeflogen!« sagte er zu Cicchetta.

»Schon etwas gefunden?«

Kosinski schüttelte den Kopf. »Ich habe auch keine Ahnung, wonach wir suchen sollen.«

»Er war es«, sagte Cicchetta, »das Haus und das Geländer im Queen Victoria Building.«

Er gab Kosinski die Negative, die Li bei Buckingham gefunden hatte. Kosinski pfiff durch die Zähne.

»Also hat der Lackaffe namens Kaufman doch nichts damit zu tun!«

»Ich wette, daß Lucas am selben Ort ist, an dem sich Buckingham befindet«, sagte Li.

»Und umgekehrt«, sagte Cicchetta. Er sah sich um. Die Wohnung war bieder und spärlich möbliert. Nicht geschmacklos. Alles paßte zusammen, die Vorhänge zu den Sitzpolstern, die Lampen zu den Kerzenständern. Alles paßte zu gut, zu glatt, fast wie im Ausstellungsraum eines Möbelhauses. Die Wände waren weiß gestrichen, kein Bild, kein Kalender, nichts. Alles war aufgeräumt und sauber. Blitzsauber, wie herausgeschleckt. Es war die Wohnung eines mutmaßlichen Doppelmörders. Es gab nichts Besonderes, nichts, was Cicchetta aufgefallen wäre. Außer vielleicht der Dunkelkammer, in die einer der Räume umgewandelt worden war. Es war alles da, eine professionell ausgestattete Dunkelkammer.

»Wir werden nicht viel finden«, sagte Kosinski, »und eine Sache ist dabei seltsam.«

»Irgend etwas fehlt?«

»Fotos«, nickte Kosinski und zeigte auf die Negative aus Buckinghams Haus.

»Eine voll ausgerüstete Dunkelkammer und kein einziges Foto?« fragte Cicchetta.

»Und keine Kamera. Gut, die könnte er bei sich tragen, aber die Fotos?«

»Wann wird die Leiche von Chelms freigegeben?« fragte Cicchetta.

»Morgen«, sagte Li, »du meinst ...«

»Buckingham und Lucas sind zusammen, am selben Ort. Es kann irgendein Ort sein. Möglich, daß sie mit dem Auto den Pacific Highway auf und ab fahren. Möglich, daß sie in einem Café in der Oxford Street sitzen. Vielleicht ist es aber ein Ort, der für sie etwas bedeutet, zu dem beide eine Beziehung haben.«

»Die Gerichtsmedizin? Das Kühlhaus, in dem Chelms' Leiche liegt?«

»Circular Quay, wo Buckingham unserem Mann die Kamera gestohlen hat?«

»Oder das gesprengte Haus ...«, sagte Li.

»... vor dem Buckinghams Freund Chelms gestorben ist ...«, sagte Cicchetta.

»... und sein Mörder ihn beim Sterben fotografiert hat«, sagte Li.

»Wir sollten es versuchen«, sagte Cicchetta.

Timothy Lucas dachte, es könne nicht schaden, es noch einmal zu versuchen. Unter vernünftigen Menschen sollte es doch möglich sein, die Sache ins Reine zu bringen. Er war ein vernünftiger Mensch. An ihm sollte es nicht scheitern.

»Herr Buckingham«, sagte er, »so war doch Ihr Name, nicht? Wir sind doch beide vernünftige Menschen. Menschen wie wir sind doch in der Lage, ein Mißverständnis aus der Welt zu schaffen.«

»Aus der Welt zu schaffen?« lachte Buckingham.

Lucas sah ein, daß er vorsichtiger formulieren müsse. Es war in jeder Situation angebracht, vorsichtig zu formulieren, besonders aber, wenn ein junger Mann neben einem saß, der den Kopf voller Mißverständnisse und wirrer Ideen hatte und in der Hand einen kleinen schwarzen Revolver hielt, dessen Mündung einem entgegenstarrte. Nicht, daß Lucas Angst hatte, er wollte den jungen Mann nur nicht zu einer Kurzschlußhandlung provozieren. Bei jemandem, der so erregt war, genügte eine Kleinigkeit, um die Sicherungen durchbrennen zu lassen.

Lucas setzte den Blinker und bog nach links ab.

»Schönes Auto!« sagte er, um wieder ins Gespräch zu kommen. Das Auto war ein VW-Käfer, der dem jungen Mann gehörte. Lucas fuhr nicht gern Auto, aber was sollte er machen, wenn ihn einer mit dem Revolver in der Hand dazu überredete?

»Ich gebe ja zu, daß ich die Aufnahmen gemacht habe«, sagte Lucas. »Ich verstehe auch, daß es Sie schmerzt. Er war Ihr Freund, nicht? Aber er war schon tot. Was hätte ich denn tun sollen? Ich konnte ihm nicht mehr helfen, keiner konnte das ...«

»Tot, was?« sagte Buckingham. »Einfach plötzlich tot. Altersschwäche wahrscheinlich, was?«

»Ich habe doch nur ein paar Fotos gemacht. Wenn ich nicht fotografiert hätte, wäre er nicht minder tot gewesen. Auch die Polizei hat ihn fotografiert, die Presse ...«

»Wieso?«

»Bitte?«

»Wieso haben Sie ihn fotografiert?«

»Wieso? Weil ... Sie meinen, es gehöre sich nicht? Es zeuge von mangelnder Achtung ...«

»Ich meine gar nichts«, sagte Buckingham. »Wieso also?«

Lucas bog wieder nach links ab. Gleich waren sie da. Er wußte, warum er den Toten fotografiert hatte, aber er war sich nicht sicher, ob der junge Mann das verstehen würde. Wahrscheinlich nicht, er war zu jung, ihm fehlte die Lebenserfahrung.

»Sehen Sie, Herr Buckingham, ich habe Geld, ich habe Zeit. Ich gehe spazieren und schaue. Ich beobachte Menschen. Das macht mir Spaß. Es ist meine Leidenschaft, Menschen zu beobachten. Sie glauben gar nicht, was alles in Menschen stecken kann!«

»Oh, doch«, sagte Buckingham.

»Ich beobachte und staune. Das ist alles. Manchmal fotografiere ich auch, wenn ich niemanden damit störe. Ich störe andere Menschen nicht gern.«

»Tote stört nichts mehr, nicht?«

»Sie haben die Fotos ja gesehen. Haben Sie sie auch angesehen? Die starren Augen, der Blick, der in ihnen festgegraben ist? Es ist nicht der Tod selbst, der in ihnen steckt, es ist die Ahnung des Todes, das letzte kleine Fünkchen Licht vor dem Erlöschen. Das ist es, was bleibt. Es ist vielleicht der einzige Moment im Leben, der wirklich zählt, weil er für sich selbst steht, weil danach nichts mehr kommt, weil nichts Neues mehr geschehen wird, durch das jeder Augenblick vorher relativiert wird. Es ist der Moment, in dem die Zeit aufhört, wichtig zu sein, weil sie tatsächlich aufhört ...«

Lucas lachte kurz.

»Es ist ein großer, ein erhabener Moment. Deswegen habe ich fotografiert.«

»Und deswegen bringen Sie Menschen um?« fragte Buckingham ungläubig. »Weil Sie einen erhabenen Moment fotografieren wollen?«

Lucas lächelte. Er hatte gewußt, daß der junge Mann ihn nicht verstehen würde. Schade. Er sagte:

»Es war Zufall. Ich war zufällig dort und habe fotografiert. Mehr nicht.«

Er bremste und parkte den VW rückwärts ein. Obwohl er den Wagen nicht kannte und nicht viel Übung hatte, gelang es gut. Er wandte sich zu dem jungen Mann auf dem Beifahrersitz und sagte:

»Nur ein Mißverständnis, nichts weiter. Ein Zufall, auch wenn es schwer zu glauben ist. Deshalb wäre es mir auch nicht sehr recht, wenn die Fotos in die Hände Dritter gerieten. Daraus entstünden nur neue Mißverständnisse.«

»Bei der Polizei zum Beispiel«, sagte Buckingham.

»Zum Beispiel. Ich könnte Ihnen auch ... Wie gesagt, ich bin nicht unvermögend ...«

»Geld?« fragte Buckingham.

»Es ist schwer, Mißverständnisse auszuräumen, vor allem, wenn der Augenschein gegen die Wahrheit spricht.«

Buckingham überlegte einen Moment. Dann sagte er: »Die Polizei interessiert mich nicht. Sie wollen die Fotos zurück? Warum nicht? Wir könnten Sie auch vernichten. Was halten Sie davon?«

»Ja«, sagte Lucas.

»Wieviel Geld?« fragte Buckingham.

»Tausend?«

»Tausend für einen Doppelmord?« lachte Buckingham.

»Tausend, um ein kleines Mißverständnis nicht aufkommen zu lassen«, sagte Lucas ruhig. Er mußte Geduld haben. Irgendwann würde der junge Mann schon verstehen.

»So«, sagte Buckingham, »genug gescherzt. Jetzt raus! Sie nehmen die Kiste mit. Und Ihren Fotoapparat. Ich trage dafür den Revolver.«

»Wohin?« fragte Lucas, als er ausstieg und den Sitz nach vorne klappte, um die Kiste auf der Rückbank zu erreichen.

»Zeigen Sie mir die Stelle! Ich möchte die Stelle sehen, wo er gelegen hat. Auf den Zentimeter genau. Ich möchte sehen, von wo aus Sie ihn fotografiert haben. Wie Sie über ihm gestanden haben. Wie weit sein Kopf von Ihren Füßen entfernt war. Ich möchte Sie fotografieren sehen. Ihre Körperhaltung, Ihre Augen, wenn Sie den Apparat sinken lassen. Alles möchte ich sehen. Wie es vor drei Tagen war.«

Buckingham umrundete das Heck des Wagens und ging mit ausgestrecktem Arm so nahe an Lucas heran, daß der Lauf des Revolvers dessen Nasenwurzel berührte. Das Metall war kühl.

»Ja, das alles möchte ich sehen«, sagte Buckingham, »und schwitzen, schwitzen möchte ich Sie auch sehen.«

»Zehntausend Dollar?« fragte Lucas.

Buckingham lachte.

»Nach Ihnen!« sagte er.

Nach ihnen haben sie doch wie die Verrückten gesucht, dachte O'Neill, nach den Kindern. Und jetzt kommen sie nicht! Warum nur? Was tun die überhaupt, Cicchetta und die anderen? Und die zwei Streifenwagen, die Miller schikken wollte? Schon längst müßten sie hier sein! Wenn O'Neill nicht blind wäre, würde er hinuntergehen, die Kinder einsammeln, ihnen ein bißchen gut zureden, alles vorbei, ihr Kleinen, ihr seid jetzt in Sicherheit, keine Gefahr, alles könnt ihr dem Onkel O'Neill erzählen, eurem Freund, eurem Helfer, einfach alles könnt ihr ihm sagen, zum Beispiel, wer das Haus aus dem Weg geräumt hat, wer das war, wie er aussieht und wie er heißt.

Wenn O'Neill nicht blind wäre, ja. Wieso war er überhaupt blind? Ach ja, der Gott! Den hatte O'Neill fast vergessen. Der, von dem er geblendet worden war. Daß die zwei Streifenwagen noch nicht da waren! Und neben ihm saß ein Vietnamveteran, der behauptete, sich die Augen ausgestochen zu haben, und der demzufolge vielleicht auch blind war. Zwei Blinde, die nach unten starrten und wußten, daß da ein Trümmerfeld und zwei Kinder waren, die aber nichts davon sahen, gar nichts. Oder doch? Vielleicht sah einer von ihnen etwas. Oder alles. Zwei Streifenwagen, die ums Verrecken nicht kamen, und zwei Kinder und einen, der ein Haus aus dem Weg geräumt hatte, und den ganzen Rest. Einer, der klar sah! Nur wer? Der Veteran, der gern Halluzinationen zum besten gab und seit mehr als zwanzig Jahren auf blind machte? Oder O'Neill? Vielleicht sah er bestens und wußte es nur nicht. Vielleicht lag es gar nicht an den Augen. Vielleicht blockte nur irgend etwas im Kopf. Ein Knoten. Irgend etwas verschlungen und abgeschnürt. Im Gehirn.

Denken, O'Neill! dachte O'Neill.

Aus dem Weg geräumt! dachte O'Neill. Die Kinder wissen Bescheid. Kinder! Wenn schon die Kinder Bescheid wissen! Wo blieben nur diese Streifenwagen?

»Die Kinder ...«, sagte O'Neill.

»Still!« zischte Dimitropoulos.

O'Neill riß die Augen auf. Er starrte und sah nichts. Dann erinnerte er sich, daß er Hunderte von Augen hatte.

Konzentration, O'Neill! dachte er, und er konzentrierte sich. Er hörte auf die Augen seines Körpers. Es funktionierte. Er sah, daß unten jemand war, nicht die Kinder, jemand anderer, ein Mann. Ein Mann, der fotografierte. Klick. Nein, zwei Männer, es waren zwei Männer, O'Neill war sich so sicher, als ob er sie sehen könnte. Er sah sie fast. Der eine Mann fotografierte, und der andere bewegte seinen Mund, als ob er spräche. Seine Lippen formten Worte, O'Neill sah es so genau, daß er glaubte, sie hören zu können. Worte. Stimmen. O'Neill sah sie.

»War es so?« sagte die Stimme. »Ja? Und das hier? Das ist von der anderen Seite aufgenommen. Sie sind über ihn hinweggestiegen!«

»Um ihn herumgegangen«, sagte eine andere Stimme.

»Dann gehen Sie! Los! Genau so, wie Sie gegangen sind.«

O'Neill sah den Mann gehen. Vorsichtig, zögernd, und dann stand er wieder. Jemand fotografierte.

»Er ist es«, flüsterte Dimitropoulos.

O'Neill spürte, daß irgend etwas nicht in Ordnung war. Etwas war faul.

»Er ist es, hundertprozentig«, sagte Dimitropoulos leise.

Wenn bloß die Kollegen endlich kämen! Wenn Miller bloß ...!

»Es ist der Mann mit der Kamera«, hauchte Dimitropoulos. »Ich erkenne ihn wieder, ohne Zweifel!«

»Was?«

»Der Mann mit der Kamera, der unmittelbar nach der Explosion hier war. Derselbe Mann, derselbe Fotoapparat, an genau derselben Stelle!«

O'Neill tastete nach dem Telefon.

»Er wird von dem anderen bedroht, sehen Sie?« sagte Dimitropoulos.

O'Neill fingerte sich durch die Nummer des Reviers. Nach dem dritten Läuten nahm Miller ab.

»Wo sind meine beiden Wagen, Miller?« flüsterte O'Neill.

»O'Neill?« sagte Miller.

»Wo bleiben die Leute, die ich angefordert habe?«

»Du solltest dich entspannen, O'Neill! Du hattest einen Schock, und du solltest dich nicht aufregen. Du bist krank geschrieben. Warum spannst du nicht einfach ab? Es hat doch keinen Sinn ...«

»Du hast mir gar niemanden geschickt?« fragte O'Neill ungläubig.

»Du bist im Krankenhaus, du siehst nichts und liegst den ganzen Tag über im Bett. Du kannst nicht viel mit dir anfangen. Klar, daß du dich langweilst! Das verstehe ich. Das ginge mir genauso. Ich werde doch einen alten Kumpel nicht in Schwierigkeiten bringen, nur weil er sich einen kleinen Spaß erlaubt! Das ...«

»Du verdammter Idiot!« zischte O'Neill. »Du gottverfluchtes hirngeschädigtes Arschloch, du ...«

»Du bist gar nicht im Krankenhaus?« fragte Miller.

»Mein Gott!« sagte O'Neill.

»Wir haben auch niemanden mehr«, sagte Miller lahm. »Ryan hat Kaufman eingelocht und ist jetzt nicht da. Aber Kaufman war es nicht. Cicchetta und Li wissen, wer es war. Der Typ mit der Olympus. Sie haben alle Männer angefordert, um ihn ...«

»Er ist hier«, fauchte O'Neill in den Hörer, »der Mann mit der Kamera ist hier! Die Kinder sind auch hier. Wenigstens waren sie vorher noch hier. Und du, Miller, du schickst mir jetzt jeden, den du auftreiben kannst, bis hin zur Putzfrau! Und du verständigst Cicchetta. Sofort! Wie du das machst, ist mir egal. So etwas von egal kannst du dir überhaupt nicht vorstellen. Und wenn du das nicht machst, Miller, wenn du das nicht auf der Stelle erledigst, dann schwöre ich dir, ich garantiere dir das, so wahr du ein absoluter Schwachkopf und der Idiotischste aller Idioten bist, wenn das nicht geschieht, wenn hier nicht in zehn Minuten alles von Polizei wimmelt, dann bringe ich dich um!«

Miller sagte nichts.

»Hast du das verstanden, Miller?« fragte O'Neill. »Ist dir klar, daß das kein Spaß ist?«

»In Ordnung«, sagte Miller, »ab jetzt ist das dein Bier.«

O'Neill legte auf. Dimitropoulos lachte leise.

»So«, sagte O'Neill, »ein schöner Tag heute, nicht? Ein Tag, um mal ein bißchen spazierenzugehen. Nicht weit, einfach mal vor die Tür. Wie wäre es, wenn Sie mich begleiten würden?«

»Übernehmen Sie sich nicht etwas?« fragte Dimitropoulos leise.

»Ich muß einen Mörder verhaften«, sagte O'Neill.

Dimitropoulos lachte wieder.

»Gut«, sagte er. »Ich setze noch Elena in den Rollstuhl. Sie will nicht unbeweglich sein, wenn ich nicht da bin. Dann gehen wir!«

»Einen mutmaßlichen Mörder«, sagte O'Neill.

»Ob er ein Mörder ist?« fragte Sträfling John interessiert.

»Glaub ich nicht«, sagte Sträfling Maggie. »Mörder verstecken sich tagsüber.«

»Wegen der Kanone«, sagte Sträfling John.

»Trotzdem!« sagte Sträfling Maggie. Sie hockte auf einem Stück umgestürzter Mauer, aus dessen Bruchstelle Stahlstäbe hervorragten. Eine kleine schwarze Eidechse huschte an der Kante entlang und verschwand in einer Ritze zwischen den Balken, die ein Loch im Boden abdeckten. Dort war vielleicht einmal eine Kellertreppe gewesen. Der Schutthaufen vor Sträfling Maggie bot Deckung, und wenn sie sich etwas zur Seite lehnte, konnte sie die beiden Männer am Rand der Straße trotzdem beobachten.

»Ein Drache ist er aber auch nicht«, sagte Sträfling Maggie.

»Kein Drache trägt eine Kanone!« sagte Sträfling John. Er lag halb auf, halb hinter dem Schuttberg und hatte seine Harpune in Anschlag gebracht.

»Davon hätten wir gehört«, sagte Sträfling Maggie.

»Eine Kanone wäre auch nicht schlecht. Eine Kanone

wäre fast noch besser als eine Harpune«, sagte Sträfling John.

»Du meinst...?«

»Ich gebe dir Feuerschutz, bis wir wissen, was das für einer ist. Du mußt nur die Hand heben. Wenn du die Hand hebst, harpuniere ich ihn.«

Sträfling Maggie duckte sich seitwärts an dem Schuttberg entlang, krabbelte in der Deckung einer gekippten Badewanne weiter und tauchte erst am Rand des Trümmergrundstücks auf. Es sah so aus, als ob Sträfling Maggie allein wäre. Der Mann mit der Kanone wußte nicht, daß sie Feuerschutz hatte. So würde sie gleich sehen, ob er zu den Guten oder zu den Bösen gehörte. Sträfling Maggie näherte sich entlang der Absperrung. Der Mann mit der Kanone beachtete sie nicht. Er sagte zu dem anderen Mann:

»Jetzt legen Sie sich hin! Genauso wie er. Sie wissen schon!«

»Hören Sie...!« sagte der andere.

»Na los!« Die Kanone wies nach unten. Der zweite Mann legte sich auf den Boden. Bauch nach oben.

»Hallo!« sagte Sträfling Maggie.

»Die Hände!« befahl der mit der Kanone. »Wie lagen die Hände?«

»Soll das ein Spiel werden?« fragte Sträfling Maggie.

Erst jetzt schien der Mann mit der Kanone sie zu bemerken. Er warf ihr einen kurzen Blick zu und starrte dann wieder auf den Mann, der im Dreck lag. Er kicherte: »Ein Spiel, ja? Warum nicht? Es ist nur ein kleines Spielchen. Macht doch Spaß, oder?«

Er stupste den Liegenden mit dem Fuß an.

»Oder etwa nicht? Ist Fotografieren spaßiger?«

»Wieviel Geld wollen Sie?« fragte der andere.

»Komisches Spiel!« sagte Sträfling Maggie.

»Hau jetzt ab!« sagte der Mann mit der Kanone zu Sträfling Maggie. »Du störst. Das ist nichts für dich. Los, verschwinde!«

Der Mann schien in Ordnung zu sein. Wer einem befahl,

abzuhauen, der war in Ordnung. Gefährlich waren die, die einen herkommen ließen.

»Er ist sauber, Sträfling John!« rief Sträfling Maggie über den umgefallenen Baum und die mit welken Weinblättern bedeckten Plattenteile in das Trümmerfeld hinein. Sträfling John tauchte hinter dem Schuttberg auf und näherte sich, die Harpune im Anschlag. Sträfling Maggie nickte. Sicher war sicher.

»Was wird denn das?« fragte Sträfling John und deutete mit der Harpune auf den Mann, der auf dem Rücken lag und in die Kanone starrte.

»Ein Spiel«, sagte Sträfling Maggie.

»Ihr sollt abzischen!« sagte der Blonde mit der Kanone.

»Willst du ihn umlegen?« fragte Sträfling John.

»Ein Erledigungsspiel?« mutmaßte Sträfling Maggie. »Geht es bei dem Spiel darum, einen umzunieten?«

Der Blonde wandte ihr seinen Kopf zu.

»Wir sind im gleichen Geschäft«, sagte Sträfling Maggie. »Wir müssen einen Drachen erledigen. Wir sind praktisch Kollegen.«

»Bloß, daß ein Drache total gefährlich ist.«

»Bei einem Drachen weiß man nie, wo und wann er auftaucht.«

»Einen Drachen zu erledigen ist viel schwerer, als einen Mann abzuknallen, der vor einem im Dreck liegt.«

»Bei so einem würde ein Schuß mit der Harpune genügen.«

»Locker!«

»Und der Fall wäre erledigt!«

»Bei einem Drachen dagegen wäre eine Kanone nicht schlecht.«

»Eine mehrschüssige Kanone.«

»Ein Drache hat sieben Leben. Da muß man jedes einzeln ausblasen.«

»Wie viele Schüsse hast du in deiner Kanone?«

»Wir könnten tauschen. Deine Kanone gegen unsere Harpune.«

»Und ein Fischmesser kriegst du kostenlos dazu.«
»So etwas kann man immer brauchen.«
»Zum Ausnehmen zum Beispiel. Oder filetieren.«
»Na?« fragte Sträfling John.
»Wie wäre das?« fragte Sträfling Maggie.
Der Mann, der im Dreck lag, rührte sich nicht. Er tat keinen Mucks. Er sah aus, als ob er schon tot wäre.
»Hört mal zu, Kinder!« sagte der Mann mit der Kanone. »Dieser Typ da hat meinen Freund umgebracht. Einfach so, aus Spaß. Jetzt habe ich ihn, und jetzt bekommt er noch mehr Spaß. Einen Haufen Spaß. So lange, bis er genug hat. Versteht ihr das, Kinder?«
»Klar«, sagte Sträfling Maggie.
»Kein Problem«, sagte Sträfling John.
»Gut!« schrie der Mann. »Dann haut jetzt ab und laßt mich in Ruhe!«
»Na gut«, sagte Sträfling John.
»Wir warten«, sagte Sträfling Maggie.
»Bis du mit ihm fertig bist.«
»Dann können wir ja weiterreden.«
»Deine Kanone gegen Harpune plus Fischmesser. Denk mal darüber nach!«
Sträfling John schichtete zwei Ziegelsteine übereinander und setzte sich. Die Harpune hatte er quer über den Knien liegen, den Finger am Abzug. Sträfling Maggie stand neben ihm. Interessiert schauten sie zwei Männern entgegen, die sich vom nächsten Haus her näherten. Zwei Blinde. Der eine führte einen Stock mit, den er wie einen Metalldetektor in kleinen Halbbögen vor sich auf der Erde streifen ließ. Der andere, der jünger und größer war, klammerte sich am Arm des kahlköpfigen Stockträgers fest, stolperte an seiner Seite mit und riß die Augen sperrangelweit auf. Sein Kopf zuckte von links nach rechts und wieder zurück.
»Also, blind möchte ich auch nicht sein«, sagte Sträfling Maggie.
»Da bist du aufgeschmissen!«

»Vor allem als Drachenjäger.«

»Mmh«, sagte Sträfling John.

»Polizei!« japste der jüngere der beiden Blinden.

Sträfling Maggie fragte sich, wieso er so aufgeregt schrie, wenn doch überhaupt kein Drache in Sicht war. Keinerlei Gefahr war in Sicht, gar nichts, nichts Ungewöhnliches, es sei denn, man wollte es als ungewöhnlich bezeichnen, daß zwei Männer ein ziemlich doofes Umlegespiel spielten. Aber das ging schließlich den Blinden nichts an!

»Detective O'Neill«, brüllte der Blinde, »wer ist da?«

»Das auch noch«, sagte der Mann mit der Kanone, »ein blinder Bulle!«

»Ich möchte wissen, wer da ist«, kreischte O'Neill.

»Wollen Sie meinen Ausweis sehen?« fragte der Mann mit der Kanone.

Sträfling Maggie mußte lachen. Ein Blinder konnte doch keinen Ausweis ansehen! Auch kein blinder Bulle.

»Erst zwei gestörte Kinder, die einen nerven, dann ein blinder Bulle, der von einem anderen Blinden geführt wird und Radau macht, und was kommt als nächstes? Eine Punkband von der Heilsarmee? Hä? Hören Sie zu, Sie Witzfigur! Mein Freund hier und ich, wir wollen ein bißchen Spaß haben, nicht mehr und nicht weniger. Und unseren Spaß, den werden wir verdammt nochmal auch haben. Sie halten sich raus! Gehen Sie nach Hause, fernsehen oder so etwas!«

»Ich muß Sie vorläufig festnehmen«, sagte O'Neill.

Sträfling John lachte höhnisch. Sträfling Maggie fragte sich, ob der blinde Bulle tatsächlich glaubte, den Mann mit der Kanone festnehmen zu können. Dann wäre er ja dümmer als jeder Dummkopf im Märchen. Oder steckte etwas anderes dahinter?

»Sie sind mir aber ein Spaßvogel«, sagte der Mann mit der Kanone.

»Er will Zeit gewinnen«, sagte Sträfling Maggie. Sie gab Sträfling John ein Zeichen, achtsam zu sein. Wenn der blinde Bulle Zeit gewinnen wollte, war es leicht möglich, daß er bald Verstärkung bekam.

»Zeit gewinnen? Möglich«, sagte der Mann mit der Kanone. Er tat zwei Schritte auf die beiden Blinden zu. Mit dem Lauf seiner Kanone schlug er hart auf die Hand des Bullen. Der schrie auf und ließ den Arm des anderen los. Dann bekam der zweite Blinde einen Stoß ab, der ihn nach hinten stolpern ließ. Der kahle Blinde verlor seinen Stock und setzte sich rücklings in den Staub. Er begann zu kichern. Der blinde Bulle schrie irgend etwas, und der Mann mit der Kanone steckte seine Kanone in den Hosenbund. Er riß den blinden Bullen am Arm, drehte ihn um die eigene Achse, einmal, zweimal, immer schneller, und ließ ihn endlich mit einem Schlag gegen den Rücken auf das Trümmerfeld zutorkeln. Der blinde Bulle knallte gegen das Absperrgitter, knickte mit dem Oberkörper darüber und kippte kopfüber in den Schutt.

»Ganz schön was los hier«, sagte Sträfling John anerkennend.

Der Mann am Boden hatte den Oberkörper aufgerichtet, legte sich aber lieber wieder flach, als er die Kanone erneut auf sich gerichtet sah.

»Jetzt zu uns!« sagte der Mann mit der Kanone zu ihm.

Welches Spiel er auch immer spielen wollte, er sollte sich besser beeilen.

»Hauen wir ab?« fragte Sträfling Maggie.

»Und die Kanone?« fragte Sträfling John.

»Na, ich weiß nicht«, sagte Sträfling Maggie.

9

Bilder tanzten an Cicchetta vorbei

Bilder tanzten an Cicchetta vorbei. Ins Funktelefon sagte er: »Gut, wir sind sowieso schon fast da. Wie viele Streifenwagen hast du im Moment?«

»Vier«, sagte Miller. Li ließ den Wagen in die Darlinghurst Road schleudern.

»Zuerst die Fluchtwege absperren! Wenn du noch weitere Wagen auftreiben kannst, schickst du sie zum gesprengten Haus.«

»Ja, Sir«, sagte Miller. Bilder tanzten in Cicchetta herauf.

»O'Neill ist dort«, sagte Cicchetta zu Li, »frag mich nicht, warum. Er ist dort, er hat unseren Mann gesehen, und er hat die Kinder gesehen.«

»Gesehen?« fragte Li. Sie beschleunigte.

Cicchetta zuckte die Achseln. Sie würden gleich dort sein, ein paar hundert Meter, dann würden sie schon sehen, was O'Neill gesehen hatte. Oder ob er vollständig durchgedreht war.

»Die Kinder auch?« fragte Li. Cicchetta wußte, daß sie sich fragte, wie die Kinder wohl aussehen würden. Ob man es ihnen ansah. Es. Alles. Ob man es merken würde. Ob es so war, daß man noch etwas tun konnte. Märchen erzählen zum Beispiel.

»Zuerst den Kerl mit dem Foto!« sagte Cicchetta.

Li starrte verbissen durch die Windschutzscheibe.

»Also gut«, sagte Cicchetta, »zuerst die Kinder.«

Li zog den Wagen nach links in die Grantham Street. Es war eine schmale Sackgasse. Li fuhr viel zu schnell, doch niemand kam entgegen. Noch eine Kurve, und schon war da die Absperrung, und dahinter die zu Haufen zusammengeschobenen Reste eines von einer Riesenladung TNT zerlegten Hauses. Li bremste hart, die Wagentüren warfen sich nach vorne. Li stürzte nach rechts heraus, Cicchetta nach links. Vorne, am Rand des Trümmerfelds, waren die Kinder.

Cicchetta sah zuerst die Kinder, einen schmächtigen Jungen, der John hieß und dessen Mutter … – nein, das spielte jetzt keine Rolle. Da waren ein kleiner Junge und ein etwas größeres Mädchen in Jeans und T-Shirt. Das Mädchen stand da und hielt den Kopf schräg, der Junge hockte daneben. Auf seinen Knien lag eine Harpune. Die beiden sahen aus, wie Kinder eben so aussehen, etwas abgerissener vielleicht. Dimitropoulos saß auf dem Boden und stützte sich mit den Armen nach hinten ab. Ein paar Meter weiter rechts lag der Mann mit der Olympus, Timothy Lucas. Er lag auf seinem Rücken. Über ihm stand Buckingham, der einen Fuß auf eine Kiste gestellt hatte. Der Revolver in seinen Händen zeigte nach unten. Die Mündung des Laufs war nicht weit genug von dem Kopf unter ihm entfernt, als daß Buckingham hätte danebenschießen können. Doch er schoß nicht. Er stand da und tat nichts. Er schaute auf O'Neill. Alle saßen und standen und lagen und schauten zu, wie O'Neill sich in das Trümmerfeld des gesprengten Hauses hineinarbeitete. Wild mit den Armen fuchtelnd stolperte er über Mauersteine und Kabelreste, torkelte über Wüsten von Ziegelscherben, taumelte gegen Dachbalken, die aus dem Boden ragten.

»Halt!« schrie O'Neill. »Stehenbleiben!«

Auf allen Vieren krabbelte er einen Schutthügel hinan, rutschte in einer grauen Staubwolke ab, stemmte sich hoch, ohne auf die Glasscherben zu achten, die rote Linien in seine Hände zeichneten. Endlich hatte O'Neill seinen Hügel erklommen, seine Ruine erobert, eingenommen, und rappelte sich hoch, pflanzte sich auf wie die Standarte seiner selbst und schrie:

»Keiner bewegt sich! Jeder bleibt, wo er ist!«

Und schon schwankten die Trümmer unter ihm, schon

wurden O'Neills Knie unsicher, die Ziegel rutschten, verzweifelt schlugen O'Neills Arme, als ob er wegflattern wollte, sich erheben über die zerschlagene Welt, die unter ihm zusammenkrachte, ein weiteres Mal, noch einmal, einstürzte. Vergeblich tappten seine Füße nach Halt, nach irgend etwas Festem, und dann zog der abrutschende Schutt O'Neill nach unten, hielt seine Knöchel umklammert, stürzte ihn hinab und warf ihm die Dinge um die Ohren. O'Neill lag im Trümmerfeld und brüllte:

»Keine Bewegung! Keinen Mucks! Wer sich rührt, wird erschossen!«

O'Neill brüllte aus den Trümmern hervor und kroch weiter, in der Tallinie zwischen den Schutthügeln kroch er vorwärts, wie eine Schlange wand er sich zwischen Steinen und Rohrleitungen durch, wie in Feindesland schlängelte er sich voran, den Kopf tief gesenkt, als ob er eine Fährte aufnehmen müßte, eine Spur erzüngeln, die es gar nicht gab, die sich schon längst verflüchtigt hatte. O'Neill warf den Kopf in den Nacken. Sein Gesicht war staubbedeckt.

»Rücksichtslos erschossen! Wer auch nur daran denkt, sich zu bewegen! Wer nur mit der Wimper zuckt!« brüllte O'Neill und robbte weiter.

Cicchetta sah um sich und versuchte, die Situation zu begreifen. Er hatte keine Ahnung, was eigentlich vorging. Wahrscheinlich war es angebracht, sich zuerst um den zu kümmern, der die Pistole in der Hand hielt.

»Wer auch nur daran denkt, mit der Wimper zu zukken!« brüllte O'Neill.

»Wir sind hier, Lachlan!« rief Cicchetta und machte langsam ein paar Schritte auf Buckingham und die anderen zu.

»Keine Bewegung!« schrie O'Neill.

»Es ist in Ordnung, Lachlan!« rief Cicchetta. Li folgte ihm. Sie hielt sich einen Schritt hinter ihm. Cicchetta wußte, daß er zuerst zum Wagen zurückgehen sollte, um per Funk die höheren Chargen zu benachrichtigen. Das war vorgeschrieben. Im Präsidium würden sie dann einen Krisenstab bilden und ihre Sondereinheiten mobilisieren. Scharfschützen und Kollegen, die speziell für den Umgang mit Geiselnehmern ausgebildet waren. Bis die einträfen, war mit Sicherheit alles vorbei. So oder so. Cicchetta würde später anrufen.

»Was?« rief O'Neill irgendwo aus den Trümmern hervor. Er war hinter dem gemauerten Kamin verschwunden, der die Explosion im unteren Teil wenigstens so gut überstanden hatte, daß man seine ursprüngliche Bestimmung noch erraten konnte.

»Ich bin es, Sam Cicchetta«, rief Cicchetta in O'Neills Richtung. Er machte noch einen Schritt und blieb dann stehen. Nicht wegen Buckingham. Buckingham hatte sich nicht gerührt, er schien gar keine Notiz von Cicchetta und seinen Kollegen zu nehmen, aber der kleine Junge hatte sich bewegt. Der Junge, der Frau Ardounis Sohn war und John hieß. John, der Junge, den sie so lange gesucht hatten. John, der so verloren auf ein paar Ziegelsteinen saß, richtete seine Harpune auf Cicchetta, deutete mit dem Pfeil auf seinen Magen und spielte mit dem Zeigefinger am Abzug herum.

»John«, sagte Cicchetta, »du bist John, nicht? Deine Mutter macht sich Sorgen um dich. Sie wartet auf dich.«

John stand auf und hob die Harpune, um genauer zielen zu können. Cicchetta spürte ein ziehendes Gefühl im Magen. Wie wenn er zu lange keine Zigarette geraucht hätte.

»Du bist in Sicherheit, John. Wir beschützen dich. Keiner tut dir mehr etwas. Du brauchst die Harpune nicht...«

»Er hat Angst«, lachte Buckingham, »der Oberbulle hat Angst vor dir, Kleiner! Er hat Angst, daß du den Finger krumm machst und daß er den Pfeil auf sich zuzischen sieht, daß er ihn durch seine Magenwand schlagen spürt.«

»Sam?« fragte O'Neill von weit weg. Sein Kopf tauchte auf. Mit beiden Händen zog sich O'Neill an den Mauersteinen des Kamins hoch.

»Komm, John!« sagte Cicchetta. »Komm mit mir, du brauchst nicht nach Hause, wenn du nicht willst. Du kannst auch zu uns kommen, zur Polizei. So lange du willst, kannst du bei uns bleiben.«

»Er zittert vor Angst. Merkst du das, Kleiner?« kicherte Buckingham.

»Wir müssen einen Drachen erledigen«, sagte das Mädchen neben John.

»Das hat absoluten Vorrang«, sagte John.

»Hauen Sie ab!« sagte das Mädchen.

»Aber schnell!« sagte John.

»Ich könnte euch unsere Waffen bei der Polizei zeigen«, sagte Cicchetta, »Maschinengewehre, Präzisionsgewehre, Rauchbomben, Gummiknüppel. Und schußsichere Westen. Hast du schon mal eine schußsichere Weste getragen, John?«

»Laß ihn leben, Kleiner«, sagte Buckingham. »Der Bulle tut gar nichts, der hat Schiß. Der will einfach nur zuschauen, was hier abläuft. Die Bullen sehen immer nur zu, bei allem, was passiert. Wenn jemand einen umlegt, weil er Spaß haben will, und dann einen zweiten, weil er noch mehr Spaß haben will. Weil er ein paar heiße Fotos machen will. Bei so etwas schauen die Bullen gern zu, so gern, daß sie dem Spaßvogel sogar die Kamera zurückgeben, damit er noch mehr Menschen umbringen und noch mehr Spaß haben kann. Der Bulle ist nur ein Zuschauer, Kleiner. Laß ihn leben!«

»Na gut«, sagte John, »vorläufig.«

»Er ist verrückt«, sagte Lucas leise zu dem Revolver über seinem Gesicht. »Es handelt sich um ein Mißverständnis.«

»Li, die Kinder!« sagte Cicchetta.

»Ein Mißverständnis! Ein 10 000-Dollar-Mißverständnis, was?« höhnte Buckingham.

Wenn jemand an die Kinder herankommen konnte, dann war es Li. Li mit ihrem sanften Blick und mit den Märchen, die die Welt auslöschten und eine andere an ihre Stelle zauberten. Die viele verschiedene Welten aufsteigen ließen, wunderbare Welten, die nur gemeinsam hatten, daß sie mit der alltäglichen Welt nichts zu tun hatten.

»Er hat mir Geld angeboten«, erläuterte Buckingham, »viel Geld! Im Gegenzug sollte ich ihm die Fotos zurückgeben oder sie vernichten, seine Spaßfotos. Um kein Mißverständnis aufkommen zu lassen!«

»Es war Zufall«, sagte Lucas.

»Zufall, ja, ein Mißverständnis!« lachte Buckingham. »Aber warum nicht? Räumen wir das Mißverständnis aus! Mit mir kann man doch reden. Das Geschäft ist geritzt. Topp!«

»Ich bin Li«, sagte Li. Cicchetta sah ihren Rücken und ihre Haare. Sonst nichts. Er hätte gern ihre Augen gesehen.

»Sträfling John«, stellte sich John vor. Die Harpune war schußbereit.

»Sträfling Maggie«, sagte das Mädchen.

»Sträflinge?« fragte Li.

»Ich komme Ihnen sogar mit dem Preis entgegen«, sagte Buckingham vergnügt.

»Warum tun Sie eigentlich nichts?« fragte Lucas vom Boden aus zu Cicchetta hin. »Sie sehen doch, daß er mich bedroht!«

»Zehn Dollar«, schrie Buckingham, »wie wäre das? Könnten Sie zehn bucks für ein paar Fotos erübrigen, die Sie gern vernichten würden? Oder einen Dollar?«

»Sie kommen nicht durch, Buckingham«, sagte Cicchetta. »Das ist Ihnen hoffentlich klar.«

»Einen Dollar!« juchzte Buckingham. »Einen Dollar werden Sie ja wohl dabei haben.«

»Sie werden Ihr ganzes Leben lang bezahlen, wenn Sie jetzt durchdrehen. So ist das nun mal. Jetzt ist Ihnen alles egal. Jetzt sind Sie stark, nicht? Mit dem Revolver in der Hand. Einmal den Finger krümmen, und aus ist es mit ihm, eine Rechnung beglichen, erledigt, ein Leben gerächt, ein Leben ausgelöscht. Und dann? Wenn Sie ihn umgelegt haben …?«

»Wer redet denn vom Umlegen?« kicherte Buckingham.

Cicchetta fuhr fort: »Wenn er tot vor Ihnen liegt, werden Sie zuerst euphorisch sein, erfüllt vom Glücksgefühl, die Sache zu Ende gebracht zu haben, und dann werden Sie sich fragen, ob das alles war, dieser Moment des wilden Triumphs, und langsam wird sich eine schreckliche Leere Ihren Hals hinaufwürgen, und dann werden Sie merken, daß das nicht alles war, daß die Sonne scheint, daß Sie noch ein Leben vor sich hätten, wenn Sie nicht lebenslang im Knast sitzen würden, wenn Sie damals, in dem einen entscheidenden Moment, nicht durchgedreht hätten ...«

»Was haben Sie nur gegen ein kleines Geschäft?« wunderte sich Buckingham. Er wedelte mit einem Packen Fotos durch die Luft und sagte aufmunternd zu dem Mann unter ihm:

»Einen Dollar, bitte!«

Als ob er irgendwo an der Kasse eines Supermarktes säße. Als ob er gerade ein Einwegfeuerzeug verkauft, die Wochenendausgabe des »Morning Herald« über den Tresen des Zeitschriftenladens geschoben hätte.

»Hören Sie ...!« sagte Lucas und richtete den Oberkörper auf. »Ich habe mit dem Tod Ihres Freunds nichts zu tun.«

»Natürlich nicht«, sagte Buckingham, »und jetzt bezahlen Sie!«

Er streckte ihm beide Hände vors Gesicht. In der linken Hand hielt er die Fotos, in der rechten den Revolver.

»Wir klären das«, sagte Cicchetta. »Wir nehmen ihn fest und klären das. Das ist unser Job. Wenn er es getan hat, kommt er vor Gericht und ...«

»Los jetzt!« sagte Buckingham drohend.

Lucas griff in seine Hosentasche und zog seinen Geldbeutel hervor. Cicchetta war ein paar Meter entfernt. Zu weit. Zu weit, um eingreifen zu können, ohne daß Buckingham vorher sein Opfer durchsieben könnte. Dieser Idiot von Buckingham! Die Kinder waren da, Lucas war da, alles könnte geklärt werden, wenn nicht Buckingham querschießen würde. Wenn er seine Rachegelüste im Zaum halten, seinen Weltschmerz im stillen Kämmerlein verarbeiten könnte, wie andere Menschen auch.

»Sam!« rief es aus dem Trümmerfeld.

»Sam!« jubelte O'Neill aus dem Trümmerfeld. »Du bist hier, Sam!«

Wie ein gedopter Büffel brach O'Neill durch die Ruinenlandschaft. Er pflügte durch den Schutt, stampfte über Fensterrahmen und Möbelteile. Jauchzend stürmte er über knirschende, splitternde Scherben, lachend knallte er gegen Hindernisse, prallte er an Mauerstümpfe. Er fiel und stand auf, stürzte und sprang hoch, und er lachte, jubelte, lachte.

»Herzlichsten Dank!« sagte Buckingham, als ihm Lucas die Dollarmünze gab. Buckingham warf ihm die Fotos hin, doch der Mann am Boden rührte sie nicht an. Er sah gar nicht hin. Die Fotos lagen auf seinem Schoß, rutschten zwischen seine Beine. Sie schienen aus einer anderen Welt gefallen zu sein.

»Wir haben sie, Sam«, schrie O'Neill, bevor er hart gegen das Absperrgitter schlug. Er torkelte zurück und stolperte. Irgendwie hielt er sich diesmal aufrecht, blieb er auf den Beinen wie ein Boxer, der zu groggy ist, um umzufallen. Schwankend tastete O'Neill nach vorne, nach dem Gitter, an dem er Halt finden konnte. Das Gitter war zu weit entfernt.

»Jetzt sind Sie dran!« sagte Buckingham zu dem sitzenden Mann.

»Was?« sagte Lucas.

»Vernichten!« sagte Buckingham. »Sie wollten die Fotos doch vernichten. Erinnern Sie sich nicht mehr? Wegen möglicher Miß-ver-ständ-nisse!«

»Die Fotos?«

»Die Beweise«, nickte Buckingham.

Lucas sah hilfesuchend zu Cicchetta hin. Buckingham lachte.

»Im Angesicht der Polizei werden Sie jetzt die Beweisstücke vernichten. Ist das nicht klasse? Sie vernichten die Beweise, und die Bullen sehen zu. Das können sie. Zusehen. Darin sind sie unschlagbar.«

»Buckingham …«, sagte Cicchetta.

»Vernichten!« schrie Buckingham.

Lucas nahm eines der Fotos mit spitzen Fingern auf, als ob er Angst hätte, sich daran zu verbrennen.

»Vernichten! Los!« Buckinghams Stimme überschlug sich.

Lucas griff das Foto nun auch mit der zweiten Hand und riß es entzwei. Die beiden Hälften legte er sorgfältig übereinander. Er riß sie ein zweitesmal durch.

»Nein, nein, nein«, sagte Buckingham abschätzig. Er schüttelte den Kopf. »Das Foto ist doch nicht vernichtet! Das setzt Ihnen doch jeder Schulanfänger in zwei Sekunden wieder zusammen! Strengen Sie sich ein bißchen an! Es handelt sich hier immerhin um Beweisstücke dafür, daß Sie ein Doppelmörder sind.«

»Ich …«, sagte Lucas, der die Fetzen des Fotos in der Hand hielt.

»Haben Sie noch nie gesehen, wie Beweisstücke vernichtet werden? In einem Krimi zum Beispiel? Einem Agentenfilm?«

»Ich weiß nicht, was Sie wollen«, sagte Lucas.

»Belastende Briefe, Zettel mit geheimen Telefonnummern oder Codewörtern«, sagte Buckingham.

Lucas schüttelte den Kopf.

»Mund auf, und hinunter damit!« sagte Buckingham.

»Was?« fragte Lucas.

Dimitropoulos saß noch immer auf dem Boden und rührte sich nicht. Er schien interessiert zuzusehen.

»Früher gab es hier keine Drachen«, sagte Li zu Sträfling John. »Da gab es noch nicht einmal Sydney. Wo jetzt Häuser stehen, erstreckten sich Hügel mit Eukalyptuswäldern, überall, und längs der Flußläufe stand dichter Regenwald, in dem riesige Farnbäume und bemooste Baumstümpfe jeden Weg versperrten. Obwohl es keine Drachen gab, blieben die Menschen damals lieber an der Küste, denn man wußte nicht, was einen im Dickicht erwartete. Nur die große Schlangenfrau und der Regenbogenmann und Kiu der Jäger fühlten sich wohl dort. Es war ihr Revier.«

»Ich soll ...?« fragte Lucas.

»Die Fotos fressen«, nickte Buckingham. »Ein Schnipselchen nach dem anderen in den Mund stecken, sorgfältig kauen und hinunterschlucken!«

»Sie sind verrückt!«

»Probieren Sie es doch erst einmal! Vielleicht ist es gar nicht so schlimm. Vielleicht schmeckt es Ihnen sogar. Vielleicht wollen Sie gar nicht mehr aufhören, bis Sie alle ihre verfluchten Fotos aufgefressen haben. Bis Sie sich den Magen so vollgeschlagen haben, daß Ihnen das Fotopapier die Gedärme verstopft, sich Ihre Speiseröhre hinauftürmt, aufstapelt, bis es Ihnen zum Hals heraushängt ...«

Buckingham lachte und stieß mit der Fußspitze gegen die Kiste, die neben Lucas im Staub stand.

»Viele Fotos, schöne Fotos. Viele, schöne Fotos, die Sie fressen werden, bis sie Ihnen aus den Augen herausquellen.«

»Was haben Sie davon, wenn Sie ihn demütigen, Buckingham?« fragte Cicchetta.

»Und die, die Ihnen hochkommen, die werden Sie gleich nochmal fressen, so lange, bis Sie alles, alles vernichtet haben.«

»Oder glauben Sie, er wird dabei etwas kapieren? Sie denken doch nicht, Sie könnten ihm auf diese Weise beibringen, daß er ein voyeuristisches Schwein ist?«

»Los!« sagte Buckingham. »Ein Fotochen für Papi ...!«

»Sie wollen ihn erziehen!« sagte Cicchetta. »Es ist Ihnen wichtig, daß er Sie versteht. Er selbst ist Ihnen wichtig!«

»... und eins für den lieben Chief Detective!«

»Sie werden ihn nicht umbringen können«, sagte Cicchetta. »Nicht, solange er Ihnen so am Herzen liegt. Sie werden es nicht schaffen, Buckingham. Sie sind ein armer Teufel, der an das Gute im Menschen glaubt.«

Polizeisirenen heulten von Osten her. Das mußten die Einsatzwagen sein, die Miller aufgetrieben hatte.

Li saß mit übergeschlagenen Beinen vor den beiden Kindern. Sie saß auf dem Boden und reckte die Arme weit zur Seite.

»So groß war die Speerschleuder, die sich Kiu der Jäger von seinen beiden Frauen hatte schnitzen lassen. Groß und schön, mit einer sauber ausgeschabten Führungsrinne, deren hinteres Ende mit bestem Harz aus jungem Spinifexgras verstärkt war. Kiu der Jäger griff vier Speere und die neue Speerschleuder und machte sich auf in den Wald des Regenbogenmannes. ›Sag, Kiu‹, sprachen Kius Frauen, ›wohin gehst du? Welches Tier willst du mit deinen Speeren und der schönen neuen Speerschleuder erjagen?‹«

»Ich glaube an gar nichts«, sagte Buckingham.

Ein Streifenpolizist streckte seinen Kopf vorsichtig um das Hauseck an der Grantham Street. Auch hinter dem Geländer oben an der St. Neot Avenue war Bewegung zu spüren. Cicchetta fragte sich, ob jetzt der richtige Moment war. Ob er versuchen sollte, einzugreifen. War er wirklich sicher, daß Buckingham nicht schoß? Konnte er das riskieren? Die Pistole lag fast an Lucas' Kopf, und Cicchetta winkte den Uniformierten zu, sich zurückzuhalten. Buckingham sagte:

»Er wollte den Tod sehen. Er war fasziniert vom Moment des Sterbens. So fasziniert, daß er ihn festzuhalten suchte, diesen letzten Moment, in dem die Zeit gefriert. Diesen brechenden Augenblick fotografierte er, ihn genoß er, er verliebte sich in ihn, er verleibte ihn sich ein, gierig fraß er ihn in sich hinein und konnte nicht satt werden, sondern wollte mehr und mehr und immer mehr davon ...«

»... und Kiu der Jäger sagte zu seinen Frauen: ›Ich gehe in den Wald des Regenbogenmannes, um dort das Tier, das man nicht sieht, zu jagen …‹ Die beiden Frauen schlugen die Hände über dem Kopf zusammen und riefen: ›Nein, Kiu, tu das nicht, denn noch nie ist jemand zurückgekommen, der aufbrach, um das Tier, das man nicht sieht, zu jagen!‹ Doch Kiu der Jäger lachte und sagte …«

»Mehr Tod wollte er, einen Nachschlag an Tod, andere Tode, neue Tode, Abwechslung, neu gewürzte, anders zubereitete Tode, die den Gaumen kitzeln sollten, und seine Augen hungerten. Einen Augenschmaus wollte er sich zubereiten, ja, und er entwarf geheime Rezepte, köchelte dies und das, und plötzlich war Sprengstoff entstanden, Sprengstoff, und mit ihm der Tod von irgendwem, von irgendeinem, kein Tod wie jeder andere, sondern ein selbst angerührter Tod, an dem er sich satt sah, an dem er sich vollschlug …«

»Was ist los, Sam?« fragte O'Neill von fern. Von weit weg.

»… ein Tod, den er in sich hineinschlang, und der ihn doch nur kurz sättigte, um bald tief drinnen ein leeres Gefühl zu hinterlassen, Hunger nach mehr, Heißhunger, der aufloderte und bis in die Augenhöhlen hinaufbrannte. Mehr, mehr, und dann stürzte eine Frau durch ein angesägtes Geländer, wieder ein Sichthappen, wieder eine Sehmahlzeit. Sie liegt zerschmettert da, und er frißt ihr mit gierigem Blick das Leben weg. Mit seiner Kamera schaufelt er es in sich hinein, er schwelgt und frißt und ahnt doch, daß es nicht genügt, daß er nie satt werden wird, daß er immer schneller hungrig werden wird. Noch während er frißt, plant er …«

»Fotos«, sagte Lucas, »ich habe Fotos gemacht. Gut. Das ist alles. Ich halte fest. Ich konstatiere. Nichts anderes. Ich sehe an, was ist. Das Sehen ist der edelste Sinn. Beim Sehen läßt man die Dinge ruhig als ein Seiendes bestehen. Das ist von Hegel. Kennen Sie Hegel? Sehen verändert nichts. Nicht zum Guten, nicht zum Schlechten.«

»Sie täuschen sich«, sagte Buckingham ruhig. »Sie bringen Ihre fünf Sinne durcheinander. Sie halten sich für einen

Voyeur, Sie sind aber Kannibale. Ein Leichenfledderer. Sie sollten dazu stehen. Sie wollen den Tod nicht sehen, Sie wollen ihn sich einverleiben, ihn für sich haben. Sie wollen den Tod festhalten? So fest, daß er Ihnen nie mehr auskommt? Daß Sie ihm nie mehr auskommen? Das können Sie haben!«

»Und so machte sich Kiu der Jäger mit ein paar Speeren und der neuen Speerschleuder auf den Weg in den Wald des Regenbogenmannes«, sagte Li.

»Hatte er auch einen Bumerang dabei?« fragte John.

Li schüttelte den Kopf.

»Ein Bumerang ist nicht schlecht, wenn man gegen das Tier, das keiner sieht, kämpfen will«, sagte der kleine John.

»Das Tier, das man nicht sieht, trifft man nämlich schlecht«, sagte Maggie.

»Und wenn man einen Bumerang hat, der zurückkommt, kann man noch einmal werfen«, erläuterte John.

Buckingham bewegte den Revolver über Lucas' Brust hinab bis zu dessen Füßen. Dann wanderte die Hand wieder nach oben. Buckingham schüttelte den Kopf.

»Sie wollten den Tod auf Fotos haben? Sie bekommen den Tod auf Fotos. Auf Fotos, mit Fotos, durch Fotos. Sie werden nie mehr Hunger haben. Sie werden sich an den Todesfotos zu Tode fressen!«

»Nein«, sagte Lucas.

Buckingham lächelte.

»Satt und zufrieden werden Sie sein, wenn der Tod Ihnen den letzten Blick knickt. Sie werden mir dankbar sein, ja. Dankend werden Sie mich ansehen, bevor Sie sterben. Und ich, ich werde Ihnen die Augen schließen, und alles wird vergeben und vergessen sein.«

»Stimmt etwas nicht, Sam?« fragte O'Neills Stimme von irgendwo her.

»Gegeben und gegessen«, sagte Buckingham.

»Als Kiu der Jäger an dem riesigen Paperbark-Baum angekommen war, der schon seit Anbeginn der Zeit in der

Mitte des Waldes stand, sah er, wie der Baum seine Rinde in Falten legte, und er hörte es über sich in der Krone rascheln. Kiu der Jäger sah nach oben und sah, wie sich die Krone des Paperbarks im Winde wiegte, und sonst sah er nichts, und da wußte er, daß das Tier, das man nicht sieht, im Wipfel des Baumes saß. ›Tier, das man nicht sieht‹, rief Kiu der Jäger hinauf, und das Tier, das man nicht sieht, fragte: ›Was willst du, Kiu?‹ Da nahm Kiu der Jäger seine neue Speerschleuder in die rechte Hand ...«

»Die Fotos! Fangen Sie an!« sagte Buckingham. Er ließ sich auf seine Fersen sinken und kauerte vor dem Mann am Boden. Er hatte den Finger am Abzug des Revolvers.

»Ja«, sagte Lucas, »ja, ja, ja. Vielleicht haben Sie recht. Mag sein, daß ich es genossen habe, den Tod in sterbenden Augen zu sehen. In den Augen Ihres Freundes. Nehmen wir an, ich hätte ein wenig nachgeholfen. Nehmen wir ruhig an, ich hätte das Haus gesprengt. Warum nicht? Natürlich habe ich das Haus in die Luft gejagt! Eine Sprengladung, bumm, und alles krachte zusammen! Ihr Freund lag unter einer gekippten Mauer und starb und begriff nicht, was los war. Ich stand dabei und fotografierte, und ein Schauer lief mir den Rücken hinab. Ein Schauer des Wohlbehagens, des Glücks, als sein Leben verflackerte, ohne daß er begriff, was geschah.«

»Los«, sagte Buckingham, »die Fotos!«

»Und?« schrie Lucas. »Und nun? Sie können mich erschießen, aber an dem, was war, werden Sie nichts ändern können. Ja, ich habe es genossen, Ihren Freund sterben zu sehen! Ich sage es Ihnen hier ins Gesicht, und ich sage Ihnen auch, daß Sie mich nicht eines dieser Fotos essen sehen werden.«

»Ihr Fehler ist«, sagte Buckingham, »daß Sie zu wenig auf Ihre anderen Sinne achten. Es gibt nicht nur das Sehen. Das sagte ich Ihnen bereits.«

»›Siehst du die neue schöne Speerschleuder, die meine beiden Frauen geschnitzt haben?‹ fragte Kiu der Jäger das Tier, das man nicht sieht. ›Und siehst du meine Speere aus Redwoodholz? Damit werde ich dich töten.‹ Der Wipfel der Paperbark über Kiu dem Jäger schwankte hin und her, und die Stimme des Tiers, das man nicht sieht, fragte: ›Wie willst du mich mit deinen Speeren töten, wenn du mich nicht siehst, Kiu?‹ Kiu der Jäger legte einen seiner Speere aus Redwoodholz in die Führungsrinne der neuen Speerschleuder …«

»Ich spreche von Wahrnehmungen, die Ihnen Hören und Sehen verschlagen werden, Ihre Bilder im Kopf auffressen, alles auslöschen, was Sie für die Welt gehalten haben, und sich an dessen Stelle setzen, dick und breit und allumfassend wie der Tod selbst.«

»Ich habe keine Angst vor dem Tod«, stieß Lucas hervor. »Schießen Sie doch!«

»Es ist nicht der Tod. Es ist nicht nur der Tod. Es ist etwas, das Ihnen unter die Haut gehen wird.«

Buckingham hielt den Revolver in der rechten Hand. Die linke Hand streckte er nach vorne aus. Mit den Fingerspitzen strich er sanft am Unterschenkel von Lucas entlang. Langsam ließ er die Fingerkuppen vom Knie nach unten gleiten. Es war eine obszön zarte Bewegung, die die Härchen am Schenkel des Mannes zitternd aufstehen ließ. Es war nur der Hauch einer Berührung, die Lucas schaudern ließ, als ob der Tod nach ihm gegriffen hätte. Schlimmeres als der Tod.

»Schmerz«, sagte Buckingham leise. »Ich werde Ihnen den Schmerz beibringen müssen. Sie kennen den Schmerz noch nicht. Der Schmerz ist mächtig. Unduldsam. Der Schmerz ist ein grausamer Gott. Er duldet keine anderen Götter neben sich. Ein Alleinherrscher. Nichts hat neben ihm Platz, keine Gegenwart, keine Vergangenheit. Schon gar keine Zukunft. Sie werden schreien.«

»Nein«, sagte Lucas.

»Nein«, stimmte Buckingham zu. »Sie werden nicht sofort schreien. Erst kommt der Schock. Sie werden zuerst gar nichts spüren. Der Schock ist barmherzig. Er ist ein Vermittler. Er weiß, der Schmerz ist eine so übermächtige

Erfahrung, daß der Körper sie nicht ohne weiteres aushalten kann. Nicht sofort. Daß er Zeit braucht, um sich ihr hinzugeben. Sie werden erst gar nichts spüren, staunend auf die Wunde starren und sich fragen, was geschieht und woher das viele Blut kommt. Dann wird es zu pochen beginnen. Sie werden ein Pochen spüren und sich fragen, ob es vielleicht Ihr eigenes Blut ist, das da auf das Straßenpflaster fließt und dunkle Lachen bildet. Und dann wird er kommen, der Schmerz. Unaufhaltsam wird er kommen, erst langsam und dann immer schneller wird er Sie anfüllen, und Sie werden sich noch eine Weile darauf konzentrieren, Ihre Zähne zusammenzubeißen. Dann werden Sie plötzlich nicht mehr wissen, ob Sie noch Zähne haben, die Sie zusammenbeißen könnten. Dann werden Sie schreien.«

»Nein«, sagte Lucas.

»Kiu der Jäger rief: ›Ich sehe dich, Tier, das man nicht sieht! Du sitzt oben im Wipfel der Paperbark.‹ Und Kiu der Jäger bog den Arm mit der Speerschleuder weit nach hinten. ›Nein‹, rief die Stimme des Tiers, das man nicht sieht, aus dem Wipfel der Paperbark. ›Nein, ich sitze nicht im Wipfel der Paperbark, Kiu, und du siehst mich auch nicht‹, rief die Stimme, und Kiu der Jäger schleuderte seinen Speer in die Richtung, aus der die Stimme kam ...«

»Nicht schlecht gemacht«, sagte Sträfling John anerkennend.

»... Der Speer sauste in den Wipfel der Paperbark hinauf, schlug durch die obersten Blätter hindurch, sauste weiter der Sonne entgegen, beschrieb einen Bogen und fiel, weit von Kiu dem Jäger entfernt, wieder in den Wald des Regenbogenmannes zurück.«

Buckingham streichelte Lucas' Knie. Mit der Handfläche umfaßte er es sanft und ließ die Fingerspitzen kreisen.

»Sie werden sterben«, sagte er, »irgendwann. Nicht so schnell. Später, als Sie es für möglich halten würden. Erst, wenn ich es will. Man wird es auch kaum Sterben nennen können. Sie werden verrecken. Unter Schmerzen. Qualvoll. Sie werden versuchen, die Schmerzen aus Ihrem Körper herauszuschreien, aber Sie werden sich nur aus Ihrem Leben brüllen. Ganz am Ende.«

»Nein«, sagte Lucas.

»Es ist die zweitbeste Lösung«, sagte Buckingham. »Die beste Lösung wäre, wenn Sie sich an den Fotos zu Tode fressen würden.«

»Das Tier, das man nicht sieht?« fragte O'Neill verwundert. Von weit her.

»Ich habe leider kein Messer, nur den Revolver«, bedauerte Buckingham, während seine Hand an Lucas' Oberschenkel auf und ab strich. »Ich werde Ihnen erst ins linke Knie schießen, dann durch die Hand. Dann vielleicht in die rechte Ferse. Dann ...«

»Nehmen Sie Ihre Hand weg!« sagte Lucas, und Cicchetta wußte, daß er aufgegeben hatte. Er würde alles tun. Er brauchte nur einen einzigen kleinen Sieg, um vor sich selbst bestehen zu können. Um sich einbilden zu können, daß er vor sich selbst bestanden hatte. Wenn Buckingham die Hand vom Knie des Mannes nahm, würde der alles tun. Die Fotos fressen.

Buckingham strich ein letztes Mal am Schienbein hinab und zog die Hand zurück.

»Die Fotos«, sagte er leise.

»Bitte«, sagte er.

Die Fotos lagen zwischen Lucas' Beinen am Boden. Sie hatten das Format 10 x 15. Sie zeigten den toten Peter Chelms. Einen rot-weiß geschminkten Toten, der zur Hälfte unter einer efeubedeckten, umgestürzten Mauer lag. Sie zeigten sein Gesicht, seine Augen. Sie zeigten die grauen Rauchwolken einer Explosion. Rötlichen Ziegelstaub. Und eine alte Frau, die fiel. Die sich an ein Stück Geländer klammerte und stürzte. Die auf bunten Fliesen lag. Deren Augen brachen. Die Fotos zeigten, was nie hätte geschehen dürfen, was nie hätte gesehen werden dürfen. Die Fotos waren keine Fotos. Sie waren ein Verbrechen. Sie waren Beweise. Sie waren eine Henkersmahlzeit im Format 10 x 15. Eine Hinrichtungsmethode. Die Fotos waren Schuld und Sühne zugleich. Es waren nur ein paar Fotos.

»Geben Sie auf, Buckingham«, sagte Cicchetta, »noch ist es nicht zu spät!«

»Auch der zweite Speer zischte durch die Blätter und verlor sich im Dickicht des Regenwaldes. Wieder hatte Kiu der Jäger nicht getroffen, und das Tier, das man nicht sieht, lachte aus einem Grasbaum heraus, der seine Halme halbkugelförmig von sich streckte. Kiu der Jäger legte den dritten Speer auf die Speerschleuder. ›Siehst du ein, daß dir deine neue Speerschleuder gar nichts nützt, weil du mich nicht siehst?‹ rief das Tier, das man nicht sieht, und Kiu warf mit all seiner Kraft und Schnelligkeit den Speer in die Richtung, aus der die Stimme kam ...«

Lucas sah weder Cicchetta noch Buckingham an. Er schaute auf seine Hand, in der die Fetzen des Fotos, das er zerrissen hatte, lagen. Er riß einen der Fetzen noch einmal entzwei und steckte die Stücke in den Mund. Er kaute kurz. Er schluckte. Er aß.

»... und der Speer durchschlug den Grasbaum und flog immer weiter. Wieder hatte Kiu der Jäger das Tier, das man nicht sieht, verfehlt.«

Lucas schluckte die Fetzen eines Fotos, das eine Explosion gezeigt hatte. Er schluckte Staubwolken auf Bromsilberpapier, er schlang fliegende Ziegelsteine und gebrochene Dachbalken hinunter. Er fraß sich durch verschmutzte Rinnsteine und hartes Straßenpflaster.

»Nun war Kiu dem Jäger nur noch ein Speer verblieben. Das Tier, das man nicht sieht, lachte erneut, und Kiu der Jäger dachte bei sich: Wenn ich nun den letzten Speer werfe und das Tier, das man nicht sieht, wieder verfehle, dann stehe ich ohne Speer da und bin wehrlos. Dann wird mich das Tier, das man nicht sieht, töten, und nicht umgekehrt, wie ich es geplant habe. Also setzte sich Kiu der Jäger auf einen umgestürzten Baumstamm und überlegte, was zu tun sei.«

Lucas schluckte und zerriß ein zweites Foto. Er zerriß eine Betonmauer und einen nackten, geschminkten Torso. Er riß ihm den Kopf ab. Er zerriß Muskeln und Sehnen. Die Fetzen kippte er in seinen Mund wie eine Handvoll Erdnüsse. Fleischfetzen, Papierfetzen. Lucas schluckte und würgte, und Li erzählte die Geschichte von Kiu dem Jäger, der auf einem Baumstumpf im Wald des Regenbogenmannes saß und überlegte, wie er das Tier, das man nicht sieht, töten könne. Li sagte:

»Als Kiu der Jäger lange ergebnislos überlegt hatte, kam der Regenbogenmann vorbei. Sie begrüßten sich, und der Regenbogenmann fragte: ›Warum sitzt du auf dem Baumstamm und grübelst vor dich hin, Kiu?‹ Kiu der Jäger aber antwortete: ›Ich grüble, weil ich das Tier, das man nicht sieht, töten will. Dreimal habe ich mit meinen Speeren nach ihm geworfen und es dreimal verfehlt. Jetzt ist mir nur noch ein Speer geblieben. Wenn ich das Tier, das man nicht sieht, auch mit meinem letzten Speer nicht treffe, wird es mich töten. Deshalb grüble ich vor mich hin.‹ Der Regenbogenmann sagte: ›Ich kann dir einen Rat geben, Kiu. Geh ans Wasser! Dort wirst du das Tier, das man nicht sieht, töten können.‹ – ›Wie werde ich das Tier, das man nicht sieht, töten können, Regenbogenmann?‹ fragte Kiu der Jäger. ›Geh ans Meer, Kiu!‹ sagte der Regenbogenmann und verschwand im Dickicht seines Waldes. Kiu der Jäger aber nahm seine neue Speerschleuder und den letzten Speer, der ihm verblieben war, und machte sich auf den Weg zum Meer.«

Lucas aß. Er fraß einen Menschen. Er war ein Menschenfresser, der nichts verschmähte, nichts übrigließ. Er fraß einen Menschen mit Haut und Haaren, zerbiß Knochen, schlürfte Blut und Schweiß ein, stopfte sogar die Fingernägel in sich hinein. Lucas fraß das Foto eines Menschen.

»Kiu der Jäger stand am Ufer des Meeres. Er stand an der Spitze einer Landzunge und blickte über den Meeresarm, an dessen anderem Ufer der Wald des Riesenschnabeltiers begann. Kiu der Jäger stand auf den Uferfelsen und hörte das Rauschen in den Wipfeln der blauen Eukalyptusbäume über sich, und da wußte er, daß das Tier, das man nicht sieht, ihm gefolgt war.«

Lucas fraß das Foto eines Toten. Es war Nekrophagie. Er zerstückelte eine Leiche und fraß sie auf, er putzte sie weg. Er tötete einen Toten. Er vernichtete endgültig, was schon vernichtet war.

»Kiu der Jäger sah in die Wipfel der Eukalyptusbäume hinauf und sah schwankende Zweige und flirrende Blätter, aber das Tier, das man nicht sieht, sah er nicht. Da ließ er seinen Blick sinken und dachte, daß er nur noch einen einzigen Speer habe und daß das Tier, das man nicht sieht, ihn töten würde, wenn er diesen Speer verschossen hätte. Warum nur sagte der Regenbogenmann, daß ich ans Wasser gehen solle? dachte Kiu der Jäger, und er sah ins Wasser hinein. Die Wasseroberfläche war glatt und spiegelte, so daß Kiu der Jäger Kiu den Jäger vor sich sah, mit seiner neuen Speerschleuder in der Hand, und er dachte, daß es schade wäre, wenn er sterben müßte, denn er war eine stattliche Erscheinung.«

Lucas fraß einen gebrochenen Blick. Er biß in einen Augapfel. Er steckte zwei blaue tote Augen zwischen die Lippen, begrub sie in seinem Mund, zerrieb sie zwischen seinen Zähnen und schickte sie in die Hölle seines Magens hinab. Er fraß den letzten Blick von Peter Chelms. Er würgte.

»Weiter!« sagte Buckingham leise.

»Das Tier, das nicht sieht?« fragte O'Neill mit rostiger Stimme von irgendwoher.

»Kiu der Jäger betrachtete seufzend sein Spiegelbild im ruhigen Wasser des Meeresarms. Er betrachtete das Spiegelbild seiner neuen Speerschleuder und seufzte noch mehr, weil er an seine beiden Frauen denken mußte. Er seufzte und sah, daß die Wipfel der Eukalyptusbäume, die sich über ihm wiegten, im Wasser unter ihm so klar gespiegelt wurden, daß er Blatt für Blatt erkennen konnte. Und plötzlich sah er das Spiegelbild des Tiers, das man nicht sieht, auf dem Spiegelbild einer Astgabel sitzen, und jetzt wußte Kiu der Jäger, warum ihn der Regenbogenmann ans Wasser geschickt hatte, und er seufzte nicht mehr.«

»Man sieht, was man nicht sieht«, sagte O'Neill aus einer fremden Welt.

»Die Medusa!« stöhnte Dimitropoulos und schlug die Hände vor die blinden Augen.

»Man sieht nicht, was man sieht«, sagte O'Neill.

Lucas würgte und begann, sich zu übergeben. Er kotzte Fetzen aus Fotopapier heraus. Etwas in ihm machte nicht mehr mit, sein Magen lehnte sich auf, wollte nichts mehr zu tun haben mit all diesen Leichenteilen. Der Magensäure ekelte es, und sie floh hinauf, hinaus, riß Stücke mit. Lucas würgte und spuckte. Ein Schleimfaden hing von seiner Lippe.

»Weiter!« sagte Buckingham.

»Kiu der Jäger legte seinen letzten Speer in die Auskerbung der Speerschleuder. Er warf einen Blick auf sein Spiegelbild und sah, daß er wirklich ein stattlicher Jäger und ein schöner Mann war. ›Was willst du nun tun, Kiu?‹ fragte die Stimme des Tiers, das man nicht sieht, aus den Bäumen herab, und Kiu der Jäger sah in der Spiegelung des Wassers, wie das Tier, das man nicht sieht, blitzschnell von seiner Astgabel sprang und sich auf einer anderen Astgabel niederließ. ›Ich werde dich töten‹, rief Kiu der Jäger. Er wirbelte herum und schleuderte seinen letzten Speer mit der neuen Speerschleuder in den Wipfel des Baumes. Mit aller Kraft warf er den Speer auf die Astgabel zu, in der sich das Tier, das man nicht sieht, niedergelassen hatte.«

Lucas fraß eine alte Dame. Eine alte englische Lady in einem altmodischen Sommerkostüm, die auf bunten Kacheln lag. Eine Cambridge-Absolventin, die Witwe eines gefallenen Unteroffiziers, der mit dem Victoria Cross ausgezeichnet worden war, eine glühende Verehrerin des englischen Königshauses und des Fünf-Uhr-Tees. Lucas fraß den Tod einer alten Dame.

»Der Speer von Kiu dem Jäger traf das Tier, das man nicht sieht, in den Bauch, und Kiu der Jäger jubelte laut. Das Tier, das man nicht sieht, stürzte von der Astgabel, auf der es sich niedergelassen hatte, zu Boden und war plötzlich sichtbar. Kiu der Jäger sah, daß das Tier riesengroß war und schwankte und zwei seiner vielen Pratzen um den Speer krampfte, der in seinem Bauch steckte. Und Kiu der Jäger sah, daß das Tier, das man nun sah, viele Drachenköpfe hatte, die geiferten und zischten. ›Du wirst sterben, Tier, das man jetzt sieht!‹ sagte Kiu der Jäger.«

Lucas hatte alle Fotos aufgefressen. Er kotzte und würgte. Buckingham öffnete die Kiste, die neben ihm stand. Die Kiste war mit Fotos gefüllt. Buckingham nahm eine Handvoll heraus. Er warf einen Blick auf das oberste Foto. Dann warf er den Packen Lucas zu.

»Weiter!« sagte er.

»›Ja‹, sagte das Tier, das man jetzt sah, ›ich werde sterben, aber meine Kinder werden leben.‹ Und mit einer gewaltigen Kraftanstrengung riß das Tier, das man jetzt sah, den Speer aus seinem Bauch. Aus der Wunde schoß ein Schwall von schwarzem Blut, und mit ihm kam ein kleines Tier, das man jetzt sah, ans Licht der Welt. Immer mehr Blut schoß hervor, und immer mehr kleine Tiere, die man jetzt sah, kamen in die Welt und schüttelten ihre Drachenköpfe, daß das schwarze Blut spritzte. Hunderte, tausende kleiner Tiere, die man jetzt sah, waren geboren, und endlich ebbte der Blutstrom aus der Wunde ab. Das riesengroße Tier, das man jetzt sah, richtete sich noch einmal auf seinen Hinterbeinen auf, schaute über die Wipfel des Waldes des Regenbogenmannes hinweg, schaute über das Wasser des Meeres hinweg, das schwarz von seinem Blut war …«

Es waren Fotos von farbenprächtigen Blüten. Von Blumen. Blumen in Beeten und Töpfen. Blumen auf einer grünen Wiese. Lucas fraß nicht mehr. Er pflückte Blumen. Mit den Händen, mit den Lippen. Er graste auf einer Wiese. Er kotzte.

»… schaute ein allerletztes Mal und fiel. Das Tier, das man jetzt sah, starb und fiel stocksteif um. Es fiel quer über den Meeresarm aufs andere Ufer, an dem der Wald des Riesenschnabeltiers begann. Wie eine Brücke lag es über dem Meeresarm, und schneller, als ein Kookaburra ausgelacht hat, verfaulte das Fleisch des Tieres, das man jetzt sah. Es verweste, tropfte ins Meer und verschwand. Nur noch das Skelett des Tieres, das man jetzt nicht mehr sah, war da. Ein riesiges Skelett, das den Meeresarm überspannte.«

Li stand auf und zeigte über Wooloomooloo Bay hinweg, über Mrs. Macquarie's Point hinweg, dorthin, wo sich das Stahlskelett der Harbour Bridge vor dem Horizont erhob, wo es sein riesiges, grau verwittertes Rückgrat nach oben krümmte und sich mit versteinerten Schienbeinknochen in den Uferfelsen festkrallte.

»Die Harbour Bridge!« rief O'Neill. »Die Brücke, die man nicht sieht!«

»Doch!« sagte Dimitropoulos. Der Blinde saß auf dem Boden. Er stöhnte und sagte: »Doch. Man sieht sie. Man sieht die Brücke. Jeder kann sie sehen.«

»Noch heute liegt das Skelett des Tiers, das man zuerst nicht sah, dann doch sah und am Ende nicht mehr sah, über dem Meeresarm, und die Menschen fahren in ihren Autos darüber und halten es für eine normale Brücke, weil sie nichts von Kiu dem Jäger und seiner neuen Speerschleuder wissen. Die Kinder des Tiers, das man zuerst nicht sah, Hunderte und Tausende von kleinen Tieren, die man sah, sind groß geworden und haben sich vermehrt. Zu Tausenden und Zehntausenden haben sie sich über Sydney, über Australien, ja die ganze Welt verbreitet, haben den Wald des Regenbogenmannes niedergetrampelt und sich überall ihre Schlupflöcher gebaut. Kiu der Jäger aber wurde später in einen Stern verwandelt. Doch selbst ein so tapferer Jäger und stattlicher Mann, wie es Kiu der Jäger war, hätte heute keine Chance mehr, mit Hunderttausenden und Millionen von Tieren, die man sieht, fertigzuwerden.«

So beendete Li die Geschichte von Kiu dem Jäger. Sie setzte sich wieder, sie schwieg und sah John und Maggie an, und John sagte:

»Mmh.«

Maggie sagte: »Ah ja.«

Lucas kotzte die roten Blütenblätter einer Waratah heraus.

O'Neill stand irgendwo im Schutt eines gesprengten Hauses. Er hatte sich durch die Trümmer der Welt getappt und eine Absperrung aus Eisenrohren gefunden. Er hatte die Grenze der zerstörten Welt entdeckt. Er schlug mit den flachen Händen auf die Absperrung und rief:

»Sam, ich habe es!«

»So, so«, sagte Maggie.

»Und nun?« fragte John.

»Der Blinde!« schrie O'Neill.

»Die Brücke!« schrie O'Neill.

»Nein«, sagte Dimitropoulos.

»Die Harpune?« fragte der kleine John. »Es geht um meine Harpune, nicht?«

»Es hat Ihrer Meinung nach keinen Sinn, ein Tier, das man nicht sieht, erledigen zu wollen?« erkundigte sich Maggie.

»Einen Drachen zum Beispiel?« sagte John.

»Wir sollen aufgeben, nicht?« fragte Maggie.

»Die Waffen niederlegen?« fragte John.

O'Neill schlug mit beiden Handkanten auf das Absperrgitter ein und brüllte: »Dimitropoulos war es! Dimitropoulos hat das Haus gesprengt!«

»Und wieso sollten wir aufgeben?« fragte Maggie.

»Nur wegen einer blöden Geschichte?« fragte John.

O'Neill riß die Augen sperrangelweit auf und flüsterte:

»Es ist so einfach. Sonnenklar. Das Sehen, es ist das Sehen! Es ist nichts anderes. Der Blick! Es geht nur um den Blick. Um nichts anderes. Er ist...«

»Wir kennen uns mit Drachen aus«, sagte John.

»Wir wissen Bescheid«, sagte Maggie.

»Nein, keiner weiß Bescheid. Niemand!« sagte Dimitropoulos. Er saß im Straßenstaub und stützte sich mit den Armen nach hinten ab. Er sprach von Dingen, die nur er wußte. Er und vielleicht seine Frau. Seine Frau starb seit Jahren vor sich hin. Ihr Knochenmark löste sich auf. Er selbst war blind.

»Er ist gar nicht blind!« rief O'Neill. »Er war nie blind. Er tut nur so, als ob er blind wäre. Er ist verrückt. Ein Blickverrückter. Er spielte immer nur einen Blinden, um in Ruhe sehen zu können. Ich weiß, wovon ich rede. Sehen können! Beobachten! Mit den Augen die Welt aufsaugen! Er saß auf seinem Scheißbalkon und schaute, und keiner wußte, daß er schaute.«

»Wir sind doch nicht blöd!« sagte Maggie.

»Auf die billige Tour fallen wir nicht rein«, sagte John.

Lucas fraß Blumen und kotzte. Er versuchte zu kotzen. Er konnte nicht mehr, er hatte ausgekotzt. Er war fertig. Er hatte nicht genug Kraft, um weiterzukotzen. Nicht genug Willen. Er war da, wo ihn Buckingham haben wollte.

»Von wegen blind!« schrie O'Neill. »Er saß auf seinem Scheißbalkon und schaute über Sydney. Er schaute über den Hafen, über Buchten und Landzungen, er schaute übers Meer, und es war schön, wunderschön. Es wäre wunderschön gewesen, wenn da nicht dieses Haus gestanden hätte. Dieser viereckige Kasten, der den Blick auf den schönsten Hafen der Welt versperrte. Der vor der Harbour Bridge aufragte, dieser Klotz vor den Fährschiffen, die in Sydney Cove ein- und auslaufen. Ein beschissenes Haus, das vor dem schönsten Blick der Welt stand.«

»Gib mir die Harpune, John!« sagte Li.

»Wir haben die falschen Fragen gestellt«, lachte O'Neill. »Es spielte keine Rolle, wem das Haus gehörte. Es war völlig egal, was in dem Haus passierte. Wer drin war, wer vorbeilief. Es war das Haus selbst. Darum ging es. Das Haus mußte weg! Das Haus wurde gesprengt, weil es im Weg stand. Weil es den Blick versperrte. Die Aussicht!«

»Ist ja gut, O'Neill«, sagte Cicchetta.

»Und wem versperrte es den Blick? Wer saß Tag für Tag auf seinem Balkon, von dem man beinahe eine erstklassige Aussicht über den schönsten Hafen der Welt hatte? Hä? Wem stach statt dessen Tag für Tag eine blaßrosa Mauer in die Augen?«

»Die Harpune!« sagte Li.

O'Neill schüttelte den Kopf. »Ich bin nicht zufällig blind geworden. Nicht die Explosion hat mich geblendet, es war kein Schock, ich wollte mich auch nicht selbst dafür bestrafen, daß ich dem Nackten den Tod gewünscht hatte. Nein, nein, nein! Es war ein Zeichen! Ich sollte kapieren, daß es ums Sehen geht. Ich mußte blind werden, um zu begreifen, was Sehen bedeutet. Was es jemandem bedeuten kann.«

Lucas war bleich. Er saß auf dem Boden und sah aus wie ein vollgekotztes Bettlaken.

»Weiter!« sagte Buckingham. Lucas war noch nicht da, wo Buckingham ihn haben wollte. Lucas pflückte die letzten Blumen vom Asphalt und schob sie sich in den Mund.

»Schluß!« sagte Dimitropoulos.

»Ich bin blind!« sagte O'Neill. »Er ist nicht blind. Er sieht blendend. Dimitropoulos ist verrückt danach, zu schauen. Er glaubt ans Sehen. Er würde Berge versetzen, nur um über die Weite sehen zu können. Zumindest Häuser würde er versetzen. Häuser, die im Weg stehen. Er ist nicht blind, er war nie blind. Er kann gar nicht blind gewesen sein.«

»Er ist blind, O'Neill«, sagte Cicchetta.

»Er war Pionier. Er diente bei einer Spezialeinheit. Er hat in Vietnam alles Mögliche gelernt. Er kann mit Sprengstoff umgehen. Für ihn ist es eine Kleinigkeit, ein Haus, das im Weg steht, in die Luft zu jagen. Wir werden herausbekommen, woher er den Sprengstoff ...«

»Was immer er war, jetzt ist er blind«, sagte Cicchetta.

»Die Harpune?« fragte John.

Buckingham holte Stöße von Fotos aus der Kiste heraus.

Die Fotos zeigten Menschen. Passanten vor den eleganten Boutiquen in der Pitt Street. Kinder, die im Centennial Park Touch Football spielten. Menschenschlangen an den Kassen des Greater Union Kinozentrums. Schachspieler am Hyde Park. Eine Waffelbäckerin im Schaufenster eines »Danish Icecream«-Geschäfts, vielleicht in Manly. Marinesoldaten in Kings Cross. Rucksacktouristen. Eine Gruppe von Joggern neben einem Flaschenbaum im Botanischen Garten. Lucas selbst, ein paar kleinformatige Porträtfotos, Automatenbilder. Einen als Koala verkleideten Spendensammler für den WWF. Chinesische Schülerinnen unter dem bunten Tor von Chinatown. Irgendwelche Menschen an irgendwelchen Orten. Es waren irgendwelche Fotos.

»Fressen!« sagte Buckingham.

»Es ist genug!« sagte Dimitropoulos.

»Vernichten!« sagte Buckingham. Er warf Lucas einen Stoß von x-beliebigen Fotos in den Schoß.

»Lassen Sie ihn in Ruhe!« sagte Dimitropoulos. Er schien plötzlich ein alter Mann zu sein. Mühsam drehte er sich zur Seite, auf seine Knie. Auf allen Vieren kauerte er. Er ächzte.

»Er hat recht«, sagte er. »Mein geblendeter Freund hat recht: Der Mann da hat nichts mit dem Tod Ihres Freundes zu tun. Er mag fotografiert haben, aber mit der Explosion hatte er nichts zu schaffen. Er war zufällig da. Das Haus habe ich gesprengt. Ich allein.«

»Sie? Das Haus hat Ihnen wohl tatsächlich die Aussicht versperrt«, höhnte Buckingham.

»Ja«, sagte Dimitropoulos, »so ähnlich. Vor allem den Blick aus dem Reich der Schatten. Die Aussicht auf die Harmonie der Dinge, die Ordnung der Welt.«

Dimitropoulos zog den linken Fuß an und setzte die Sohle auf. Er schien alle Kraft sammeln zu müssen, um seinen massigen Körper hochzustemmen. Mühsam richtete er sich auf, und als er endlich stand, sagte er zu Buckingham:

»Irgend etwas steht immer im Weg. Betrachten Sie sich selbst! Ihnen versperren die Fotos den Blick auf das, was tatsächlich vorgefallen ist. Die Fotos und die Leiche Ihres Freundes. Wenn Sie den Blick frei hätten, würden Sie erkennen, daß der, den Sie hier zu Tode füttern wollen, nur ein zufällig anwesender Passant war, daß Sie hier Racheengel aus Versehen spielen, aus verkehrtem Sehen. Daß Sie dabei sind, alles falsch zu machen, weil Sie eine falsche Sicht der Dinge haben.«

»Ist ja gut, Mann«, sagte Buckingham.

»Es tut mir leid um Ihren Freund«, sagte Dimitropoulos, »aber das Haus mußte weg. Es war ... Wie ein Krebsgeschwür, verstehen Sie? Ein Geschwür, das herausgeschnitten werden muß.«

»Ja«, sagte Buckingham, »sehr schöne Geschichte. Und nun halten Sie die Klappe! Unser Spaßvogel Lucas muß sich konzentrieren. Er muß aufessen. Damit auch morgen das Wetter schön wird und Sie mit Ihren blinden Äuglein die Krebsgeschwüre der Welt betrachten können.«

»Nehmen Sie mich fest!« sagte Dimitropoulos zu Cicchetta. »Ich habe das Haus in die Luft gesprengt. Ich gestehe. Ich habe es getan. Was wollen Sie denn noch?«

»Nimm ihn fest, Sam!« schrie O'Neill. »Er war es. Er ist nicht blind. Ich weiß, daß er es war.«

Cicchetta zögerte. Nicht, daß er diese Geschichte ernst nahm. O'Neill war verrückt. Der Blinde war blind, und sein Motiv war lächerlich. Der freie Blick! Und wenn einer darauf aus war, die Welt von Dingen zu säubern, die sich am falschen Platz befanden, dann hätte es lohnendere Objekte als ein Einfamilienhaus in Potts Point gegeben. Millionenfach.

»Was wissen Sie schon von Blindheit«, sagte Dimitropoulos. »Was wissen Sie schon, was Sehen für einen Blinden bedeutet. Welche Gewalt das Wort ›Blick‹ besitzt. Das Wort ›Augenblick‹!«

Wenn das Geständnis des Blinden auch absurd war, so überlegte Cicchetta doch, ob er nicht zum Schein darauf eingehen sollte. Vielleicht könnte er Buckingham verunsichern. Vielleicht würde Buckingham Dimitropoulos' Geständnis ernst nehmen, wenn er selbst es ernst nahm. Er könnte den Blinden festnehmen und abführen lassen, und vielleicht wäre sich Buckingham nicht mehr ganz sicher, ob Lucas am Tod seines Freundes schuld war. Wenn Cicchetta damit nur einen winzigen Zweifel säen könnte, die Daumennagelbreite, die vielleicht genügt, um jemanden davon abzuhalten, einen anderen zu Tode zu quälen.

»Sie glauben mir nicht?« fragte der Blinde. »Sie denken, ich würde nur gestehen, um diesen Mann da zu erlösen?«

Ja, genau das dachte Cicchetta. Und er wußte, daß das auch Buckingham dachte. Und selbst wenn Buckingham es aus irgendeinem kaum vorstellbaren Grund bisher nicht gedacht haben sollte, dann würde er es nach Dimitropoulos' Frage jetzt denken. Es gab keine Chance.

Dimitropoulos stand. Er schwankte kaum merklich und reckte seinen kahlen Schädel der Sonne entgegen, die langsam ihrem nördlichen Zenit entgegenstrebte. Dimitropoulos fragte:

»Haben Sie die Geschichte verstanden? Die Geschichte der Polizistin? Den schrecklichen Irrtum, der darin steckt? Der Jäger irrt, wenn er das Tier nur sehen will, um es erjagen zu können. Er macht sich etwas vor. Eigentlich jagt er das Tier nur, um es sehen zu können. Auch die Kinder werden ihre Waffen nicht niederlegen. Nicht, bevor sie ihren Drachen gesehen haben. Auch sie sind auf der Jagd...«

»Los!« sagte Buckingham. Er stieß mit seinem Fuß gegen Lucas' Schienbein. Es gab keine Chance.

»Sehen, um etwas tun zu können. Etwas tun, um sehen zu können. Wahrscheinlich ist beides grundverkehrt«, sagte Dimitropoulos.

Vielleicht gab es eine winzige Chance. Cicchetta mußte es versuchen. Etwas anderes fiel ihm nicht ein.

»Keiner glaubt Ihnen, Dimitropoulos«, sagte er.

»Doch!« schrie O'Neill. »Er war es. Er, der angeblich Blinde. Ich weiß, daß er es war. Ich sehe ihn vor mir, wie er den Sprengstoff in das Haus schleppt, wie er die Ladung plaziert, den Zeitzünder einstellt ...«

»Keiner glaubt Ihnen«, sagte Cicchetta, »und ich glaube Ihnen auch nicht. Ich glaube nur, daß Sie nicht normal sind. Sie sind ein harmloser Verrückter, der sich aufbläht wie ein Frosch, der Elefant spielen will.«

Es gab eine winzige Chance. Cicchetta mußte Buckingham plausibel machen, daß Dimitropoulos es getan haben könnte. Er konnte ihn nicht einfach verhaften. Darauf würde Buckingham nicht hereinfallen. Cicchetta durfte den Blinden um Gottes willen nicht ernst nehmen. Er mußte ihn ausfragen, ihn lächerlich machen und dennoch Aussagen aus Dimitropoulos herausholen, die es ganz langsam möglich erscheinen ließen, die es ein bißchen wahrscheinlicher machten, daß er der Täter war. Cicchetta mußte diese vagen Indizien achtlos wegwischen und doch sehen, daß sie bei Buckingham verfingen. Er mußte den Blinden fortschicken und doch sicherstellen, daß er blieb. Er mußte O'Neill in Schach halten, der das Richtige wollte und das taktisch denkbar Verkehrteste herausbrüllte. Cicchetta mußte dem Verdacht Zeit geben, sich in Buckingham einzunisten, und er mußte fertigwerden, bevor Lucas verreckt war. Es war eine ziemlich kleine Chance. Es war eigentlich gar keine Chance.

»Gehen Sie nach Hause, Dimitropoulos!« sagte Cicchetta abschätzig. »Sie sind etwas durcheinander. Sie haben einiges mitgemacht. Legen Sie sich hin, beruhigen Sie sich!«

»Es ist das Sehen, Sam«, sagte O'Neill beschwörend.

»Verhafte ihn!« kreischte O'Neill.

»Es stimmt, er ist verrückt«, sagte Cicchetta, »aber so verrückt, daß er ein Haus in die Luft sprengt, um freien Blick auf die Harbour Bridge zu haben, ist er nicht. Und er ist blind!«

»Nein!« kreischte O'Neill. »Ich bin blind. Ich, ich, ich.

Er ist nicht blind. Er sieht. Ich bin blind, ich, verstehst du, Sam?«

»Ist gut, Lachlan, ist schon gut.«

»Nein«, japste O'Neill, »es ist nicht gut. Ich bin blind! Blind!«

O'Neill war verzweifelt. Cicchetta hielt es für ausgesprochen günstig, daß O'Neill verzweifelt war. Es war die einzige Verfassung, in der ihm O'Neill jetzt nützlich sein konnte. Je verzweifelter er war, desto weniger nahm ihn irgendwer ernst. Buckingham zum Beispiel. Solange O'Neill darauf bestand, Dimitropoulos festzunehmen, durfte niemand ihn ernst nehmen. O'Neills Verzweiflung gegen Buckinghams Zweifel.

»Okay, Lachlan«, sagte er.

»Dir zuliebe!« sagte Cicchetta. »Ich lasse ihn alles erzählen, in Ordnung? Er soll sagen, wie er es angepackt hat. Und dann Schwamm drüber, in Ordnung? Wenn er bewiesen hat, daß er keine Ahnung hat. Du beruhigst dich, und wir verlieren kein Wort mehr darüber. Okay, Lachlan?«

»Ich ...«, sagte O'Neill. Dimitropoulos sagte:

»Das Haus mußte weg. Es war wahrscheinlich nicht richtig, aber ich dachte, daß es weg müßte. Seit einiger Zeit schon hatte ich die Sprengung geplant. Lange scheiterte es daran, daß ich keinen Sprengstoff hatte. Dann traf ich zufällig einen alten Kumpel aus Vietnamzeiten wieder. Er war bei der Army geblieben, pfiff nun die Jungs von den Pionieren als Ausbilder zusammen und hatte Zugang zu TNT.«

»Den Namen wollen Sie wahrscheinlich nicht preisgeben«, vermutete Cicchetta.

»Paul Taylor. Wenn er in Sydney ist, wohnt er bei seiner Schwester in der Bayswater Road. Er hat seit damals nicht viel dazugelernt, aber ich tat ihm wegen meiner Augen leid, und mit 3000 Dollar konnte ich ihn dazu überreden, mir den Gefallen zu tun.«

Lucas fraß und kotzte. Buckingham hielt den Revolver

in der Hand. Er sah aufmerksam zu. Cicchetta war nicht sicher, ob Buckingham Dimitropoulos überhaupt zuhörte.

»Der Zünder?« fragte Cicchetta und hoffte, daß Dimitropoulos sich wenigstens in dieser Hinsicht von seiner Kriegsvergangenheit her auskannte.

»Zeitzünder«, sagte Dimitropoulos, »ein umgebauter Wecker der Marke Philips. Das übliche Prinzip. Sie müssen die Kontakte ...«

»Das sagt nichts, Lachlan«, sagte Cicchetta, »die Marke des Weckers wurde wahrscheinlich im Bericht des ›Morning Herald‹ erwähnt.«

»Ich ging um 13.00 Uhr hinüber. Mittags war nie jemand in dem Haus. Mittags ist hier auch auf der Straße nichts los. Die Tür brach ich mit einem Stemmeisen auf. Ich deponierte den Sprengstoff auf der dritten Stufe der Kellertreppe und stellte den Zünder ein. Auf dreißig Minuten später ...«

»Die dritte Stufe«, sagte O'Neill. »Hörst du, Sam? Die dritte Stufe. Stimmt das? War der Sprengstoff auf der dritten Stufe?«

»Mag sein«, sagte Cicchetta, »mag sein, daß er auf der dritten Stufe war. Dimitropoulos kann es gehört haben. Spinks und ich, wir haben uns lautstark unterhalten, und er hat die ganze Zeit über auf dem Balkon gesessen.«

»Oh, Scheiße, Sam!« sagte O'Neill.

»Hör auf, Sam!« sagte O'Neill.

»Er ist blind«, sagte Cicchetta. »Wie soll er ...?«

»Nein!« schrie O'Neill. »Er sieht alles, er weiß alles, er kann alles. Er ist ...«

»Die Kellertür war von außen abgesperrt. Der Schlüssel steckte«, sagte Dimitropoulos. »Auf die Stufen der Kellertreppe waren Antirutschbeläge aus Gummi geklebt. Die müssen Sie doch bemerkt haben!«

Cicchetta wußte nichts von irgendwelchen Antirutschbelägen. Es war ihm auch egal. Er war damit beschäftigt, eine Handvoll Zweifel in Buckinghams Hirn zu säen. In die Partien seines Hirns, die für die Krümmung des Zeigefingers zuständig waren.

»Antirutschbeläge?« fragte Cicchetta. »Mag sein. Und? Wer weiß, wie oft Dimitropoulos früher schon in dem Haus war? Bevor Kaufman es kaufte.«

»Verdammte Scheiße, Sam!« sagte O'Neill.

Plötzlich sprang der kleine John auf. Er hielt sich an der Harpune fest und begann, Dimitropoulos zu umkreisen. Er strich rund um Dimitropoulos, und die Harpune zeigte auf den Blinden, der kerzengerade dastand und den Kopf gegen den Himmel reckte. Dimitropoulos sagte:

»Ich habe den Zünder eingestellt. Dann ging ich zurück. Ich erwartete die Explosion auf meinem Balkon. Und dann kam der dort mit seiner Kamera. Er kam, kurz bevor die Ladung zündete. Es war ein Zeitzünder, verstehen Sie?«

»Der Kasten?« fragte der kleine John mit der Harpune in der Hand.

»Er konnte gar nichts damit zu tun haben«, sagte Dimitropoulos. »Der Zeitzünder war dreißig Minuten vorher eingestellt worden, und der Mann erschien erst ganz kurz vor der Explosion ...«

»Die Fee!« sagte Sträfling John. »Es war eine Fee, die den Kasten auf die Kellertreppe gestellt hatte. Eine als Drachen verkleidete gute Fee, die die Kellertür nicht wieder absperrte.«

»Eine Fee?« fragte Cicchetta.

»Feen können sich in alles Mögliche verwandeln. Das geht zackzack. So schnell kannst du gar nicht schauen«, sagte Sträfling John.

»Es muß eine gute Fee gewesen sein, denn sie hat die Türe offen gelassen, so daß wir abhauen konnten«, sagte Sträfling Maggie.

»Sie hatte übersinnliche Kräfte«, flüsterte Sträfling John.

»Und ein gutes Herz«, sagte Sträfling Maggie.

»Ich habe ...«, sagte Dimitropoulos.

»Wie sah sie aus? Die Fee?« fragte Cicchetta.

Der kleine John umkreiste Dimitropoulos wie ein Hai einen Schiffbrüchigen, der sich an eine Planke klammert und nicht entkommen wird.

»Oder es war doch ein Drache«, sagte Sträfling John. »Ein Drache, der uns in die Luft sprengen wollte. Der uns endgültig fertigmachen wollte.«

»Und die offene Tür?« fragte Sträfling Maggie.

Sträfling John zuckte die Achseln. »Die hat er einfach vergessen. Die ganz Bösen vergessen oft wichtige Kleinigkeiten. Sonst hätte man ja auch keine Chance gegen sie. Man muß bloß mal die verschiedenen Märchen ...«

»Wie sah er aus? Der Drache?« fragte Cicchetta.

»Der Drache?« fragte John.

»Die Fee?« fragte Maggie.

»Ein Mann?« fragte Cicchetta. »Jung, alt, groß, klein?«

»Jung?« fragte Maggie.

»Groß?« fragte John.

»Grau«, sagte Maggie, »es war alles grau.«

»Eher schwarz«, sagte John, »dunkel, düster.«

»Wir konnten nicht viel erkennen.«

»Fast gar nichts.«

»Es war dunkel?« fragte Cicchetta.

»Es war stockfinster«, sagte John.

»Er hatte ausnahmsweise das Licht nicht eingeschaltet«, sagte Maggie.

»Entweder es war kaputt ...«, sagte John.

»... oder er brauchte kein Licht, weil er eine Fee war, die sich als Drache verkleidet hatte und sowieso übersinnliche Fähigkeiten besaß.«

»Er hat den Sprengstoff deponiert und den Zünder eingestellt, ohne das Licht einzuschalten?« fragte Cicchetta. »Keine Taschenlampe? Nichts?«

»Eine Fee schafft das leicht«, sagte Sträfling John.

»Ein Drache auch«, sagte Sträfling Maggie.

»Ich bin blind«, sagte Dimitropoulos.

»Nein!« schrie O'Neill.

O'Neill sollte die Klappe halten. Cicchetta wünschte sich

nur, daß O'Neill jetzt endlich Ruhe geben würde. Schließlich war es jetzt soweit. Das war mehr als eine Handvoll Zweifel. Cicchetta glaubte selbst schon fast, daß Dimitropoulos das Haus gesprengt hatte. Fast. Er sah immer noch kein Motiv. Er glaubte immer noch nicht, daß der Blinde so verrückt war. Was dafür sprach, daß er die Tat begangen hatte, waren zwei, drei Informationen über Tatort und Tatumstände, die sich Dimitropoulos wer weiß wie beschafft haben konnte. Und da war noch die Aussage zweier verstörter Kinder, die eigentlich nichts gesehen hatten, die in einer Welt lebten, in der sich Drachen in Feen verwandelten. Oder umgekehrt. Es war nicht viel, aber weiter würde Cicchetta nicht kommen.

Lucas war leichenblaß. Er hörte zu kotzen auf. Er sagte mühsam:

»Er brauchte kein Licht, um den Zünder einzustellen. Er hätte mit Licht genauso wenig gesehen wie ohne.«

»Kann jemand so verrückt sein?« fragte Cicchetta.

»Ich kam zufällig vorbei«, sagte Lucas. »Sehen Sie jetzt, daß es ein Mißverständnis war, Buckingham? Daß ich mit dem Tod Ihres Freundes nichts zu tun hatte?«

Buckingham sagte nichts. Er wußte nicht, wohin mit dem Zweifel, der ihn angefallen hatte.

»Und nun?« fragte Lucas. »Wollen Sie mich trotzdem umbringen? Haben Sie soviel Spaß am Quälen gefunden, daß Ihnen die Tatsachen egal sind?«

Lucas würgte noch einmal. Er wandte sich zur Seite, erbrach aber nicht mehr. Buckingham schaute interessiert zu. Der Zeigefinger seiner rechten Hand lag am Abzug des Revolvers. Der Finger zitterte. Cicchetta glaubte sehen zu können, daß der Finger zitterte.

»Oder soll Dimitropoulos weitermachen? Der Blinde, der Ihren Freund auf dem Gewissen hat?« fragte Lucas erschöpft. »Wollen Sie Ihren Sadismus an ihm ausleben?«

John zog seine Bahn um Dimitropoulos. Er hatte die Harpune im Anschlag und fragte mißtrauisch: »Ob er ein Drache ist? Ob er der Drache ist?«

»Er sieht anders aus, aber bei Drachen heißt das nicht viel«, sagte Maggie.

»Eben!« sagte John.

»Oder hören Sie einfach auf?« fragte Lucas. »Als ob gar nichts vorgefallen wäre! Ein Mißverständnis! Schwamm drüber!«

»Du meinst, daß er blind ist, Sam?« fragte O'Neill ungläubig.

»Weiter!« sagte Buckingham.

Lucas sagte: »Oder Sie veranstalten ein Massaker. Sie legen alle um, die hier sind! Die Kinder, die Polizisten, den Blinden, mich. Am Schluß sich selbst. Ein Blutbad! Wie wäre das? Was halten Sie davon?«

»Tatsächlich blind?« O'Neill schüttelte den Kopf.

»Weiterfressen!« sagte Buckingham.

»Was?« fragte Lucas.

»Was haben Sie gesagt?« fragte er, und das Entsetzen stand in seinen Augen. Das nackte Grauen, das schrecklicher ist als alles andere, das Grauen, das einen packt, wenn man meint, der Alptraum sei vorbei, man sei aufgewacht, in Sicherheit, und dann plötzlich trifft einen die Einsicht, daß in Wirklichkeit alles noch viel entsetzlicher ist, daß es ein Grauen gibt, das jenseits der Vorstellungskraft liegt, in einer Welt weit hinter der, die von Traum und Phantasie durchmessen werden kann. In einer Welt, die wahr ist, obwohl sie undenkbar ist.

»Weiter …?« fragte Lucas vorsichtig. Er fragte, als ob er irgend etwas Unsinniges verstanden hätte. Es mußte an ihm liegen, denn es war nicht möglich, daß irgend jemand so etwas sagte. Kein Mensch würde so etwas über die Lippen bringen.

Lucas' Frage klang ungläubig, und doch sah Cicchetta an seinen Augen, daß er begriffen hatte. Alles hatte er begriffen. Was Buckingham gesagt hatte und was es bedeutete. Die Hölle. Fressen, kotzen, sterben. Daß es nie aufhören würde. Daß es keinen Grund für das Grauen gab, keine Erklärung, nur noch das Grauen. Daß das Grauen nur seinetwegen auf der Welt war, nur um ihn zu quälen, und daß gar nicht so viel Verzweiflung existierte, wie er in dieser Welt aus Grauen benötigt hätte.

»Du mußt das verstehen«, sagte Lucas. Er sprach zu sich selbst. Er sprach mit sanfter Autorität. Wie ein Vater zu seinem zweijährigen Kind, das unbedingt in die Steckdose greifen will und keine Ahnung hat, was ein Stromschlag ist. Er sprach zu sich wie einer, der nur das Beste will. Jemand, der weiß, daß es unumgänglich ist, sich durchzusetzen. Der aus Liebe das Unverständliche fordert.

»Du mußt das verstehen«, sagte Lucas zu sich. »Du hast eine alte Frau ermordet. Du hast ein Geländer durchsägt, so daß eine arme alte Frau in den Tod stürzte. Die arme alte Frau wurde gegen das Geländer gedrückt und brach durch. Sie fiel, sie zerschmetterte auf den Kacheln. Das war nicht nett von dir. Das hättest du nicht tun dürfen. Nein.«

Buckingham schüttelte den Kopf.

»Nein, Sie hätten nicht schauen dürfen«, sagte er, »nicht mit Vergnügen. Vor allem nicht mit Lust. Sie haben das Sterben genossen. Die alte Frau ist mir egal. Daß Sie ein Mörder sind, interessiert mich nicht. Nicht das allein. Der Blinde mag ein Mörder sein. Möglich. Er wird bestraft werden. Das sollen die Bullen erledigen. Mich geht das nichts an. Und – er sieht nichts. Sie sehen, Sie sind nicht blind. Sie sind schuldig, weil Sie sich den Tod reingezogen haben wie einen Videoclip!«

»Du hättest nicht schauen dürfen!« sagte Lucas väterlich zu sich selbst. »Man schaut nicht mit Vergnügen zu, wie jemand stirbt. Das gehört sich nicht. Du mußt verstehen, daß du dafür bestraft werden mußt. Strafe muß sein! Du hättest dir rechtzeitig die Augen ausstechen sollen. Dich blenden!«

Dimitropoulos stöhnte auf. Sträfling John und Sträfling Maggie musterten ihn mißtrauisch.

»Vielleicht sollten wir ihn lieber umlegen«, schlug Sträfling Maggie vor.

»Zur Sicherheit«, nickte Sträfling John.
»Weiter!« sagte Buckingham.

Lucas nickte eifrig. Er griff sich ein Foto, zerriß es und begann zu fressen.

»Und wenn er doch eine Fee ist?« fragte Li sanft. »Feen legt man nicht um. Das müßt ihr doch wissen!«

»Die Chance, daß er ein Drache ist, ist ziemlich groß«, sagte Sträfling Maggie.

»Und Drachen gehören umgelegt«, sagte Sträfling John.

Li rutschte ein wenig auf Maggie und John zu, und in ihren Augen funkelte es wie Drachenfeuer. Da wußte Cicchetta, daß sie eine Fee war. Li mußte eine Fee sein, die in einer schwarzen Nacht ihr Märchen verloren hatte, die durch irgendeinen grausamen Zauber aus ihrer wunderbaren Welt verbannt worden war und nun durch Sydney streifte. Sie wartete auf eine pechschwarze Nacht, in der sie wieder zurückkehren konnte, eine Nacht, die schwärzer war als ihre Augen, ohne Licht, ohne Sterne, eine Nacht voll von schwarzem Entsetzen. Sie wartete auf eine Nacht, die so schrecklich finster war, daß es in ihr so jemanden wie Li nicht geben konnte. Eine Nacht, die keine Fee aushielt, keine Lichtgestalt. Keinen Engel wie Li. Li wartete auf das schwärzeste Schwarz, das sie wieder in ihre Welt zurückschleudern würde.

Lis Augen strahlten, und Cicchetta hätte am liebsten den Rest der Welt um sich vergessen. Er wartete auf das, was sie sagen würde, und hoffte, daß es auch für ihn bestimmt sein würde.

10

In erster Linie war O'Neill blind

In erster Linie war O'Neill blind. Er klammerte sich an eine runde Metallstange und überlegte, wie das mit der Blindheit so sei und ob es überhaupt einen unwiderlegbaren Beweis geben könne, daß jemand nichts sieht. Oder daß er etwas sieht. O'Neill war zu dem Ergebnis gekommen, daß Dimitropoulos nicht blind war, daß er, ganz im Gegenteil, ein Blickverrückter war, der wegen einer schönen Aussicht vom eigenen Balkon aus Häuser in die Luft sprengte und Menschen umbrachte. Ein Mosaiksteinchen hatte zum anderen gepaßt, ein vollständiges Bild hatte sich ergeben, in verrückten Farben zwar, aber in sich stimmig. Und jetzt sollte alles nicht wahr sein? Jetzt beharrte Sam darauf, daß Dimitropoulos doch blind sei? Jetzt tauchten mit den Aussagen der Kinder neue Mosaiksteinchen auf, die überhaupt nicht ins Bild paßten? Jetzt gab Dimitropoulos jede Art von Verbrechen zu, gestand alles freiwillig ein, nur nicht, daß er seine Blindheit vorgetäuscht hatte?

Und plötzlich war ein Gedanke da, tauchte eine Frage von irgendwoher auf und explodierte in O'Neills Gehirn. Wie ein paar Kilo TNT fetzte sie seine Vorstellungen durcheinander, obwohl es nur eine kleine, harmlose Frage war:

Könnte es sein, dachte etwas in O'Neill, könnte es sein, daß ich mich getäuscht habe? Es war eine ungeheuerliche, eine lebensgefährliche Frage, es war eine Frage, die nicht gestellt werden durfte, ein Tabu, das eingehalten werden mußte.

Könnte es sein, daß ich mich getäuscht habe?

Es war eine Frage, die O'Neill so schnell wie möglich aus seinem Kopf verbannen mußte, die aber nicht verschwinden wollte, die zäh in allen Gehirnwindungen steckte, alles verpappte und verklebte, eine giftige, klebrige Frage.

Könnte es sein, daß ich mich getäuscht habe? fragte etwas Fremdes in O'Neill, oder war es O'Neill, der fragte und selbst in etwas Fremdem steckte? Und O'Neill fragte sich, warum eigentlich diese kleine, harmlose Frage so gefährlich sein sollte, warum er die Frage nicht stellen durfte und was zum Teufel hinter all dem wirklich steckte. O'Neill beschloß, die Warnsignale zu übersehen, die Gefahren in den Wind zu schlagen, den Kampf, der nicht zu gewinnen war, aufzugeben und sich eine kleine, harmlose Frage zu stellen:

»Könnte es sein, daß ich mich getäuscht habe?«

Li sagte: »Es gibt keine Feen, John. Es gibt keine Drachen, Maggie. Feen und Drachen sind Wesen, die nur in Märchen vorkommen. Und Märchen sind von Menschen erfundene Geschichten. Die Erwachsenen haben sie erfunden, um Kindern zu erklären, daß im Leben Dinge geschehen, die nicht erklärbar sind. Wundervolles und abgrundtief Böses. Vor allem abgrundtief Böses.«

Cicchetta nickte, obwohl Li nicht recht hatte. Es gab vielleicht keine Drachen, aber es gab Feen. Eine Fee zumindest.

»Und ihr, Maggie und John«, sagte Li, »ihr erfindet euch auch Feen und Drachen, um euch zu erklären, was ihr euch nicht erklären könnt. Das bißchen Gute, das ihr erfahren habt, und das viele abgrundtief Böse. Vor allem das Böse. Ihr erfindet einen Drachen, weil ihr nicht wahrhaben wollt, daß es Menschen waren, die euch all das Böse angetan haben. Menschen wie ihr.«

Eine Fee, die in einem finsteren Wald gelandet war. In einer Welt, in der die Nächte länger wurden, schwärzer die Schatten, immer tiefer die dunklen Löcher, in denen der Tod hockte. Li sagte:

»Und doch wißt ihr genau, daß es Menschen waren. Ihr habt erlebt, was ihr erlebt habt, es war kein Märchen, keine

Geschichte. Es gab keinen Drachen. Es waren Menschen, die euch eingesperrt hielten. Sie haben euch ausgezogen, geschlagen, an euch herumgetatscht. Und gefilmt, immer gefilmt.«

Eine Fee, die in die schwärzesten Löcher kroch, in denen sich nur Ratten wohlfühlten. Li war eine Fee, die die Vorhänge zuzog und die Fenster vermauerte. Die jede Kerze ausblies. Li suchte die absolute Finsternis. Sie sagte:

»Was haben sie gesagt, Maggie? Wie haben sie dich genannt? Geiles Luder? Kleine Hure? Wo haben sie dich angefaßt, John? Wo hast du sie anfassen müssen? Kannst du dich erinnern? Wißt ihr es noch? War es Drachenhaut? Waren es Drachenstimmen?«

»Ja!« schrie John. »Ein riesiger Drache, der Feuer spuckte, das in den Augen brannte. Ein Drache, ja, ja, ja!«

»Alte Männer«, sagte Li, »in lächerlichem Lederzeugs. Ledermasken, Ledergürtel, Lederstrapse. Verschwitzte Körper. Alte Männer, die aus dem Mund stanken und ...«

»Wir bringen sie alle um«, sagte Maggie. Sie saß auf ihren Fersen, zeichnete mit einem Stein unsichtbare Figuren auf das Straßenpflaster und sagte ganz ruhig:

»Einen nach dem anderen werden wir umbringen. Alle, die dabei waren. Und die, die nicht dabei waren, aber gern dabei gewesen wären, die bringen wir auch um. Die sind keinen Deut besser.«

John weinte. Die Tränen schossen aus seinen Augen. Sein dünner Körper krampfte sich um die Harpune. Als ob sie sich ihm in den Magen gebohrt hätte. John stöhnte:

»Ein riesiger Drache ...«

Viel konnte nicht mehr fehlen. Bald mußte es völlig dunkel sein. Bald mußte Li den Boden der Finsternis erreicht haben. Cicchetta wäre nicht überrascht gewesen, wenn sich die Sonne verfinstert hätte. Die Sonne verfinsterte sich nicht. Es war fast Mittag, und die Sonne stand weiß und glänzend am Himmel. Die Sonne strahlte, und es war nicht mehr weit bis zur tiefsten, sternenlosen Nacht.

John schluchzte und wimmerte.

»Wir schlachten alle ab«, sagte Maggie. Sie lachte.

»Schweißperlen auf faltigen Männerkörpern«, sagte Li, »die schwüle Hitze von Scheinwerfern, und doch fröstelt es euch. Eiskalt läuft es euch den Rücken hinab, und ihr sagt ›nein‹, ihr schreit, und unter Ledermasken lacht es heraus, und eine Stimme sagt schnaufend: ›Stell dich nicht so an, du kleine geile Sau!‹ und ...«

»Oh, nein«, sagte Maggie. Sie schüttelte verwundert den Kopf. John weinte. Es war ein Wunder, daß er noch weinen konnte. Er war in der tiefsten Hölle, wo Finsternis und Eiseskälte herrschten. Wo die Tränen noch im Auge gefroren. Sie froren fest, und der Blick brach sich in ihnen. Dort konnte man nicht weinen. John weinte. Cicchetta sah es genau.

»So war es«, sagte Li. »Es war kein Märchen, keine Geschichte. Es ist geschehen. So ist das Leben.«

Li zog zwei Fotos hervor, auf denen die Gesichter der Kinder abgebildet waren. Grobkörnige Gesichter, aus den Standbildern vergrößert, die Spinks in den Trümmern des gesprengten Hauses gefunden hatte. Li sagte sanft:

»Nein, so ist das Leben nicht. So war nur das Leben zweier Sträflinge, das vorbei ist, aus, zu Ende. Zweier Sträflinge, die vor langer Zeit gelebt haben. Ihr beide seid keine Sträflinge, ihr seid Kinder. Du bist Maggie, und du bist John. Ihr habt euer Leben vor euch, viele, viele Jahre, in denen es schöne Momente und weniger schöne geben wird, wie bei allen anderen Menschen auch. Ein Leben, in dem ihr leben könnt, das kein Alptraum und kein Märchen ist, sondern Wirklichkeit. Ein Leben, in dem nicht immer alles golden sein wird, in dem es aber Glück gibt, Hoffnung, Liebe ...«

Li erzählte vom Leben. Sie sprach so selbstverständlich von der Normalität, daß Cicchetta fast daran glaubte. Ja, plötzlich war er ziemlich sicher, daß alles, was er sah, nur Einbildung war. Es gab keinen schluchzenden Jungen, der sich um eine Harpune krampfte, kein Mädchen, das auf dem Pflaster zeichnete und verwundert den Kopf schüttelte. Vergewaltigung, Mord, nichts als leere Worte! Ein junger Mann, der einen Mörder zwang, sich an Fotos zu Tode zu fressen? Humbug! Ein durchgeknallter, blinder Polizist? Geblendet von einem anderen Blinden, der ein Haus gesprengt hatte, um freien Blick zu haben? Unsinn!

Li sagte: »Du bist John, du bist Maggie. Mit den Sträflingen ist es aus, mit denen ist es vorbei, die sind tot, gestorben.«

Und doch waren alle da. Die Kinder, Buckingham, Lucas, Dimitropoulos. Täter und Opfer waren da, Opfer und Täter. Und manchmal war es nicht so einfach, zu unterscheiden, ob einer eher Täter oder Opfer war.

Li legte die beiden Fotos vor die Kinder aufs Straßenpflaster.

»Die Sträflinge sind tot. Wir sollten sie begraben, nicht? Gleich hier sollten wir sie begraben, ihrer noch einmal gedenken und sie dann in Frieden ruhen lassen.«

So sprach Li, und obwohl alles so war wie zuvor, konnte sich Cicchetta zum erstenmal vorstellen, daß vielleicht alles gut enden würde.

Irren ist menschlich, dachte O'Neill. Ich bin ein Mensch. Also kann ich irren. Mich täuschen. Es ist nichts dabei. Es könnte durchaus sein, daß Dimitropoulos tatsächlich blind ist.

Es gab keinen Grund, warum O'Neill die Wahrheit erkennen und alle anderen falschliegen sollten. Überhaupt keinen. Es war eher unwahrscheinlich, daß er recht hatte. Je länger O'Neill darüber nachdachte, desto mehr war er davon überzeugt, daß er sich getäuscht hatte.

O'Neill schlug die Augen nieder und dachte: Dimitropoulos ist blind. Es ist doch ganz einfach. Ich habe mich getäuscht, und jetzt habe ich es eingesehen und basta!

O'Neill schlug die Augen auf und sah zwei Hände, die eine graue Metallstange umklammerten, und er dachte, daß er sich nur getäuscht habe, daß sonst nichts geschehen sei und daß so etwas jedem passieren könne. Daß man nur in der Lage sein müsse, sich offen einzugestehen…

Da waren zwei Hände, die sich festklammerten. Licht blitzte auf, irgend etwas warf Schatten, und O'Neill dachte, daß man sich leicht täuschen könne. Daß manches oft anders erschien, als es tatsächlich war. Die Hände waren braungebrannt. Sie zeigten rote Schürfwunden vor, und O'Neill dachte, daß man sich so leicht auch wieder nicht täuschen könne. O'Neill sah zwei Hände. Er nahm eine der Hände von der Metallstange und streckte die Finger aus. Er sah, wie sich die Finger streckten, er sah, wie sie sich zur Faust schlossen. O'Neill sah seine Faust an und konnte alles genau erkennen. Die Fingernägel, die geschnitten werden mußten, die aufgeschlagenen Handknöchel, die Soße aus Ziegelstaub und Blut, die über den Handrücken lief. O'Neill sah seine rechte Faust! Er sah wieder!

O'Neill reckte seine Faust der Welt entgegen und sah über sie hinweg, er schaute nach der Welt, und sie war noch vorhanden, sie existierte. Da war sie, er sah sie! Einen Augenblick lang war sich O'Neill nicht sicher, ob die Welt, die er sah, identisch mit der Welt war, die er von früher kannte, oder ob er sich wieder einmal täuschte und in einer ganz anderen Welt gelandet war. Dann sah er einen blonden Mann, der mit einem Revolver auf einen anderen Mann zielte, der am Boden lag und Fotos fraß, und da wußte er, daß dies hier seine Welt sein mußte. Ja. Diesmal täuschte sich O'Neill nicht.

O'Neill stand aufrecht. Er sah. Er reckte der Welt seine Faust entgegen, und die Welt nahm keine Notiz davon. Keiner beachtete ihn, keiner erkannte, was geschehen war. Ein Wunder hatte sich ereignet, O'Neill sah wieder, und niemand hatte es bemerkt. Keiner von ihnen. Sie lebten in einer Welt, in der Wunder passierten, einfach so, und sie merkten es nicht.

Ein Wunder! dachte O'Neill.

»Ich habe mich getäuscht«, rief O'Neill.

Er rief es in die Welt, doch keiner achtete auf ihn. Es war

das Wichtigste, was er zu sagen hatte. Es war alles, was er wußte.

»Ich habe mich nicht getäuscht«, rief O'Neill probeweise.

Es war das Falscheste, was er zu denken in der Lage war. Es spielte keine Rolle. Es war ihnen egal. Sam, Li, Dimitropoulos, zwei Kindern, einem Fotofresser, einem Revolvermann, allen war es völlig egal. O'Neill sah wieder. Es war sein Wunder. Es war kein Wunder. Alles war völlig normal.

O'Neill nickte, sah sich um und erinnerte sich, daß er Polizist war. Er sah einen Revolvermann, der einen Fotofresser bedrohte, und er dachte, daß das nicht richtig sein könne. Daß der Revolvermann sicher gegen die gültigen Strafgesetze verstoße. Daß der Polizist O'Neill dazu verpflichtet sei, bei erkannten Straftaten einzuschreiten, wenn auch unter Maßgabe des Prinzips der Verhältnismäßigkeit der Mittel. O'Neill kannte die Dienstordnung, er stand seinem Beruf uneingeschränkt positiv gegenüber, verfügte über genügend Erfahrung, hatte zwei einschlägige Fortbildungsseminare erfolgreich besucht. »Täterprofilerfassung« und »Psychologische Krisenbewältigungsstrategien«. Er wußte um die Notwendigkeit, taktische und situationelle Vorteile auszunutzen, er bejahte Spontaneität, wenn sie auf einer umfassend und gründlich durchgeführten Lageanalyse aufbaute.

O'Neill nickte.

Sie hielten ihn für durchgeknallt. Sie hielten ihn für blind. Sie nahmen ihn nicht ernst. O'Neill sah auf seine Faust. Er öffnete sie. Er sah. Er würde handeln.

O'Neill handelte. Er nahm auch die linke Hand vom Absperrgitter. Er schwankte. Er taumelte nach rückwärts in den Schutt des gesprengten Hauses hinein.

»Er ist doch nicht blind!« schrie O'Neill.

»Niemals!« schrie O'Neill. »Er macht euch doch nur etwas vor.«

O'Neill riß die Augen auf, er sah, er tappte wieder nach

vorne, kurvte in einer Schlangenlinie auf die Absperrung zu, beschleunigte. Er schlug hart gegen das Gitter und kippte den Oberkörper über der obersten Stange nach vorne ab. Der Schwung ließ ihn hinüberstürzen. Mit den Händen fing sich O'Neill notdürftig ab. Er lag auf dem Gehweg. Seine Handflächen brannten. O'Neill schrie:

»Der Blinde, der nicht blind ist, hat euch alle reingelegt.«

O'Neill rappelte sich auf. Alles schmerzte. Das war nicht so schlimm. Es war sein Körper, der schmerzte, sein eigener Körper. Lachlan O'Neills Körper. Das war nicht immer so gewesen. Da war doch mal …

Es war egal. Das war vorbei. Alles war normal. Und O'Neill sah wieder.

»Verhafte ihn, Sam!« schrie O'Neill. »Nimm den falschen Blinden fest!«

O'Neill kniff die Augen bis auf einen Spalt zusammen. Er sah dennoch. Er sah Dimitropoulos, der wie versteinert dastand, den Kopf in den Nacken gelegt, in stummer, verzweifelter Zwiesprache mit dem Sonnengott, der seinen Feuerwagen über den Himmel schleppte. Er sah das Mädchen, das versunken auf dem Pflaster zeichnete. Den kleinen Jungen, der sich schmerzverzerrt krümmte, wie wenn ihm ein Wurfspeer im Bauch steckte. Li, Sam. Den Mann, der sich am Boden wand und kotzte, als ob er sein Leben ausspucken wollte. Und den mit dem Revolver, der ruhig und breitbeinig über einer Kiste stand wie der Tod selbst. Keiner achtete auf O'Neill.

»Der Blinde sieht!« brüllte O'Neill. »Er ist ein Seher!«

O'Neill stand. Er spannte seine Muskeln an. Linker Oberschenkel, rechter Oberschenkel, Bizeps eins, Bizeps zwei. Alles tat weh, aber es funktionierte. O'Neill machte einen Schritt, einen typischen Blindenschritt. Er streckte die Arme schräg nach vorn, er ging, wankte vorwärts, seitwärts. Er torkelte und stolperte.

»Der weite Blick!« brüllte O'Neill. »Die Ferne! Er sieht fern!«

»Ein Fernseher!« kreischte O'Neill. Er lachte hysterisch.

Es waren ein paar Meter. Drei Meter zu Dimitropoulos, sechs, sieben vielleicht bis zum Fotofresser. Ein paar schnelle Schritte hätten genügt. Zwei seiner Raubtiersätze. Doch O'Neill zog den langsamen Weg vor. Er hatte nicht viel Zeit, aber bisweilen war der längere Weg der bessere. O'Neill tappte im Zickzack voran, schlug mit dem Fuß gegen den Randstein, torkelte zur Seite, ging in die Knie und fing sich gerade noch vor einem erneuten Sturz.

Li erzählte irgend etwas. O'Neill schrie:

»Ein Wegseher! Er sieht weit weg. Er sieht die Dinge weg. Häuser, Menschen, alles.«

O'Neill kurvte um Dimitropoulos herum, tastete sich voran, strauchelte wieder. Es waren nur noch zwei Meter.

»Ein Totseher!« kreischte er.

O'Neill ließ seine Knie nach vorne sacken, er ging nach unten, stützte sich mit den brennenden Handballen ab, spannte die Muskeln. Er sah. Er sah den Revolver. Es war ein amerikanisches Modell. Eine Smith & Wesson 357 Magnum. Die Trommel glänzte silbern.

O'Neill schrie irgend etwas. Er würde gleich losspringen. Er würde gleich handeln.

Li streute Ziegelstaub über die Fotos von Sträfling John und Sträfling Maggie. Sie sagte:

»Sie verhärteten ihre Seelen, denn hart waren die Zeiten. Keinem vertrauten sie, denn da war keiner, dem sie trauen konnten. Und obwohl es aussichtslos war, kämpften sie tapfer gegen Drachen und Hexen und die Ungeheuer der Welt...«

Die Gesichter auf den Fotos verschwanden unter feinem roten Staub. Li legte einen Grabhügel aus Ziegelbrocken darüber. Eine Beisetzung des Schreckens in den Trümmern des Hauses, in dem er entstanden war. Wenn es nicht Li gewesen wäre, die die bösen Geister zu bannen versuchte, hätte Cicchetta starke Zweifel angemeldet, ob so etwas funktionieren könnte. Aber so glaubte er und hoffte inständig, daß ein neues Leben beginnen möge. Er sah in Lis Augen, die leuchteten und ihm versicherten, daß alles möglich sei, und plötzlich merkte Cicchetta, daß irgend etwas nicht stimmte.

Er sah zu den Kindern. Der kleine John hatte sich wieder aufgerichtet. Er schluchzte nur noch ein wenig. Er schniefte, er hörte Lis Grabansprache zu, er war dabei. Maggie hatte den Kopf schief gelegt und klopfte mit dem Zeigefingerknöchel auf einem Stein herum. Sie schien ganz in sich versunken. Vielleicht schwankte sie, ob sie in ihrer Welt bleiben oder sich auf Li einlassen sollte. Ob sie einen Spalt öffnen sollte, nur versuchsweise, nur mal unverbindlich zuhören, um mit Sicherheit sagen zu können, daß alles Unsinn war, was diese Frau vom Ende des alten und vom Beginn eines neuen Lebens erzählte. Maggie war noch nicht so weit, aber sie befand sich vielleicht auf dem richtigen Weg. Das war es nicht, was nicht stimmte.

Li begrub die Vergangenheit. Sie sagte etwas von Staub, der zu Staub zurückkehrt, und Cicchetta warf einen schnellen Blick über Dimitropoulos, über Lucas und Buckingham, über O'Neill, der sich in deren Nähe nach dem x-ten Sturz wieder hochrappelte. O'Neill, der all das nicht verkraftet hatte. Lachlan O'Neill, der nicht mehr verstand, was um ihn geschah. Mit dem es schon seit einigen Tagen nicht mehr stimmte.

Cicchetta sah, daß O'Neills Muskeln gespannt waren, er sah ihn dort am Boden kauern, lauern, gespannt wie ein Bogen, zielgerichtet wie ein Pfeil auf der Sehne, bereit, abzuzischen, durch die Luft zu schwirren und sich ins Ziel zu graben. Und Cicchetta begriff, daß da etwas nicht stimmte. Mit O'Neill. Nein, falsch! Cicchetta sah, daß es bei O'Neill wieder stimmte. O'Neill achtete nicht auf Cicchetta. Er hatte anderes, auf das er sich konzentrieren mußte. O'Neill hatte sich an Buckingham herangearbeitet. Er war ein Polizist im Dienst. O'Neill war auf Zack. Er war auf dem Sprung.

O'Neill sprang.

O'Neill sprang los. Es war sein Sprung. Er sprang den Sprung seines Lebens. Er sah niemanden, nur den Revolvermann. Er sah nichts als den Revolver in der Hand des Revolvermanns. Die Smith & Wesson, die er erwischen mußte, bevor der Schuß losging. Den Revolver in der Hand, die er nur ein wenig anstoßen mußte, so daß die Kugel ihr Ziel verfehlte. Die Hand, in die er sich festkrallen, in der er sich verbeißen würde wie ein abgerichteter Polizeihund. O'Neill hatte keine Angst, daß es schiefgehen könnte. Er wußte genau, daß es sein Sprung war. Er täuschte sich nicht. Er würde ein Leben retten. Das Leben eines Fotofressers.

O'Neill war losgesprungen.

»Nein«, schrie Cicchetta.

Er konnte in die Zukunft sehen. Nicht weit, nur ein paar Zehntelsekunden. Aber er konnte die Zukunft ganz klar erkennen. Vielleicht war jetzt er durchgeknallt, er, Cicchetta. Er konnte genau sehen, wie sich Buckinghams Zeigefinger krümmte, wie die Magnumpatrone aus dem schwarzen Loch schoß, wie sich der Lauf der Smith & Wesson unwillig aufbäumte.

Schmauchspuren, dachte Cicchetta blödsinnig, während er in die Zukunft sah. Während er zusah, wie der Kopf des Mannes am Boden explodierte.

»Nein!« schrie Cicchetta.

Sträfling Maggie zeichnete Kreise aufs Straßenpflaster und dachte, daß es auch in einem neuen Leben eigentlich egal wäre, ob es sich bei denen, die umzubringen waren, um Drachen oder alte Männer handelte.

O'Neill sah, daß sich der Blick des Revolvermanns ungläubig seinem Sprung entgegenwarf. Er sah die Unentschlossenheit in den Augen sitzen, einen Moment des Überlegens, der Abwägung. Abdrücken oder den Revolver herumwirbeln? Ihn auf den neuen Feind richten? Und bevor O'Neill noch seinen Sprung zu Ende gebracht hatte, wußte er, daß er gewonnen hatte, daß er es geschafft hatte. Kein Revolvermann der Welt konnte sich einen Augenblick der Überlegung leisten, wenn O'Neill auf dem Sprung seines Lebens war. O'Neill der Jäger. O'Neill, der nicht mehr durchgeknallt war. Der wieder voll da war.

Dann war O'Neill da. Angekommen. Dann schlug er auf. Wie ein Blitz schlug er ein. Schlug zu wie das Schicksal. Unerbittlich. Nur ein sachter Klaps gegen die Trommel des Revolvers. Klein, aber fein. Das bißchen Druck, das genügte, um alles zu ändern. Die paar Zentimeter, die ein Leben retteten. O'Neills Faust, die sich in den Magen des Revolvermanns grub. Der Schuß bellte auf. O'Neills Hand spürte die Kugel durch den Lauf schießen, sah das Mündungsfeuer, den Rauch, die Staubfahnen, die am Straßenpflaster entlangwischten, das Loch, das die Kugel in den Boden sprengte, um sich darin zu begraben, bis die Spurensicherung sie wieder exhumieren würde. Alles sah O'Neill wie in Zeitlupe, oder er sah es nicht und wußte, daß es so war, daß der Revolvermann vergeblich abgedrückt hatte, daß er niemanden getroffen hatte, den Fotofresser nicht, O'Neill nicht, niemanden, und daß alles genau so geklappt hatte, wie O'Neill es sich vorgestellt hatte. Und daß er jetzt nur noch den Sack zuschnüren mußte.

Mit der Schulter schlug O'Neill gegen den Revolvermann, er riß ihn um, zu Boden. Schwer stürzte er auf ihn, schlug auf ihn ein, krallte sich fest, wo er konnte. Der Blonde stöhnte. Er wehrte sich nicht, und O'Neill schlug weiter auf ihn ein. Er gönnte ihm keine Pause, keinen Augenblick der Besinnung, er stellte sicher, daß der Revolvermann vollauf damit beschäftigt war, die Schläge zu verdauen, die über ihn hereinbrachen. Kalt und berechnend schlug O'Neill zu. Da war kein Haß in ihm, er tat nur seinen Job, und er tat ihn gut. Er schlug den Revolvermann, weil es nötig war, ihn zu schlagen, weil der Revolvermann noch einen Revolver in der Hand hielt, aus dem erst eine einzige Kugel abgefeuert worden war, eine 357er Magnumpatrone, die ein Loch ins Straßenpflaster gerissen hatte. O'Neill schlug zwei rechte Haken, der Revolvermann stöhnte und wand sich, und unter seinem Körper kam die Hand frei, in der die Smith & Wesson lag.

Jetzt, O'Neill! dachte O'Neill. Er brauchte nicht zu überlegen, alles war klar und einfach, er wußte, was zu tun war, es würde ihm gelingen, da gab es keinen Zweifel, keine Täuschung. O'Neill hörte auf zu schlagen. Mit der rechten Hand drückte er das Kinn des Revolvermanns in den Staub, die linke ließ er flach auf den Revolverlauf hinunterkrachen, als ob er eine lästige Fliege erschlagen wollte. Unerbittlich drückte er den Revolver auf den Boden und die Hand, die an ihm hing und nicht loslassen wollte, die noch nicht begriffen hatte, daß es vorbei war, daß O'Neill gesiegt hatte. Die Hand, die immer noch hoffte, eine zweite Kugel aus dem Revolver schicken zu können, eine zweite Kugel, die alles ändern würde, alles umkehren, was O'Neill mit seinem Anpirschen, mit seinem Sprung, mit seinem Prügeln und Klammern erreicht hatte.

O'Neill drückte den Kopf des Revolvermanns so weit nach hinten, daß er die Halswirbel knacken zu hören glaubte, aber das stimmte nicht. Er hörte nichts, er fühlte nichts, er sah nichts, nur die Hand, die den Griff des Revolvers umklammerte. Die kleinen Falten am Daumenansatz, einen aufgekratzten Mückenstich, keine Poren, nur riesengroß das Furchennetz der Haut, das sich ledrig zum Handgelenk hinzog. Dann biß O'Neill zu. Er grub seine Zähne in den Handballen, schlug die Schneidezähne fest ins Fleisch, drückte mit den Eckzähnen in die Knochen nach. Es war ein Biß, den er nicht mehr lockern würde, ein Biß für die Ewigkeit, ein Todesbiß, wie ihn keine Schlange der Welt zustande brächte. Es war O'Neills Biß.

Sträfling John fragte sich, ob ein schönes neues Leben damit beginnen konnte, daß ein blinder Polizist einen anderen Mann brutal zusammenschlug.

Der Revolvermann schrie. Er schrie, so gut jemand schreien kann, dem eine eiserne Hand den Kopf in den Nacken drückt. Er schrie vor Schmerz, und wohl mehr noch aus Wut und Enttäuschung darüber, daß er verloren hatte. Daß seine Hand den Revolvergriff bald loslassen mußte. Den Griff verloren, alles verloren! So war das, es war ganz normal. O'Neill fühlte keinen Triumph, alles war gekommen, wie er es erwartet hatte. In den Zähnen spürte O'Neill, wie die Hand sich wand, zuckte, erschlaffte, den Revolver losließ, als ob er plötzlich zu heiß geworden wäre.

O'Neill lockerte seinen Biß nicht, während er den Revolver mit der linken Hand wegzog, aus der Reichweite des Mannes, der gurgelnd und würgend weiterschrie. Ein letztes Mal drückte O'Neill seine Kiefer mit aller Kraft in die Hand. Der Revolvermann brüllte, und auf sprang O'Neill, wirbelte den Revolver in seine rechte Hand hinüber, tat zwei Schritte zurück, während der Entwaffnete vor ihm sich um seine Hand krümmte, in der sich die Eindrücke von O'Neills Zähnen langsam mit Blut füllten. In der Rechten den Revolver, aus dessen Trommel nur eine Kugel fehlte, stand O'Neill da und sah auf den Mann vor sich hinab und warf einen Blick über all die anderen, die noch nicht recht kapiert hatten, was geschehen war.

Nichts Besonderes war geschehen, O'Neill hatte seinen Job erledigt, er hatte seine Arbeit getan. Sein Bild wäre morgen im »Morning Herald«, irgendwo zwischen Seite 13 und 17, der Polizeipräsident würde ihm die Hand schütteln, vielleicht würde O'Neill auch befördert werden, aber all das war nicht wichtig, es bedeutete ihm nichts. Es zählte nur, daß er seine Aufgabe erledigt hatte, genau so, wie er es sich vorgenommen hatte. Er hatte sich nicht getäuscht, alles war gelaufen, wie er es vorhergesehen hatte, und er wußte, daß das ein gutes Omen war, daß er auch in Zukunft seinen Job ordentlich erledigen würde, bis er mit 65 in Pension ginge. Er war nicht ehrgeizig, er dachte nicht an eine Karriere, die doch nur darin bestehen konnte, sich mit immer abstrakteren Verwaltungsaufgaben herumzuschlagen, und er wollte erst dann ein bißchen stolz auf sich sein, wenn er in Ruhestand trat. Am Abend seines letzten Arbeitstags wollte er zurückblicken, und wenn er seinen Job immer ordentlich getan hatte, dann wollte er sich ein bißchen Stolz genehmigen. Aber sein Ruhestand lag noch in weiter Ferne und …

»Du bist verrückt, Lachlan«, sagte Cicchetta. »Wenn Buckingham ihn abgeknallt hätte …!«

O'Neill lächelte. Er hatte alles vorhergesehen. Es gab kein »Wenn«. Es hatte nie eines gegeben. Alles war sonnenklar gewesen. Cicchetta konnte das wahrscheinlich nicht verstehen. Das tat nichts. O'Neill war ihm nicht böse.

»Es ist alles in Ordnung, Sam«, sagte O'Neill, »alles erledigt. Es ist vorbei. Alles ist normal. Wie immer.«

O'Neill nickte zu Cicchetta hin und schaute zu, wie sich der entwaffnete Revolvermann krümmte und wie sich der Fotofresser aufrichtete und den Staub von den Shorts klopfte.

Sträfling John sah, daß der blinde Polizist gar nicht blind war und daß er jetzt die Knarre hatte, die eigentlich dem Mann gehörte, der mit dem Umlegespiel begonnen hatte. Der angeblich blinde Polizist war Herr der Lage, und die anderen schauten dumm drein. Sträfling John sah ein, daß alles vorbei war. Alles war normal. Wie immer. Die Polizisten hatten die Knarren, und sie waren nicht blind, da sie das Auge des Gesetzes waren. Es gab keine Drachen und Feen. Keine Elfen, Zauberer und Tiere, die es nicht gab. Es geschahen keine Wunder. Es gab keine zweite Chance und schon gar kein neues Leben. Alles ging seinen gewohnten Gang. Wie immer. Wie früher. Es würde keine

Überraschungen mehr geben. Nichts Schlimmes, nichts Gutes. Jeder, der wollte, konnte sich an den Fingern abzählen, was jetzt passieren würde. Jetzt und später. Nachher.

Traurig brachte Sträfling John die Harpune in Anschlag und visierte sein Ziel an.

Li schnellte hoch. Sie stürzte sich über den Rand der Märchenwelt. Sie warf sich dem Tod entgegen. Der Tod lag in den Händen eines traurigen kleinen Jungen. Der Junge hieß John. Der Tod saß auf einem Harpunenpfeil.

Alles ist normal, dachte John traurig. Eine ganz normale Welt mit alten Männern und stockdunklen Kellern, mit prügelnden Stiefvätern und geprügelten Mamas, mit kleinen Johns und kleinen Maggies, die manchmal Sträflinge spielten, die vor zweihundert Jahren von England nach Australien geschickt worden waren. Eine ganz normale Welt, in der nichts Außergewöhnliches passierte, in der oben oben und unten unten war. Eine Welt, gegen die sich niemand wehren konnte, die so war, wie sie war, und die nie anders sein würde.

Und obwohl John wußte, daß dies die Wahrheit war, hoffte er auf ein Wunder, ein großes Wunder für den kleinen John, und er dachte, daß er sein Scherflein dazu beitragen müsse, denn wenn es überhaupt Wunder geben sollte, dann sicher nicht umsonst. Es war dieser dünne Hoffnungsschimmer, es war ein kaum eingestandener Wunsch auf ein Ende dieser Welt, in der Alltag und Schrecken eins waren, ununterscheidbar, in der Tage wie Nächte voll schwarzem Grauen steckten, in der man nichts Entsetzliches denken konnte, was man nicht noch viel entsetzlicher gezeigt bekam, in der alles giftig in den Augen brannte, es war der flüchtige Hauch eines Wunsches auf ein Ende all dessen, genau das war es, was den kleinen John versuchen ließ, die Welt zu stoppen. Ihr einen kleinen Stahlpfeil ins Fleisch zu setzen. Die Normalität zu harpunieren.

Eigentlich hatte der kleine John keine Hoffnung, doch kurz bevor ihn die Polizistin umriß, drückte er traurig ab.

Erstaunt sah O'Neill einen Harpunenpfeil auf sich zuschießen. Er spürte den Schlag an der Brust. Er spürte den Pfeil in sein Herz dringen und dachte, daß er sich wohl noch einmal getäuscht habe. Er wußte nur nicht … Er starb.

11

Ein fingerlanger Schatten steckte in seiner Brust

Ein fingerlanger Schatten steckte in seiner Brust. Genau an der gleichen Stelle, an der der Schaft des Pfeiles senkrecht nach oben ragte. Ein fingerlanger Schatten, der auf O'Neills Kinn wies. Wie bei einer gottverdammten, beschissenen Sonnenuhr, dachte Cicchetta.

Der Rettungswagen vom St. Vincents Hospital war sieben Minuten später da. Cicchetta wußte, daß es nicht schneller ging. Man konnte niemandem einen Vorwurf machen, doch für O'Neill war es sieben Minuten zu spät. Für O'Neill wäre es auch zu spät gewesen, wenn ihn der Pfeil auf der Bahre des Operationstisches im Krankenhaus erwischt hätte. Mit O'Neill war es vorbei. Er lag flach auf dem Rücken, und seine Augen standen offen. Die Sanitäter taten so, als ob noch irgend etwas zu tun wäre. Es war nichts mehr zu tun. Es gab keine Wunder. Die Sanitäter luden O'Neill in den Rettungswagen, obwohl es verboten war, einen Toten darin zu transportieren. Sie schalteten die Sirene ein und fuhren los. Zwei Streifenwagen eskortierten sie. In St. Vincents würden die Ärzte den Pfeil herausoperieren, O'Neills Tod offiziell feststellen und den Toten mit weitaus weniger Getöse in die Arundel Street transportieren lassen. Dort würde er in eine Kühlbox, vielleicht neben Peter Chelms, geschoben werden.

Um 13.08 Uhr kam Ryan und plapperte etwas von einem Geständnis daher, das Kaufman abgelegt habe.

»Schön!« sagte Cicchetta und schickte Ryan zurück ins Revier. Protokoll schreiben!

Obwohl schon alles von Polizei wimmelte, fuhren um 13.12 Uhr zwei weitere Mannschaftswagen vor. Vierzehn Mann. Uniformicrte.

»Sir?« fragte einer von ihnen.

Cicchetta sah hoch. Er saß auf dem Randstein und spielte mit der Trommel der Smith & Wesson. Der Uniformierte schien auf irgendwelche Anweisungen zu warten. Cicchetta wies mit einer Kopfbewegung auf die Gruppe neben Li. Auf John und Maggie, auf Dimitropoulos, Lucas und Buckingham.

»Sir?« fragte der Uniformierte.

»Festnehmen«, sagte Cicchetta.

»Festnehmen, Sir.« Der Mann nickte. Er rührte sich nicht.

Cicchetta stand auf. »Ist noch was?«

»Alle, Sir?«

»Alle!«

»Auch die Kinder, Sir?«

Cicchetta nickte.

»Entschuldigung, Sir …«, sagte der Uniformierte.

»Auch die Kinder!« sagte Cicchetta.

»Das sind doch Kinder«, sagte der Uniformierte vorsichtig. »Die sind doch erst zehn. Höchstens elf.«

»Ich weiß, wie alt die sind«, zischte Cicchetta. »Das sehe ich selbst! Ich habe schließlich Augen im Kopf, oder? Sie Vollidiot! Halten Sie mich vielleicht für blind? Hä?«

»Nein, Sir«, sagte der Mann.

»Halten Sie die Klappe!« schrie Cicchetta. »Sie haben meine Befehle auszuführen! Ohne Wenn und Aber! Wenn ich Ihre Meinung hören will, dann frage ich nach Ihrer Meinung. Ich will aber Ihre Meinung nicht hören. Ich will, daß Sie den ganzen Haufen festnehmen. Verstanden?«

»Ja, Sir!«

»Sie nehmen den Haufen fest, und sonst hat Sie nichts zu interessieren«, brüllte Cicchetta. »Vor allem nicht, wie alt die Kinder sind. Ob sie zehn Jahre alt sind oder zwei oder zweihundert, das geht Sie einen Dreck an! Sie …«

»Sam!« sagte Li.

Cicchetta brach ab. Er schüttelte den Kopf und setzte

sich wieder auf den Randstein. Er sah nicht mehr auf, bis die Uniformierten mit den Festgenommenen verschwunden waren.

Die Sonne stach mit spitzen Fingern vom Himmel. Aus dem Schutt des gesprengten Hauses huschte eine schwarze Eidechse auf Cicchetta zu, stoppte unvermittelt, verharrte ein paar Sekunden bewegungslos und verschwand dann so schnell, wie sie gekommen war. Die Hecken und Sträucher auf dem Dach des Navy-Parkhauses waren staubbedeckt. Ein einziges Kriegsschiff lag in der Wooloomooloo Bay. Ein grauer Zerstörer. Das Wasser war blau und ruhig. Die Fähren zogen weiße Schlieren hinter sich her, und draußen auf der Insel von Fort Denison hatte jemand Wäsche im Hof aufgehängt. Die »Bounty« war zu einer ihrer Kaffeefahrten aus Campbell's Cove ausgelaufen und nahm Kurs auf den inneren Hafen. Bald würde sie unter der Harbour Bridge hindurchsegeln. Auch auf die Entfernung hin hob sich der eiserne Bogen der Brücke klar gegen den Himmel ab. Von den beiden mächtigen Pylonen am Nordufer glänzte das Sonnenlicht weiß herüber. Den Blick auf das andere Ende der Brücke versperrte Li. Sie hielt eine Harpune in der Hand und schaute über den südlichen Hafen zu den grünen Hügeln von Taronga Zoo hinüber. Li mit einer Harpune. Li die Jägerin.

»Li?« fragte Cicchetta leise.

Li wandte sich ihm zu. Die Harpune wirkte lächerlich.

»Da ist noch ...«, sagte Cicchetta.

Li nickte.

»Eine Sache ist hier noch zu erledigen«, sagte Cicchetta.

»Sie wartet schon«, sagte Li.

Cicchetta drehte den Kopf. Ja, sie wartete schon. Sie saß im Rollstuhl auf dem Balkon, im Schatten. Sie trug ein hochgeschlossenes schwarzes Kleid. Sie war eine Frau, die langsam an Knochenmarksschwund starb. Sie wartete. Elena Dimitropoulos wartete darauf, daß Li und Cicchetta endlich kamen.

»Ja«, sagte Cicchetta. Sie gingen hinauf.

»Sie haben ihn mitgenommen«, sagte Frau Dimitropoulos. Es war eine Feststellung, und Cicchetta wußte, daß er darauf nicht zu antworten brauchte. Er brauchte auch nichts zu fragen. Der Stuhl, auf dem Dimitropoulos immer gesessen hatte, war leer. Auf dem Klapptisch daneben stand eine Vase mit Blumen. Narzissen.

Frau Dimitropoulos nickte.

»Er wird irgendwo im Gefängnis sitzen, und ich werde ihn besuchen. Irgend jemand wird mich hinfahren. Eine Stunde in der Woche werde ich ihn sehen können, solange es bei mir noch geht.«

»Alle zwei Wochen«, sagte Cicchetta.

»Alle zwei Wochen«, sagte Frau Dimitropoulos. »Für ihn ist es egal. Er wird mich immer sehen können, jeden Tag, jede Stunde. Er ist blind, wissen Sie?«

»Hat er wirklich …?« fragte Li.

»Die Gefängnismauern stören einen Blinden nicht. Die bemerkt er überhaupt nicht. Er sieht über sie hinweg, er sieht einfach durch.«

»Warum hat er …?« fragte Li.

Elena Dimitropoulos wies mit den Augen auf die Trümmerlandschaft unter dem Balkon, hinter der in der Ferne die Harbour Bridge leuchtete.

»Was geschieht damit?« fragte sie. »Das Haus wird nicht wieder aufgebaut, oder? Gnade Gott dem, der versuchen sollte, es wieder aufzubauen! Ich könnte ihm nicht verzeihen, niemals. Solange ich lebe, soll niemand wagen, hier auch nur zwei Steine aufeinanderzuschichten.«

Elena Dimitropoulos saß wie versteinert in ihrem Rollstuhl. So bewegungslos saß sie da, daß man meinen mochte, nur ihre Stimme sei noch am Leben.

Cicchetta sah über die Trümmer des gesprengten Hauses hinweg. Er sah hinaus auf das Meer und die sanften Hügel und die Silhouette der Wolkenkratzer von Sydney. Er sah hinaus auf die Welt. Die Welt war schön. Cicchetta sagte:

»Ihren Mann störte das Haus nicht. Er war blind. All das, was wir jetzt sehen, was Sie sehen, die Brücke, die Stadt, die Schönheit des Hafens sah er klar in seiner Vorstellungskraft. Das Haus störte ihn nicht im geringsten. Er sah einfach hindurch. Ihm nahm es keinen Millimeter vom Blick auf die Schönheit der Welt.«

»Er liebt mich«, sagte Elena Dimitropoulos.

»Aber Sie können sich nicht mehr bewegen. Sie sitzen im Rollstuhl auf dem Balkon und vermögen nicht einfach durch Mauern hindurchzusehen. Er sprengte das Haus für Sie. Damit Sie sehen konnten, was er sah. Sie wollten den Blick teilen. Den Blick auf die Schönheit.«

»Sehen Sie, er liebt mich!« sagte Elena Dimitropoulos, als ob das die Erklärung für alles wäre. Für alle Absonderlichkeiten der Welt, für alle Verbrechen. Für das Töten von Menschen. Dafür, daß ihr blinder Mann ein Haus gesprengt hatte, und für all das, was an Verderben daraus entstanden war. Für Chelms, den toten Rollschuhläufer. Für O'Neill. Die allumfassende Erklärung.

»Kennen Sie die Geschichte von Orpheus und Eurydike?« fragte Elena Dimitropoulos. »Eurydike war am Gift einer Viper gestorben, und Orpheus begab sich in die Unterwelt, um sie zurückzuholen. Es gelang ihm, die Götter zu rühren und von der Größe seiner Liebe zu überzeugen, so daß sie ihm erlaubten, Eurydike wieder ins Leben zurückzuführen. Allerdings unter der Bedingung, daß er sich nicht nach ihr umsehen dürfe, solange sie die Unterwelt nicht verlassen hatten. Natürlich sah er sich um, natürlich wurde sie unwiederbringlich ins Reich der Toten zurückgezogen.«

Elena Dimitropoulos sprach ruhig und betonte sorgfältig die richtigen Silben. Ein leiser griechischer Akzent aus früheren Zeiten schwang in ihrem Englisch mit.

»Das wenigstens berichtet der antike Mythos. Nur, so kann es nicht gewesen sein. Zumindest ist es nur die halbe Wahrheit. Warum stellten die Götter des Schattenreichs eine solche Bedingung, wenn sie von seinem Klagegesang so gerührt waren? Wenn Orpheus seine Frau tatsächlich so sehr liebte, dann war doch klar, daß er es nicht erwarten konnte, sie zu sehen. Er konnte es nicht aushalten, sie nicht zu sehen. Vielleicht dachte er auch, daß keine Gefahr bestünde. Liebe macht ja blind. Blind für alle Folgen und alle Gefahren. Hades und Persephone konnten sich an den Fingern einer Hand abzählen, daß Orpheus sich umdrehen würde. Sie haben ihm eine Falle gestellt, der er nicht entkommen konnte. Wahrscheinlich haben sie sich insgeheim amüsiert, während sie Rührung heuchelten. Den unverschämten Sänger, der zu fordern wagte, einen Tod ungeschehen zu machen, haben sie furchtbar bestraft, indem sie Eurydike einen zweiten Tod sterben ließen, für den Orpheus selbst sich verantwortlich fühlen sollte. Ein Schlangenbiß, das war ein Unglück, aber Orpheus dazu zu bringen, seine Frau durch einen einzigen Blick zu töten, das war abgrundtiefe Bosheit der Götter, die zeigen wollten, daß man mit ihnen nicht Handel treibt, daß man sie nicht einmal um etwas bittet. Die Götter wollen in Ruhe gelassen werden.«

Elena Dimitropoulos schaute hinab auf das Kriegsschiff in der Bay. Sie fuhr fort:

»Mein Mann sagte manchmal, er werde mich aus dem Jenseits zurückholen. In der Hölle sei er schon gewesen, da kenne er sich aus, und der Fehler von Orpheus könne ihm nicht unterlaufen, da er ja Gott sei Dank blind sei. Stephen scherzte, aber die Götter nahmen es ernst. Sie vergessen nichts und verzeihen nie. Wie damals war es ein einziger Blick, der ihnen genügte, um alles zu verderben. Mein Blick auf die Welt. Sie haben recht, ich wünschte mir, von hier aus freie Sicht zu haben. Einmal nur sagte ich das so dahin, und die Götter gruben meinen Satz in Stephen fest, luden die paar Worte auf, machten sie schwerer und schwerer, bis sie alles andere erdrückten. Indem er das Haus sprengte, wollte Stephen zeigen, daß er nur mich sah, mich über alles liebte. Unbedingt, unvernünftig, ohne Rücksicht auf die Folgen. Vielleicht war das sogar noch wichtiger, als mir diesen wunderschönen Blick zu öffnen. Auch ihm war klar, daß sich damit mein Leben nicht änderte, daß er mir damit für meine verbleibende Zeit nur ein klein bißchen Freude schenkte. Ein kleines, harmloses Stückchen Alltagsglück, das für viele andere so selbstverständlich ist, daß sie es gar nicht mehr bemerken. Auf dem Balkon sitzen und schauen. Gemeinsam sitzen, gemeinsam schauen. Die Augen über die Welt gleiten lassen …«

»Und dafür Trümmer und Leichen, Verwüstung und Mord!« sagte Cicchetta. »Zerstörte Leben, Menschen, die aus ihrer Verzweiflung nicht mehr heraussehen.«

»Orpheus will die Ordnung der Welt aus den Angeln heben, jeder Teenager will seinem Schwarm die Sterne vom Himmel holen. Je schwerer die Aufgabe, je weiter der Weg, desto größer die Geste. Wer liebt, lacht über Konventionen, bricht Gesetze und sprengt alle Grenzen wie ein x-beliebiges Haus.«

Cicchetta dachte an eine Kaffeetasse mit Sprung. Er sagte: »Nein, das ist nicht …«

Er brach ab. Es hatte keinen Sinn.

Elena Dimitropoulos sagte ruhig: »Er ist blind. Meine Knochen zerfallen. Wir waren verzweifelt, doch Stephen wollte mich glücklich sehen. Dafür tat er alles. Ich mußte glücklich sein. Ich werde glücklich sein.«

Sie sah hinaus aufs grüne Wasser, durch das die Manly-Fähre pflügte. Ein Signalhorn tutete. Plötzlich wirkte Elena Dimitropoulos wie ein junges Mädchen. Vielleicht lächelte sie sogar ein wenig.

»Sie dürfen jetzt gehen«, sagte sie. Sie schloß ihre Augen.

Li und Cicchetta gingen zu Fuß in die Rocks zurück. Sie stiegen von der Victoria Street aus zur Wooloomooloo Bay hinab und an ihr entlang bis zum Fußweg, der zum Botanischen Garten hinaufführt. Sie überquerten die Brücke zur Art Gallery und bogen nach rechts ab. Hinter den Wiesen der Domaine tauchten sie in die Straßenschluchten der City ein. Erst hier wagte Cicchetta, Li in die Augen zu sehen. Ihre Augen waren schwarz. Sie waren wunderschön, und in ihnen spiegelte sich dunkel die Glasfassade des Gateway Towers.